¿Qué podemos perder?

Novela

Biografía

Hola, soy Sandra y nací a finales de agosto de 1996 en Madrid. Sabéis cuáles son las consecuencias de cumplir años en esta fecha, ¿verdad? Pues que suele haber poca gente para celebrarlo y, lo que es peor, significa el inminente comienzo del curso escolar. De pequeña soñaba con ser astronauta, veterinaria, cantante y arqueóloga, y, ya de paso, con tener una hermana. Solo se cumplió una de esas cosas, y resultó ser un niño de risa contagiosa. Siempre he sido una persona callada, observadora y paciente. Soy fan incondicional de las WITCH, el invierno y Lady Gaga, y me encantan los animales, la música, la comida italiana y dormir. El trabajo de mi padre nos llevó a vivir durante tres años en Barcelona, aunque actualmente resido en Madrid con mi madre y nuestros animalillos.

Encontrarás más información sobre mí en:

f Sandra Miró

X @soysandramr

@ @soysandramr

Sandra Miró
¿Qué podemos perder?

Esencia/Planeta

PEFC Certificado

Este libro procede de
bosques gestionados
de forma sostenible

PEFC

PEFC/14-38-00305   www.pefc.es

© Sandra Miró, 2020
© Editorial Planeta, S. A., 2020
   Avda. Diagonal, 662-664, 08034 Barcelona (España)
   www.esenciaeditorial.com
   www.planetadelibros.com

Adaptación de la cubierta: Booket / Área Editorial Grupo Planeta
Imagen de la cubierta: © Rawpixel / Shutterstock
Primera edición en Colección Booket: marzo de 2025

Depósito legal: B. 3.659-2025
ISBN: 978-84-08-29972-1
Impresión y encuadernación: QP Print
Printed in Spain - Impreso en España

En ocasiones las cosas surgen en el momento idóneo,
y escribir este libro fue así.
Gracias, mamá, por estar siempre ahí.
Gracias, yaya, por tu cariño.
Y gracias, Esther, por dejarme expresar.
Y, por supuesto, gracias a ti que lo vas a leer.
¡Disfrútalo, my friend*!*

Capítulo 1

Sara

Verano de 2016

Son las ocho y cuarto de la tarde y aún no entiendo cómo me he dejado convencer para esto.

Mi prima Irene me ha liado, como siempre.

Debe de ser que, al estar tan juntas desde pequeñas, me tiene pillada la medida, y esta vez vamos a una fiesta de disfraces que da una amiga de un amigo suyo. Creo que me dijo que se llamaba Bárbara, aunque no estoy muy segura.

Pero vamos a ver, ¿desde cuándo voy yo a fiestas en las que no conozco a nadie?

Llevo haciéndome esta pregunta todo el día, incluso ahora, sentada en el sofá de casa de Irene.

Ella se ha ido a su habitación a cambiarse. Lleva días diciéndome las ganas que tiene de enseñarme su disfraz.

Obviamente, he intentado sonsacarle en más de una ocasión de qué va a ir disfrazada o que me diese alguna pista, para saber más o menos por dónde tirar yo. Pero no, no ha habido manera.

Miro hacia el techo mientras trato de buscar una excusa para no ir a la fiesta. Pero al cabo de unos minutos desisto, no puedo hacerle eso a mi prima.

De repente oigo que abre la puerta de la habitación y grita:

—¡Sara, pasa al baño o a la habitación de mi madre a cambiarte!

Buff..., no me apetece, pero suelto mintiendo:

—Síííí, ya voy.

Me acomodo en el sofá y saco el móvil esperando tener algún mensaje de mi madre pidiéndome ayuda en la peluquería.

Por favor, mamá, por favor, ¡escríbeme!

Pero nada, hoy no tendré esa suerte.

Abro la aplicación de Twitter mientras oigo cómo Ene, apodo con el que llamo a mi prima desde pequeña, pone la canción *Locked Away*, de R. City y Adam Levine, a todo trapo en su habitación.

La oigo cantar y me la imagino bailando.

Pasan los minutos y sigo distraída mirando el móvil.

De repente, Irene baja el volumen de la música y oigo una puerta abrirse y unos pasos que se acercan.

Aparto la vista del móvil y lo bloqueo.

¡Que viene!

Mi prima asoma la cabeza por la puerta que da al salón, asegurándose de esconder bien su disfraz para que no lo vea.

Me mira muy seria y me pregunta:

—Pero vamos a ver, tía, ¿qué haces ahí tirada?

Mierda.

Me ha pillado.

La miro intentando poner cara de pena, y contesto:

—Es que no estoy segura de si ir a la fiesta.

—¡No jodas, Sara!

Ataquemos por el lado sensiblero.

—Al fin y al cabo, es tu amigo y yo no conozco a nadie allí. Va a ser incómodo.

Irene pone los ojos en blanco.

Después me mira y sonríe.

—¡Pero ¿qué dices?! Si lo vamos a pasar genial.

¡Ojalá!

—Habrá chicos, ¡piensa en eso! Aunque yo esté con Jesús, seguro que tú puedes conocer a alguno interesante —insiste emocionada.

Sonrío. ¿Qué le voy a hacer?

Mi prima sólo piensa en chicos. Hoy es Jesús, mañana Pablo. En fin...

—Además —añade—, Jesús me ha asegurado que Bárbara es

muy simpática y nos va a caer bien. Te enseñé unas fotos de ella el otro día, ¿te acuerdas?

Me pongo la mano en la barbilla haciendo que pienso.

Ni de broma me acuerdo.

—La verdad es que me quiere sonar lo que me cuentas, pero ni idea —admito finalmente.

Irene levanta los brazos y exclama:

—¡No esperaba menos de ti! Es alucinante lo rápido que olvidas las cosas.

La miro encogiendo los hombros.

La mala memoria es algo que va conmigo.

¡No puedo ser perfecta!

—En las fotos que te enseñé salía una chica de piel morena y pelo muy rizado y oscuro —continúa diciendo ella—. Ésa era Bárbara.

Sigo mirándola dudosa y pregunto:

—¿Tú crees que vi esas fotos?

—¡Claro, tía!

Odio que me llame «tía», y respondo:

—No sé.

—Venga, Sarita, dale una oportunidad a la fiesta y a Bárbara.

¡Mierda!

Ha utilizado el «Sarita», ha omitido el «tía» y sabe que eso me desarma.

Ahora es ella la que va por el lado sensiblero.

—Según me ha dicho Jesús, sois un tanto opuestas y puede que de primeras la vayas a prejuzgar, pero algo me dice que, si le das una oportunidad, te caerá bien. Conócela.

Vale.

Está visto que hay que ir a esa fiesta sí o sí, y la verdad, a la tal Bárbara esa no me la está vendiendo muy bien.

—Además —insiste—, es mi último verano antes de entrar en la universidad e intentar convencer a mis padres para que me dejen irme a Londres, ya que veo que el curso de biotecnología en Canadá que me muero por hacer ¡ni se lo plantean! Tía, en nada, yo también seré universitaria como tú —termina diciendo con una gran sonrisa.

Mamma mia.

Qué idealizado está el tema de ser estudiante universitario.

Yo ya llevo un año y es lo mismo de siempre.

La única novedad es que tienes que organizarte un poco más a tu rollo.

Y eso de que «en la universidad estudias lo que tú quieres y te gusta» deberían decírtelo con ciertos matices.

Y ahí está mi prima mirándome.

Lo ha vuelto a hacer. Ha ido directa al corazón y ha tocado las teclas correctas, como siempre.

Asiento y sonrío. No me queda otra.

Y finalmente, y esperando que recuerde que voy a esa fiesta por ella, porque si de mí dependiera me quedaba en casa tan a gusto, suelto:

—Valeeeee, me has convencido.

Mi prima salta y sonríe. Yo también sonrío.

Hay que ver las cosas que se hacen por las personas que quieres.

De acuerdo, no me apetece, ¡pero iré!

Acto seguido, aprovecho y me lanzo hacia el lado izquierdo del sofá tratando de ver algo de su disfraz.

Pero Irene me conoce muy bien y sabe lo que intento, así que da media vuelta y regresa a su habitación, no sin antes gritar:

—Tía, ¡ve a cambiarteeeeeee!

Suspiro y, como era de esperar, me doy por vencida.

Me levanto, cojo la mochila en la que he traído mis cosas y paso al baño.

Mientras me cambio, pienso en lo sorprendente que es que, después de tantos años, sigamos llevándonos tan bien.

No es que nos llevemos mal ni nada, sólo es que somos muy diferentes. Muy diferentes.

Se podría decir que ella de cara a la familia es la niña perfecta, y yo no tanto. Si ellos supieran la verdad, quizá... ¡se sorprenderían!

Sonrío recordando la de veces que mis tíos la dejaron salir con amigas porque iba yo entre ellas como persona responsable, y cómo con los años y por mis supuestas pintas todo fue cambiando.

Una vez termino de ponerme mi disfraz, me miro al espejo.

¡Tachán, soy toda una cocinera!

Intento colocar un poco mi pelo negro bajo el sombrero blanco.

No es que yo tenga mucho arte para estas cosas.

Salgo del baño y me dirijo a la puerta de la habitación de Irene.

Llamo dando tres toques y, antes de que pueda preguntar si puedo pasar, oigo cómo ella para la música.

Acto seguido, abre la puerta.

—¡RATATOUILLE! —exclama cuando me ve.

¡Me encanta esa película!

—Efectivamente —contesto riendo—. No sé si lo habrás adivinado por el traje de cocinera o por la ratita azul que llevo en el hombro —digo señalándome el hombro derecho.

Irene se echa a reír. Qué mona es cuando quiere.

A continuación, me mira y da una vuelta sobre sí misma, haciendo que la falda roja y blanca que lleva vuele en su dirección.

Está guapísima, y no tardo en hacérselo saber.

—Mi querida animadora americana, estás muy guapa —le digo guiñándole el ojo.

No sé cómo lo hace, pero a Irene todo le queda bien.

Si yo la describiera, diría que tiene un pelo rubio precioso.

Pero cuando ella lo hace, dice que es castaño y normal.

Tiene los ojos marrón claro y cara de niña buena, de esas que parece que no han roto un plato en su vida, aunque, la verdad, a mi parecer rompe vajillas enteras.

Todo lo contrario de mí, que tengo el pelo negro y los ojos tan oscuros que no se distingue la pupila del iris y, según mi tía Dácil, la madre de Irene, cada vez tengo más pinta de macarra.

La verdad, no tengo muy claro por qué lo dirá.

¿Será por mis tatuajes?

¿Por estudiar Bellas Artes?

¿O por vestir con tonos oscuros?

En fin, cosas de mi tía.

—¡Gracias, Sara! —contesta a la vez que se vuelve y coge su móvil—. Vamos a hacernos alguna foto.

Me tiende el teléfono, lo cojo y lo coloco en una estantería de su habitación, siempre buscando el mejor ángulo para que salgamos las dos.

Acto seguido nos hacemos unas cuantas fotos entre risas, cambios de posición y gestos.

Cuando Irene coge el móvil, me mira y pone cara de susto.

¿Qué he hecho?

—Venga, que vamos a llegar tarde.

Será por culpa suya, no mía.

He tardado en disfrazarme diez minutos.

Ella lleva dos horas y aún la veo echándose potingues en la cara.

¡Siempre a última hora!

Salgo de su habitación camino del baño para recoger mis cosas.

Una vez lo tengo todo controlado, primero cogemos las llaves de casa, luego las del coche, después los móviles, su bolso y, por fin, salimos.

En el camino vamos parloteando como siempre, nunca nos falta tema de conversación, hasta que llegamos al coche. Allí, Irene pone el GPS y busca la dirección donde vamos, mientras yo arranco y pongo el aire acondicionado.

¡Qué calor que hace!

Una vez localizada la dirección, le doy mi móvil para que, como siempre, haga de DJ. Irene rebusca música en mi Spotify y decide poner *Cheerleader,* de Omi.

—Qué apropiado, ¿no? —le digo.

Las dos reímos.

Menuda marchita más buena tiene la canción.

—Por cierto, tía, recuerda: ¡volvemos juntas!

Según la oigo decir eso, la miro, y, recordando quién es la que se escaquea siempre, respondo:

—Eso recuérdalo tú..., tía.

Una media hora después, tras muchas canciones y haber aparcado el vehículo, estamos frente a un gran bloque de pisos.

Aprovechamos que un señor sale a pasear un perro, al que me paro a acariciar con el permiso del dueño, y después entramos en el portal.

¡Lo que me gusta un animalito!

Una vez dentro, subimos al ascensor y mi prima pica al octavo.

Supongo que ahí vivirá la tal Bárbara.

El ascensor va lento..., lento..., lento. Vale, me estoy poniendo nerviosa.

Una vez llegamos a la planta y se abren las puertas, al salir del ascensor, oímos música y jaleo que provienen de la puerta ante la que nos detenemos.

Irene me mira, sonríe, llama al timbre y me guiña un ojo.

¡Uy, esa sonrisita!

¡Uy, qué miedito!

La fiesta no tenía ninguna temática en cuanto a disfraces, ¿o sí?

Me agobio. No quiero llamar la atención. De pronto la puerta se abre y aparece una chica negra, ¡guapísima!, todo sea dicho, disfrazada de la Sirenita.

La chica nos mira como intentando ubicarnos. Está visto que no le sonamos de nada, y antes de que pueda abrir la boca aparece Jesús, el amigo rollo de Irene, vestido de cowboy.

—¡Por fin estáis aquí! —exclama.

Instantes después, el cowboy le da un beso en la boca a mi prima, luego a mí uno en la mejilla y, mirando a la chica que va de Sirenita, indica:

—Bárbara, éstas son Irene y su prima Sara.

La anfitriona no tarda en saludarnos con dos besos mientras dice:

—¡Bienvenidas, chicas! Adelante, pasad.

¡Wow! ¡Wow!

Sólo el recibidor de la casa ya es más grande que mi habitación.

¡Qué pasada!

Cómo tiene que molar vivir en un sitio así. Con tanto espacio.

Miro con curiosidad a mi alrededor, cuando la tal Bárbara dice:

—¡Un momento! Antes de que entréis de lleno en la fiesta, vamos a hacernos una foto. Me la hago con todos los invitados cuando llegan, porque sé que después los *looks* no estarán en su mejor momento.

¡Chica lista!

Los cuatro reímos con el comentario.

Bárbara le da su móvil a Jesús y éste nos hace algunas fotos.

Una vez retratado el momento, Irene se va con Jesús, algo que ya esperaba, y yo aprovecho para darle las gracias a Bárbara. Al fin y al cabo, podríamos decir que soy una intrusa.

—Muchas gracias por invitarnos a tu fiesta.

Ella me mira con una gran sonrisa.

—¡No me las des! —dice pasándome el brazo por encima de los hombros—. Cuantos más seamos, mejor lo pasaremos.

Ojalá tenga razón. Qué maja parece.

Bárbara se separa de mí y, mirándome de arriba abajo, dice:

—Por cierto, me encanta tu disfraz. ¡La ratita en el hombro es lo más!

La ratita marca la diferencia. Sin ella, mi disfraz no terminaría de entenderse.

—¡Anda que el tuyo! —afirmo—. Me parece que has tenido una idea genial.

Ambas reímos, sabemos por qué lo hacemos, cuando ella suelta:

—¿Has visto? ¿Quién iba a esperarse que la Sirenita fuera negra? Nadie. El factor sorpresa es clave —explica con picardía.

Tiene razón.

Según la película de Disney, la Sirenita es una joven de tez clara, y no de tez oscura, pero la verdad es que el disfraz le queda que ni pintado, y, chocándole los cinco, afirmo:

—Vale, sólo por ese comentario ya me has ganado.

Sin duda, Bárbara y yo hemos empezado con buen pie.

¡Qué bien!

No entiendo por qué Irene me ha dicho antes eso de que éramos un tanto opuestas. Como no lo dijera porque yo soy blanca y ella es negra, no lo sé.

—Oye, Sara, mañana subiré algunas fotos a Instagram, así que, si quieres, luego me dices tu usuario para etiquetarte.

Vale, acabo de pillarlo un poco.

—¡Perfecto! —digo mientras la sigo por el pasillo hacia el salón.

Al entrar descubro que el piso es más grande de lo que imaginaba.

Esto parece una mansión.

Sólo falta que me diga que tiene un perro y que éste tiene habitación propia.

Hay gente por todos lados hablando, bailando, jugando, bebiendo...

A simple vista veo a un par disfrazados de doctores, un Peter Pan, un Minion, un Pitufo, una Tortuga Ninja, una zombi, a Barack Obama, una pirata, a Hermione Granger...

—A ver, te explico, aquí tienes el salón —empieza a decir Bárbara señalando una moderna y chulísima estancia en la que está casi todo el mundo—. La cocina está allí, justo detrás de la mesa del comedor. El baño es la puerta corredera de madera. Y por ese pasillo está mi dormitorio, el de mis padres y un par de habitaciones para invitados. Con sus respectivos baños, por supuesto.

Mamma mia.

Me he perdido sin ni siquiera moverme.

¿No tendrá un mapa para no desorientarme?

—Tienes una casa preciosa —le digo.

—¡Muchas gracias! Todo es cosa de mis padres.

¿Cómo que cosa de sus padres?

Y como no da más explicaciones, rápidamente pienso que serán decoradores, arquitectos o alguna cosa de ésas.

Por cierto, ¿ha dicho baños en las habitaciones de invitados? Pero ¿cuántos baños tiene esta casa?

Madre mía..., y en mi casa, mi madre, mis hermanas y yo nos las apañamos sólo con uno. Si tuviéramos uno cada una, ¡sería alucinante!

—¡Ah! Lo más importante —añade entonces—. Estás en tu casa, o sea que, si quieres beber o comer algo, ve a la cocina y te sirves lo que te apetezca. Por mí, *no problem.*

—Vale, genial —contesto.

De momento puedo decir que esta chica es muy simpática.

Suena el timbre de la puerta y Bárbara se excusa para ir a recibir a los invitados recién llegados y, por supuesto, hacerse la foto de rigor cuando entren. Decido acercarme a la cocina a coger algo de beber.

Cuando regreso miro a mi alrededor y sigo alucinando.

Veo a mi prima al fondo con unos amigos y me dirijo hacia ellos.

Tras pasar un rato hablando en el grupo con el que está, formado por Irene, Jesús, un doctor, una Tortuga Ninja, una hippie y yo, mi prima se acerca a mí y susurra:

—¿Ves aquellos de allí?

Miro hacia donde indica y, al ver a una parejita, añade:

—Los he pillado ya tres veces metiéndose unas rayitas de coca en el baño.

Vale, sé que hay personas que se divierten con eso, cuando mi prima, mirándome, me advierte:

—No creo que te ofrezcan, pero si lo hacen, ¡ni se te ocurra!

Sorprendida, la miro. Yo paso de drogas, como sé que ella también, y replico:

—Tranquila, y lo mismo digo.

Ambas sonreímos. Entonces, al ver mi vaso vacío, le digo:

—Ene, voy a por otra Coca-Cola, ¿quieres algo?

Ella mira el suyo y, extendiendo el brazo, dice:

—Guay, tía, para mí una Fanta, porfa.

Cojo su vaso, le guiño el ojo y me separo del grupo.

De camino a la cocina, observo a la gente.

Veo que Peter Pan y la zombi están enfrascados en una lucha por ver quién encesta más palomitas en un bol. También imagino que al Pitufo le va a durar la pintura azul en la cara unos días, porque por mucho que suda bailando, sigue teniéndola intacta.

Justo cuando voy a entrar en la cocina, oigo algo que me hace salir de mis pensamientos.

—¿Ratatouille? —dice una voz masculina.

Me vuelvo y veo bailando a un chico de antifaz, bonita sonrisa y cabello oscuro que tiene un peluche de una ratita azul en la mano.

¿Esa rata es la mía?

Me miro el hombro derecho y compruebo que no, no está ahí.

Sí, ¡ésa es mi rata!

Debe de habérseme caído. Por lo que, entrando en el juego, indico:

—Ratatouille soy. Encantada. Tú debes de ser Míster Increíble, ¿no?

El chico se ríe mientras baila. Tiene ritmo. Pone una pose a lo Míster Increíble y, a la vez que me devuelve el peluche, contesta:

—Me has pillado.

¡Qué gracioso!

Y cuando voy a decir algo, él añade:

—Confieso que sólo soy él cuando estoy salvando el mundo o en días excepcionales, como hoy. Cuando no llevo el antifaz y el traje rojo, la gente me conoce como Fran.

Ambos reímos, y afirmo:

—Entonces, encantada de conocerte —y siguiendo el juego indico—: Vale. Yo, cuando salgo de las cocinas, soy Sara.

Él asiente.

—Encantado, Sara.

Una vez dejo con cuidado los vasos vacíos que llevo en las manos sobre una estantería llena de libros, cojo la rata azul que él me tiende con amabilidad y la coloco en su sitio.

—¿Cocinas de verdad? —me pregunta con curiosidad.

¡Ay, chico, ojaláááá!

Aparto la vista del peluche, lo miro con una sonrisa y cuchicheo:

—Uy, qué va. —Una vez colocada la rata, vuelvo a coger los vasos de la estantería y añado—: No me gusta nada de nada cocinar.

El chico se ríe y yo matizo:

—Mi plato estrella es un estupendo sándwich con lechuga, tomate, queso y huevo duro, ¡me salen divinos!

—¡Eso no es cocinar, maja! —se mofa él.

Buenooooooo, como entremos ahí...

¿Y eso de «maja»?

El término «maja» suena a persona mayor, pero, divertida, pregunto con curiosidad:

—¿Cuál es tu plato estrella, *majo*?

Mis palabras lo hacen sonreír de nuevo. Sin duda es un chico sonriente, y tras tocarse el antifaz para colocárselo, responde:

—Los que mejor me salen digamos que son la crema de calabaza, la tortilla de patatas y la lasaña.

Emmm...

Este chico, que tiene pinta de ser más joven que yo, sabe cocinar.

Pero bueno..., ¡este chico es todo un partidazo!

Qué desastre. ¡Soy un desastre!

—Te acompaño a la cocina, que tengo sed —oigo que dice a continuación.

Una vez entramos los dos en la misma, abro la nevera tal y como me ha indicado Bárbara y pregunto:

—¿Qué quieres, Fran?

Él mira curioso su interior y finalmente contesta:

—Una Coca-Cola Zero, por favor.

Mira, como yo. ¡Éste es de los míos!

Y, cogiendo una lata, se la lanzo e indico:

—Toda tuya.

Fran, que no esperaba que hiciera eso, se mueve rápidamente y consigue pillarla al vuelo. Vaya..., ¡es rápido de reflejos!

Con la bebida en la mano, me mira y, sonriendo, hace como si se limpiara el sudor de la frente. Casi la liamos. O, mejor, casi la lío. Pero no. Por suerte, no, y procedo a sacar bebida para mí y para Irene, cuando lo oigo que dice:

—Como anfitriona es un diez, pero sin duda el baile no es lo suyo.

Miro hacia donde indica y tengo que reírme al ver a Bárbara bailando. ¡Joder! Lo hace aposta o es arrítmica perdida. Sin dar crédito, Fran y yo la miramos hasta que finalmente él afirma:

—Como diría mi madre, no se puede tener todo.

—Ya te digo —asiento divertida.

Él empieza a hablar de nuevo a la vez que abre su bebida:

—Bueno, Sara, ¿y qué haces aquí? ¿De qué conoces a Bárbara?

Lo miro y pienso qué contestar. Puedo mentir o puedo decir la verdad, y, deseosa de ser sincera, me encojo de hombros y respondo:

—No la conozco de nada.

—¡Anda, como yo! —contesta mirándome.

¿En serio?

Entonces ¿no soy la única que está aquí sin conocer a la anfitriona?

Eso me gusta, y, divertida, abro las latas para servir los refrescos en los vasos y pregunto:

—Entonces... ¿te has colado?

Fran sonríe.

—Qué va, he venido con mi amigo Darío. Él es el que conoce a Bárbara.

—Más o menos como yo.

Le explico que Jesús es el último churri de Irene, y que él es quien conoce a Bárbara, para finalizar diciendo:

—Y supongo que mi prima me invitó a mí para tener asegurado un transporte de regreso a casa en caso de que el churri le falte.

No sería la primera vez que me hace eso. Como diría mi madre, «por el interés te quiero, Andrés».

Es lo malo de ser la primera de las dos en sacarse el carnet de conducir.

Fran recoge las latas vacías para tirarlas al cubo de reciclaje.

—Una tía lista, tu prima —comenta.

—¿A que sí? —respondo riendo.

Me acerco a la puerta de la cocina y busco con la mirada a la susodicha. Una vez la localizo, le hago un gesto a Fran con la cabeza para que se acerque.

—A tu derecha verás a Jesús —le indico—, es el que va vestido de cowboy. Pues bien, mi prima Irene es la animadora que está junto a él.

Soy consciente de cómo la mira. Le da un buen repaso y finalmente musita:

—Con pompones y todo. Eso ya es otro nivel.

Ambos reímos cuando, curiosa, intento saber quién es su amigo Darío.

¿Cuál de todos puede ser?

Observo la sala con detenimiento y creo que Fran adivina lo

que estoy pensando, porque, levantando el brazo, señala al Pitufo. Al de azul.

—¿Ése es Darío? —pregunto sorprendida.

—El mismo.

La pintura azul del rostro del Pitufo sigue intacta, e, incapaz de callar, digo:

—Tiene pinta de que va a estar azul un par de días...

Fran asiente, opina igual que yo y, tras dar un trago a su bebida, cuchichea:

—Se lo advertí antes de que se pintara, pero me dijo que le daba igual. Ya se arrepentirá, por cabezón.

—A ver si mañana le da tan igual —me mofo.

Una vez tengo mi bebida y la de Irene preparadas, cojo los vasos, pero antes de salir de la cocina miro a Fran y, levantando el mío, le digo:

—Venga, ¡chinchín!

—¿Por qué brindamos?

No sé. La verdad es que no sé por qué brindar, cuando él dice:

—¿Qué te parece por los disfraces?

—¡Perfecto!

Él sonríe, yo también, y chocamos nuestros vasos. A continuación, salimos juntos de la cocina y seguimos disfrutando de la fiesta.

Las horas pasan y la gente comienza a marcharse y, cuando me quiero dar cuenta, mi prima ya se ha pirado con su churri sin decirme nada, como siempre. ¡Joder con Irene!

Por suerte, he conocido a Fran y a Bárbara y estoy muy a gusto con ellos. Y me encanta ver que son de los míos. De los que piensan que no es necesario beber alcohol para divertirse.

Pasan las horas y aquí cada vez va quedando menos gente. Lo malo de hacer una fiesta en casa es que la peña no suele quedarse a ayudar a recoger el desastre de después y, sinceramente, es una putada para el anfitrión. En este caso, para Bárbara.

Por ello, y consciente de que un par de manos le vendrán bien a la Sirenita, sin dudarlo, me pongo a recoger vasos de las mesas, sillas, suelos, encimeras, estanterías..., mientras observo con el rabillo del ojo cómo la anfitriona se despide del que debe de ser su churri con besos muy apasionados.

Dejo de mirar. No quiero que me pillen.

Al verme, Fran corre a la cocina. ¿Adónde irá?

Instantes después, lo veo salir con una bolsa grande.

—Las vi una de las veces que fui a reponer bebida —cuchichea.

Asiento, no pregunto más, y se une a mi maravilloso equipo de limpieza.

Más tarde oigo que la puerta de la calle se cierra. El churri de Bárbara se ha marchado y, mirándome, me guiña un ojo a modo de agradecimiento.

¡Qué majos me parecen Fran y Bárbara!

Sin duda, para mí, ¡lo mejor de la fiesta!

Fran ha estado conmigo en todo momento y ella ha estado superperpendiente de todo el mundo. Eso sí. O recogemos esto o cuando vengan sus padres, como poco, ¡se la comen!

¡Madre mía, cómo está la casa!

Instantes después, cuando Bárbara se despide de unas chicas disfrazadas de bruja y de hada, aparece por el salón y, con gestos de enorme gratitud, indica:

—Gracias..., gracias..., gracias...

Yo sonrío. Me hacen gracia sus «¡gracias!».

—Como vengan tus padres y encuentren la casa así, ¡te la ganas! —señalo.

Según digo eso, veo que ella se encoge de hombros.

—Tranquila. No vendrán.

Segundos después me entero de que Bárbara vive sola. Sus padres viajan por todo el mundo, por lo que dispone de la casa para ella sola.

¡Qué maravilla!

Aunque, bueno, yo prefiero vivir con mi madre y mis hermanas.

¿Qué haría yo sin ellas?

Mientras Fran y yo recogemos todo el estropicio, Bárbara nos promete una comida, una cena o lo que sea, y rápidamente nosotros le decimos que no hace falta. Pero ella insiste y, total, al final aceptamos.

Segundos después se une al comando de limpieza. En la fiesta éramos más de sesenta personas, pero aquí y ahora sólo quedamos tres. Bárbara nos mira, se va directa al ordenador que tiene conectado a un altavoz y dice:

—Todo es mejor con música.

Acto seguido empieza a sonar la canción *Last Friday Night*, de Katy Perry.

Es un temazo, y los tres comenzamos a canturrear mientras recogemos.

Sin embargo, cuando llega el estribillo, la locura se apodera de nosotros y empezamos a bailar y a cantar como si no existiera un mañana. Fran y yo nos miramos. Ver bailar a Bárbara es curioso, cuando la oímos decir:

—Lo reconozco: todo el mundo cree que los negros llevamos el ritmo en la sangre, pero yo debo de ser la excepción, porque soy negra y bailo fatal.

Eso nos hace reír a carcajadas.

A lo largo de la fiesta, en distintos momentos, he comprobado que tanto Fran como Bárbara dominan el inglés perfectamente.

Se saben todas las canciones.

No como yo, que soy feliz inventándome la letra.

Lo damos todo bailando y, al terminar, Fran capta nuestra atención cuando dice:

—Oye, ¿os habéis dado cuenta de que los tres vamos disfrazados de personajes de Disney?

¿En serio?

Nos miramos unos a otros.

Ariel, Míster Increíble y Ratatouille.

Sin duda, mucho Disney hemos visto los tres.

¡Qué casualidad!

—¡Es el destino! —grita Bárbara entre risas tocándose las pulseritas de cuero que lleva en la muñeca.

Y, antes de que podamos decir nada, sale corriendo como una loca.

¿Adónde va?

Instantes después regresa al salón con su móvil en la mano, nos mira y dice:

—¡Esto merece una foto!

Coloca el móvil en la estantería que hay en la derecha y, como al inicio de la noche, nos hacemos varias fotos, esta vez, metiéndonos de lleno en nuestros respectivos papeles.

Ariel se tumba en el suelo cual sirena apoyada en una roca. Se coloca el traje para que no se le vean los pies y disponemos unos cojines grises a modo de piedras. Míster Increíble saca músculo y pone cara de esfuerzo. Y yo saco la cuchara de madera del bolsillo y hago como que pienso en mi próxima receta.

Capítulo 2

Junio de 2018, dos años después de la fiesta de disfraces

Es la tercera vez que suena el despertador.

Lo odio.

Lo odio con todas mis fuerzas.

Muy a mi pesar, sé que no puedo retrasarlo más veces.

¿Qué hago madrugando estando de vacaciones y siendo fin de semana?

Vale, acabamos de regresar de pasar unos días en Tenerife, de donde es mi madre, y aunque ella, por desgracia, ya ha vuelto al trabajo, ¡yo sigo de vacaciones!

Paro el maldito despertador y me levanto.

Me arrastro como una zombi hasta el baño y me echo agua fría en la cara.

Eso casi siempre me despeja.

El contacto del agua fría con la piel hace que me dé un escalofrío.

Tras asearme un poco y dejar la faceta de zombi a un lado, me cambio de ropa.

Abro el armario, lo miro y me decanto por unos vaqueros negros, las típicas Converse negras y blancas y una camiseta blanca.

Vuelvo a la habitación para coger la cartera y veo a *Botas*, mi gato, boca arriba encima de la cama.

Botas llegó a nuestra casa hace dos años.

Era el gato de nuestra vecina Isabel, pero tuvo que mudarse y le era imposible llevárselo.

Así que mis hermanas y yo conseguimos convencer a nuestra madre para quedárnoslo.

Y aquí está, viviendo como un rey.

Es el que mejor vive de todos.

Le acaricio la tripa mientras me mira con cara de pocos amigos.

Debo de haber arruinado su segunda siesta del día.

Le doy un beso en su cabeza naranjita, cojo la cartera y el móvil y voy a la cocina.

Necesito un café. Voy a recoger a mi prima Irene al aeropuerto. Regresa de Londres.

Nada más llegar a la cocina, dirijo la mirada a la cafetera.

¡Genial, no hay café hecho!

Lo que me faltaba.

Ahora ya no me da tiempo a hacerlo, ya lo hará mamá más tarde.

Abro uno de los armarios de la cocina y cojo una magdalena.

Me la comeré de camino.

Salgo de la cocina y me paro en seco.

Me inclino para comprobar que *Botas* tenga comida y agua.

Sí tiene, perfecto.

Sigo mi camino hacia la puerta principal, pero tengo que parar en el mueble de la entrada.

Llevo las manos llenas de cosas y corro el peligro de que acabe todo en el suelo.

No sería la primera vez.

Guardo el móvil y las llaves en la riñonera, cojo las llaves del coche, me pongo las gafas de sol y engancho la magdalena con los dientes.

Me voy.

Salgo de casa y llamo al ascensor.

Mientras espero, miro por la ventana del descansillo.

A estas horas no hará demasiado fresquito, ¿no?

Abro la ventana y saco un brazo.

Vale, a estas horas hace bastante fresquito.

Vuelvo a abrir la puerta de casa, corro y llego a mi habitación de nuevo.

Abro el armario y pillo una chaqueta oscura.

Vuelvo a acariciar a *Botas*, aunque a él no le hace gracia, y salgo de casa otra vez.

Ahora sí que me voy.

Bajo en ascensor y, antes de abrir la puerta de la calle, me pongo la chaqueta.

¡Qué frío para ser junio!

Salgo y me digo mentalmente: «¡Gracias, Sara de hace cinco minutos, por haber cogido la chaqueta!».

Una vez llego al coche, me monto en él y desbloqueo el teléfono.

Abro WhatsApp y escribo:

YO: Oye, ¿me pillas un café, porfa?

Mi amiga no tarda ni diez segundos en contestar. Seguro que tiene el móvil en las manos, como siempre.

BARBI: ¡Claro! ¿Estás ya?

YO: Nooo, salgo ahora.

BARBI: *No problem.*

Acto seguido, cierro WhatsApp, abro Spotify y pongo la música en aleatorio.

Empieza a sonar *Faith*, de George Michael, y yo arranco el coche.

¡Cómo me mola esa canción!

Media hora más tarde, tras lidiar con el tráfico imposible de Madrid, paro el coche y veo a Bárbara salir de una cafetería. Como siempre, más conjuntada y perfecta no puede ir.

Bajo la ventanilla del coche y rápidamente la saludo.

—¡Buenos días, guapa!

Ella sonríe y da una vuelta sobre sí misma (porque sabe que va monísima), y contesta:

—¡Buenos díasssssss!

Instantes después, Bárbara levanta el brazo y me enseña un vasito con tapa.

Mi ansiado café.

—¡Gracias, Barbi! —le agradezco mientras abre la puerta del coche para montarse—. ¿Cuánto ha sido?

En estos dos años, el grupo que formamos el día de la fiesta de disfraces se ha consolidado, y muchas veces utilizamos motes en vez de nuestros nombres. Como llamar Barbi a Bárbara; a Fran, Billy, ya que su película favorita es *Billy Elliot*; o a mí llamarme Dory, como la pececita amiga de *Buscando a Nemo*, porque siempre se me olvida algo. Tengo una memoria pésima.

—Hoy invito yo —me dice dándome dos besos y el vaso.

Encantada, asiento. Acepto el café y bebo un poco.

¡Aleluya! Lo necesitaba.

Mientras, Bárbara manda un audio de WhatsApp: «¡Buenos díasssss, Billy! Estoy con Sara en el coche, donde siempre, así que vente cuando quieras».

Tras enviar el mensaje, veo que mira a unos chicos que pasan por delante de nosotras y dice:

—¿Cuál te mola más?

Los miro. Son muy monos, y aunque ninguno es de mi estilo, respondo para que se calle:

—El del polo blanco.

Barbi lo mira, sonríe y comienza a despotricar sobre su último desastre amoroso. Juan..., Juan..., Juan... Estoy cansada de oír de hablar de él. Mi amiga y él estuvieron juntos seis meses. Seis meses llenos de enfados, reconciliaciones y múltiples tonterías que Fran y yo escuchamos y respetamos, hasta que, en su última ruptura, no pudimos más y le cantamos las cuarenta a nuestra amiga.

¿Por qué no se olvidaba de ese tío?

Y lo hizo, pero de la peor manera posible, que fue enrollándose con todo aquel que se cruzaba en su camino y le hacía gracia para luego contárnoslo todo con pelos y señales. Total, que Fran y yo le dijimos de nuevo lo que pensábamos de su nueva vida y ella prometió no contarnos más. No obstante, dudo que se calle.

Estoy pensando en ello cuando veo de reojo cómo abre la aplicación de Instagram.

No será capaz...

Observo que activa la cámara.

Intuyo lo que quiere hacer.

No, no, no...

—¡Eh! —le llamo la atención. Bárbara me mira—. ¿Qué se supone que haces?

Rápidamente, la morenaza que tengo a mi lado suelta mirándose en el móvil mientras se coloca el pelo:

—Hacernos un selfi para subirlo a las Stories.

—No puedes.

Según lo digo, me mira sin entender nada.

—¿Y eso por qué?

Suspiro, yo seré Dory, pero ella es... es... Y finalmente respondo:

—Porque lo que subas podría verlo mi prima, y se supone que vamos a sorprenderla al aeropuerto.

—Pero no lo va a ver —responde.

Mírala, qué lista.

Giro el cuerpo y me coloco mejor en el asiento para mirarla de frente.

—¿Y eso cómo lo sabes?

—Porque, en el avión, tendrá el móvil apagado.

Yo la miro fijamente.

¿En serio no se da cuenta? ¿De verdad que sus neuronas todavía no se han reajustado?

Y, suspirando, le aclaro:

—A ver, piensa. En el avión claro que no lo va a mirar. Pero, cuando aterricen, ¿qué? Y mientras espera a que salgan las maletas, ¿qué crees que va a hacer?

Bárbara me mira fijamente y asiente. Es consciente de que tengo razón, y yo vuelvo a beber café con tranquilidad mientras le guiño un ojo.

Justo cuando ella va a decir algo, la puerta trasera se abre, y oímos:

—Buenos días, chicas, qué puntuales sois.

—Buenos... —es todo lo que me da tiempo a decir antes de que Bárbara me interrumpa.

—A ver, Billy, ¿pasaría algo si subo una foto a las Stories de Instagram ahora mismo?

¡Qué cabezota es!

Mejor no digo nada. Paso.

Me coloco correctamente en el asiento del conductor y meto el vasito del café en el hueco del inexistente cenicero.

Odio el tabaco.

Por el espejo retrovisor, veo cómo Fran levanta una ceja ante la pregunta de aquélla y responde:

—Hombre, Barbi, yo no lo haría. Mejor espérate un poco, no lo vaya a ver Irene y se chafe la sorpresa, ¿no?

ZAS... ZAS... ZAS...

Dos contra uno.

Al menos, Fran ya está reactivado a estas horas.

Finalmente, Bárbara entra en razón. Por fin se da cuenta de que sería un error y guarda el móvil, mientras yo arranco el vehículo y comienzo a conducir.

—¡Tengo un disgusto que para qué! —exclama entonces Fran.

—¿Qué ocurre? —preguntamos Barbi y yo al unísono.

Él resopla y, acomodándose en el coche, indica:

—Pues que, según he leído, viene Ed Sheeran en concierto y, tras ver la pasta que costarán las entradas buenas, ¡no voy a poder ir!

Bárbara y yo nos miramos, a los tres nos encanta Ed Sheeran, y mi amiga suelta:

—Bueno, quién sabe. Nunca digas nunca.

Veo que Fran asiente, yo también, y, dispuesta a que sonría, busco cierto tema que a los tres nos encanta y digo:

—De momento, ¿qué tal si escuchamos esta cancioncita de nuestro Ed?

Comienza a sonar *Castle on the Hill* de nuestro querido Ed Sheeran y, mientras ellos la cantan perfectamente en inglés, ¡yo me la invento! Pero, oye..., doy el pego total.

Entre risas y apuestas de si mi prima espera que vaya alguien más que yo a recogerla, llegamos a la T2 del aeropuerto Adolfo Suárez Madrid-Barajas. Una vez dejamos el coche en su parking, cuando entramos en la terminal, veo que unas señoras se quedan mirando fijamente y con descaro a Bárbara. Fran y yo las miramos recelosos, pero Bárbara no. ¡Ella pasa! Mira que me jode que por el hecho de que sea negra en ocasiones tengan que mirarla así.

¡Serán gilipollas!

Segundos después, Fran va directo a un panel de control para confirmar la hora de llegada. Y cuando regresa hacia nosotras, dice con los brazos levantados:

—¡Adivinad!

Bárbara y yo nos miramos.

¿Ahora tocan adivinanzas?

Y como no decimos nada, añade:

—El avión que viene de Londres se ha retrasado una hora.

—Nooooooooooooooooo —grita Bárbara.

Fran asiente y yo, mofándome, indico:

—Fíjate, Barbi, hoy no es a ti a quien esperaremos.

Mi amiga me mira. Sabe que llevo razón. La tardona del grupo siempre es ella, y se queja:

—Eres una exagerada.

A mí me entra la risa y, cuando voy a meterme un poquito más con ella, Fran indica señalando una cafetería:

—Venga, vamos. Os invito a algo.

Llegados al sitio, pedimos unos cafés. ¡Qué ricos! Y una vez los tenemos y nos sentamos a una mesa libre, antes de pegar el primer sorbo al suyo, Fran me mira.

—Habría que avisar a su madre del retraso, ¿no?

Pues también es verdad.

—¡Cierto! Ahora le mando un mensaje —digo sacando el móvil.

Pero Bárbara me da con los dedos en el hombro, llamando mi atención.

—Sería mejor llamarla. Puede que esté ocupada y no oiga el mensaje. Un teléfono sonando lo oye todo el mundo.

Asiento con la cabeza.

Abro la agenda de mi móvil, busco el contacto de la tía Dácil, marco y le tiendo el teléfono a mi amiga.

—¿Ya estamos, *my friend*? —dice mientras coge el móvil.

—Sí.

No me gusta hablar por teléfono. No me gusta nada. De hecho, siempre he pensado que, si mi vida dependiera de ello, estaría jodida.

Los wasaps, puedo tardar más, puedo tardar menos, pero los contesto. Pero lo de las llamadas es otra cosa. ¡Las odio!

Y si encima es para hablar con mi tía Dácil, peor me lo pones.

Por fin oímos a Bárbara decir:

—¡Buenos días!... No, no, soy Bárbara... Sí, todo bien, ¿y tú?... Aquí estamos Fran, Sara y yo esperando a tu hija... Sí, todo está preparado, pero al final no tendremos que distraerla tanto tiempo... No, tranquila, es que han retrasado su avión... En vez de llegar a las once, ahora llega a las doce... No te preocupes, allí estaremos... ¡Un beso, Dácil, luego nos vemos!

Bárbara cuelga y me devuelve el teléfono, aunque antes le echa una sonrisita a un tipo muy nórdico que pasa por nuestro lado. Yo lo guardo y sigo con mi café. Me gusta.

—Bueno, Fran, ¿y qué tal tu viaje a Sevilla con tu familia?

Según Bárbara pregunta eso, él nos mira, parpadea y, sonriendo, musita:

—Bien. Aunque mi padre, como siempre..., un sopor —y, dirigiéndose a mí, pide—: Sara..., déjame una goma para el pelo.

Se la dejo. Creo que soy la suministradora oficial de gomas para el pelo de Fran.

Una vez se recoge el cabello en un moñete alto que le hace tener un estilazo increíble, nuestro amigo nos cuenta curiosidades de su viaje a Sevilla con sus padres.

Sonreímos.

Fran y su padre tienen una relación muy especial por culpa de su progenitor. Es un hombre serio y exigente, y no le vale con que Fran estudie Derecho como él ha exigido. Quiere más. Y, por lo que sé, Fran no está dispuesto a poner más de su parte.

Pasamos el rato entre cafés, charlas, confesiones y, finalmente, repasando el plan, que tampoco es muy difícil: estamos aquí para sorprender a Irene, que viene de Londres tras un año estudiando allí.

—Entonces ¿le decimos que hemos reservado para comer los cuatro? —pregunta Fran.

—Claro —afirma Bárbara—. La llevamos a casa para que deje las maletas y le diremos que por la tarde se juntará la familia para merendar.

—Genial —afirmo—. Ahora sólo falta que no se huela nada.

—Tranqui, Sara, seguro que no —matiza Fran.

Tras un silencio cómodo entre los tres, Bárbara saca el móvil, su preciado y adorado móvil, y nosotros la miramos.

Ella nos mira y, levantando los brazos, gruñe:

—Oye, que no he hecho nada, soy inocente.

Fran y yo reímos ante su reacción.

La conocemos muy bien. Cuando ella, resoplando, musita con insistencia:

—Venga, vamos a hacernos el selfi como los buenos amigos que somos esperando a nuestra amiga. Pero, *don't worry*, no lo subo ahora, lo subo luego para que no me matéis. ¡Lo prometo!

Finalmente nos reímos. Los selfis y sus redes sociales son lo más para ella, y al final nos hacemos de todo, selfis y fotos haciendo el tonto, lo que, por cierto, se nos da muy bien.

—¡Chicas! Son las 11.55 —nos avisa Fran.

Colocamos las cosas en la bandeja y dejamos la mesa recogida y, con paso acelerado, nos dirigimos hacia la puerta por donde se supone que saldrá Irene.

Una vez allí, para hacer tiempo y no aburrirnos, como en otras ocasiones, comenzamos a imaginar la vida de las personas que tenemos a nuestro alrededor, mientras vemos reencuentros emotivos y nos emocionamos nosotros también.

Parejas que se encuentran y se besan con pasión. Parejas que se encuentran y ni se miran a la cara. Padres que vuelven a ver a sus hijos tras meses separados, e incluso vemos el recibimiento de un nuevo amigo de cuatro patas llamado *Toby*, que está aquí para recibir a sus padres, que regresan de su luna de miel.

Emocionada estoy viendo cómo aquel perrillo recibe a sus dueños cuando a las 12.15 me suena el móvil.

Lo miro y veo que es un mensaje de Irene.

Al abrirlo, veo que es un selfi de ella delante de la cinta del equipaje, y pone:

ENE: Estoy esperando mis
maletaaaasssssssssss.

Veo un reflejo azul en su pelo ¡Qué raro! Pero, pensando que será la luz del interior, les enseño a Fran y a Barbi la imagen y me dicen que responda con un selfi, como hacemos nosotros en nuestro grupo de WhatsApp.

Les hago caso, me hago una foto, yo sola, para que no sospeche, y se la mando:

YO: Aquí me tienes, esperándote.

Gracias al doble *check* azul de WhatsApp, sabemos que mi prima ha visto mi foto, pero no ha contestado.

Imaginamos que está pendiente de su equipaje.

Mis amigos se esconcen tras una familia que está más allá con carteles y globos. Qué sosos somos, podríamos haberla recibido así.

Una vez ellos se esconden, yo me hago hueco entre la gente y consigo ponerme delante. Quiero que Irene me vea en cuanto se abran las puertas.

Unos diez minutos después, la puerta se abre por decimoctava vez y la veo.

Madre mía..., madre mía... ¿Qué se ha hecho en el pelo?

¡Mi tía Dácil la mata!

Ella me ve, salta de felicidad y se le dibuja una gran sonrisa en la cara.

Esquivo a alguna que otra persona y consigo llegar hasta mi prima para fundirme en un gran abrazo con ella. He echado de menos a esta petarda los meses que ha estado en Londres estudiando. Más de lo que esperaba.

Cuando nos separamos, y antes de que me dé tiempo a decirle nada, oímos:

—¡Sorpresa!

Fran y Bárbara aparecen e Irene vuelve a saltar emocionada.

Sin duda, ¡la hemos sorprendido!

Mientras se abrazan, veo a Barbi con el móvil en las manos. ¿Cómo no? Aunque supongo que estará grabando para que, como dice ella, «quede para la posteridad».

Ella y su posteridad.

Desde aquella fiesta de disfraces de hace dos años, Fran, Barbi y yo hemos hecho una piña, e Irene se lleva genial con ellos. Incluso cuando estaba en Madrid se unió a nuestros planes en ocasiones, aunque, bueno, ella siempre va a su rollo.

Una vez ellos dejan de saltar como si no hubiera un mañana, le pregunto a mi prima:

—Ene, pero ¿qué te has hecho en el pelo?

Ella ríe y, tocándoselo, pregunta:

—¿Te gusta?

Sin duda, me gusta. Me gusta mucho. Se lo ha oscurecido, cortado, y lleva un mechón azul, nada que ver con el pelo con el que se marchó. Y con curiosidad pregunto:

—¿Lo sabe tu madre?

Ella sonríe con malicia.

¡La madre que la parió!

Lo que le gusta llevarle la contraria a la tía Dácil. Y, guiñándome el ojo, contesta:

—Qué va, tía. Será una sorpresa.

Mamma mia. Mamma mia.

¡La que se va a liar va a ser poca! Y nosotros vamos a ser testigos de ese momentazo.

A mi tía Dácil le va a dar algo cuando vea a su hija.

Mi tío Carlos, el padre de Irene, no creo que le dé mucha importancia, pero mi tía, con lo clasicorra que es, ¡verás!

—¿Y qué has hecho con el pelo que te han cortado? —pregunta Bárbara poniéndose las gafas de sol.

Mi prima la mira y, encogiéndose de hombros, responde:

—Yo qué sé, lo habrán tirado. ¿Por qué?, ¿lo querías?

Ene no, pero tanto Fran como yo sabemos por qué Barbi pregunta eso, cuando él, adelantándose, indica:

—Podrías haberlo donado, lo tenías superlargo.

—Joder, no lo sabía. La próxima vez lo donaré.

Dicho esto, y comentando cómo mi tía se tomará ese cambio, nos encaminamos hacia el parking donde está el coche.

Cuando llegamos, Fran y yo metemos las maletas de mi prima atrás mientras la oímos decir:

—Bárbara, si hubieras pasado por el pasillo de colorines del aeropuerto, te habrías hecho dos mil fotos. Hay una luz increíble ahí dentro.

Fran y yo nos miramos y luego miramos a nuestra amiga.

Bárbara echa un vistazo hacia atrás y pregunta con el móvil en la mano:

—¿En serio?

—Sí.

—¿Y si vamos? —la oigo decir.

Suelto la maleta en el maletero y, señalando directamente hacia la morena, digo:

—¡Ni lo sueñes!

—No te dejarían pasar ni de broma para hacerte una foto, así que ni lo intentes, maja —responde Fran cerrando el maletero.

—Vaaaaaaale. Madre mía, vaya fama tengo —contesta Bárbara.

—Tú solita te la has creado —dice Fran, haciéndonos reír a todas.

Entro en el coche, Barbi se sienta en el lugar del pasajero y Fran e Irene se instalan atrás.

Una vez acomodados, me vuelvo hacia Irene.

—A ver, te explico. —Todos me miran con interés—. Vamos a tu casa y dejamos las maletas. Pero como tus padres trabajan, nos vamos los cuatro a comer a un restaurante que ha reservado Fran que pilla cerca. Cuando terminemos te llevamos a casa y allí los esperamos para merendar. ¿Te parece?

—¡Por mí, perfecto! —y, sacándose un paquete de tabaco, pregunta—: ¿Quién tiene fuego?

Boquiabierta, la miro. Pero ¿desde cuándo fuma?

Y, resoplando porque hoy mi tía Dácil se la carga sí o sí, indico:

—Mira, guapa, si fumas es tu problema, pero dentro de mi coche, ¡no!

Ene sonríe, se guarda el tabaco y, sin decir más, se pone el cinturón de seguridad mientras yo espero que se haya tragado la trola que le he soltado, pues no soy muy buena mintiendo.

El viaje se hace ameno gracias a que Irene va contándonos qué tal es la experiencia de pasar un año estudiando en Londres. Amigos, fiestas, diversión, drogas, bebidas, locura. ¡Si supieran mis tíos! Y lo gracioso es que, luego, la descarriada por llevar tatuados los brazos ¡soy yo!

Una vez llegamos al barrio de mis tíos, busco sitio para aparcar y, mira, por suerte, lo encontramos cerca. Sacamos las maletas y los cuatro nos encaminamos hacia la casa de Irene. Está claro que ella no espera la sorpresa.

Tras llegar al portal, saca las llaves y, una vez entramos, nos metemos los cuatro con las maletas en el ascensor.

Esto parece una lata de sardinas de lo apretados que vamos.

Llegamos al piso de la familia de Irene y ella de nuevo utiliza sus llaves, cuando, sin que aún le haya dado tiempo a abrir la puerta, se oye:

—¡¡¡SORPRESAAAAAAAAAAAAAAAAAA!!!

¡Dios, le han pegado un susto de muerte!

Pero no sólo a Irene, a Fran también. Tanto que, de la impresión, se ha caído al suelo.

¡Será bobo!

Irene se lleva la mano al corazón por el sobresalto, pero, sonriendo, va directa a saludar, empezando por darle un abrazo a su padre.

—¡Pero, Fran, ¿estás tonto?! —digo agachándome para ayudarlo a levantarse.

Barbi hace lo mismo.

Sin embargo, debido a las risas del momento, no tenemos fuerzas y terminamos los tres riendo a carcajadas.

¡Qué tontos somos!

Una vez conseguimos incorporarlo, Fran me mira y susurra:

—Madre mía, mira que me habías dicho que iban a gritar, pero me ha pillado desprevenido.

—¡Pero, Irene, ¿qué te has hecho?!

Oh..., oh..., ésa es la voz de mi tía Dácil. ¡Mal rollito!

¡Se avecina drama!

Bárbara, Fran y yo dejamos nuestra conversación para presenciar la escena.

La tía Dácil mira a su hija con cara de cabreo absoluto e Irene, agitándose el pelo, sin perder su sonrisa, responde:

—¿Te gusta, mamá?

Barbi, Fran y yo nos quedamos callados.

Se respira la tensión.

Podría decir que mi tía es una mujer tradicional y antigua, o, como diría Barbi, *vintage*. Siempre le ha gustado controlar todo de Irene: la ropa, el peinado, los zapatos...

Pero a medida que mi prima fue creciendo, eso se convirtió en algo difícil. Vamos, creo que lo normal. Irene tiene su propio gusto. Algo que desde luego creo que a la tía Dácil no le va, pues es de las que dicen que Irene o cualquier mujer debería llevar el pelo muy largo, porque eso es feminidad.

De hecho, cuando mi prima se fue a Londres, el pelo le cubría casi toda la espalda, y ahora, a su regreso, no le llega ni a la nuca. Y encima, ¡con un mechón azul!

—Hija, ¿cómo se te ocurre hacerte eso, con el pelo tan bonito que tenías? —dice mi tía llevándose las manos a la cabeza mientras la mira con incredulidad.

Estoy dudando.

¿Me meto en la conversación o no?

Pero una mirada de Irene pidiendo auxilio me empuja a hacerlo.

—Bueno, tía, no te preocupes, el pelo crece.

La tía Dácil se vuelve y me mira.

Si las miradas matasen, ella me habría matado hace años.

Pero sus miradas ya no me dan miedo y, por supuesto, no me voy a quedar con ganas de terminar lo que iba a decir, por lo que suelto:

—La vida es muy larga como para llevar el pelo siempre igual.

Mi tía me repasa de arriba abajo, está cabreada, y sentencia:

—Tú calla, Sara, no le des más ideas, que lo siguiente es un tatuaje de los tuyos.

Miro a mi madre, que está a la espalda de mi tía, y, sonriendo, me guiña un ojo. Sé que ella, como peluquera, piensa como yo, y, mira, ¡a mi madre le gustan mis tatuajes!

Mi madre y su hermana son completamente distintas. El yin y el yang. Cosa que agradezco.

Recuerdo el día que me hice mi primer tatuaje. A mi madre pudo gustarle o no, pero lo respetó. En cambio, cuando mi tía lo vio, me retiró la palabra durante dos semanas, ya que eso para ella era una insensatez y una locura, entre otras mil cosas que dijo.

—Irene, mi niña, creo que ese corte de pelo te queda estupendo —termina diciendo mamá para echarme una mano.

Mi prima sonríe y abraza a mi madre, mientras que mi tía pone los ojos en blanco y se va hacia la cocina al grito de:

—¡Venga, vamos a comer!

Fran y Barbi dudan si quedarse o no, pero no me hace falta decir nada porque, ante la insistencia de Irene, mi madre y mis hermanas, se sientan a mi lado.

Casi no cabemos en la mesa de la cantidad de gente que somos, pero al final nos las apañamos.

—Con tanta comida y tanta gente, ¡esto parece Nochevieja! —dice mi hermana Almudena.

La tarde transcurre tranquila entre historias, risas y anécdotas por parte de mi prima Irene y sus vivencias en Londres, mientras mi tía Dácil resopla y sabe que, diga lo que diga o gruña lo que gruña, eso ¡es lo que hay!

Capítulo 3

Me gusta dormir.

Me encanta dormir y, cuando la luz de mi habitación se enciende, me tapo la cara con la sábana y oigo:

—Sara, cariño, me voy a la pelu ya. Carla y Almudena siguen dormidas. Hoy vendré a la hora de comer.

Es mi madre. Es su voz, pero no sé qué hora es.

Mi madre, Naira, tiene una peluquería propia. Un negocio que abrió junto a mi padre cuando yo nací y que, afortunadamente, le va muy bien.

Por desgracia, mi padre murió en un accidente de tráfico cuando mi madre estaba embarazada de Carla. Fue un palo muy gordo. Muy fuerte en su momento, pero, hoy por hoy, se puede decir que, si bien lo recordamos y lo queremos, está superado, aunque su ausencia siempre estará en nuestros corazones.

Mamá suele abrir a las nueve de la mañana la peluquería, así que deben de ser las ocho o así, ya que siempre se va pronto por el posible tráfico.

—Sara, ¿me has oído? —pregunta a mis espaldas.

Ay, Dios..., no puedo ni responder del sueño que tengo.

Debería ser ilegal darme tanta información a estas horas.

El verano se está acabando, pero aún quedan unos días.

Por tanto, aún estoy de vacaciones.

¿De verdad es necesario que me despierte cada mañana mi madre para esto?

¿No me lo puede enviar por WhatsApp o intuir que ya lo sé?

—MMMMMHHH —emito un sonido que, más que de humano, parece de ogro.

Mi madre, que conoce hasta mis ruiditos, dice:

—Bueno, cualquier cosa, al móvil, como siempre. Hasta luego, gruñona.

Sale de la habitación apagando la luz, que ha encendido al entrar.

Un minuto después oigo cómo se cierra la puerta principal. Me destapo la cara y doy la espalda a la puerta de mi cuarto, ya que entra luz por ahí y me molesta. De nuevo me tapo ligeramente con la sábana y me acurruco.

¡Joder, qué a gustito!

Cuando empiezo a quedarme dormida, me suena el móvil avisándome de que me ha llegado un wasap.

Venga, hombreeeeeeeee.

¿Quién me va a escribir a estas horas?

Refunfuño y lo miro.

No podía ser otra persona más que ella.

AAMAMÁ: Recuerda dar de
desayunar a tus hermanas.

Pero ¿y esta mujer?

¿De verdad piensa que las dejaría morir de hambre?

¿Tan mala hermana mayor cree que soy?

Paso, ya le contestaré luego.

Dejo el móvil donde estaba y vuelvo a cerrar los ojos.

Ni un minuto ha pasado cuando noto un ligero movimiento en la cama.

Por el peso, doy por hecho que es *Botas*, el gato.

Botas llega a mis piernas y, a la altura del muslo, se pone a hacer ese movimiento tan característico de los gatos que es como si amasaran pan, pero en mi muslo.

Muevo un poco la pierna para que pare y él decide tumbarse y dejar caer su cuerpo contra mí.

Vale, eso lo acepto.

—Sara... —oigo a mi hermana Carla.

Noooooooooooooooooooooooooooooo.

No me lo puedo creer.

Mi hermana pequeña está en la puerta de la habitación.

Pero ¿por qué no me dejan dormir?

Es el momento de poner en práctica mi maravillosa técnica de hacerme la dormida.

—Sara —la vuelvo a oír, pero ahora más cerca.

¿En esta casa es imposible dormir hoy?

—Saraaa —vuelve a decir mi hermana.

Empieza a darme golpecitos en la pierna.

¡Mierdaaaaaaaaaaaa!

Vale. Tengo que reaccionar. No puedo seguir haciéndome la dormida y, sin abrir los ojos, pregunto:

—¿Qué?

Carla, que es la pequeña de las tres, es un bombón, nuestra burbujita, y rápidamente dice:

—Mamá se ha ido.

Suspiro... Lo séééééééééééé. Y, necesitada de un ratito más de cama, murmuro:

—Carla, cielo, ya lo sé, y me ha dicho que sigamos durmiendo porque es muy pronto.

Sí, es mentira, me lo acabo de inventar, pero yo quiero seguir durmiendo.

—¡Mira qué hora es! —insiste ella tocándome la mejilla.

¡Joder! Ya me está haciendo dudar.

¿Me habré quedado dormida y habré perdido la noción del tiempo?

Abro los ojos y me encuentro con la pantalla de mi móvil encendida a escasos centímetros de mi cara.

—¡Carla, que me dejas ciega! —me quejo.

—Uy... —dice ella.

Me pone el móvil en la mano.

—Pero ¿has visto qué hora es?

Miro el reloj. Es prontísimo y, dejándolo de nuevo sobre la mesilla, murmuro:

—Aún es pronto, Burbuja. Ven, túmbate con *Botas* y conmigo un rato en la cama.

Ella acepta contenta. Le encanta que la llame así. Carla es una niña que se pasa horas viendo los mismos capítulos una y otra vez de «Las Supernenas». ¡Sus superheroínas!

Finalmente, se acurruca apoyando la cabeza en mi brazo derecho y yo vuelvo a cerrar los ojos.

Uff..., qué a gustito.

Pero la tranquilidad dura poco.

Empiezo a oír cómo le llegan a mi hermana Almudena mensajes en su móvil.

Uno y otro... y otro, y otro, y otro...

Por Dios, ¿me quieren llevar al límite hoy?

Y cuando ya no puedo más, levantando la voz, grito:

—¡Almu! ¡El móvil, tía!

Uy, «tía»... Me parezco a mi prima.

El teléfono de Almudena deja de sonar, supongo que lo habrá puesto en silencio.

Graciasssss.

Pero cuando creo que puedo volver a dormirme, no tardo en oír sus pasitos por el pasillo.

Retiro el «gracias».

Fijo la mirada en la puerta y veo su cabeza asomarse.

¡Ya estamos todas!

En silencio nos miramos unos segundos, cuando pregunto:

—¿De verdad os mandáis mensajes a las 8.15 estando de vacaciones?

Almudena entra en mi habitación y rechista:

—¡¿Qué quieres que haga si los de clase se ponen a hablar por el grupo?!

Vale, en ese caso no tiene tanta culpa.

Bueno, un poco sí.

Almu está en esa edad complicada que se suele llamar del pavo, y cuando va a decir algo, la corto:

—Qué angustias, de verdad. Menos mensajes y más disfrutar de lo que queda de vacaciones —concluyo.

Ella me mira con los ojos entrecerrados. Buenooooooooooo, que quiere discutir, la muy petarda. Pero yo, con la mano izquierda, doy unos suaves toques a la cama e invito:

—Ven, túmbate con Burbuja y conmigo un rato.

—Y con *Botas* —añade Carla rápidamente.

Almudena lo piensa.

Supongo que su parte adolescente «yosoymuylista» le está diciendo que menuda vergüenza tumbarse con nosotras. ¡Que eso es una chorrada!

Pero su parte racional le estará diciendo que somos sus hermanas, que nos quiere, que no la ven sus amigas y, sobre todo, que no tiene nada mejor que hacer a estas horas.

No tarda ni treinta segundos en venir y acomodarse en el lado izquierdo de la cama, para disgusto de *Botas*, que decide levantarse y tumbarse más abajo.

Una vez acoplados todos en mi cama, la paz llega de nuevo y, sorprendentemente, nos dormimos. Pero como cuatro troncos.

Musiquita...

Esa musiquita me suena.

Es mi móvil. Suena mi móvil y, antes de que me dé tiempo a incorporarme, Carla me lo entrega y, bostezando, saludo:

—Buenos días, mamá.

—Buenos días, cariño. Te iba a preguntar si os habíais levantado ya, pero por ese bostezo creo que no hace falta. Vaya horas.

—Justo estábamos levantándonos ahora —miento.

Carla se tapa la boca riéndose, por la mentira, y yo le hago un gesto para que entienda que es un secreto.

Miro el reloj que tengo colgado en la habitación.

Son las 11.43.

Vaya, pues sí que nos hemos quedado dormidas.

—Bueno, mi niña, sólo quería saber que estabais vivas. Te dejo. Vuelvo al trabajo, que tengo la peluquería a reventar.

—Vale, mamá, que te sea leve. ¡Un beso!

—¡Un beso a las tres, y a *Botas*! —dice antes de colgar.

En cuanto cuelgo, miro a mis dos hermanas, que continúan acurrucadas contra mí, y murmuro:

—Chicas, ¡a levantarse!

Un rato después, estamos las tres desayunando en la cocina.

—Sara, ¿tú crees que mamá me dejará tomar café este año? —suelta de repente Almudena.

Qué obsesión tiene con crecer.

Qué mala es la adolescencia.

—No lo sé, eso pregúntaselo a ella.

—¡Yo también quiero café! —dice Carla.

Oír eso me hace gracia y, levantándome mientras me rio, cojo unas magdalenas con choco y otras sin choco y digo:

—¡Ahora todas queremos café!

Le doy una magdalena de choco a Almudena y ésta dice mirando la mía sin chocolate:

—Mira que eres rara.

Yo la miro y no puedo hacer otra cosa que poner los ojos en blanco.

Estoy segura de que, si me dieran un euro cada vez que alguien, al enterarse de que no me gusta el chocolate, me ha llama rara, sería rica.

—Sabes que es de mala educación llamar a alguien raro o rara, ¿verdad?

Almu se encoge de hombros e indica:

—Pero es que lo eres, a todo el mundo le gusta el chocolate y a ti no. Eso es ser rara.

Suspiro. A ver, tampoco es tan raro que no te guste el chocolate. A otros no les gustan las espinacas y a mí sí, ¿acaso son raros por ello?

—Eso es ser diferente, no rara —replico—. Cada persona es un mundo. Si fuésemos todas iguales, qué aburrimiento.

Almu me mira con cara de darle igual lo que le digo.

—Tú no comes nunca plátano porque dices que no te gusta. ¿Acaso te he llamado yo rara por eso?

—No —niega Carla mientras mira a Almu, que pasa de contestar.

—¿Ves? Cuestión de respeto —zanjo pegándole un mordisco a mi maravillosa magdalena sin chocolate.

Almu, obviando lo preguntado, alza los hombros y comienza a mirar su móvil. ¡Cómo no!

Una hora después mamá llama para decirnos que traerá unas hamburguesas para comer, ¡eso es genial! ¡Hoy es fiesta! Y yo se lo agradezco mucho, ya que por todos es sabido que cocinar no es lo mío.

Mientras esperamos a que mamá venga con esas ricas hamburguesas, Almu está tirada en el sofá con el móvil y Carla ve en la tele unos capítulos de «Las Supernenas». Tras mirarlas y sonreír, voy a mi habitación, allí, cojo al gato y mi cuaderno y, una vez regreso, dejo a *Botas* a los pies de Almu y yo me siento en el suelo.

Mira que me gusta sentarme en el suelo.

Acomodo la espalda contra el sofá y me apoyo el cuaderno en las rodillas.

Mi madre cataloga mi cuaderno de diario, pero yo no lo llamaría así, ya que no describo mis días enteros ahí ni lo actualizo cada día. Simplemente me sirve de entretenimiento para dibujar, o de desahogo. Si hay algo que me gusta y se me da bien es dibujar. Lo disfruto mucho.

Total, lo que más hago ahí es básicamente esbozar mis chorradas e inventar posibles tatuajes. De hecho, varios de los que llevo en los brazos los he diseñado yo. Se me da bien.

Busco la primera página en blanco que haya y dudo sobre qué dibujar.

Dos minutos después se me ilumina la mente mientras miro la televisión y comienzo a hacerlo.

Pasa un rato y tengo sed, por lo que me levanto a por una botella de agua fría del frigo.

—¡Sara, yo también quiero pintar! —oigo que grita Carla.

—Vale, espera, que voy a por papel y lápices de colores —contesto tras coger una botellita.

Una vez regreso al salón, rebusco en un cajón. Encuentro lo que busco, por lo que le doy un estuche con un puñado de lápices de colores y un par de folios.

—Le voy a hacer un dibujo a mamá para cuando venga.

—¡Genial, Burbuja, le encantará! Pero vamos a poner otro capítulo de «Las Supernenas», ¿vale? —le digo, ganándome su aprobación.

Noto que Almu nos mira desde el sofá, supongo que pensará que es un horror pasar el día con nosotras.

¡Qué tortura!

Me suena el móvil y veo que es un mensaje en el grupo de WhatsApp llamado «Palomas mensajeras», en el que estamos Barbi, Fran y yo.

Entro y veo que es un selfi de Fran por la calle con los cascos de música.

BILLY: ¿Qué tal os va la vida? Yo,
de camino a dar clases de inglés.

En el grupo tenemos una regla no escrita que es que, cada vez que uno manda un selfi, los demás también mandamos uno.

Así que abro la cámara frontal del móvil y les digo a mis hermanas que miren.

Carla se apoya en mi hombro y pone una sonrisa de oreja a oreja, mientras que Almu saca la lengua desde lo alto del sofá.

YO: Hoy, con Almu y Carla.
Qué pronto empiezas a dar clases, ¿no?

BILLY: La revalida de septiembre
está a la vuelta de la esquina, maja.

YO: Ahhhhh, ahora todo tiene sentido.

A continuación, llega una foto de Bárbara con la yaya Tina, su abuela. Aunque a estas alturas ya podríamos decir que es abuela de los tres.

BARBI: *Hellooooo*, ya veis
lo bien acompañada que estoy.

YO: Salúdala de nuestra parteeeeeee.

En cuanto mando el mensaje, llega un audio de Fran: «Chicas, estaba pensando que podríamos quedar para pasar un día de piscina en mi casa y comer juntos antes de que empiecen las clases. Que al final no nos hemos visto tanto como pensábamos, últimamente. Lo hacemos en plan despedida del verano. ¿Qué opináis?».

BARBI: Síííííí.

YO: ¡Me apunto!

BILLY: Genial, lo hablamos.
Mañana estaré en el refugio de animales.
Ya sabéis que estáis más que invitadas.
BARBI: Yo no puedo, he quedado con
Neus y Eni.

YO: ¿Los que conociste por Instagram?

BARBI: Exacto.
BILLY: Os dejo, que entro a dar clase.
Id mirando días para lo de la pisci.
BARBI: *Byeeee*.

Dejo el móvil y vuelvo a concentrarme en lo que estoy haciendo. Mis hermanas están cada una a lo suyo y en casa reina la calma.

Cuando termina el capítulo, y como si lo hubiésemos hecho aposta, oímos unas llaves abrir la puerta.

¡Hamburguesas!

Mamá está en casa.

Me levanto y voy hacia la puerta, imagino que vendrá cargada.

Según abre, veo que estoy en lo cierto.

La ayudo con unas bolsas y las llevo a la cocina para ir sacando y colocando cosas.

47 ☞

Oigo cómo ella saluda a mis hermanas y luego vienen las tres hacia la cocina.

—Mira, mami, Sara y yo estábamos pintando —oigo a la pequeña.

Aparecen por la puerta de la cocina y mi madre se pone a ayudarme.

Almudena, en cambio, se sienta en uno de los taburetes que dan a la encimera.

Un segundo después ayuda a Carla a hacer lo mismo.

Veo que Carla lleva consigo su dibujo y mi cuaderno.

—¿Eso lo has dibujado tú? —pregunta mi madre.

—Sí —contesta ella—. Ésta eres tú; ésa, Sara; éstas, Almu y yo, y éste es *Botas*.

Mi madre sonríe. Le gustan los dibujos que todas le hacemos, aunque sean un churro, y dice:

—¡Qué preciosidad, Carla! Trae, corazón. Dame tu dibujo y lo ponemos en la nevera.

Mi hermana se lo da encantada.

Una vez colgado con un par de imanes en la nevera, veo que la pequeña abre mi cuaderno y busca la página en la que estaba dibujando.

Yo continúo colocando las pocas cosas que quedan, pero pendiente de ella. Cuando la encuentra, veo cómo se le ilumina la cara.

—¡Mami, mira el dibujo de Sara! —grita señalando la hoja del cuaderno.

Mientras veíamos la serie de dibujos, he recordado que mi madre más de una vez nos ha comparado a las tres hermanas con Las Supernenas: Burbuja, Pétalo y Cactus. Y se me ha ocurrido dibujarlas, pero dándoles un toque de cada una.

En el caso de Pétalo, la más presumida, la he dibujado con un cono y una bola de helado de chocolate en la mano, algo que a mi hermana Almudena le encanta. Burbuja es Carla. Y como tiene una conexión especial con *Botas*, la he dibujado con él al lado.

Botas, el gato, no suele acercarse demasiado a mí. Eso sí, por las noches le encanta venir a mi cama a martirizarme.

¡Ni que yo le hubiera hecho algo!

Es un interesado.

Así que he dibujado a la niña que sería Carla sentada con un gato tumbado delante panza arriba.

Pero no he terminado el dibujo. Con Cactus, que supuestamente soy yo, me he quedado un poco atascada. ¿Por qué? No lo sé.

—Oye, qué bien te está quedando, Sara —dice mi madre mirando el dibujo—. Has reflejado a tus hermanas y a *Botas* de una manera muy acertada. Y sus miradas, las has clavado, cariño.

—Gracias, mamá.

—Qué bien dibujas, hija mía —oigo que dice orgullosa.

Yo alzo los hombros y sonrío. Simplemente ha sido un dibujo rápido e improvisado.

—Mira, *Botas* y yo estamos juntos —dice Carla.

—¡Qué raro! —dice mamá cómicamente.

Almu aparta la mirada del móvil y se queda mirando el dibujo.

—¿No vas a dibujar a Cactus? —pregunta—. O sea, ¡a ti!

Asiento, me encojo de hombros e indico:

—La verdad es que me he quedado algo atascada.

—Espera —dice ella volviendo a mirar el móvil.

A saber qué busca.

Puedo esperarme cualquier cosa de ella.

Ni treinta segundos después, da la vuelta al teléfono.

—Esta Cactus es la que más te representa. ¿A que sí, mamá?

Miro la imagen de su móvil y veo al personaje en pijama, con los ojos entrecerrados, el pelo alborotado, tatuajes en los brazos y cara de pocos amigos.

—Fíjate, es el fiel reflejo de tu aspecto esta mañana cuando me he despedido de ti, cariño —contesta mi madre.

Las tres se ríen, yo también y, con cariño, cuchicheo:

—Oye, pero vamos a ver, ¿qué clase de imagen tenéis de mí?

—La que das —responde Almudena riéndose.

¡Qué traidoras!

—A ver, cariño, por las mañanas sí que eres un poco así. Ni los buenos días das, simplemente emites ruidos —se mofa mi madre.

Eso nos hace reír a todas. Es gracioso lo que dice, y sin enfadarme, suelto:

—A ver, dejemos clara una cosa. Deberíamos empezar a normalizar el gruñido como otra forma de dar los buenos días.

Las tres me miran.

—¿Qué esperáis de mí a esas horas de la mañana?

Ellas se ríen.

—¡¿Ves?! Deberías dibujarte así —concluye Almudena.

Vuelvo a mirar la imagen y pongo los ojos en blanco. Sin duda soy el Pitufo Gruñón de la familia. O eso es lo que muestro de mí.

—¡Venga, a comer, chicas! —dice mi madre para cambiar de tema sacando las hamburguesas.

Capítulo 4

Fran

Pipipipipipipipi...

¡Buenos días, mundo!

Hoy tengo el día completito, como de costumbre.

Menos mal que aún estamos de vacaciones y hasta dentro de unos días me olvido de la universidad.

Me levanto, estiro las sábanas de la cama y, según bajo a desayunar, sé que estoy solo y me recojo el pelo con una goma en un rápido moño en lo alto de la cabeza.

Siendo las nueve y cuarto de la mañana de un día entre semana, tengo la casa para mí solito.

Entro en la cocina, me preparo un café y pillo un par de croissants del mueble.

Abro Spotify y le doy al aleatorio.

Empieza a sonar Blas Cantó con *In Your Bed*.

Como estoy solo, me siento en uno de los taburetes de la cocina y desayuno en la enorme encimera blanca.

Estoy en mi mundo canturreando, comiéndome uno de los croissants y mirando hacia el jardín por la ventana cuando, de repente, oigo que se abre la puerta de entrada.

Un segundo después aparece el señor Francisco Martínez Navarro, mi padre, básicamente, trajeado y tan estirado como siempre.

Mi padre es todo un abogado de renombre, duro e implacable, como él mismo se define.

Entra en la cocina y me mira muy serio.

—¿Desde cuándo en esta casa se desayuna en la encimera con esas pintas?

Vale, ya estamos. E, intentando no caer en su nivel de intransigencia, saludo:

—Buenos días a ti también, papá. Y en cuanto a mis pintas, simplemente llevo una camiseta y un pantalón corto de pijama.

—Una horrorosa camiseta... ¡rosa! —insiste con gesto implacable.

Sonrío para mis adentros. Llevo una camiseta de tirantes rosa con calaveras amarillas y azules que me regalaron mis amigas, algo totalmente inaceptable para mi padre.

—Sólo es una camiseta... —replico—, no le des más vueltas.

Pero parece que no le hace mucha gracia lo que le digo, puesto que suelta:

—Quítate ese ridículo moño que te has puesto, Francisco.

Suspiro. Resoplo y, para no oírlo, me quito la goma que me sujeta el pelo. Inevitablemente, éste cae sobre mi rostro, y oigo que insiste:

—¿Cuándo te vas a cortar el pelo?

Mi padre es agotador. Conmigo es una lata, y, necesitado de decir lo que pienso, pues creo que no hago mal, prosigo:

—El pelo me gusta tal y como lo llevo, la camiseta rosa también y, en cuanto a ir la mesa a desayunar, teniendo los taburetes aquí, lo prefiero. Total, en menos de diez minutos he terminado.

Mi padre toma aire. Noto cómo las aletas de su nariz se abren. No le gusta nada de mí, y finalmente suelta:

—Cuidado con cómo me hablas, Francisco. Que no se vuelva a repetir.

Suspiro y me doy por vencido. Paso de discutir y de rebatirle nada. Él es tan estricto como siempre. Parece que nunca lo haré entrar en razón, y musito:

—De acuerdo, disculpa. ¿Qué haces aquí a estas horas? —pregunto con curiosidad mientras cojo una servilleta.

Mi padre rápidamente deja su maletín sobre la mesa de la cocina e indica sin mirarme:

—He olvidado unos papeles de unas actas que necesito hoy en

el bufete. —Y acto seguido señala mi móvil y añade—: Francisco, haz el favor de quitar esa música.

¿No hay nada que no le moleste?

—A la orden, señor —digo con guasa mientras cojo el móvil y paro la canción.

Mi padre, sin más, se da media vuelta y sale de la cocina.

Aprovecho y bebo café mientras sigo tranquilamente con el segundo croissant, pero esta vez en el más absoluto silencio.

Ahora sólo se oyen sus pasos por la casa y mi cuchara al remover el café.

¡Qué sensación de frialdad!

Entonces me suena el móvil y veo que es un mensaje en el grupo:

BARBI: ¡Buenos días!

YO: Holaaaaa, ¿qué haces tan temprano?

BARBI: Ya os dije que había quedado con Neus y Eni. Mis superamiguis *influencers*.

YO: Pues sí que madrugáis, maja.

BARBI: Claro, queríamos aprovechar el amanecer para unas fotos divinas. Ahora estamos desayunando.

YO: ¿No venían tus padres esta semana?

BARBI: Al final no han podido.

YO: Vaya, lo siento.

BARBI: No pasa nada, ¡ya vendrán!

Con el último mensaje, añade un selfi con una taza en la mano.

Cojo mi taza y decido hacer lo mismo.

YO: ¡Que aproveche!

BARBI: Igualmenteeeee.

Un par de minutos después, mi santísimo padre vuelve a aparecer en escena con unas carpetas en las manos y, abriendo su maletín, pregunta:

—¿Qué vas a hacer hoy?

Vale, si soy sincero, seguro que diré algo que no le gustará, pero respondo:

—Pues he quedado con Alicia e iremos a la protectora de animales. Supongo que pasaremos la mañana allí. Luego vendré a comer y, por la tarde, tengo que dar alguna clase de inglés.

Mi padre me mira muy serio.

Malooooooooooooooooooooooooooo.

Sé que no aprueba ni la mitad de las cosas que hago, pero ¿qué le vamos a hacer? Es mi vida, no la suya.

Una vez que cierra su maletín con esa fuerza que me hace ver que no le gusta lo que acaba de oír, se pone las gafas de sol y replica:

—¿Te parece una buena manera de aprovechar el tiempo? ¿Pasar la mañana con unos bichos?

Buenoooooooooooooooo, ¡ya estamos!

—Me parece una manera maravillosa de aprovecharlo —contesto sosteniéndole la mirada, pero con una sonrisa en la cara.

Él sabe que me molesta que los llame «bichos», y estoy bastante seguro de que lo hace aposta, de ahí mi sonrisita. Molestia por molestia.

La primera vez que lo oí referirse a los animales así fue el día que me quedó bastante claro que, mientras vivamos bajo el mismo techo, es imposible que entre ninguno en casa.

Tenía yo doce años y estaba con mi hermano Álvaro, que

por aquel entonces tendría casi dos años, y mi madre en el parque.

De repente apareció un perro que iba de un lado a otro de la carretera.

Tras un rato y varios pitidos de coches que no ayudaron demasiado, ante los gritos de alerta de mi madre por los coches que por allí pasaban, conseguí ganarme la confianza del animalito y apartarlo de la carretera.

Era un perrillo blanco, pequeñito y con unos ojos tristes que a mí particularmente me llegaron al corazón. Mi madre, conmovida por el animal, decidió que hiciéramos algo de tiempo en el parque para ver si aparecía alguien buscándolo, pero no apareció nadie y empezaba a ser tarde. Así que, tras dejarle claro a mi madre que el perro no se iba a quedar allí solo, nos fuimos a casa con él.

De camino, ella llamó a mi padre y, una vez colgó el teléfono, a su manera, me fue preparando. Ella lo conoce mejor que nadie y sabía lo que podía pasar, por eso me aconsejó que no le pusiera nombre al animal, porque aún no sabíamos qué íbamos a hacer con él. Sin embargo, cuando ella no me oía, yo lo llamaba *Casper* por lo blanco que tenía el pelo, aun estando sucio.

Al llegar a casa vi a mi padre en la puerta junto a un hombre y una mujer que no conocía de nada.

Mi padre nos señaló y la señora se acercó a nosotros y cogió a *Casper* de mis brazos. Yo no entendía nada. ¿Quiénes eran aquellos dos?

Vi cómo le pasaban al perro un aparato por la cabeza para confirmar que no tenía chip y, entonces, ahí vi mi oportunidad.

Con mis doce años, les di a mis padres todo un discurso de lo bien que iba a estar *Casper* en nuestra casa, que iba a ser un hermano más y que lo iba a cuidar superbién. Lo pasearía todos los días, le enseñaría a jugar a la pelota conmigo, lo bañaría para quitarle la suciedad y pondría su cama al lado de la mía para que no molestara a nadie.

Mi madre me miraba sonriendo, pero cuando se volvió para hablar con mi padre, éste no le dio opción. Mi padre me miró muy serio y me dijo de manera tajante que no quería bichos en casa.

¡Bichos!

A continuación, intercambió un par de palabras más con las personas que tenían a *Casper* entre sus brazos y éstos, sin mirar atrás, se fueron en un coche con él.

Adiós, *Casper*.

Nunca olvidaré el dolor que sentí ante la inexistente empatía de mi padre y la desesperación de ver cómo metían a *Casper* en un coche y se lo llevaban. Creo que su frialdad ese día marcó el comienzo de nuestra separación. Nunca he sido el hijo que él esperaba. Y aunque han pasado años de aquello, nunca nos hemos vuelto a encontrar.

Mientras estoy sumido en mis pensamientos, oigo que mi padre suelta un sonoro suspiro, se da media vuelta y sale por la puerta principal ni siquiera decirme adiós.

Vamos, en su línea.

La paz regresa a la casa, vuelvo a recogerme el pelo en un moño alto y, tranquilamente, pongo de nuevo la música.

Una vez termino mi desayuno, recojo la taza y el plato que he utilizado y los meto en el lavavajillas. Ayudo a mi madre en todo lo que puedo. Ella se lo merece. Se lo merece todo. Y me niego a darle más vueltas al tema de mi padre. No voy a dejar que me amargue el día.

Subo a mi cuarto, me aseo y, ahora sí, me cambio de ropa.

Como voy a la protectora, me pongo un chándal y unas deportivas.

Sé que voy a volver sucio, así que creo que este *outfit*, como diría Bárbara, es el más adecuado.

Meto en la mochila un par de bolsas de chuches para perros que compré el otro día y ya estoy listo.

Mientras bajo la escalera recibo un mensaje de Alicia:

ALICIA: ¡Estoy!

Cojo las llaves y salgo de casa.

Ahí está con su coche.

Entro y, antes de poder decirle buenos días, la oigo:

—¿Viste el partido Croacia-Inglaterra de ayer?

Me pongo el cinturón.

—Qué va, ¿quién ganó?

Alicia, que es una futbolera increíble, responde:

—Croacia, pero fueron a prórroga y todo.

Asiento. El fútbol no es que me vuelva loco. Otra cosa que me separa de mi padre.

Finalmente, ella arranca el coche y nos vamos camino de la protectora.

En el camino vamos hablando. Conocí a Alicia en la universidad. Ella es mayor que yo y tenía asignaturas pendientes. Pero poco a poco nos hicimos amigos y un día empezó a hablarme de la protectora de animales y de lo bien que les vienen los voluntarios y todo el trabajo que hacen.

Cualquiera que me conozca sabe que me encantan los animales. Así que no le fue muy complicado convencerme para que fuese alguna vez a echar una mano.

No lo pensé dos veces y el siguiente fin de semana la acompañé.

Recuerdo a la perfección la sensación del primer día.

Me impresionó mucho ver a tantos perros ladrando a la vez.

Pero, al fin y al cabo, lo que hacen es pedirte que los saques para poder saludarte, jugar y desfogarse.

Cuando empecé a ir a la protectora me resultaba muy duro el momento de marcharme.

Y, ¿para qué mentir?, hoy en día también.

Porque cuando llego observo sus caras de felicidad al vernos aparecer, cómo mueven sus colas y se apoyan en las puertas para que les abramos y puedan salir a llenarnos de babas, correr y jugar. Pero lo difícil viene después, cuando tenemos que volver a meterlos en sus cubículos y nos ven marcharnos.

Intento no mirar mucho hacia atrás, porque me rompe el corazón dejarlos allí, aun sabiendo lo bien cuidados que están.

Un rato después, al llegar a la protectora, Alicia ya me ha puesto al día de todo lo referente al Mundial de Fútbol de Rusia de este año. Si no fuera por ella, no estaría nada puesto en temas deportivos.

Cuando entramos a la protectora, saludamos a algunos compañeros y rápidamente nos ponemos manos a la obra, cuando Lu, una de las chicas de allí, me mira y dice:

—Tenéis los monos limpios en la secadora.

Asiento y Alicia y yo nos dirigimos hacia el cuartito donde está la secadora. Allí nos ponemos los monos con los que trabajamos y comenzamos a sacar a pasear a algunos perros por turnos o grupos, dependiendo de lo sociables que sean los animales, sus miedos o a lo que estén acostumbrados.

Después, ella se va a la zona de las gateras, pues los gatos son los que más le gustan, mientras yo paso la mañana en la zona de los perros.

Primero me pongo a barrer y a fregar los recintos donde descansan los animales, luego limpio los cuencos y les cambio el agua. A continuación, entre Luis, otro voluntario, y yo bañamos a un par de perros que han llegado esta semana. Y después ayudo a Candela para hacerles las fotos necesarias y poder ponerlas en la página web y las redes sociales, para que, con un poquito de suerte y corazón, alguien los adopte.

Cuando he terminado y me he cerciorado de que no hay nada más que pueda hacer en este momento, juego con todos los perros que puedo.

Desde la zona acotada para jugar con ellos, veo cómo vienen y van personas solas, parejas y familias a ver a los perros y los gatos y, muy posiblemente, llegar a adoptar alguno. Veo la cara de los niños y las niñas cuando vienen y ven a los animales. Se les ilumina la cara. No es difícil verme reflejado en ellos y, en el fondo, me dan algo de envidia.

Se acerca la hora de comer, así que dejo a los perros en sus respectivos cubículos y me dirijo al baño.

Me lavo las manos y la cara. Ya me ducharé cuando llegue a casa.

Al salir, me cruzo con Alicia, que va también al baño.

—Me lavo un poco y salgo, no tardo —me dice señalando hacia el interior.

—Sin prisa —contesto, y me dirijo al mostrador de la entrada.

Cuando llego allí veo la hucha para donativos y, sin dudarlo, saco la cartera y echo unas monedas. Sé lo complicado que es recaudar fondos para una protectora de animales, así que siempre que puedo voy poniendo algo.

Alicia sale y vamos hacia el coche.

No me da tiempo a ponerme las gafas de sol cuando la oigo:

—¡Mira qué bien!

La miro y veo que se ha parado en seco con los brazos levantados.

—Tanto buscar un sitio con sombra esta mañana, para que ahora le esté dando todo el sol al coche —se queja, y continúa su camino hacia el vehículo.

—Ya sabes, la ley de Murphy —digo.

Rodeo el coche y ocupo el asiento del pasajero.

Espero a que mi amiga esté sentada y añado:

—También te digo una cosa, maja —ella me mira, y prosigo—: podríamos haber puesto el parasol para no quemarnos ahora el culo.

Alicia se echa a reír y arranca el coche.

—Vale, tienes razón. La próxima vez lo ponemos. Recuérdamelo.

En el viaje hacia casa, entablamos una conversación sobre mala o buena suerte en la vida, y, antes de que me dé cuenta, ya hemos llegado.

Me despido de ella, cojo la mochila del asiento trasero y entro en casa.

Veo a mi hermano Álvaro viendo dibujos animados en el salón.

—¡Hola, hermanitoooo! —digo en alto, haciendo que se sobresalte.

Se vuelve, asoma la cabeza por encima del sofá y levanta el brazo a modo de saludo.

—¡Hola! ¿Vienes del sitio de los perros?

—Efectivamente.

—¿Y qué tal?

—Te mandan lametazos de su parte.

Álvaro se ríe y luego sigue viendo la tele.

Sé que le encantaría ir a la protectora, me lo ha pedido mil veces. El único problema es que mi padre no quiere que lo lleve. No quieren que le salga otro hijo animalero y rarito como yo.

Paso por la cocina y veo a mamá. Está atareada, como siempre, y me acerco.

—Hola, mamáááá.

—Hola, cariño —dice volviéndose.

Mi madre es cariñosa, comprensiva y muy dulce. Es todo lo opuesto a mi padre, y, tras darme un par de besos, dice poniendo las manos delante, para que no la manche:

—Por la ropa que llevas y el olor que desprendes, imagino que vienes de la protectora, ¿no?

Yo asiento.

—Pues sube a ducharte y, cuando bajes, comemos.

Sonriendo, le hago caso. Subo y me ducho lo más rápido que puedo.

Me pongo un vaquero y una camiseta blanca y, cuando regreso, me siento a comer con Álvaro y con mamá.

Mi hermana Ana y mi padre son los superperfeccionistas de la familia. Pasan más tiempo en el bufete trabajando que en casa, así que no es raro que no vengan a comer.

Mi madre tranquilamente bromea con Álvaro y conmigo, pero soy consciente de sus ojeras. Unas ojeras que llevan ya mucho tiempo instaladas ahí, y eso me preocupa. Sin embargo, he hablado con ella, le he preguntado si le ocurre algo y ella siempre niega con la cabeza. Nunca quiere preocuparnos. Pero yo no soy tonto. Sé perfectamente que las cosas entre ella y mi padre no deben de estar muy finas. Si hay dos personas diferentes, ésos son mis padres.

—Álvaro, ¿a qué hora tienes que estar en el cumpleaños de Carolina? —pregunta mamá.

—El cumple empieza a las cinco, en su casa —contesta mi hermano.

Mientras me echo un poco de agua en el vaso, veo de reojo que mi madre me mira. Intuyo que me va a pedir algo, así que digo:

—¿Qué pasa?

Ella sonríe.

—Esta tarde tengo que hacer unas cosillas personales —suelta—, así que estaba pensando que yo llevo a Álvaro al cumple y tú lo recoges más tarde. ¿Qué te parece?

Uff..., eso me lo complica todo. Tengo planes, e indico retirándome el pelo de la cara:

—Mamá, tengo cosas que hacer y, además, están las clases de inglés a los niños por la tarde y...

Ella asiente. Veo que recalcula su tiempo y, de pronto, siento que debo ayudarla, por lo que digo antes de que ella hable:

—Venga, vale, no hay problema. Yo recojo al enano, mamá.

Mi madre sonríe. Alarga su mano, la pasea por mi rostro y musita:

—Gracias, mi amor.

Sonrío. Nadie es tan dulce como mi madre, ni dice eso de «mi amor» con tanta verdad.

¿Cómo no voy a ayudarla, aunque vaya agobiado?

Sin duda me espera una tarde de ir corriendo de aquí para allá, pero es lo que hay. Quien algo quiere algo le cuesta. Y mi madre y mi hermano son muy importantes para mí.

Terminamos de comer tranquilamente. Y, sobre las cuatro y cuarto, salgo de casa para llegar a y media a casa de una de las niñas a las que doy clase de inglés.

El tema de dar clases viene porque mi madre es de Inglaterra, y, gracias a eso, en mi casa somos bilingües. Mi hermana y yo tenemos muy buen nivel del idioma, y el pequeño aún está en ello.

Una vez termino la clase con la niña, corro para llegar un poco antes a la siguiente. No tengo tiempo que perder.

Acabada la segunda clase, con Sergio, un chaval con el que llevo un par de años, salgo pitando y llego con el tiempo justo a la clase que me interesa. Es mi secreto. Mi gran secreto.

Me cambio de ropa a toda velocidad y entro en clase. Al menos, ésta no la doy yo. Y sé que el tiempo que esté aquí, además de disfrutar, me servirá para desfogarme y desestresarme.

Poco antes de acabar la clase, me limpio el sudor de la cara y miro el reloj de la pared. ¡Qué rápido pasa el tiempo! Hoy no puedo grabar el vídeo como me gustaría. Ya son las ocho y media y tengo que ir a buscar a Álvaro al cumpleaños. Debería irme. Me despido de mis compañeros, recojo mis cosas, y, sin cambiarme de ropa, me pongo los cascos de música y me voy a por mi hermano.

Tras un paseo, llego a casa de la amiga de Álvaro. Toco el timbre y me abre una mujer rubia.

—¡Hola! Soy Matilde, la madre de Carolina. ¿Vienes a recoger a alguien?

—Buenas tardes. Soy Fran, el hermano de Álvaro, ese que está subido al unicornio —digo señalando hacia la piscina.

La mujer me da dos besos y me invita a entrar.

—¿Quieres algo de beber? —me pregunta.

—¡No, gracias! —respondo señalando la botella de agua que llevo en la mano.

Saludo a mi hermano para que vea que lo estoy esperando. Él también levanta el brazo para saludarme, momento que aprovechan sus amigos para tirarle del unicornio hinchable.

Mientras espero a que salga del agua, se seque un poco y podamos irnos, ojeo el móvil. Y veo que Sara y Bárbara están hablando por el grupo.

SARA: ¡Cómo se nota que subiste ayer una foto a Instagram y nos etiquetaste, Barbi!
BARBI: ¿Qué pasa?
SARA: Que ya me han seguido cuatro personas hoy. A mí, que probablemente subo unas cinco fotos al año, jajajaja.

YO: Que no se te suba la fama a la cabeza, Dory.

BARBI: Ya cambiaremos eso, Sara, me comprometo a ayudarte con tu perfil.

YO: Suerte.

SARA: Ehhhhhh.

Un rato después, mi hermano ya está listo y salimos hacia casa.

—¿Qué? ¿Te lo has pasado bien? —le pregunto revolviéndole el pelo aún mojado.

—¡Sí! Lo hemos pasado superbién en la piscina. Hemos jugado con la pelota, hemos hecho carreras buceando... —cuenta gesticulando—. ¡Ah! A Carol le han regalado una cola de sirena para el agua. Nos la hemos probado y no veas cómo mola.

—¡Me alegro un montón! —le digo—. ¿Y había tarta?

—Claro, era de chocolate y estaba buenísima.

—¿Y qué ha dicho del regalo que le has llevado? ¿Le ha gustado? —pregunto.

—Sí, me ha dicho que será la mochila que llevará este curso a clase.

—¡Eh, eso está genial! —le digo apretándole el hombro.

Seguimos caminando, pero noto su mirada clavada en mí, cuando pregunta:

—¿Tú no ibas a dar unas clases de inglés hoy, Fran?

—Y de eso mismo vengo.

Mi hermano se pone la mano en la barbilla y dice:

—Cuando te has ido de casa no ibas con esa camiseta negra de tirantes ni con el pelo mojado.

Entiendo por dónde va. Su perspicacia me pone algo nervioso. Este enano crece. E, intentando sonar convincente, contesto señalándome la ropa:

—Esto es porque he aprovechado y he estado un rato en el gimnasio antes de ir a por ti. En la mochila llevo la ropa que dices.

Siempre he pensado que Álvaro es más listo de lo que demuestra, es muy observador. Me mira durante unos segundos que se me hacen eternos. No sé si me cree o no, y simplemente contesta:

—Ah, vale.

Y seguimos caminando hacia casa mientras me cuenta alguna cosa más del cumpleaños y yo pienso cuánto tiempo podré seguir guardando mi secreto.

Al llegar a casa, veo el coche aparcado de mi padre y maldigo. ¿Qué hace tan pronto aquí?

Y, como presuponía, nada más entrar en casa, al primero que me encuentro es a él, que, mirándome, dice:

—Por el amor de Dios, Francisco, ¿y esas pintas?

Joder..., joder..., joder..., ¡qué mala suerte la mía!

Y antes de que yo pueda decir nada, aparece mi madre y, plantándose ante él, dice:

—El chico va vestido como visten los muchachos de su edad. No empieces.

Mi padre resopla y suelta mirándola:

—¿Acaso no puedo decirle nada?

—Absolutamente nada —matiza mi madre sorprendiéndome.

Mi hermano y yo no nos movemos, mientras ellos se miran y se retan. Finalmente, mi padre me mira e, ignorando a mi madre, indica:

—Yo intenté criar un hombre..., no un...

—¡Cállate! —grita ella alzando la voz.

Mi hermano me da la mano. Yo se la cojo con fuerza y entonces mi padre se da media vuelta y se marcha a su despacho. Una vez oímos el portazo, mi madre, cambiando su gesto, nos mira y pregunta sonriéndole a mi hermano:

—¿Lo has pasado bien en el cumple, cielo?

Álvaro asiente. Sé que está tan desconcertado como yo.

—Anda, ve a ducharte —dice entonces mi madre—. Y tú también —añade mirándome a mí.

Álvaro coge su mochila y sube escaleras arriba. Entonces, yo miro a mi madre y pregunto en voz baja:

—¿Qué pasa?

Ella suspira.

—Nada, cariño —contesta sonriendo—. No te preocupes por nada. Tu padre y sus cosas raras. Anda, ve a ducharte tú también, y cuando bajéis cenamos.

Sin querer contrariarla, hago lo que me pide y no pregunto más. Sin duda, mis padres han vuelto a discutir.

Capítulo 5

Bárbara

Suena el despertador y lo primero que hago es coger el móvil.

Entro en WhatsApp y veo que tengo varios mensajes. Pero lo primero es lo primero y, si no fallan mis cálculos, si aquí son las 9.30 de la mañana, en Melbourne serán las 19.30. Abro el grupo que creé con mis padres, al que llamé «Arquitectos por el mundo», y escribo:

> YO: ¡Buenos días, papis!
> ¿Qué tal todo por allí?

Mis padres son arquitectos, por lo que viajan mucho y se tiran largas temporadas fuera de casa. Ahora llevan alrededor de tres meses en Australia, y va para largo. Siempre digo que mis padres viven para trabajar. No desconectan nunca, ni cuando están en casa o de «vacaciones».

Un minuto después, recibo respuesta de mi madre:

> AAMAMÁ: Estamos en una
> reunión, cielo, luego hablamos.

Lo que yo decía: viven para trabajar.

Antes de ir a ducharme, voy a poner la canción de mi día en Instagram. A menudo me levanto tarareando alguna canción, así que, siempre que ocurre, no dudo en ponerla en mi cuenta de Instagram. Y hoy es uno de esos días. Abro YouTube, escribo en el buscador *Sin tu piel*, de Nil Moliner, y le doy a «Buscar». Acto seguido, grabo la pantalla, recorto el vídeo y lo subo a mi perfil de Instagram. ¡Cómo me gusta esa canción! Me transmite buen rollo y siempre me hace moverme, no falla.

Tras ponerla, decido meterme en la ducha al ritmo de la misma para terminar de despejarme. Todo el mundo cree que por ser negra bailo de manera increíble, pero no, yo soy la excepción que confirma la regla y lo tengo asumido. Soy arrítmica.

Una vez termino de ducharme, salgo, me pongo el albornoz y rebusco en el vestidor.

Coloco encima de la cama dos posibles *outfits* para hoy. Básicamente, dos conjuntos de ropa compuestos por una camiseta rosa de la marca Blue Banana, un pantalón corto blanco de Mango y unas sandalias Martinelli o unas zapatillas de deporte Reebok.

Tengo bastante claro qué hacer para elegir, así que cojo el móvil y paro la música. Entro en Instagram, pongo la cámara frontal, me coloco el albornoz, hago lo que puedo con mi pelo y, una vez me veo mona, empiezo a grabar: «¡Buenos díasssssss! Acabo de ducharme y estoy aquí, dándole vueltas a qué ponerme hoy, así que he pensado que lo vais a decidir vosotros. En las dos siguientes Stories voy a poner una foto de cada *outfit* y luego una encuesta para que escojáis. ¡Confío en vuestra elección!».

Acto seguido, subo el vídeo que acabo de grabar. Le hago una foto a cada conjunto de ropa y las subo también. Y, después, pongo una encuesta para que elijan entre el *outfit* 1 o 2.

Para hacer tiempo y que la gente pueda escoger, decido irme a desayunar. Mientras disfruto de un café con leche bien calentito y unas galletas en la mesa de la cocina, recibo una llamada de mi madre.

—¡Hola, mamá!

—¡Hola, cariño! ¿Qué tal?

—Aquí estoy, desayunando. ¿Y vosotros? ¿Ya habéis salido de la reunión?

—Sí, acabamos de salir. Creemos que ha ido bien. Ahora ya nos vamos a casa.

—¿A descansar?

—Bueno, se hará lo que se pueda, ya sabes que debemos terminar un presupuesto este fin de semana y revisar unos planos.

—Ya me extrañaba...

Y, deseosa de verlos, pregunto:

—¿Vais a venir a final de mes para irnos de vacaciones?

—Ay, hija, lo siento, pero es imposible. Nos ha salido un proyecto increíble y no podemos decir que no.

Vale. Lo de siempre. Otro nuevo proyecto.

Tengo dos opciones: enfadarme o tomármelo como me lo tomo desde hace años y no digo nada. ¿Para qué?

Ahora es mi padre el que habla, así que intuyo que van en el coche y mi madre ha puesto la llamada en altavoz.

—¿Qué planes tienes para hoy, hija?

—De momento, poca cosa. Ahora bajaré a ver a la yaya y supongo que la acompañaré si tiene que hacer algún recado. Por la tarde, no sé aún.

Ahora es mi madre la que vuelve a hablar:

—Saluda a la yaya de nuestra parte y dile que intentaré llamarla luego, ¿vale?

—Vale, luego se lo digo.

—Por cierto, cielo, me decanto por el segundo conjunto.

Intuyo que mi madre se refiere a las fotos y la encuesta que he subido hace un rato a Instagram. Me río y contesto:

—Vale, mamá, lo tendré en cuenta.

—Bueno, cariño, disfruta del sábado y ya hablamos. Un beso enorme, y te queremosssssss.

—¡Descansad y no trabajéis mucho! Yo también os quiero.

Cuelgo y resoplo.

No dudo que mis padres me quieran, pero, vamos, verme, lo que se dice verme... lo quieren bastante poco.

Reconozco que su trabajo me hace tener un nivel adquisitivo increíble. Puedo comprarme lo que quiera. Nunca dicen que no a nada. Creo que es su manera de disculparse por su ausencia. Pero yo preferiría tener menos dinero, poder darme menos caprichos y tenerlos a ellos. Me encantaría tener una madre como tienen

Fran y Sara que se preocupa por ellos. No una madre a la que sólo veo a través del ordenador y que cada día sabe menos de mí. En fin...

Mientras mojo una galleta en el café, pienso en la yaya. Pobrecilla, se va a decepcionar ella más que yo con la no visita de mis padres. La yaya los adora. Mi madre es su única hija, pero le salió *despegada*, como ella dice. En cuanto a la llamada que mi madre ha dicho ni se lo voy a comentar: seguro que luego se le olvida. Se pondrán a trabajar y, al final, se les olvidará llamarla y la mujer sufrirá. No sería la primera vez.

La yaya Tina, como la conocen mis amigos, ha estado siempre ahí para mí. Sólo para mí.

Cuando era pequeña, mis padres viajaban menos y solían trabajar en sitios más cercanos. Aun así, me pasaba gran parte del día con ella. Pero, a medida que yo crecía, aumentaban los viajes de mis padres y sus estancias fuera de casa se alargaban. Así que la yaya se convirtió en mi pilar. En el único pilar en el que apoyarme cuando me siento falta de cariño.

Tenemos la suerte de que hace años mis padres le compraron un piso en el mismo bloque en el que nosotros vivimos, así que eso nos ha facilitado muchísimo las cosas, ya que pasamos mucho tiempo juntas en su casa o en la mía. Y, aunque la yaya muchas veces me ha propuesto vivir juntas, con la edad que tengo y lo independiente que me he vuelto, siento que es mejor que sigamos así. Juntas, pero no revueltas. Yo necesito mi espacio y mi independencia.

Termino con la última galleta del envase y recojo la cocina. Antes de salir, voy a la nevera y apunto en la lista que tengo ahí colgada que debo comprar galletas.

De camino a la puerta, cojo el móvil y pregunto en el grupo de las palomitas:

YO: *Hello!* ¿Queréis hacer algo hoy?

Sorprendentemente, Sara es la primera en responder:

SARA: Yo no puedo. Voy al cine
con mi madre y mis hermanas.

Ese plan me interesa. Adoro a la familia de Sara, y rápidamente
pregunto:

YO: ¿Cuál vais a ver?

SARA: Pues, verás, como Almu dice que
es muy mayor para ver pelis de dibujos,
le ha dado la excusa perfecta a mi madre.
Así que ellas van a ver *El rascacielos*, ya
sabéis lo que le gusta a mi madre Dwayne
Johnson.

A lo que Fran no tarda en contestar:

FRAN: Como dice la canción:
No, no es amor, lo que tu madre
siente es obsesiónnnn... Jajaja.

YO: ¿Hablamos del tío musculoso de
la peli *Baywatch* del año pasado?

FRAN: ¿Cuál?

YO: La de *Los vigilantes
de la playa*.

SARA: Ése, ése. Y no nombres esa película
delante de mi madre, que lo mismo le da
por verla por duodécima vez.
FRAN: A ver, está muy bien, pero si
hablamos de los chicos de esa peli,
yo me quedo con Zac Efron.

YO: Normal, *my friend*.

FRAN: ¿Tú no vas al cine, Sara?
SARA: Sí, sí que voy. Pero yo entraré
con Carla a ver *Los Increíbles 2*.

Wooooo, ¡muero por ver esa peli!

YO: Buah, mi infancia.

FRAN: ¿Esa peli no os recuerda a algo?
SARA: Seguro que sí, pero ahora
no caigo.
FRAN: Ya estamos, Dory.

YO: ¡El día que nos conocimos, Fran
iba disfrazado de Míster Increíble!

SARA: Ayyyyyy, es verdad.
¡Oye! Estáis más que invitad@s a veniros
al cine y o bien ver a mi madre babear
por ese hombre, o ver la segunda
y merecida parte de nuestra infancia.

YO: 2 x 1, jajajajaja.

FRAN: Vaya, qué pena perderme
a la señora Naira babeando hoy.
Mataría por verla.

**Eso me hace gracia. La madre de Sara es increíble, cuando su
hija indica:**

SARA: Billy, en cuanto le diga
que la has llamado «señora»,
no vuelves a entrar en casa, jajajaja.

71 ☞

YO: La has *cagao*, majo.

FRAN: Nonono, no le digas nadaaaaa.

YO: Cobarde, jajajaja.

SARA: Entonces ¿os venís?

YO: Luego te lo confirmo.

FRAN: Yo no puedoooo.

YO: Ohhhhhh.

SARA: Os dejo, que me reclaman.
Luego hablamossss.

Salgo de WhatsApp y entro en Instagram para ver cómo va la encuesta de los *outfits* y, así, poder cambiarme de ropa. Sin duda el segundo lleva mucha ventaja, así que ya tenemos ganador.

Me pongo la camiseta rosa, el pantalón corto blanco y las zapatillas blancas con tres rayas negras de Reebok.

Me coloco delante del espejo del pasillo, ya que es en el que me veo de cuerpo entero, y me hago unas cuantas fotos cambiando de postura. Termino, elijo la mejor, retoco un poco la luz y el brillo y la subo para que la gente vea cómo queda el *outfit* que han elegido.

¡Voy monísima!

Miro la hora y compruebo que son casi las once. Buena hora para bajar a ver a la yayita.

Cojo las llaves y salgo de casa. Ella vive en el sexto piso, así que bajo los dos tramos de escalera que tantas veces he recorrido de manera mecánica. Llamo al timbre y espero a que me abra.

Cuando lo hace, me recibe con esa bonita sonrisa que tanto me gusta ver y los brazos abiertos.

—¡Buenos días, yayitaaaaaa! —digo mientras la abrazo.

—¡Buenos días, cariño! —responde ella.

Cuando me separo, veo una jarra de agua en la encimera y pregunto:

—¿Qué haces, yaya?

—Estoy regando las plantas, que con este calor las pobres tienen mucha sed.

Esta mujer tiene un don para las plantas que me alucina. No sé cómo lo hace. Ojalá pudiera tenerlo yo también, pero a mí hace años que dejó de regalarme, ya que siempre acababa bajando a su casa con una muerta en brazos.

—¿Has visto qué bonitos tengo los geranios? —dice señalando los que está regando.

—¡Madre mía, yaya, si esas flores son casi más grandes que yo! Ella se ríe y yo sigo hablando:

—Yaya, ¿vas a salir a algún recado?

Mi abuela me mira mientras enjuaga la jarra que estaba usando hace un momento.

—Sí, voy a bajar a comprar tomates, que con este calor me apetece un poco de salmorejo fresquito para comer.

—¡Hala, qué ricooooooooo! —Ella se ríe, porque sabe lo mucho que me gusta—. ¿Puedo ir contigo? Es que tengo que comprar galletas, plátanos y pasta de dientes —digo de memoria.

—¡Claro, cariño! —dice secándose las manos con un trapo—. Me cambio de ropa y salimos.

Como hago la gran mayoría de las veces que la espero, cojo uno de los tantos álbumes de fotos que tiene en el salón y le echo un vistazo. Como son todos iguales, nunca sabes cuál vas a coger. Lo abro y veo fotos de mi quinto cumpleaños, de mis padres conmigo subida a los hombros, de las Barbies que me regalaron ese año, del disfraz de princesa que me puse y que no quería quitarme, y de la fantástica tarta de chocolate en forma de castillo.

¡Quién pudiera volver a esos momentos! Una época en la que no estaba nunca sola y era una niña muy feliz.

Unos minutos después oigo cómo mi yaya cierra una ventana e intuyo que ya está preparada. Cierro el álbum y lo dejo donde estaba. Me dirijo a la puerta y la veo coger su bolso. Salimos y bajamos en el ascensor.

Hablando, llegamos al supermercado y, mientras cojo los tomates que me ha dicho, la yaya me pregunta:

—Cariño, te quedas a comer, ¿no?

La miro y levanto los hombros mientras contesto con cara angelical:

—Si me invitasssssss.

—Mira que eres boba —se ríe—. No hace falta que te invite, ya lo sabes. ¿Qué te parece si después del salmorejo hago ensalada campera para comer?

Cierro la bolsa con los tomates y pregunto:

—¿La ensalada campera es esa que lleva patata y huevos cocidos?

—Eso es, y podemos echarle maíz, atún, aceitunas...

—¡Genial, qué rico! —digo haciéndoseme la boca agua.

Terminamos de hacer la compra y nos vamos directas a su casa.

Lo ordenamos todo y nos ponemos a preparar el salmorejo. Metemos unos trozos de pan en agua, pelamos los tomates, un ajo, echamos aceite, vinagre y sal y lo juntamos todo en un cazo para triturarlo.

Mientras la yaya lo hace, aprovecho y cojo el móvil. Abro Instagram y grabo un vídeo de todos los ingredientes pasando por la batidora. Le añado el *hashtag* #Healthylife y lo subo a Stories. Mis redes sociales son muy importantes para mí. Y tengo tal cantidad de seguidores que sé que de alguna manera los tengo que alimentar.

Le pregunto a la yaya qué va a hacer hoy y me cuenta que después de comer llamará a sus amigas de toda la vida, Remedios y Antonia, y decidirán si van al cine o qué hacen.

No sé decir exactamente desde cuándo son amigas, pero lo que sí sé es que llevo viendo a estas mujeres toda mi vida, y no hay duda de lo unidas que están. De hecho, como están todas solas, suelen irse alguna que otra vez de viaje durante el año, cosa que aplaudo. Creo que viajar es de las mejores cosas que puedes hacer en la vida.

La yaya Tina se quedó viuda cuando yo tenía cuatro años. Antonia también es viuda, pero desde hace tres. Y Remedios está soltera y entera, como ella misma dice.

—Anda, yaya, yo creo que también voy a ir al cine esta tarde con Sara, su madre y sus hermanas. ¿Qué vais a ver? —pregunto.

—No lo sé, cielo. Pero vamos, que todo depende del calor y las ganas que tengamos. Ahora cuando las llame por teléfono lo veremos.

Y, de repente, se me enciende la bombilla:

—Oye, yaya, ¿y por qué no hacéis un grupo de WhatsApp?

—¿Y eso para qué? —responde mirándome con cara de no entenderlo.

—Porque por ahí podéis hablar las cosas las tres a la vez sin necesidad de estar llamando a Remedios para ver qué queréis hacer, luego llamar a Antonia a ver si está de acuerdo, después volver a llamar a Remedios y todo eso. —Ella me mira—. Así ahorráis mucho tiempo.

—Ah, pues no es mala idea, cariño. Pero yo no tengo *wasá* de ese que dices.

No puedo evitar reírme, y le explico:

—Tú tranquila, hoy no porque va a ser mucha información de golpe, pero otro día te lo instalo en tu móvil y te lo explico paso a paso. ¿Te parece?

—Vale, cielo —responde.

—Pero hoy tienes que hablarlo con tus amigas para que sus nietos o nietas se lo instalen a ellas en el móvil —añado—, o que se vengan un día y yo os lo explico a las tres.

—Si creo que Remedios tiene *wasá* de ese, porque siempre dice que se manda mensajes y fotografías con su hermana y sus primos de Murcia —me dice—. Y Antonia no sé si tiene o no, pero yo le digo que le pida a su nieto, que es muy apañado, que se lo explique.

—Vale, entonces luego cuéntaselo a tus amigas y me dices —le recuerdo.

—Perfecto, cariño —responde decidida.

Un rato después, tras comer y recogerlo todo, mi yaya pone la tele para ver una película y reposar la comida, así que decido subirme a casa y dejarla sola para que descanse. Cojo la bolsa con las cosas que he comprado con ella, me despido y me voy escaleras arriba.

Una vez llego a mi casa, meto la fruta que he comprado en la nevera, las galletas en el cajón de la cocina y dejo la pasta de dientes en el baño.

Otra cosa no, pero ordenada soy un huevo.

Me siento en el sofá, cojo el móvil y entro en el grupo de Whats-App. Entonces, empiezo a grabar un audio: «A ver, palomitas, tenemos una misión. Hoy he estado con la yaya Tina y, aparte de comer un salmorejo espectacular y una ensalada campera, le he dicho que por qué no hace un grupo de WhatsApp con sus amigas y así podrán hablar por ahí de todas sus cosas. Total, que esta tarde, cuando vea a sus amigas, se lo comentará. Y aquí entramos nosotros. Necesito una lluvia de ideas para el nombre de su grupo. Se lo debemos y lo sabéis. Así que cualquier idea será bienvenida».

Envío el audio y el primero en responder es Fran.

FRAN: Sus amigas son Antonia ¿y?

YO: Remedios.

SARA: ¿Estás diciendo que ha hecho salmorejo y no has avisado?

YO: Otro día te invito, *don't worry*.

SARA: Más te valeeeee.
Oye, qué moderna la yaya Tina con WhatsApp, ¿no?

YO: Bueno, aún no lo tiene, pero en cuanto pueda se lo instalo.

FRAN: REMTONA.

YO: ¿Qué?

FRAN: REM de Remedios, TO de Antonia
y NA de Tina.
SARA: No las veo con ese nombre,
suena a «ratona».
FRAN: Jajajajaja.
SARA: DOS VIUDAS Y UNA SOLTERA.

YO: Eso suena a comedia, jajajaja.

FRAN: De ahí sacamos una peli fijo.
SARA: LAS DE SIEMPRE.
FRAN: ¡Ése mola!

YO: Voy apuntando todos los que digáis
estos días, y que luego decidan ellas.

FRAN: Perfectoooo.
SARA: Seguiremos dándole al coco.

La conversación se queda ahí, aunque estoy segura de que se les ocurrirá algo más. Por imaginación no será. Anda que no le dimos vueltas hasta poner a nuestro grupo lo de «Palomas mensajeras». Que, de hecho, ni siquiera se nos ocurrió a nosotros. Todo vino por la yaya Tina.

El año pasado estábamos en mi casa los tres y ella se vino a pasar el rato. Total, que íbamos de una cuestión a otra y salió el tema del nombre del grupo. Que si uno quiere algo relacionado con Harry Potter, que si otro con los disfraces, que si mejor algo que tenga que ver con una canción... Total, que no nos poníamos de acuerdo, y llegó un punto en que mi yaya dijo:

—¿Y por qué no le ponéis «Palomas mensajeras»?

En ese momento los tres nos miramos sin entender nada, y ella, al ver nuestro desconcierto, empezó a explicarnos:

—A ver, por más que habláis, no conseguís poneros de acuerdo. ¡Madre mía, chicos, que sois peores que las palomas cacareando! —Todos nos reímos y ella continuó—: Y, cuando no estáis juntos, os estáis mensajeando estéis donde estéis. Si unes las dos ideas, nos quedaría el concepto de palomas mensajeras.

En ese momento todos lo entendimos, y Sara fue la primera en hablar:

—¡Es perfecto! —dijo levantando los brazos en señal de victoria.

Y, a partir de ese día, todos contentos y agradecidos a la yaya Tina. Por eso ahora nos toca a nosotros pensar un nombre para su grupo.

A todo esto, creo que debería escribirle a Sara para ver si sigue en pie lo del cine.

YO: Saritaaaaa.

SARA: Cuando me llamas así, algo quieres, Barbiiiiii.

YO: Jajaja.
¿Sigue en pie lo del cine?

SARA: ¡Claro! La intención es ir a las sesiones de las 18.00 o así.

YO: ¿Y a tu madre y a tus hermanas les parecerá bien que vaya?

SARA: Claro, se lo he dicho antes y están encantadas. Ya sabes que eres una más.

Eso me emociona. Saber que soy una más en la familia de mi amiga Sara para mí es importante, y rápidamente respondo:

YO: Jo, gracias.
Dime a qué hora voy.

SARA: Yo estoy en casa,
así que cuando quieras.

YO: ¡Me visto y voy!

SARA: Aquí estaré.

No tengo nada mejor que hacer, así que voy a maquillarme y a arreglarme un poco y me voy a casa de mi amiga.

Capítulo 6

Sara

Maaaaadre mía, con lo bien que estoy en el sofá, en pijama y con *Botas* tumbado cerca. Pero Bárbara, mi madre y mis hermanas van a llegar en cualquier momento, así que debería adecentarme un poco.

Me levanto, me coloco frente al espejo y echo un vistazo rápido. Como vamos al cine, me voy a poner algo cómodo para estar a gusto en la butaca.

Pillo un pantalón de chándal negro con tres rayas blancas a los lados, una camiseta negra en la que pone FREEDOM a un lado y unas deportivas blancas. Barbi se sabría de memoria la marca de cada cosa, pero yo paso. A mí eso me da igual.

Me miro al espejo y, como no me apetece lavarme el pelo, y ya que tampoco lo tengo sucio, me lo recojo en un moño.

Unos cinco minutos después, oigo que me llega un mensaje al móvil. Me parece raro que sea Barbi, pues ha pasado poco tiempo. Además, ella suele picar al timbre.

Cojo el teléfono y veo que es Irene.

ENE: ¡Hola, Sarita!

Vaya, ya estamos otra vez con lo de «Sarita».

Me siento en la cama y contesto, teniendo claro que si me ha llamado Sarita algo me va a pedir.

YO: Vaya, fíjate qué suerte, ya me han llamado así dos veces hoy.

ENE: ¿Yo y quién más?

¡Eso..., el burro delante!

YO: Ah, no, eso es confidencial.

ENE: Eres supertonta, tía.

YO: Sí, sí, pero ¿a que no me equivoco si intuyo que me necesitas para algo?

ENE: Bueno, no del todo.

YO: ¡Lo sabía! ¿Qué pasa, Ene?

ENE: ¿Quedamos una mañana de la semana que viene tú y yo solas?

YO: Claro, pero lunes, martes y jueves creo que tengo que ayudar a mi madre en la peluquería. Miércoles o viernes, ¿te viene bien?

ENE: Vale, guayyy.

YO: Oye, espera, me estás asustando, ¿pasa algo?

ENE: No, tranquiiii. Un besitoooo.

YO: Otro para ti.

Esto a mí no se me puede hacer, ahora me ha dejado con la duda. ¿Qué podrá ser?

Bloqueo el móvil y, al dejarlo en la cama, me doy cuenta de que el gato ha aprovechado los minutos que me he sentado para acoplarse encima de mis piernas.

—¡*Botas*, ya te vale, tíoooo!

Ahora voy llena de pelos. Aunque no sé de qué me quejo, si me pasa siempre.

Voy a la cocina y saco un rodillo quitapelusas de uno de los armarios.

¿Cómo puede soltar tantísimo pelo un solo gato?

Cuando ya voy por la segunda capa adhesiva del rodillo llena de pelos, suena el timbre. Ahora sí creo que puede ser Bárbara.

Miro la cámara del telefonillo y cualquier duda desaparece al ver a la morena saludando. Le abro la puerta y un minuto después está frente a mi puerta. Me mira, y sus primeras palabras tras verme son:

—No vas a aprender nunca, *my friend*.

Vale. Sé que lo dice por los pelos de gato que llevo encima, y respondo:

—¡¿Qué quieres que haga, si a mí me gusta vestir de negro?!

Me giro, señalo con el dedo a *Botas*, que ahora está tumbado en el sofá, y añado:

—No me mires con esa cara, que es culpa tuya.

—¡Cómo te atreves a echarle la culpa a esta cucada de gatito! —exclama mi amiga yendo directa a darle mimos.

Ahora tenemos a *Botas* panza arriba, a Barbi acariciándolo y yo quitándome los pelos como puedo. Parece ser que este gato es cariñoso con todo el mundo menos conmigo.

—Oye —digo llamando su atención—, ¿tengo pelos por detrás? —pregunto dándome la vuelta para que lo vea bien.

—Anda, trae, que tienes el culo lleno —repone quitándome el rodillo de las manos.

Un par de minutos después me devuelve el rodillo mientras anuncia:

—¡Como nueva!

—Graciasssss —contesto yendo a la cocina para guardarlo donde estaba—. ¿Qué tal está la yaya Tina?

—¡Ay, espera! —dice sobresaltándome.

Desde la cocina oigo el ruido de una bolsa de plástico. Y Barbi no tarda en aparecer con un táper en las manos.

—Toma —me ofrece—, que antes de venir he pasado por su casa.

—¡Pero, Bárbara! —replico cogiendo el táper—. Si aquí hay salmorejo para tres días por lo menos.

—¡Y me quería dar un táper más grande! —contesta mi amiga—. Pero le he dicho que no, que mejor vienes un día a comer y lo volvemos a hacer.

—Jo, tu yaya es la caña. Dale las gracias de mi parte y a ver si puedo ir esta semana o la que viene, ¿vale? —digo.

—¡Genial! —responde yendo hacia el salón.

Mientras intento hacer hueco en el frigorífico para meter el táper, oigo que llega un mensaje a un móvil. Acto seguido, Bárbara dice:

—¡Ha sido el tuyoooo!

—¿Y quién es? —pregunto.

—Es tu madre, dice que mejor van directas al cine.

—Vale, dile que genial, que ahora salimos —contesto.

—No me sé tu código de desbloqueo del móvil —la oigo decir.

Me asomo por la puerta de la cocina, la miro y me mira.

—¿A estas alturas no te lo sabes?

—Pues no —responde.

—Los números que tienen las letras que escriben DORY —digo.

Mi amiga me mira con los ojos muy abiertos.

—Me encantaaaaa —se ríe.

Finalmente consigo hacer hueco para el táper y, cuando salgo de la cocina, me encuentro a Barbi intentando hacerse un selfi con *Botas*.

—Te aviso, es misión imposible.

—Algún día lo conseguiré —dice levantándose y guardándose el móvil en el bolsillo.

Cojo la mochila, meto la botellita de agua que siempre me acompaña, una batería portátil, la cartera, un paquete de chicles, y pillo también las llaves.

Bárbara abre la puerta y, cuando voy a salir, veo la gorra que tengo en la entrada. La cojo, miro a mi amiga y enseñándosela pregunto:

—¿Sí o no?

Ella me mira y contesta:

—No. Te queda superbién el moño rollo despeinado y los mechones de pelo que te caen por la cara.

—Madre mía, da gusto tener amigas como tú —replico mientras dejo la gorra donde estaba y cierro la puerta.

Mi amiga se ríe y nos vamos de camino al cine. Seguro que lo pasamos bien.

Un rato después, estamos llegando a la puerta del centro comercial donde está ubicado el cine, cuando Bárbara me mira y dice:

—Tengo que ir al baño con urgencia.

Asiento, sé lo meona que es mi amiga, e indico:

—Ve. Te espero aquí.

Divertida, la observo entrar en el baño mientras miro el escaparate de una tienda de ropa. ¡Qué chulo el vaquero!

Observándolo estoy cuando oigo:

—¡Sara!

Al volverme, sonrío.

Ante mí está Catherine, la madre de Fran, y, tras acercarme a ella para darle dos besos, comenzamos a hablar.

Me indica que está haciendo unas compras y luego, de pronto, suelta:

—Ya me contó Fran lo bien que lo pasasteis en Sevilla. Vino encantado, la verdad. Y entre tú y yo, siento que necesitaba alejarse unos días de la familia. Por eso, cuando me dijo que se iba contigo y con Bárbara a Sevilla, supe que le vendría genial.

¡Joderrrrrr!

¡No sé qué decir!

Mi información sobre ese viaje era que se había ido con su familia, pero, sin querer desmontar lo que Fran dijera en su momento, afirmo sonriendo:

—¡Sí! Lo pasamos realmente bien.

Catherine asiente, sonríe e indica mirándose el reloj:

—Uiss..., qué tarde es. Me voy, cielo. *Goodbye!*

—*Goodbye!* —digo con la mejor de mis sonrisas.

Una vez se marcha, mi cara debe de ser un auténtico poema.

Pero, vamos a ver, ¿con quién se ha ido Fran a Sevilla y por qué nos miente a nosotras y a su familia?

Pensando en ello estoy cuando veo que Bárbara sale del baño y, acercándose a mí, comenta:

—Uff..., ni te imaginas lo a gustito que me he quedado.

Eso me hace sonreír.

Pienso si contarle lo de Fran y nuestro supuesto viaje a Sevilla, pero al final decido callar. Mejor en otro momento.

Minutos después, cuando llegamos a la puerta del cine, mi madre nos ve, llama la atención de Carla, y ésta, al vernos, viene corriendo. Se va directa a Bárbara y se lanza a sus brazos. La pequeñaja adora a mi amiga.

Sonriendo estoy mirándolas cuando mi madre se acerca.

—Pero, Bárbara, ¡qué guapa estás!

—Tú sí que estás guapa, Naira —dice mi amiga. Y añade—: Por cierto, ya me han dicho que vienes a ver a tu amor platónico.

Mi madre, al entenderla, sonríe. Sabe por qué lo dice, y cuchichea:

—Ay, mi niña, pero ¿tú lo has visto bien? ¡Qué hombre! Tan grande. Tan alto. Tan... tan...

Todas reímos por aquello. De fantasías vivimos algunas, entre ellas mi madre, cuando Almudena, tras saludar a mi amiga, suelta:

—Cualquier día viene con su cara tatuada en el pecho.

Pero mi madre no tarda en negar con la cabeza.

—Uy, no, para tatuajes ya está tu hermana.

Todas miran mis brazos. Vale, los llevo tatuados, ¿y qué?

—Eh, a mí no me metáis —replico—. Anda, vamos a pillar las entradas.

—¡Os invito al cine! —se apresura a decir Barbi.

—Uy, no, cariño —responde mi madre.

—No, no. Hoy invito yo y no se hable más —contesta mi amiga.

—Pero, mi niña, ¿cómo vas a hacer eso? —dice mi madre, y viendo que la morena no se lo va a poner fácil, añade—: Bueno, de acuerdo, entonces a la bebida y a las cotufas invito yo.

Y, casi sin terminar la frase, mi madre se da media vuelta y entra en el cine cartera en mano.

—¿Qué va a pedir qué? ¿Cortezas? —pregunta Bárbara.

Eso me provoca risa. Mi madre es canaria, y aunque lleva muchos años viviendo en Madrid, todavía se refiere a ciertas cosas por el nombre con que las llamaba en su tierra.

—Nooo, cotufas —replica mi hermana—. Así llaman a las palomitas en Tenerife.

—Ahhhhh, vale —asiente Barbi.

Todas entramos corriendo, pero en distintas direcciones. Mis hermanas y yo vamos directas a ayudar a mamá, que no tiene manos para tantas bebidas y botes de palomitas, mientras Barbi pilla entradas para todas.

Como la peli de mi madre comienza unos minutos antes, Almu y ella se van y nosotras nos dirigimos a nuestra sala.

Carla se sienta entre nosotras dos y, cómo no, Barbi no tarda en sacar el móvil para hacernos un selfi a las tres.

¡Faltaría más! Ella y sus redes sociales.

Mirando la foto está cuando recuerdo algo y pregunto:

—¿No venían tus padres este mes?

Bárbara sonríe.

—Iban a venir, pero les resulta imposible. Pobres, tienen un disgusto...

—No me digas... —murmuro.

Son muchas las veces que Bárbara nos habla de la tristeza de sus padres por no poder venir a verla.

—Sí... —asiente—, pobrecillos. Pero su trabajo es así.

Como aún no ha llegado nadie, y veo que Bárbara no quiere seguir hablando del tema, no pierde la oportunidad y me pide que le haga unas fotos en plan posturero, rollo «*casual* pero informal», para luego subir su post del día a Instagram, como ella dice.

Tras unos minutos y varias fotos, empieza a llegar gente a la sala. Cuando queda poco para que empiece la peli, Bárbara comenta:

—Te digo una cosa: aquí casi hay más gente de nuestra edad que de la de Carla.

Tiene razón, es cierto. Y, convencida, respondo:

—Normal. Esta peli es la segunda parte que merecía nuestra generación hace más de diez años. Yo adoro a Los Increíbles y, como yo, ¡muchos!

Ella me mira y nos quedamos las dos calladas, supongo que haciendo cálculos. Pero soy yo la que vuelve a tomar la palabra.

—Madre mía, qué mayor me siento ahora mismo con lo que acabo de decir.

—No digas eso —contesta mi amiga—. No te sientas mayor, siéntete *vintage* o, en todo caso, *retro*.

Las dos nos echamos a reír ante su ocurrencia y entonces las luces se apagan.

Carla nos manda callar y, con tanto anuncio y tráiler de películas, que, por cierto, me encantan, antes de que empiece la película, cada una ya ha atacado su bote de palomitas.

La tarde transcurre tranquila. Vemos la peli y salimos encantadas. Bueno, la que más, mi madre, que sale más enamorada si cabe de ese hombre. Luego cenamos algo en casa, Bárbara incluida. Y más tarde, a pesar de sus negativas y de querer llamar un Uber, la acerco a su casa en mi coche.

Esa noche, cuando por fin me meto en la cama y voy a poner el despertador, recuerdo la conversación con Irene. ¿Qué querrá? ¿Le pasará algo? Asimismo, pienso en Fran y en su mentira sobre lo de Sevilla.

Y, entre tanta pregunta sin respuesta, finalmente me quedo dormida.

Capítulo 7

Paro el despertador y me doy media vuelta en la cama intentando arañar los minutos que puedan quedarme aquí. Pero aparece mamá como una exhalación en mi cuarto al grito de:

—¡Buenos díasssssssssss! —y levanta la persiana—. Arriba, Sara, venga hoy te toca venir conmigo a la peluquería.

Dicho esto, se va por donde ha venido.

Me doy la vuelta resignada y me rasco los ojos. Y, justo cuando voy a levantarme, aparece Almu por la puerta.

—Saritaaaaaaaa, ¿me dejas la camiseta amarilla en la que pone ALOHA?

Otra vez.

Yo no sé para qué le compramos ropa a esta muchacha, si se pasa la vida pidiéndome cosas a mí.

—Vale —contesto.

Dicho esto, Almu entra, abre mi armario, coge la camiseta a la que se refería y se va.

¿Por qué siempre se deja la puerta abierta? No lo entiendo, y es algo que me pone nerviosa.

No puedo con las puertas de los armarios, muebles, etcétera, abiertas sin motivo. Además, si lo dejo abierto, seguro que *Botas* entra y se tumba encima de la ropa, llenándola de pelos.

¡Mierda!

Resignada, me levanto y cierro la puerta del armario.

Aprovecho para no volver a tumbarme, si lo hago, no me levanto, por lo que me voy al cuarto de baño, que por suerte está libre, y me aseo. Una vez acabo, regreso a mi habitación, me cambio de ropa y, cuando aparezco por la cocina, las veo a todas preparadas.

—Buenos días, Sara, eres una tardona —dice Carla.

—Vaya, gracias, Carlita, yo también te quiero —respondo mientras me acerco a ella, que está sentada en una silla desayunando y ha extendido los brazos para que le dé un abrazo.

—Venga, chicas, desayunad, que nos vamos —oigo a mi madre.

Me tomo el desayuno en cinco minutos, soy de poco comer nada más levantarme, y salimos de casa.

Lo primero que hacemos es dejar a mis hermanas en casa con mi tía Dácil y, después, mi madre y yo nos vamos directas a la peluquería.

En cuanto entramos, ya me está diciendo cosas que hacer.

Vamos..., lo de siempre.

Total, es a lo que he venido, a echar una mano. Por ello, me pongo los cascos y la oigo mientras limpio el suelo, la cristalera y organizo unos botes del escaparate. Eso me gusta. Puedo ser creativa en el escaparate.

Al rato llegan Sonsoles y Miguel, los empleados que mi madre tiene contratados desde hace años y con los que, todo sea dicho, está encantada.

—¡Hombre, Sara, ¿cómo tú por aquí?! —se mofa Miguel dándome un abrazo.

—Ya ves, pensé que me echabais de menos y aquí estoy —comento mientras abrazo a Sonsoles.

Miguel es un chico que debe de tener veintiséis años o así, mientras que Sonsoles ya es madre de familia, concretamente, de gemelos.

—Naira, recuerdas que hoy y mañana tengo que ir a mis revisiones, ¿verdad? —pregunta ella.

—Sí, claro, no te preocupes, Sonso, todo irá bien. Por eso he traído a Sara, para que nos eche una mano —responde mi madre sonriente.

Sonsoles tuvo cáncer de mama hace dos años y tiene que ir a hacerse ciertas revisiones todos los años. No fue una época nada fácil para ella, pero estábamos tanto sus familiares como sus amigos y amigas alrededor para hacerlo más llevadero.

Cuando quiero darme cuenta, ya son las nueve en punto. Y ahí está Esperanza, una señora mayor que yo creo que pasa más tiempo en la peluquería que en su casa. Siempre que vengo a ayudar, la veo.

Básicamente lo que hago cuando voy a la peluquería de mi madre es barrer el suelo mil veces, cobrar a los clientes, lavar cabezas y, lo que es para mí lo peor, atender el teléfono.

Una de las veces que termino de cobrar a un señor, miro el móvil.

BILLY: Se me ha ocurrido uno:
MUJERCITAS.
BARBI: Pero ¿tú te crees que la yaya
y sus amigas van a aceptar eso?

YO: Eh, fuiste tú la que sugirió
que propusiéramos nombres.

BARBI: *Touché.*
BILLY: Jajajajaja.

Empieza a sonar el teléfono de la pelu. Mierda. No me da tiempo ni a bloquear mi móvil, cuando oigo a mi madre:

—Sara, el teléfonoooooo.

—Voy, voy —digo rápidamente.

Contesto lo más rápido que puedo.

—Peluquería Naira, le habla Sara. ¿En qué puedo ayudarle?

—¡Hola! Quería pedirte dos citas, para chico y para chica.

Abro la agenda y me apresuro a decir:

—Sin problema. ¿Para cuándo?

—Cuanto antes, porfa.

—¿Mañana a las doce te va bien?

—¡Perfecto!

—Vale, dime los nombres para apuntaros.

—Daniel y Lucía.

—Genial, ya está. Mañana a las doce, entonces.

—¡Gracias! Hasta mañana.

—Chao.

Y así todo el día.

A mediodía viene menos gente, así que me siento y me apoyo en el mueble de la recepción. Veo cómo mi madre corta con maestría el pelo a una mujer y Miguel peina a una señora mayor. Me parece flipante controlar así las tijeras, el secador y todo lo referente al tema. Yo soy nefasta. No parezco hija de una peluquera.

Estoy en mi mundo pensando en si algún día seré así de buena en algo cuando aparece mamá y me dice:

—Venga, Sara, eres medio libre.

—¿Qué? —digo saliendo de mi empanamiento.

—Que puedes irte. Pero pásate a recoger a tus hermanas. De comer puedes hacer pasta con carne picada, tomate y eso.

—Vale, sin problema —contesto sonriente.

Recojo mis cosas, me despido de Miguel y Sonsoles, que acaba de llegar, le doy un beso a mi madre y voy directa al coche. Lo único que se me pasa por la cabeza es ¡no más llamadas de teléfono por hoy!

Capítulo 8

Amanece otro día y se repite la historia.

¡Esto es como la película del Día de la Marmota!

Me toca barrer más pelos, lavar más cabezas y atender llamadas, entre otras cosas, pues Sonsoles no está.

Le abro la puerta a una señora con bastón y, de repente, veo a Bárbara venir hacia mí.

—¿Qué haces aquí? —pregunto sin entender nada.

—¿Qué pasa?, ¿tan poco te alegras de verme? —responde cruzándose de brazos.

—Anda, tonta —replico dándole un abrazo.

—He venido a hacerte compañía y a ayudar en lo que pueda —dice mi amiga.

En realidad, me viene genial que haya aparecido Barbi, porque ahora ya sé quién va a coger las llamadas de teléfono de la peluquería.

Entramos y atiendo a la señora que acaba de llegar.

—¿Tiene cita? —le pregunto.

—Sí, a las 11.30. Mi nombre es Cecilia Ramos —dice la mujer, que parece un poco seca.

Miro el cuaderno donde mi madre tiene apuntadas todas las citas y la encuentro. Cecilia Ramos, a las 11.30.

—De acuerdo, Cecilia, ahora mismo la atienden —le confirmo.

Miro a mi madre y a Miguel y éste levanta la cabeza: él está libre. Se acerca al mostrador, mira el cuaderno de citas, donde le señalo el nombre de la señora, y dice:

—Muy bien, Cecilia, buenos días. Si viene conmigo, me puede ir contando lo que quiere hacerse y empezamos.

La señora no se mueve del sitio.

¿Qué le ocurre?

Sin embargo, sí mira a Miguel de arriba abajo.

Finalmente, se da la vuelta, me mira y, sin dirigirle la palabra a mi compañero, dice:

—Mejor espero a que acabe ella —dice señalando a mi madre.

Dicho eso, se dirige hacia el fondo de la peluquería y se sienta.

¿En serio?

Miro a Bárbara buscando una respuesta, pero ella tiene cara de entender entre poco y nada también.

Entonces, ambas miramos a Miguel y éste, alzando los hombros, cuchichea:

—Tranquilas, chicas, no es la primera vez que me pasa. Sólo os diré una cosa, la homosexualidad existe en más de cuatrocientas especies, pero la homofobia sólo en una. —Y, antes de darse la vuelta, continúa—: Además, es ella la que va a perder el tiempo ahí esperando, no yo.

Nosotras asentimos con la cabeza. Tiene más razón que un santo.

Incrédula, vuelvo a mirar a la mujer. ¿En serio no quiere que Miguel la atienda por ser homosexual? ¿En serio?

Vale. Estamos en el siglo XXI.

Vale. El mundo en el que vivimos está lleno de falsedad y postureo.

Pero, joder, ¿en serio hay que soportar esto?

Con calma, y tras cruzar una mirada cómplice con mi madre, que asiente con tranquilidad, Miguel saca su móvil del bolsillo de su delantal negro y se encamina hacia la sala de descanso.

—¿De verdad no querrá que le atienda Miguel por ser gay? ¿En serio? —le comento a Barbi refiriéndome a la señora, quien ahora se encuentra sentada en una silla ojeando unas revistas del corazón.

Mi amiga suspira, asiente y, poniendo los ojos en blanco, musita:

—Qué pensamiento más arcaico.

Asiento como ella y, buscando una explicación, cuchicheo:

—Será porque es una señora mayor y de otra generación.

—Eso no es excusa, Sara —señala mi amiga—. Mira la yaya Tina, probablemente sea mayor que ella, pero la diferencia es que tiene una mente mil veces más abierta y sabe que vive en el siglo XXI.

Asiento. Sé que tiene razón.

Para entender la vida y saber respetar a los demás no hay edad. Y, sin desear darle más vueltas a un tema que siempre me enciende cuando hablo de él, musito sin querer buscarle problemas a mi madre:

—Mejor dejémoslo ahí y no profundicemos más.

Minutos después, Barbi y yo le hemos enviado un selfi a Fran, y ahora estamos enfrascadas en una conversación con él por Whats-App.

> YO: Entonces ¿el sábado
> te viene bien para pasar el día
> de piscineo en tu casa?

> BILLY: Sí, luego se lo comento a mi madre.

> YO: ¿Y tu padre?

> BILLY: Espero que no nos dé el día.
> BARBI: ¿Qué llevamos?
> BILLY: Vuestros cuerpos serranos,
> bañador o bikini y poco más.

La puerta se abre y las dos quitamos la vista del móvil para atender a quien entre a la peluquería. De pronto, las dos nos quedamos calladas. Por la puerta entran un chico y una chica y esta última nos sonríe y saluda.

—¡Hola!

De repente siento que me falta el aire.

¿Qué me ocurre?

Estoy mirando a aquella chica como si fuera tonta, pero, Dios, ¡tiene la mirada más bonita que he visto en mi vida! Y yo... yo... siento que estoy totalmente bloqueada.

Bárbara me da un par de toquecitos en la pierna por debajo de la mesa para que vuelva a la Tierra, y al ser consciente, me levanto rápidamente del taburete y digo:

—¡Buenas! ¿Tenéis cita?

El chico mira a su alrededor y contesta:

—Sí, a nombre de Lucía y Daniel.

La chica de la bonita mirada me sonríe y yo, mirando la agenda con el corazón a mil, localizo los nombres e indico:

—Genial, ahora mismo os atienden.

Casi no me da tiempo a terminar la frase cuando aparece Miguel a mi lado.

—¡Hola, chicos! ¿Por quién queréis que empiece?

Se miran entre sí y la chica saca su móvil.

—Mira, yo querría cortarme las puntas y hacerme esto —dice enseñándonos una foto de la actriz Margot Robbie en la que lleva la raíz del pelo oscura, pero el resto del pelo rubio.

—¡Me encanta! —contesta Miguel.

«Y a mí...», pienso, pero no lo digo.

—Y yo —continúa hablando el chico— quiero cortarme el pelo más o menos de este rollo —dice ahora mostrando una foto del cantante Shawn Mendes.

—Ay, Shawn, con lo que nos gusta a nosotras —afirma Barbi mirándome.

Yo asiento con la cabeza. La verdad que su último disco es alucinante.

Tiene una voz...

La recién llegada, que presupongo se llama Lucía, nos sonríe y responde:

—Eso es que tenéis buen gusto musical.

—Sí, sí, muy mono el chico. Vale, a ver —dice Miguel captando nuestra atención de nuevo—, pues empezamos contigo, ya que con Daniel tardaremos menos, ¿vale?

—¡Perfecto! —contesta la chica.

Miguel se va en busca de unas batas para que se las pongan y no se manchen la ropa, y Barbi cuchichea:

—Pero ¿tú has visto cómo está ese chico?

Asiento. Claro que lo he visto. Pero a mí quien me llama la atención es ella. La chica. Lucía.

Sin duda hacen buena pareja. Son los dos tan guapos que... ¡Madre mía!

Pero ¿qué me pasa?

¿Qué me ocurre, que estoy tan bloqueada?

Los recién llegados, Daniel y Lucía, hablan entre sí. Se percibe su buena sintonía, cuando mi amiga cuchichea:

—Si me dices que son familia de los Casas, me lo creo.

—¿Qué? —digo frunciendo levemente las cejas al no entender nada.

—A lo que me refiero es que, si me dices que son hermanos de Mario Casas, Sheila, Christian, Óscar... Me lo creería. Ellos son guapísimos, y estos dos —dice señalando a Lucía y a Daniel— también.

—Vale, ahora sí lo pillo —asiento mirando de reojo a los protagonistas de nuestra conversación.

—¡Me dirás que no son guapos! —insiste mi amiga volviendo a llamar mi atención y la de toda la peluquería.

—¡Bárbara! —exclamo.

Mi amiga sonríe. Yo quiero que me trague la tierra, cuando ella sigue:

—Aunque yo creo que éstos son parejita, ¿verdad?

Vuelvo a mirarla. Pero ¿se callará de una vez?

Con el rabillo del ojo, soy consciente de que Lucía nos observa. Seguro que se está enterando de nuestra conversación, y veo su sonrisa. Madre mía, qué vergüenza, cuando Bárbara vuelve al ataque:

—*My friend*, es mono el chico, ¿verdad?

Asiento. No le voy a decir que no. Pero, sin duda, a mí quien me ha impresionado más ha sido ella. Sus ojos. La intensidad de su mirada y su sonrisa. Tiene una sonrisa preciosa.

No voy a negar que tanto Bárbara como yo nos hemos quedado sin habla cuando han entrado. No sé si será magnetismo, carisma..., lo que sea, pero hay algo que te hace mirarlos a ambos o, por lo menos, a nosotras nos ha pasado.

—Disculpa —oigo decir a mi lado.

Me vuelvo y veo que es Lucía.

La miro. Me pongo nerviosa.

¿Qué me pasa?

Y ella, alzando las manos, en las cuales lleva un par de cascos de moto, pregunta:

—¿Puedo dejar mi casco y el de mi hermano en algún sitio donde no molesten?

Tema aclarado: ¡es su hermano!

De pronto, sonrío.

¿Por qué sonrío?

E, intentando dejar de hacer el ridículo, afirmo cogiéndolos:

—¡Claro! Los dejo aquí, tras el mostrador —y sin saber por qué, le guiño el ojo y suelto—: De aquí no se mueven.

La chica se ríe ante mi absurdo comentario. Por favor..., ¿cómo soy tan tonta?

Pensando en ello estoy cuando ella comenta:

—¡Bonitos tatuajes!

Miro mis brazos. Ella los observa y, sonriendo, susurro:

—Gracias.

Acto seguido, se vuelve para ir hacia donde está Miguel esperándola.

En un par de ocasiones mis ojos y los de ella se cruzan y siento cómo se me acelera el corazón. Está claro que esa chica me ha impresionado como llevaba mucho tiempo sin impresionarme nadie, pero, sin darle mayor importancia, sigo a lo mío. Estoy aquí para ayudar, no para pensar en tonterías.

A la hora y pico, cuando estoy terminando de barrer, mi madre me dice que ya puedo irme a recoger a mis hermanas. Barbi ha decidido que se viene conmigo y así comemos todas juntas. Mi amiga recoge sus cosas y sale de la peluquería para hablar por teléfono.

Pillo mi mochila, saco las llaves del coche, las gafas de sol y, cuando me vuelvo para coger el móvil del mostrador, veo los cascos de moto en la parte de abajo.

Alzo la vista hacia los puestos de peluquería y veo que Miguel le está cortando el pelo a Daniel, y que Sonsoles, que ya ha regresado de su revisión, está secándole el pelo a Lucía.

¡Qué guapa está con ese nuevo *look*!

Me acerco hasta ellos cuando la oigo decir:

—No os preocupéis, no os esmeréis en peinarnos. En cuanto nos pongamos los cascos de la moto, el peinado se destrozará.

Miro y veo a Miguel y a Sonsoles asintiendo, cuando digo:

—Siento interrumpir. —Todos me miran, y yo, sin poder dejar de mirar a la chica, indico—: Tengo que irme, pero los cascos de los que hablas están en la parte trasera del mostrador. Recuérdalo.

La chica sonríe y, volviendo a hacer que mi corazón se desbande, asegura:

—Lo recordaré.

Miro a mis compañeros, que asienten, y el hermano de aquélla añade:

—¡Y de ahí no se mueven!

Lucía, él y yo reímos por aquello. Sabemos por qué lo dice, cuando ella me mira a través del espejo y dice:

—¡Gracias por recordármelo!

—Un placer —contesto alzando la mano para despedirme.

Me vuelvo más nerviosa que en mi vida poniéndome las gafas de sol y me dirijo hacia la puerta, donde veo que me espera Bárbara riéndose por algo que le habrá dicho la persona con la que habla por teléfono. Sin embargo, tengo esa sensación... La sensación de que alguien te mira.

Por ello, al salir y cerrar la puerta, echo un último vistazo a la peluquería a través de mis gafas de sol y confirmo mis sospechas al ver que quien me mira es Lucía.

¿La habré impresionado yo también?

—Sara, ven. —Me giro y veo a mi amiga mirándose en la pantalla del móvil—. Vamos a hacernos un selfi y lo pongo en Insta con la localización para que la gente venga a la mejor peluquería de Madrid.

Posamos, mi amiga sube la foto a las redes y, mientras habla y me cuenta no sé qué de no sé qué tío, yo tengo en la cabeza la mirada de Lucía y siento que el corazón se me acelera como llevaba mucho tiempo sin hacer.

Capítulo 9

con la localización para rodar, a Santos a reunir a nuestros peluqueros y la siempre...

Teníamos, un amigo sobre las ruedas a las redes y encima... habíamos querido no se que le no sé que tus voy a dejar en la cabeza habrá del peor adorto que el confiara se... que solfas como llevaba un mismo tiempo, en aquel...

Me pongo el casco negro con las llamas de color naranja. La verdad que un poquito hortera sí que es, muy de los 2000 el diseño. Compruebo que tengo las botas bien abrochadas y los guantes totalmente ajustados a mis manos y mis muñecas. Alzo la vista y veo a todo el público mirándome. Ya no hay marcha atrás. Mierda.

Me giro y choco las manos con varias personas que intuyo que son de mi equipo. Me dan alguna que otra palmadita en la espalda en señal de ánimo: no te la pegues.

Me dirijo hacia la moto negra con toques naranjas que tengo a unos diez metros a mi derecha. Me subo, arranco y me coloco en la zona de salto delimitada. A todo esto..., ¿yo sé conducir una moto?

Venga, no parece tan difícil. Sólo es una rampa.

Sólo tengo que acelerar, saltar y volver a caer.

No obstante, unos ojos preciosos me miran. Los conozco. Los reconozco. Son los de Lucía, la chica de la peluquería, y con una sonrisa, la saludo.

¡Qué nervios!

¿Qué hago montada en una moto?

Pero ¿qué podría salir mal?

Espera un segundo... ¿A cuántos metros voy a llegar? ¿Y si una rueda resbala antes del salto? Y si se me escapan las manos del manillar, ¿qué? ¡Que no soy Supergirl! ¿Mi madre sabrá esto? ¿Estará entre el público? Espero que no, porque, si no me mato al caer, me mata ella.

Mejor no lo pienso.

Un señor me hace señas para que ponga mi cuerpo y la moto en posición. Oigo al público corear mi nombre: «SARA... SARA... SARA... SARA...».

Ya no puedo echarme atrás. Sería vergonzoso y humillante. Lucía sigue mirándome.

Oigo una bocina y salgo a toda leche con la moto. Llego al punto más alto y noto cómo ésta deja de tocar el suelo. Cojo altura y...

—¡Sara!

Me despierto sobresaltada y veo a Irene mirándome con cara de susto sentada a los pies de mi cama.

—Pero ¿tú qué haces aquí? —pregunto mientras con una mano me rasco los ojos y la otra me la apoyo en el pecho para notar mi corazón acelerado.

—Perdona, Saraaaa —me acaricia la pierna con cara de no haber roto un plato—, es que, como habíamos quedado una mañana para hablar, pues aquí estoy.

La miro sin entender nada.

¿Qué he estado soñando?

¿Qué hace mi prima aquí?

Me siento en la cama, aún tapada con la sábana, y me giro en busca del despertador que tengo en la mesilla de noche. Lo localizo y veo que son las 8.03.

¡¿Qué?!

Me giro para clavar la mirada en mi prima, y, antes de que pueda hablar, ella dice:

—Dijiste que nos veríamos hoy o el viernes por la mañana.

—¡Pero no a las ocho de la mañana! —respondo dejándome caer de nuevo sobre la almohada.

—Venga —me dice—, no seas dramática.

—Querida prima, es miércoles, estamos de vacaciones y, por si no lo sabías después de tantos años, odio con todas mis fuerzas madrugar.

Me mira sin saber qué responder, yo la miro y pregunto:

—¿Cómo has entrado?

—Pues verás —empieza a explicarme—, te hablé por Whats-

App, pero no contestabas. Así que le mandé un mensaje a la tía. Me dijo que ya se iba a ir hacia la pelu con las niñas, pero que me daba tiempo a venir. Y, bueno..., aquí estoy.

Increíble, ¡esto es increíble!

—¡Estáis todas en mi contra! —digo poniéndome la almohada sobre la cara.

Noto cómo Irene se incorpora de la cama. Levanto un poco la almohada para no morir ahogada y la veo en la puerta de la habitación observándome.

—Voy a ir preparando el desayuno. ¿Café con leche o Cola Cao? —dice.

—Esa pregunta me ofende —contesto mientras me levanto para ir a asearme.

En el baño, pienso en mi sueño.

¿Qué hago yo soñando con motos si ni siquiera sé manejarlas?

Y, sobre todo, ¿qué hago soñando con la chica llamada Lucía?

Me miro en el espejo.

Está claro que esa chica me ha impresionado. Pero, sin querer pensar más en ello, me echo agua en la cara y me lavo los dientes.

Tengo que ver qué quiere la pesadita de mi prima.

Una vez termino, de camino a la cocina me encuentro a *Botas* en el pasillo. Me agacho, lo cojo en brazos y él roza su cara con la mía, aunque después me gruñe.

Vamos..., lo de siempre.

Llegamos a la cocina y veo que Irene ha preparado un café con leche, un Cola Cao y un plato con Donuts con y sin chocolate.

—Vale —digo dejando a *Botas* en una de las sillas de la cocina—, con los Donuts vas bien encaminada.

Mi prima me echa una sonrisa y se sienta frente al Cola Cao. Yo hago lo mismo, pero frente al café con leche. Estamos unos segundos en silencio y de repente ella pregunta:

—¿Volviste a ver a Toño?

Su pregunta me hace suspirar. Toño fue un chico con el que estuve unos meses, pero de eso hace ya siglos. ¿En serio aún se acuerda de él?

Niego con la cabeza. Lo de Toño y yo ya está más que olvidado, cuando Irene insiste:

—¿Y bien?, ¿algo nuevo en el horizonte?

La miro. Sé a lo que se refiere. Vuelvo a negar con la cabeza.

—¿Ningún chico importante que nombrar? —pregunta.

No me apetece hablar de mí. No estamos aquí para eso..., creo. Y, queriendo entender por qué estamos a estas horas aquí, gruño:

—A ver, Ene, cuéntame tú.

Ella me mira y comienza a hablar.

—Es sobre Londres.

—Vaya...

—No os lo he contado todo.

A ver..., lo imagino. Imagino que todo no nos lo ha contado, cuando pregunto:

—Pero ¿es algo serio?

—Bueno...

—¿Te ha pasado algo? —insisto sin despegar la mirada de ella.

—No, no —contesta—. O sea, no es nada malo, tía. —Respiro un poco más aliviada y mi prima continúa—: ¿Recuerdas que te conté que al principio sólo salíamos mis dos compañeros de piso, o sea, Bianca y Tristán, y yo solos?

Yo asiento con la cabeza y ella prosigue:

—Bueno, pues el grupo se fue haciendo cada vez más grande, y había gente de todos lados: Francia, Italia, Colombia, España, Alemania... Total, un montón de gente.

—Eso está genial —comento cogiendo un Donut de azúcar del plato.

—Sí, sí. Todos supermajos, y de verdad que espero seguir en contacto con ellos —afirma—. Pero, claro, yo no sé si será eso de que la cabra tira al monte o qué, que empecé a quedar con un chico madrileño llamado Ricardo y..., bueno...

—¿Y «bueno»?

—Y bueno... —repite ella.

«Bueno..., bueno...», digo yo. Y, al ver cómo me mira, sabiendo la respuesta de antemano, pregunto:

—¿Os acostasteis?

Irene sonríe. Le hace gracia recordar y, poniéndose roja, musita:

—Sí.

—¡Ene!

—Tía..., una tiene sus necesidades.

¡La madre que la parió!

Vale. Ya sé que no es el primero con el que se acuesta, pero está visto que ésta en Londres se desmadró, y, mirándola, pregunto:

—Al menos serías juiciosa y utilizarías preservativo, ¿no?

—¡Por supuesto! —afirma con seguridad—. Pero ése no es el tema, tía. Lo que pasa es que, con los meses, nos fuimos conociendo más y más. Empezamos a pasar más tiempo juntos...

Mi cabeza comienza a divagar.

Ay, madre..., ¡ay, madre! Y mi mirada se va inconscientemente a su tripa.

¡No me jodas!

Vuelvo a mirarla a los ojos.

Ay, no..., ay, nooooooooooooooo.

¡De ésta se carga a mi tía!

Irene se queda callada y mi mente se dispara. Madre mía..., madre mía.

Dejo el Donut en el plato o creo que me ahogo, me limpio con una servilleta los dedos pringosos y digo intentando mantener la calma:

—Irene —ella me mira y yo le hago la pregunta—: ¿estás embarazada?

El gesto de mi prima se descompone y grita haciendo que me sobresalte.

—¡SARA!

—¿Qué ocurre?

—Como te pasas, tía.

Cada vez entiendo menos. Mi prima es una caja de sorpresas, e indico:

—A ver. Eres tú la que ha venido a contarme algo, y haces tantas pausas dramáticas que mi mente se dispara.

—¡He venido a decirte que es mi novio! —suelta por fin.

Vaya, al final ha salido el gordo. ¡Tiene novio! Aunque no entiendo tanto secretismo.

¿En serio para decirme eso tenía que levantarme a estas horas y hacerme creer lo que no era?

Y, cogiendo de nuevo el Donut del plato, indico:

—¡Haber empezado por ahí! O sea, me tienes desde que me hablaste por WhatsApp con una intriga que te cagas, me haces madrugar y todo, ¿para contarme que tienes novio?

—Sí. Bueno..., n-no del todo —confiesa.

Ahí está. Algo oculta. Algo pasa. Algo quiere.

Era muy raro que creara tanta expectativa sólo para contarme que tiene novio. Ni que fuera su primera pareja o, mejor dicho, ¡rollo!

Irene bebe un trago de su Cola Cao y, casi sin darse tiempo a tragar, suelta:

—¿Qué haces el domingo por la mañana?

—Intentar dormir —me mofo.

—¡Sarita, por favor!

Buenooooo..., ya estamos con lo de «Sarita». Y, cogiendo mi café para beber, suelto:

—Vale. De momento, creo que nada.

Sonríe. Le gusta mi contestación.

—¿Y me harías un favor? Muy... muy... muy... pero que muyyyy importante.

¡Ya estamos!

Irene y sus siempre complicados favores. Tras dar un trago al café, y sabiendo que me va a liar en algo, indico:

—Sorpréndeme.

Rápidamente, Ene se coloca su mechón azul tras la oreja y, bajando la voz como si alguien fuera a oírla, cuchichea:

—Es que el domingo por la mañana vuelve Ricardo de Londres.

—¿Y?

—Que sus padres no están en Madrid para ir a buscarlo —empieza a explicarme—, y yo... yo me ofrecí para ir recogerlo y...

Vale... Ya sé por dónde va el tema, y la interrumpo.

—Digamos que más bien me ofreciste a mí para llevarte a recogerlo.

—Vale, sí. ¡Tienes razón!

Asiento. Doy otro trago a mi café y ella musita:

—Es que aún no les he contado a mis padres nada de él, y, con tan pocos días de margen, me parece algo precipitado. Y como tú eres la mejor prima del mundo mundial y tienes coche, pues buenooooo...

Qué lista es, ha utilizado lo de «mejor prima del mundo mundial» para ir directa al corazoncito. Qué poca vergüenza. Pero, claro, no puedo decirle que no. Y menos si el domingo no tengo nada planeado. Soy así de tonta. Y, claudicando como siempre con ella, afirmo:

—Vale, pásame la info de la hora y la terminal y lo vamos hablando de aquí al domingo.

Según digo eso, se levanta y me abraza.

—¡Muchas graciasssssssssss! ¡Eres la mejor!

La mejor no sé, pero la más tonta, fijo.

—¿Barbi y Fran saben algo de tu novio? —pregunto a continuación. Ella niega con la cabeza—. Pues sé de una que te va a matar por no contarle un cotilleo tan fresco como que tienes churri.

—Bueno, ése es un problema para otro día —ríe Irene.

Yo asiento. Vuelvo a darle otro bocado al Donut de antes y continúo desayunando. Temita resuelto.

Pasamos el resto de la mañana hablando o, mejor dicho, ella hablando del tal Ricardo, su supernovio.

Capítulo 10

Fran

Hoy es el día que he organizado de piscina con mis amigas. Estaremos solos en casa y disfrutaremos de una jornada de risas, música y colegueo. Mi padre está de viaje, creo que por Murcia. Mi hermana, con él, y, tras organizarle un día de compras a mi madre con mi tía para tener la casa para mí, despidiéndome desde la puerta, le digo:

—Tranquila, mamá, nos las apañaremos bien. Tú vete y pásalo bien con la tía Andrea.

Ella me lanza un beso. Le cuesta marcharse y dejarnos solos, pero cuando por fin cierro la puerta, Álvaro, mi hermano, me mira y, divertido, grita:

—¡Fiestaaaaaaaaaaaaaaaaaaaaaaaaaaaaaaaa!

Eso me hace reír a carcajadas, mi hermano es supergracioso, y, conectando el iPad al altavoz por Bluetooth para poner música, indico:

—Bueno, tampoco te vengas tan arriba.

Pero, sin pensar en nada más, cojo el altavoz y me lo llevo al jardín, justo a la zona donde está la piscina.

—Estamos solos, sin papá y mamá, Fran, ¡qué bien! —afirma mi hermano.

Álvaro lleva esperando este día como agua de mayo. Desde que el otro día le comenté a mi madre lo de pasar el sábado con mis amigas aquí, en la piscina, está ilusionadísimo. No ha parado de hacerme preguntas y darme ideas, como la de comprar un unicornio hinchable como el que tenía su amiga Carolina en su fiesta de cumpleaños.

En un principio le dije que no, ya que papá lo vería como un trasto más. Pero al rato algo en mí me hizo coger el ordenador y pedir uno bien grande por internet. Total, es nuestra piscina, hay sitio para uno, dos y tres unicornios si queremos, y me gusta poder darle sorpresas a mi hermano. Por ello, e impregnándome de su felicidad, digo:

—Tienes razón, Álvaro, ¡hoy estamos de fiesta!

Acto seguido le entrego el iPad para que busque en Spotify la música que él quiera. Eso hace que se le ponga una sonrisa de oreja a oreja.

Veo mi móvil en el sofá y me acerco para ponerlo a cargar, ya que anoche no lo hice. Lo cojo y veo que hay un mensaje de hace un par de minutos en el grupo.

SARA: SOS.

YO: ¿Qué pasa?

SARA: ¿Hay algún problema
si me llevo a Almudena y a Carla?

YO: Claro que nooooooo.

SARA: Menos mal, porque estoy aquí
que me van a matar si no me las llevo.

YO: No te preocupes, Álvaro también
estará aquí. Así se entretienen.

BARBI: ¡Cuantos más, mejor!
SARA: Barbi, dentro de cinco minutos
salimos a por ti. Fran, en un rato nos
vemosssss.

YO: Aquí estaremos.

Me dirijo hacia la cocina y, antes de entrar, veo a mi hermano en el jardín sentado al lado del altavoz mirando el iPad. Sé que está pensando qué canción poner. Mi padre muchas veces es muy estricto con eso y nuestros gustos musicales a él no le valen. Por ello, alzando la voz, digo:

—Enano, pon la música que quieras, que papá no está aquí.

Y, antes de que me dé tiempo a poner un pie en la cocina, empieza a sonar *Cuando nadie ve* del grupo colombiano Morat, la canción con la que lleva obsesionado todo el verano. Mira que le gusta.

Tarareándola los dos estamos cuando, de repente, me echo las manos a la cabeza.

—¡Álvaro, tío!

Mi hermano me mira con cara de circunstancias y pregunta:

—¿Qué?

—¡Que se nos olvida lo mejor! —suelto riendo—. Espera.

Con su total atención, me acerco a un baúl decorativo que tenemos en el salón, lo abro y, cuando saco una caja de él, veo cómo a mi hermano se le van abriendo los ojos cada vez más, hasta que grita:

—¡Halaaaaaaaa!

—¿Te gusta? —pregunto encantado.

—Pero si dijiste que no podíamos, Fran.

Rápidamente me quita de las manos la caja, que pesa más que él, y, cerrando el baúl, añado feliz de ver lo contento que está:

—Ni caso de lo que dije. ¿Recuerdas si tenemos un inflador?

—Sí, pero papá se lo dejó a su amigo —contesta mi hermano. Sin embargo, a continuación afirma feliz—: Yo lo hincho.

—Eh —digo parándole los pies, que me le conozco—, estate quieto y cuando vengan Sara y Bárbara lo hinchamos entre todos.

Él asiente con la cabeza y se lleva el inflable al jardín.

La verdad es que es más grande de lo que pensaba. Bueno, cuanto más grande, más divertido puede ser. Aunque también, cuanto más grande, más grande será la bronca de mi padre. Pero bueno, a eso ya estamos acostumbrados.

—Fran —llama mi hermano mi atención.

Lo miro.

—¿Me pongo el bañador ya? —pregunta.

—¡Pues claro! —contesto—. Y métete en la piscina si quieres. ¡Como si estuvieras en tu casa! —añado haciéndole reír.

Yo ya me he puesto antes el bañador rojo y una camiseta de tirantes blanca y roja de hace unos años.

Cuando termino de recoger las cosas del lavavajillas, suena el timbre de la puerta. Antes de pulsar el botón del telefonillo, sonrío al ver a mis amigas por la cámara.

Abro la puerta principal y ahí están las cuatro chicas.

—¡Hola, Fran! —dice Carla saludándome con la mano.

Me agacho y la saludo. Después saludo a Almudena.

—Qué camiseta más chula llevas, Almu —digo fijándome en la camiseta amarilla que lleva puesta.

—Es de mi hermana —dice señalando a Sara—, a veces tiene cosas que no son de color negro.

Barbi, Sara y yo nos miramos y reímos.

Esa camiseta tuvo que dejársela Bárbara a Sara a principios de verano, cuando fuimos una tarde a merendar y le tiré un batido de chocolate por encima. Qué desastre, aunque se lo tomó bien. Son cosas que pasan, como ella misma dice.

—¡Pero qué rojiblanco te veo hoy! —comenta Sara llamando mi atención.

—Poco a poco lo estás convirtiendo, como hiciste conmigo —ríe Bárbara dándome un abrazo.

A pesar de que toda su familia es de Tenerife y apoya al equipo de fútbol de allí, Sara siempre ha tenido cierta debilidad por el Atlético de Madrid. Hace tiempo que consiguió que Barbi los apoyara también. Aunque tampoco es que lo tenga muy difícil, ya que puede que Bárbara y yo seamos las personas menos puestas en fútbol del planeta.

—Bueno, no cantes victoria —digo antes de saludar a mi otra amiga.

Entramos, dejamos sus cosas por el salón y aparece Álvaro en escena.

—¡Hombre, hola, guapetón! —dice Sara al verlo.

—¿Qué es eso que arrastras, Álvaro? —pregunta Bárbara.

—*Veni*.

Las chicas lo miran sin entender nada. Y, viendo su cara de desconcierto, mi hermano se lo explica:

—Fran ha comprado un unicornio gigante para la piscina y yo le he llamado *Veni*. Pero tenemos que hincharlo, y el inflador lo tiene un amigo de mi padre.

—¡Qué fotazas podemos sacar con él! —murmura Bárbara encantada.

Me río. Ya está Barbi con su postureo.

—Puede que yo tenga un inflador en el coche, voy a mirar —indica Sara al segundo.

Y, sin decir nada más, se va camino del coche seguida de Álvaro y Carla.

Media hora después, tras hablar y ponernos de acuerdo en hacer una cadena e ir inflando el unicornio entre todos, los peques se tiran a la piscina y Bárbara, Sara y yo nos quedamos solos.

—No hay derecho —se queja Sara—, yo he venido a disfrutar del día y a relajarme, no a estar aquí sudando la gota gorda.

—Quien algo quiere algo le cuesta, *my friend* —contesta Bárbara.

—Pero si ha sido éste el del unicornio —dice señalándome.

—Eres una exagerada, maja. Qué poco acostumbrada estás a hacer ejercicio.

—Mira, ¿ves esta carita? —dice Sara señalándose a sí misma—. Pues no he vuelto a hacer ejercicio por voluntad propia desde que acabé el Bachillerato y dejé de tener educación física.

—¡Qué suerte! —oímos decir a Almudena, que está sentada a la sombra con el móvil—. Es la asignatura que más odio.

—Desde luego, no podéis negar que sois hermanas —contesta Bárbara riendo.

Por suerte, un buen rato después ya tenemos el unicornio inflado. Lo metemos en la piscina justo cuando Álvaro se va a tirar de nuevo al agua.

—¡Espera! —lo para Bárbara—. Déjame que me ponga mi divino bikini de Calzedonia y me hago unas fotos con *Veni* el unicornio, porfi. Prometo que luego es todo tuyo.

Álvaro otra cosa no, pero paciente sí que es. Así que acepta sin problema.

Bárbara se pone un bikini de cuadritos negros y blancos y le pide a Sara que le haga toda una sesión de fotos con *Veni* en la piscina.

Le digo a mi hermano que se ponga crema y se la echo a Carla. Después, Álvaro y yo intentamos entretener a la pequeña, porque, lógicamente, quiere ir directa al agua.

Bárbara nos ve y dice mientras cambia de posición encima del hinchable:

—¡Ay, Fran, que se me había olvidado! Abre la bolsa rosa que he traído y por ahí deberías encontrar una pelota inflable de colorines. Que me la dieron en un evento de unas gafas de sol este verano y había olvidado que la tenía.

Hago lo que me ha dicho y, ¡bingo!, inflo la pelota de colores y nos ponemos a jugar con ella mientras terminan el *photoshoot*.

Cuando veo que mi amiga se desliza hacia la escalera de la piscina con el unicornio para bajar sin mojarse, miro a Álvaro y éste, con sólo una mirada, sabe lo que quiero decir. Así que tiro la pelota hacia mi amiga y mi hermano corre y se lanza a la piscina, volcando a *Veni* y a Bárbara a la vez.

Todos reímos y mi amiga, al asomar la cabeza fuera del agua, no tarda en hablar.

—Menos mal que ya me había hecho las fotos. Pero que sepáis que ¡habrá venganza!

Carla va corriendo al agua y Bárbara no tarda en ponerse a jugar con ella en la piscina.

—Venga, Almu, vente y nos ponemos el bikini —oigo que Sara trata de convencer a su hermana.

Me vuelvo e intento convencerla yo, ya que por todos es sabido que hay una ley no escrita entre los adolescentes que dice algo así como «no harás caso a tu familia porque son un rollo, pero a las personas ajenas a ésta sí, porque harás el ridículo si no lo haces».

—Va, Almu, únete a la fiesta. Porque estés *offline* un rato no va a pasar nada. Te aseguro que el mundo seguirá igual cuando vuelvas a coger el móvil —digo sonriéndole.

Ahora sí, bloquea el móvil y se va con su hermana a ponerse algo para ir directa a la piscina.

Mientras, coloco unas cuantas toallas en las tumbonas para que las utilicen cuando vayan saliendo de la piscina o cuando ellas quieran.

Me quito la camiseta y me echo crema, tampoco quiero acabar el día pareciendo un cangrejo.

—¡Normal que me dijeras que qué poco acostumbrada estoy a hacer ejercicio, si tú debes de pasarte unas veinte horas al día en el gimnasio! Pero, chico, qué poco debemos de habernos visto este verano. ¿Ese cuerpo desde cuándo lo tienes? —oigo a Sara a mis espaldas.

Oh..., oh...

Y antes de poder girarme, es Bárbara la que habla desde el agua.

—Querido Fran, si te vuelves a disfrazar de Míster Increíble, ya no necesitas que el traje lleve músculos ni tableta de mentira incorporados. Madre mía, ¡pero qué abdominales y qué oblicuos tienes!

De pronto me siento observado, tremendamente observado, cuando Sara suelta:

—Barbi, prepárate, porque con ese cuerpo y sus ojos azules vamos a tener que hacerle de guardaespaldas en la universidad.

Los tres reímos ante sus ocurrencias. Sin duda mi cuerpo se está transformando con el ejercicio que hago, e intento explicar:

—Sois unas exageradas, tampoco es para tanto.

Pero ahora es Álvaro el que habla desde encima de *Veni,* el unicornio:

—Mentira, vas todos los días al gimnasio.

Mis amigas me miran. Nunca les he hablado del gimnasio. Especialmente porque no voy a un gimnasio, sino a una academia de baile, aunque eso Álvaro no lo sabe.

Esperan que diga algo. Malo..., malo. Y, como no quiero seguir hablando de eso y tengo a Sara cerca, la agarro del brazo y, tirando de ella, hago que caigamos a la piscina. Ella, a su vez, se aferra a

Almu buscando algo de ayuda, pero lo que hace es que su hermana se sume a nuestra imparable caída. Ahora que estamos todos en el agua, tema zanjado.

¡Bien!

Pasan las horas y ya con las tripas llenas por lo comido, nos tumbamos en las hamacas entre sol y sombra para reposar las ricas pizzas que hemos pedido.

Le he dicho a Álvaro que se ponga de acuerdo con Carla y vean alguna peli de Disney mientras hacen la digestión. Almu se ha quedado con ellos dentro, pero, como era de esperar, con el móvil en las manos.

—Buah, qué a gustito se está aquíííííí—dice Sara estirándose.

—Estoy más a gusto que en brazos —contesto feliz.

Los tres reímos. Sin duda este día de piscina es especial para nosotros. De pronto, Bárbara indica:

—A ver, ahora que tenemos un rato, os enseño las opciones que hay hasta ahora para el grupo de WhatsApp de la yaya Tina con sus amigas. Si se os ocurre alguna otra, no tenéis más que decirla.

Sara y yo nos volvemos para mirarla y ella nos muestra las notas de su móvil:

- REMTONA
- DOS VIUDAS Y UNA SOLTERA
- LAS DE SIEMPRE
- MUJERCITAS
- YAYITAS
- CINÉFILAS
- AMIGAS
- SOLTERAS Y ENTERAS

Bárbara me mira.

—A mí no se me ocurren más ahora mismo —contesto.

Luego mira a Sara.

—Creo que este sol me está derritiendo el cerebro, lo siento, no hay nada que hacer —dice nuestra amiga señalándose la cabeza.

—Eres muy boba —concluye Bárbara.

—Oye, si Remedios no tiene nietos, ¿habría que tachar la opción «Yayitas»? —comenta Sara.

Veo cómo borra esa opción de la lista.

—¿Tus padres siguen en Australia? —pregunto al ver que mira de nuevo mis abdominales.

—Sí, ayer mismo hablé con ellos. Pero, ya sabéis, trabajo, trabajo y más trabajo —contesta la morena.

—¿Cuándo vienen? —continúo poniéndome una camiseta.

—Pues creo que, a este paso, en Navidad. Tienen mucho trabajo, pobrecitos —dice alzando los hombros.

Oír eso me apena y, cuando voy a decir algo, Bárbara añade:

—La verdad, mejor que trabajen. Así yo puedo seguir dándome la vidorra padre.

—Pero si siempre estás diciendo que te gustaría verlos más... —replica Sara.

Bárbara se encoge de hombros de nuevo.

—Pues claro. Pero su trabajo nos lo impide, y no quiero ser la típica hija pesada. Bastante pena tienen ellos por no poder venir para estar conmigo y con la yaya.

Sara y yo nos miramos, nos entristece la situación de Bárbara con sus padres, y entonces ella, cambiando de tema, indica:

—Al final no nos hemos ido unos días los tres solos, como dijimos a principios de verano.

—Cierto —contesto.

—Podríamos planear algo para Semana Santa, *my friends* —dice Bárbara volviendo a animarse.

—Por mí, guay, si queréis le pregunto a mi madre si podemos irnos a la casa de Tenerife unos días —propone Sara.

Eso estaría genial. El pisito que tiene su madre en Tenerife está muy bien, e indico:

—Me parece un plan fabuloso.

—Yo pago los billetes de avión. Por supuesto, en *business*.

—¡Ya está la espléndida! —me mofo.

Bárbara sonríe y, levantándose las gafas de sol para mirarme, cuchichea:

—De algo tiene que servirme que mis padres ganen tanto dinero. Así pues, que no se os olvide que tenemos ese viaje pendiente.

—Tranquila, no creo que dejes que se nos olvide —ríe Sara.

Bárbara se recuesta hacia atrás en su hamaca y, cogiendo su móvil, comenta:

—Acercaos un poco, vamos a hacernos una foto.

—Venga, un poquito de postureoooooooooo —dice Sara.

—Ay, Bárbara, que estoy superdespeinado —bromeo.

—No, espera, que éste no es mi lado bueno —continúa con la guasa Sara.

—*Don't worry*, no creo que la suba —contesta nuestra amiga mirándose en la pantalla.

—¿Y eso? —pregunto.

—Con la piscina se me ha ido el maquillaje. ¿Acaso no has visto qué cara llevo? —dice mirándome.

—¿Perdona, Barbi? —gruñe Sara llamando nuestra atención—. ¿Estás tratando de decir que tu belleza depende de la cantidad de maquillaje que lleves? Porque eso es una tontería como *Veni* el unicornio de grande.

Pero Barbi es Barbi, y yo, consciente de lo guapa que es mi amiga, insisto:

—Pero ¿tú has visto tu maravillosa piel morena y los perfectos rizos de tu pelo? —pregunto intentando convencerla.

—¡Y tus labios! Ya quisieran muchas personas tenerlos como tú y no tener que inyectarse bótox —sigue Sara.

Ambos miramos a Bárbara y noto que no sabe qué responder.

Así que le quito el móvil de las manos y empiezo a hacernos fotos. Y, al final, entre comentarios y carcajadas, conseguimos que Barbi se ría.

—Entre las agujetas por inflar el unicornio y las agujetas que voy a tener en el abdomen de tanto reírme, mañana no va a haber quien me mueva —indica Sara al terminar la improvisada sesión de fotos.

—Eres una exagerada —contesto.

—Por cierrrrrrrto, hablando de fotos, Fran. ¿Actualizas tu perfil de Tinder como te recomendé hace tiempo? —me pregunta Barbi.

Bueno, ya estamos con eso. No tengo tiempo para esas tonterías. Prefiero ocuparlo en lo que me gusta. Chicas conozco muchas y cuando quiero quedo con ellas. Pero sin lugar a dudas Bárbara es una excelente celestina, lo que le gusta buscarse novio y buscárnoslo a los demás, por lo que respondo:

—Lo tengo ahí parado. No sé si me convence el tema.

No me había vuelto a acordar de la aplicación, desde el día en que se puso tan pesada que me hice el perfil con su ayuda.

—Pero ¿qué es lo siguiente que tienes que hacer? —pregunta Sara.

—Creo que elegir las chicas que me gustan y conseguir hacer *match* —digo.

—¿Qué es «hacer *match*»? —vuelve a preguntar Sara.

Vale. Sara es peor que yo con las redes sociales, y Barbi indica:

—¿Recuerdas la mítica frase de Ash Ketchum en *Pokémon* de «Te elijo a ti, Pikachu»?

—¡Claro!

—Pues es más o menos lo mismo, pero cambiando el nombre de Pikachu por el de la persona que te llama la atención. Y si ella te elige a ti, entonces hacéis *match* —explica la morena.

Divertido, miro a Sara. Vale, soy joven y ligar así es lo que se lleva. Pero, aunque suene raro, prefiero seguir ligando mirando a los ojos.

—Y entonces ¿qué pasa? —vuelve a preguntar Sara.

—Que se abre un chat para que podáis hablar, quedar, ligar o lo que surja —termina de explicar Bárbara bajando la voz, ya que nuestros hermanos no están lejos.

—Pues no he vuelto a mirar la aplicación desde el día que abrimos el perfil —digo con sinceridad.

—Eso va a cambiar, amiguito. Hoy es el día de actualizar tu perfil —contesta mi amiga poniéndose de pie.

Y, de un minuto a otro, Bárbara me organiza una sesión de fotos sin camiseta, diciéndome cómo poner los brazos, dónde hay mejor luz...

Cuando decide que tiene suficiente material, volvemos a las tumbonas.

—A ver, creo que éstas son las mejores —señala nuestra amiga—, pero deberías elegir una, ya que no queremos que las chicas piensen que lo único que pretendes es lucirte y que te digan lo bueno que estás.

Acto seguido nos enseña tres fotos de las tropecientas que ha hecho.

En la primera salgo sentado al borde de la piscina con las piernas metidas en el agua hasta las rodillas. En la segunda llevo las gafas de sol puestas y estoy apoyado en un árbol del jardín. Y en la tercera estoy tumbado en la hamaca con los ojos cerrados.

Postureo, puro postureo, y sin saber qué elegir, indico:

—Ayudadme a escoger, chicas.

—Mi favorita es la primera, la veo más natural y sales superguapo, aunque guapo sales en todas —dice Sara.

—Sí, la primera está superbién y, como te está dando el sol, se te ven los ojos más claros aún, lo que te hace más sexy y enigmático.

Oír eso me hace reír. Si algo no me veo es sexy ni enigmático, pero para zanjar el tema y que Bárbara se calle concluyo:

—Pues no se hable más, ya tenemos ganadora. Pásamela y la pongo ahora en mi perfil de Tinder.

Desbloqueo el móvil y me pongo a subir la foto.

—¡Sara, tengo una ideaza! —salta Bárbara dejando su teléfono a un lado.

Levanto la vista y ella va directamente hacia Sara, que pone una cara rara y suelta:

—¡Ni de broma!

Me río, sé a qué se refiere, cuando Bárbara insiste:

—Pero ¿de qué hablas?

Sara resopla.

—Sabes que no soy de redes sociales ni de ligotear de esa manera, así que no me vayas a decir que me haga un perfil en Tinder porque me niego en redondo.

Bárbara suelta una risotada y, bajando la voz, murmura:

—Pues no sabes lo que te pierdes. Yo conozco a cada tío por Tinder ¡que es digno de admirar!

—No lo dudamos —se mofa Sara mirándome.

—Pero como no queréis saber nada de mis rollos...

—¡Mejor dejémoslo ahí! —gruñe Sara.

El tema rollos y disgustos de Bárbara fue agobiante en el pasado, y hace tiempo Sara y yo decidimos cortarlo por nuestra salud mental. Pero entonces, cuando ésta va a añadir algo, Bárbara indica:

—No te iba a decir que te pusieras Tinder. Ya sé lo rara que eres para esas cosas.

—¿Ah, no...?

Bárbara resopla.

—A ver, boba, se me ha encendido la bombilla al ver el cuerpazo que tiene Fran gracias al gimnasio. Mi idea es que tú y yo nos apuntemos con él. ¿Qué te parece?

Bueno..., bueno, esa idea de Barbi no me viene nada bien, cuando Sara pregunta sin creerse lo que acaba de proponer nuestra amiga:

—Estás de coña, ¿no?

—No.

—No cuentes conmigo. Ya sabes que el gimnasio y yo no somos compatibles.

Eso me hace reír. Conozco a Sara y, sin duda, tiene razón, pero Barbi insiste:

—Piénsalo. Nos tonificaríamos y además podríamos conocer a chicos interesantes.

—¡Qué ilusión! —se mofa Sara.

—¿A qué gimnasio vas, Fran? —pregunta Bárbara.

¡Joder!

¿Qué digo?

Y al notar el pelo en la cara, pido mirando a Sara:

—Déjame una de tus gomas del pelo.

Mi amiga resopla. Creo que está hasta las narices de que siempre le quite las gomas que lleva en la muñeca y, tras darme una y yo recogerme el pelo, Bárbara prosigue:

—Vale. Dejando a un lado la cantidad de chicos musculosos que podríamos conocer, míralo por el lado bueno. Yendo juntos al gimnasio de Fran, el día que uno no quiera, los otros dos lo acabarán animando para que vaya. ¿No te parece una idea excelente?

No digo nada. Me callo. No deseo alentarlas.

Las quiero, las adoro, pero no quiero que eso ocurra. Yo no estoy apuntado a un gimnasio al uso, y si se empeñan en hacerlo descubrirán mi secreto, y mi secreto es mío. Sólo mío. No sé por qué no se lo cuento. No sé por qué sigo guardándomelo para mí, pero la realidad es ésa.

—El *gym* es para gente a la que le gusta y tiene tiempo, y yo ando falta de ambas cosas —dice entonces Sara.

—Seguro que hay gente con menos tiempo que tú que saca tiempo para ir —insiste Barbi.

Ahora las dos me miran, ya que yo siempre digo que, entre la universidad, dar clases y los trabajos esporádicos que me salen, nunca tengo tiempo de nada, por ello, contesto:

—Os digo una cosa: conmigo no contéis demasiado, que ya tengo mis tiempos bastante calculados. Dicho esto, voy al baño.

A continuación, dejo el móvil a un lado y me levanto, así me quito de en medio en esta conversación.

—Lo de ir al gimnasio es para gente que tiene fuerza de voluntad —musita Sara.

—Si quieres, puedes —contesta Bárbara sin darse por vencida.

—Ya, pero es que yo no quiero —se queja la otra.

No tengo muy claro que Bárbara consiga convencerla, pero torres más altas han caído.

Antes de volver al jardín, paso por la cocina y les doy unos helados de hielo a los chavales, que no apartan la mirada de la tele, y cojo tres para nosotros.

—Podríamos haberle dicho a Irene que se viniera —comenta Barbi a la vez que le doy su helado.

—Se lo dije ayer —respondo—, pero me contestó que no podía, que tenía cosas que preparar.

Al darle el helado a Sara, veo cómo va a decir algo, pero finalmente se calla.

—Seguro que está preparando cosas para la vuelta a clase —comenta irónicamente Bárbara.

—Madre mía, qué horror. Ni me recuerdes la vuelta a clase —ahora sí dice Sara.

—Quieras o no recordarlo, esta semana ya toca volver y mentalizarse para los próximos nueve meses —contesto.

—¿Ya? ¿Tan pronto? —exclama Sara mirándome.

—Claro, tía, te dije que volvíamos esta semana —habla Barbi.

—Joderrrrrrr.

—Bueno, maja, tú piensa que ya queda menos —contesto consciente de que mi tortura de estudiar Derecho también acabará.

—Sí, claro, menos mal... —contesta Sara.

Resoplo. Algo en mi interior me dice que Sara comienza a estar tan harta como yo de la carrera elegida. En su caso, Bellas Artes lo escogió ella. En el mío, Derecho lo escogió mi padre. Él quería otro abogado en la familia, algo que sin duda yo nunca seré. O eso creo.

—¿De qué tenéis pensado hacer el trabajo de fin de grado? —pregunta Bárbara.

Pero bueno, ¿cómo puede preguntar eso en este instante? Y Sara, como intentando cambiar de tema, pues no le interesa lo que hablamos, contesta:

—¡Madre mía, aquí hace más calor que en la comunión de Charmander!

Los tres reímos ante la ocurrencia.

—Pues ya sabes, ahí tienes una piscina maravillosa y a *Veni* esperándote —contesto.

Sara se levanta y Bárbara coge el móvil rápidamente y se pone a grabar justo antes de que ella eche a correr y se tire en bomba a la piscina.

Luego veo cómo Sara intenta subirse al unicornio sin mucho éxito. Qué patosa es.

Mientras tanto, Barbi está mirando los selfis que nos hemos hecho. Mira la foto que le gusta.

—Deberías subir uno, sales estupenda —le sugiero.

—¿Tú crees?

—Sí.

Ambos miramos una foto en la que los tres estamos riendo a carcajadas, y mientras me levanto indico:

—No hay nada más natural que una carcajada cuando lo estás pasando bien con gente a la que quieres.

Y, sin más, corro y me lanzo al agua para jugar con mi maravillosa Sara.

Capítulo 11

Sara

¡Otra vez noooooooooooo! Si es que soy tonta.

Paro el odioso despertador y veo que son las 8.45.

¡Qué tortura!

Muy a mi pesar, tengo que levantarme. Espero que mi prima Irene no olvide nunca la de veces que madrugo por ella.

Voy al baño y, al mirarme al espejo, me doy cuenta de que ayer me dio el sol más de la cuenta. Me echo agua en la cara, me lavo los dientes y hago lo que puedo con el pelo. Así me quedo.

Según regreso a la habitación, no sé por qué pienso en Lucía, la chica que conocí en la peluquería. No la he vuelto a ver desde entonces. No sé quién es, pero lo que está claro es que sigo pensando en ella.

Sonriendo, me siento en la cama mientras me miro los tatuajes que llevo en los brazos y que tanto me gustan. A ella también le gustaron, y me alegró saberlo. Mucho. Tanto como reconozco que me gusta y me atrae ella a mí.

Dejando de pensar en ello, pues es un tema imposible, especialmente porque no estoy por la labor de perseguir a una desconocida que posiblemente no se acuerde de mí, me pongo unas deportivas blancas, las cuales debería lavar porque están algo sucias. Un pantalón negro con rotos en las rodillas y una camiseta blanca de manga corta a la que le subo un poco más las mangas, ya que las tiene un pelín largas para mi gusto.

¡Mira, hoy voy de blanco!

Raro en mí, pero sí, hoy debo de sentirme inspirada.

Una vez salgo de la habitación, paso por el salón, veo a *Botas* tirado en el sofá y no puedo evitar pararme a acariciarlo.

—Buenos días, *Botas* —lo saludo sin esperar más respuesta que un leve maullido por haberlo despertado.

Me preparo un desayuno rápido, pero en silencio, para no despertar a las demás. A las nueve y diez debería salir de casa. He quedado con Irene a y veinte en su portal.

Termino, recojo y, cuando voy a salir de casa, me paro frente al espejo grande que tenemos a la entrada y pienso: «¿Lo hago o no? Sí, lo hago». Saco el móvil y me hago una foto. Abro el grupo de «Palomas mensajeras» y la mando.

> YO: ¡Buenos díasssssssss! Y como diría Barbi,
> aquí tenéis mi *outfit* de hoy, *my friends*, jajaja.

Una vez he mandado el mensaje, salgo de casa, llego al coche y, como Irene y yo vivimos cerca, en menos de cinco minutos estaré en su casa. Así que, antes de arrancar, aprovecho, abro Spotify en el móvil y pongo una *playlist* de música del año 2000 en adelante.

Cuando llego a su edificio, aparco. Cojo el móvil, abro WhatsApp y veo que Fran ha contestado con un selfi de él junto a una taza de café.

> BILLY: Buenos días, ¿es el fin del mundo?

> YO: ¿Por?

> BILLY: Hombre, para que estés despierta
> tan temprano..., ¡y de blanco!

Me río. Lo de que lleve una camiseta blanca va a traer cola. Y, vale, he de tener cuidado. Está claro que mi prima no ha contado nada de la llegada de ese supuesto novio suyo, por lo que respondo:

> YO: ¿Y tú qué?

BILLY: Para aprovechar el día, maja.

YO: Pues las demás también,
¿a ver qué te crees, majo?
El fin del mundo será cuando mi madre vea
mi cara de cangrejo y me diga por 45.532 vez
en mi vida que no sólo vale con echarse
crema en una ocasión.

BILLY: No estás sola,
yo también me quemé.

YO: Hermanos de tragedia.
Ya me siento mejor, jajaja.

Imaginarme a Fran tan rojo como yo me hace gracia. Entonces pienso en el día que me encontré a su madre y me dijo lo del viaje a Sevilla. Estoy tentada de preguntarle, pero algo me lo impide, cuando leo:

BILLY: Por cierto, Barbi, apunta para
lo del grupo de la yaya Tina el nombre
de LAS TRES MELLIZAS.

YO: Me gusta, jajaja.

Por fin veo aparecer a Irene por la puerta de su portal. Me despido de Fran, dejo el móvil a un lado y, como tengo la ventanilla bajada, la saludo:

—¡Buenos días, princesa!

—¡Buenos días también a ti, Sebastián! —ríe ella, haciendo referencia al cangrejo de la película de *La Sirenita*.

—¿Tanto se nota? —pregunto refiriéndome al color de mi cara.

—Podríamos decir que eres la hermana separada al nacer de Elmo, el de «Barrio Sésamo». Pero ¿cómo te has quemado así? —concluye.

Honestamente, la mandaría a la mierda por la comparación que ha hecho, pero seguro que se pierde y me toca ir a buscarla. Sin más, se monta en el coche, arranco y ponemos rumbo al aeropuerto de Madrid.

Últimamente estoy yendo mucho al aeropuerto. Ya podría ser para irme yo de viaje.

Llegamos sobre las 9.55. Dejamos el coche en el parking y nos dirigimos hacia la puerta por la que se supone que saldrá el tal Ricardo.

Irene está nerviosa. Histérica. Pues sí que le gusta ese chico.

Minutos después, mientras le estoy contando un sueño que tuve, ella me interrumpe dándome un suave golpe en el brazo.

—¡Mira, es ése! El del pantalón gris —dice, y se va directa hacia él.

Me fijo en el chico que me ha señalado mi prima. Es un poco más alto que nosotras, lleva un tupé para el que supongo que habrá pasado delante del espejo media hora y un pantalón gris de chándal por las rodillas con una camiseta blanca.

Sin duda, a mi tía le volverá a dar otro telele cuando vea a ese chico. Su estilo y su modernidad sin duda no le irán nada.

Veo cómo se quita los cascos de música y saluda a Irene. Se besan. Se abrazan. Se vuelven a besar. Su beso se intensifica y yo comienzo a sentir un poco de vergüenza ajena al ver cómo la gente los mira y se ríe.

Tras varios besos y abrazos más, por fin se acercan hasta donde yo estoy, y ella nos presenta.

—Mira, cari —dice—, ésta es mi prima Sara, la que me ha hecho el tremendo favor de venir hoy a recogerte.

El chico me mira. Me repasa de arriba abajo y dice mirando mis brazos:

—Intuyo que ésta es la tatuada de la que me hablabas.

—¡La misma! Soy Sara, encantada —respondo, y me acerco a darle dos besos, ya que no veo al chico con mucha iniciativa.

Ahora es mi prima la que habla:

—¿Estás cansado del viaje?

—La verdad es que sí —responde él cogiendo la mano de su chica.

A ver, que viajar siempre es cansado, eso no lo niego, pero no dramaticemos, que no deja de venir de Londres, que está aquí al lado, no de Australia.

—Bueno, ahora nos vamos a mi casa y así descansas un poco —dice Irene dándole otro beso.

Me giro para buscar la salida que nos viene mejor y, cuando vuelvo la vista para indicarle a mi prima hacia dónde ir, compruebo que la parejita se está haciendo arrumacos de nuevo. Me separo un poco para darles algo de intimidad y acerco las maletas del chico hacia mí; sólo falta que se las roben.

Los minutos pasan y la palabra *sujetavelas* se queda corta para mí en este momento. Mira que lo sabía, pero tampoco podía dejar a Irene tirada.

Mientras los tortolitos se dan el lote del siglo, cojo el móvil, ojeo Instagram y veo que Barbi ya ha subido la canción con la que se ha levantado hoy. Y, en ese momento, manda una foto al grupo. Entro y veo que es un selfi tirada en la cama.

YO: Qué envidia más mala me das.

BARBI: Querida Sara, estoy gratamente
sorprendida y orgullosa de tu técnica
en la foto-espejo que te has hecho.

YO: Ay, que lloro, tía, gracias.
Aprendo de la mejor.

Sé que con ese comentario la haré sonreír.

De repente, levanto la vista y veo que los tortolitos van caminando de la mano hacia la salida del aeropuerto.

¿Se van sin mí?

Ehhhhhhhhhhhhhh.

Me guardo el móvil en el bolsillo mientras imagino lo largo que se me va a hacer el viaje de vuelta. Cuando voy a echar a andar, vuelvo a mirar a la pareja de lejos y me fijo en que el chico no lleva equipaje.

Pero ¿dónde lo ha dejado?

Miro a mi derecha y veo que ahí están sus maletas. Sin duda, con la emoción de estar juntos de nuevo, se le habrán olvidado. Tengo dos opciones: gritar para que recoja sus maletas, o recogerlas yo. Finalmente, opto por la segunda. Me hago con ellas y me dirijo hacia el coche.

Una vez me acerco cargada con el equipaje de aquél, ahí están de nuevo, besándose apoyados en mi coche.

¡Tendrán morro!

—¡Anda que avisáis, tortolitos! —digo una vez me acerco.

Interrumpo su momentito romántico y ellos me miran.

—Uy, perdona, Sara.

El tal Ricardo se da cuenta de que cargo con sus maletas y, sin mucha prisa, viene a ayudarme.

—Gracias —indico mirándolo.

Abro el maletero y mi sorpresa vuelve a ser tremenda cuando veo que, nuevamente, los tortolitos pasan de mí y se meten en el coche.

Vale. Me toca meter las dos maletas en el maletero. Éstos me están cabreando.

Una vez lo hago y cierro el maletero, me dirijo a mi sitio y, al entrar y mirar hacia el asiento del pasajero, veo que está vacío. Miro entonces hacia atrás y compruebo que se han sentado los dos juntos en la parte trasera y siguen con su momento de pasión.

Manda narices. Sin duda, voy a seguir sujetando la vela.

Suspiro, qué le vamos a hacer.

Doy al *play* en Spotify para al menos oír música y arranco, pero antes de salir del parking, al mirar hacia atrás por el espejo retrovisor, veo algo que no me gusta y, sin dudarlo, freno.

—¡Tía! —protesta Irene.

Incapaz de callar ante lo que veo, pregunto:

—¿Se puede saber qué es eso?

Ambos miran lo que el tal Ricardo tiene en las manos y éste indica:

—Un porrito. Estaba deseando fumarme uno al llegar.

Miro a Irene. Sabe lo que pienso en lo referente a las drogas y, antes de que ella diga nada que me pueda molestar más, suelto:

—Lo siento, pero en mi coche no se fuman porros.

Irene y él se ríen. No sé dónde le ven la gracia, cuando mi prima, guardándose en el bolsillo el porro y el mechero, indica:

—Cari, espérate veinte minutos. No hagamos enfadar a Sarita.

Buenooooooooooooo...

Buenoooooooo...

Bueno...

¡No digo más!

Y una vez que me cercioro de que aquello no se va a fumar y le indico a mi prima con la mirada que ya hablaremos, vuelvo a arrancar.

Cuando ya llevamos unos minutos de trayecto en los que no hacen el más mínimo esfuerzo por incluirme en su conversación de cuchicheos y risitas, oigo:

—Qué música más antigua llevas en el coche, ¿no?

Sí, lo ha dicho.

Ricardo, el chico al que conozco desde hace menos de media hora, que me ha tratado de moza de carga para que le llevara las maletas hasta el coche y las cargara, que pretendía fumar en mi vehículo y que ahora se piensa que soy su chófer, se ha atrevido a criticar mi gusto musical. ¿Este chaval de qué va? Y, sacando esa parte borde que tengo y que sé utilizar muy bien cuando me lo propongo, respondo sin cortarme un pelo:

—Para gustos, los colores, chaval. Y como vamos en mi coche, la música la elijo yo.

Vale. Sé que ha podido sonar un pelín borde. Pero, hombre, ¡por favor!

Sólo faltaba que tuviera que poner la música que él quisiera.

¿Se habrá enterado de que soy la prima de Irene haciéndole el favor de ir hasta el aeropuerto a recoger a su queridísimo novio o piensa que soy un Uber?

Ella me mira y no dice nada.

¡Que se atreva!

Cuando va sola conmigo o vamos con Fran y Barbi, pueden

coger mi móvil y poner la música que quieran. Saben que no tengo problema. Pero en este caso no voy a ceder, no me da la gana.

Al rato, llegamos al portal de Irene y los tres bajamos del coche. Abro el maletero y me apoyo en el coche. No pienso sacar las maletas. Se acabó ser tan servil. Ricardo, que ya me ha demostrado que es un chulo, se ha encendido su porro y me mira. Está visto que éste y yo no nos vamos a llevar bien.

Tras una mirada larga, el idiota entiende el gesto, se acerca y recoge su equipaje. Una vez fuera, cierro el maletero y, mirando a Irene, pregunto:

—¿Qué es lo siguiente en el plan?

La parejita se mira y, cuando éste le pasa el porro a mi prima, voy a protestar cuando ella suelta:

—Ahora le enseñaré mi casa a Ricardo y nos quedaremos un rato, luego supongo que saldremos a comer y, por la tarde, iremos a su casa a dejar las maletas. Él ha quedado con sus amigos —dice mirando a su novio—, así los conoceré.

Vale. Estoy excluida de esos planes. ¡No saben cuánto me alegro!

Pero, joder, ya podrían haberme invitado a desayunar como compensación por el madrugón y el viajecito.

Ricardo me mira y sonríe. Este tío es idiota, y, sin acercarme a ellos, indico:

—Bueno, yo me voy a ir. Ya nos veremos otro día.

—Gracias, Sara.

Hombreeeeeeeeeee, ya era hora. Un poquito de gratitud por parte del muchacho. Mira que le ha costado.

Le doy un abrazo a mi prima, me monto en mi coche y me voy.

Espero que, al menos, como su Uber que he sido, me valoren con cinco estrellas.

Capítulo 12

Bárbara

Estos últimos días están siendo bastante tranquilos.

La yaya, tras el disgusto inicial porque mis padres han cancelado su viaje otra vez, ya está mejor. Creo que a ella le duele más que a mí que no vengan. No entiende cómo su hija no se comporta como una madre conmigo, pero bueno, da igual. He aprendido a vivir así, incluso le he advertido a la yaya que esas cancelaciones quedan entre ella y yo. No quiero que mis amigos sepan cuánto pasan mis padres de nosotras.

El grupo de mis amigos de «Palomas mensajeras» está muy callado. Esto no puede seguir así, y escribo:

> YO: Hola, holaaaaa,
> ¿qué tal os va la vida?

Un par de minutos después, Fran contesta:

> FRAN: ¡Hola! Yo he aprovechado
> y me he venido al refugio con Alicia.

Y segundos después aparece Sara.

> SARA: Madre mía, el refugio.
> Antes de Navidad vamos Barbi
> y yo, te lo prometo. Adiós.

FRAN: A ver si es verdad, jajaja.

YO: Sí, prometidísimo, *my friend*.

FRAN: Os dejoooooooooo.

Vaya. Al parecer, están ocupados en sus cosas, por lo que bloqueo el móvil y lo dejo en la habitación.

Me voy a la cocina y me pongo un vaso de agua bien fresquito. Pienso en el mogollón de fotos que nos hicimos Neus, Eni y yo hace semanas. Debería escoger las que más me gusten y editarlas en condiciones, para tener material y poder ir subiéndolas en distintos días.

No se me da demasiado bien editar fotos. En temas de luz, brillos y sombras soy pésima. La que es una crack en esas cosas es Sara. La artista de los tres.

¿Y si la invito a comer y, a cambio, que me ayude? No sería la primera vez.

Por ello, le escribo.

YO: ¿Dónde estás?

SARA: En la pelu con mi madre.

YO: ¿Tienes algo que hacer en la comida?

SARA: Nada interesante,
¿qué me propones?

YO: Invitarte a comer y que me ayudes
con la edición de unas fotos.

SARA: Ya sabes que yo te
ayudo siempre que quierasssssss.
¿Estás en casa?

SARA: OK. Cuando salga, iré para allá.

Dejo el móvil feliz porque mi amiga vendrá dentro de un rato y miro el salón. Qué desastre, hay ropa por todos lados. Cómo se nota que la yaya Tina lleva unos días sin subir a casa, porque de lo contrario ya me habría echado la bronca.

Me pongo a arreglar un poco el desorden y a doblar ropa. Rápidamente recuerdo cómo lo he visto hacer en algunos tutoriales de YouTube y, oye, ¡es verdad!, ocupa menos espacio. Eso sí, ordenarla, la tengo que ordenar yo. No se hace solo.

Pasan un par de horas y, cuando ya tengo la casa más o menos presentable, suena el timbre.

—¿Sí? —pregunto por el telefonillo, aunque un segundo después veo que Sara asoma la cabeza hacia la cámara.

—Soy yoooooooooooooooooooo.

Abro y espero impaciente a que el ascensor llegue a mi planta. En cuanto sale del ascensor, le doy un abrazo. ¡Es mi salvación!

—Gracias por venir, Sarita.

—Un placer, *my friend* —contesta, y las dos reímos porque esa una muletilla es muy mía.

Vamos a mi habitación y enciendo el ordenador. Ella se sienta en la silla y le indico que abra la carpeta en la que pone «Fotos nuevas 2018».

¡Qué barbaridad! ¡Cuántas hay!

—¡Pero, Bárbara, ¿adónde vas sin fotos?! —exclama mi amiga irónicamente.

—Hay que tener material entre el que poder elegir, Sara —contesto.

Las dos reímos y empezamos la selección. En menos de media hora ya tenemos doce fotos seleccionadas de las tropecientas que hay en la carpeta.

—Oye —comienza a decir mi amiga mientras abre el programa de ordenador que necesita para editarlas—. ¿Cuándo te has hecho estas fotos?

Observo las que indica y le explico.

—Hace unas semanas, el día que quedé con Eni y Neus, los amigos que os conté que conocí por Instagram.

Sara afirma con la cabeza. Vuelve a mirarlas y pregunta:

—Y cuando quedáis, ¿es siempre para haceros fotos? —Yo asiento y ella continúa—: ¿Y eso no te da que pensar?

Me encojo de hombros. La verdad es que no he pensado nada.

—Qué va —respondo—, ellos también están muy ocupados con campañas de publicidad, colaboraciones con marcas y esas cosas. Son unos *influencers* muy conocidos.

Sara asiente y no dice más. Sé que pasa de ese mundillo que a mí tanto me gusta.

Conocí a Eni y a Neus hará un año por Instagram. Ellos ya se conocían de antes y, al igual que yo, cuentan con muchos seguidores en las redes sociales. Así que un día me hablaron, me dijeron que también eran de Madrid y que por qué no quedábamos y nos conocíamos. Y como me pareció bien, accedí y lo hicimos.

Me parecieron muy simpáticos y, como si nos conociéramos de toda vida, hablamos de todo un poco. Entre otras cosas, Neus me contó que era de Barcelona, pero que hacía unos meses se había venido a Madrid por trabajo, y Eni me confesó que su nombre es Ernesto y que comenzaba a vivir de la publicidad que les proporcionaba a las marcas a través de sus redes sociales.

A partir de ese día seguimos quedando por lo menos una vez al mes.

Pensando en ello estoy cuando Sara dice:

—A ver cuándo nos los presentas.

Asiento, me parece una gran idea, y afirmo al ver cómo mira una foto de Eni:

—No es tu tipo. Le van los chicos.

Sara me mira y, sonriendo, replica:

—Ni él es mi tipo. Pero ¿de qué vas?

Ambas reímos por aquello. Y, sin querer darle más importancia, afirmo:

—Te los tengo que presentar. Ya verás lo bien que te caen.

Pasamos el rato hablando mientras retocamos el brillo, la saturación y la luz de las fotos. Al final se nos va el santo al cielo y a Sara le rugen las tripas. Me levanto e indico que iré a preparar la comida. Ella asiente y continúa retocando.

Cuando llego a la cocina, me suena el móvil.

—¿Sí?

—Hola, cariño.

—¡Hola, yayita! ¿Qué pasa?

Mi yayita es un amor, cuando Sara grita desde la habitación:

—¡SALUDA A LA YAYA TINA DE MI PARTEEEEEEEE!

Yo me echo a reír y oigo:

—¿Estás acompañada, cielo? Mejor te llamo más tarde.

—No, no, yaya —me apresuro a contestar—. Es Sara, y dice que te salude de su parte.

—Ay, Sarita, dale un beso de la mía. ¿Qué habéis comido?

Me río. Es muy tarde.

—Todavía nada —digo—. Iba a preparar algo rápido.

—Bendito sea Dios, muchacha, ¡pero si es tardísimo!

—Lo sé. Pero se nos ha ido el santo al cielo.

Mi abuela suspira, resopla, se acuerda de todos los santos e indica:

—¿Por qué no bajáis a comer aquí?

Lo valoro. Quizá sea la mejor idea.

—Cariño, tengo salmorejo y, si bajáis, me ahorras el subirte un táper luego —insiste sabiendo que así no le diré que no.

¡Lo que me gusta el salmorejo de mi yaya, y lo que le gusta a Sara!

Así pues, deseosa de degustarlo, respondo:

—Vale, no digas más. Ahora bajamos, danos unos minutillos.

Tras la conversación, vuelvo a mi cuarto y digo:

—La yaya te manda besos y dice que bajemos a su casa a comer, ¿qué te parece?

El estómago de Sara vuelve a rugir y, encantada, afirma:

—Comidita ricaaaaaaaaaaaa.

Un par de minutos después, cuando acaba de retocar una imagen, la guarda, cierra el programa, me mira y dice:

—Fin por el momento. ¿Comemos ya?

Sin duda está impaciente como yo, y, tras agradecerle su colaboración, digo:

—Vamos, la yaya nos espera.

Una vez salimos de mi habitación, abro la puerta de casa y, antes de marcharnos, cojo las llaves. Charlando, bajamos al sexto piso y, cuando llamamos a la puerta de la yaya, ésta nos abre con una enorme sonrisa.

—¡Pero, Sara, qué guapa estás así peinada!

—Uy, yaya Tina, tú, que me ves con buenos ojos. Pero esto —dice señalándose la cabeza—, más que un moño, parece un nido de pájaros.

Mi amiga y ella se abrazan y yo sonrío. Me encanta que se quieran como las quiero yo a las dos.

Pasamos a la casa y ya tenemos la mesa preparada. La yaya está en todo. Una vez nos sentamos y nos sirve el salmorejo, pregunta:

—Cuéntame, reina, ¿qué tal el verano?

Sara paladea la cucharadita de salmorejo y a continuación indica:

—Pues ya casi olvidado. Al principio me fui una semanita a Tenerife con mi madre y mis hermanas, como siempre, y, la verdad, lo pasamos genial.

La yaya asiente.

—¿Y Fran? ¿Ese guaperas ligón dónde está? Hace mucho que no lo veo.

Las tres nos reímos.

Lo de ligón le viene al pelo. No sé qué tiene nuestro amigo, pero todas las chicas lo miran deseosas de hablar con él. Algo que éste aprovecha en todos los sentidos. Por ello, y sin querer entrar en detalles, respondo:

—Justo hoy ha ido al refugio de animales.

Sara asiente, no dice más, y seguimos comiendo mientras mi abuela nos recuerda anécdotas pasadas con las que reímos sin parar.

Un rato después, casi cuando estamos acabando, mi yaya suelta:

—Cariño, el otro día le comenté eso que me dijiste del *wasá* a

Remedios y Antonia y les pareció bien. Antonia me ha llamado esta mañana y me ha dicho que su nieto ya le ha explicado más o menos cómo funciona. Así que sólo falto yo.

Mi idea ha resultado, qué bien. Miro a Sara y le pregunto:

—¿Tienes algo que hacer esta tarde, *my friend*?

—Absolutamente nada —contesta ella mirándome y sonriendo.

—¿Estás pensando lo mismo que yo? —le pregunto como si me estuviera leyendo la mente.

—¡El equipo ha vuelto! —exclama chocando sus manos con las mías.

La yaya Tina se echa a reír porque ya sabe de lo que estamos hablando.

El año pasado, mi abuela me empezó a preguntar qué era eso de Facebook, ya que su amiga Remedios no paraba de hablar de ello y de enseñarle fotos y vídeos. Se nota que Remedios es la más moderna del grupo, siempre es la pionera en todo. Un día que vino Sara a casa a ayudarme a grabar un vídeo para una marca de maquillaje, la yaya subió para darnos apoyo moral, como ella misma dice. Y, esa misma tarde volvió a preguntarme sobre la red social. Al final, acabamos instalándole la aplicación en el móvil, abriéndole un perfil y explicándole cómo funcionaba todo. Le pusimos la foto que ella eligió y, obviamente, la primera imagen que subió después de ésa fue un selfi que se hizo con nosotras. Faltaría más.

Desde entonces, cada vez que cualquiera de nosotros sube una foto, pone un vídeo o comparte algo en Facebook, no tarda en aparecer un comentario de la yaya Tina.

Terminamos de comer, recogemos la mesa y esperamos a que ella vea el capítulo de la serie que ve siempre por las tardes. Es algo sagrado para ella. Vamos, que los protas de esa novela ¡ya son como de la familia!

Tras el capítulo, Sara se pone en pie y, cogiendo el móvil, mira a mi abuela y dice:

—Querida yaya Tina, bienvenida al curso intensivo de WhatsApp.

Ella sonríe. Sabe que al principio le costará, se liará, se desesperará, pero al final lo dominará. ¡Menuda es ella! Y, como la conozco, indico:

—Yaya, recuerda, mente abierta, como cuando te explicamos lo de Facebook.

Ella asiente. Sabe de lo que hablo y, sacando sus gafas de la funda, responde:

—Claro, cariño. Pero, espera, que me pongo las gafas para ver mejor.

Las tres reímos ante la situación. Sara descarga la aplicación en el móvil de la protagonista y nos sentamos cada una a un lado de ella.

Yo se lo iré explicando paso a paso en el móvil y Sara irá apuntando en un cuaderno los pasos que seguir, numerándolos en su orden, para que, en caso de duda, ella pueda acudir al cuaderno urgentemente si no estamos nosotras cerca.

—A ver, yaya, tú cuando quieras abrir WhatsApp tienes que darle a este cuadrado verde —le explico señalando la aplicación a la que me refiero.

—Vale, al cuadrado verde —repite ella señalando la pantalla.

—No, yaya, ése no —la corrijo—. Ése es de los mensajes SMS. Tienes que darle al cuadrado verde que tiene un teléfono blanco dentro del bocadillo. ¿Lo ves?

Ella lo mira. Creo que entiende lo que es el «bocadillo», y afirma:

—Ah, vale, es que se parecen mucho, cielo.

—Mira —le digo moviendo la aplicación—, para que no te líes, WhatsApp es el cuadrado verde que pongo al lado de Facebook. ¿Te parece?

La yaya asiente. Sara va apuntando todo lo que le voy explicando e incluso dibuja el logo de la aplicación. Y yo continúo con la explicación.

—Yaya Tina, ahora hay que ponerte una foto de perfil —dice Sara.

—¿Y no puede ser de frente? —me pregunta.

Sara y yo nos miramos e intentamos contenernos, pero al final no aguantamos y nos echamos a reír. Explicar ciertas cosas a personas de otras generaciones en ocasiones es divertido, y ésta es una de ellas. Así, una vez le explicamos a la yaya a lo que nos referíamos, ella también se ríe.

Cuando recobramos la compostura, la que habla es la susodicha.

—¿Y qué foto ponemos? —me pregunta.

—La que tú quieras —contesto.

—Pues esa que pusiste en el otro sitio, que estoy muy mona —sentencia ella refiriéndose a la foto que pusimos en su Facebook.

Yo asiento, la busco y se la pongo.

—¿Qué nombre quieres ponerte? —pregunto.

—Qué pregunta más tonta, Bárbara, hija, pues mi nombre, que para algo lo tengo. Agustina Vargas Manzano —responde ella.

—Ya, yaya, pero me refería a Agustina o Tina. Los apellidos aquí no hacen falta —comento, y ella me mira—. Bueno, como nadie te llama Agustina, ¿qué te parece si ponemos Tina?

—Perfecto, cielo.

Pongo el nombre por el que nos hemos decantado y continuamos. Le explicamos cómo buscar a alguien y cómo mandarle un mensaje, cómo mandar fotos y vídeos...

—A ver, yaya, toma —le digo dándole el móvil—, ahora búscame y mándame un mensaje.

Ella coge el móvil y, aunque al principio se queda algo pillada sin saber dónde tocar, tras alguna ayuda, consigue encontrarme en su lista de contactos. Se pone a escribir un mensaje, pero como veo que va muy lenta, decido explicarle cómo mandar audios de voz. Eso sé que le va a gustar. Y, tras probar un par de veces, parece que le va pillando el tranquillo.

—Qué moderno es esto, ¿no? —me pregunta sorprendida.

—Claro, yaya Tina, y con los audios vas más rápido —añade Sara—. Venga, mándale uno a Barbi.

Veo que hace clic en mi nombre, pulsa el símbolo del micrófono y empieza: «Hola, Bárbara, cariño, soy la yaya y estoy aprendiendo de maravilla a usar *wasá* con Sara y contigo. Hacéis un buen equipo. Un besito».

Y manda el audio. Una vez lo recibo, se lo pongo y veo cómo sonríe.

—Fíjate, qué voz más bonita tengo —musita haciéndonos reír.

—Yaya Tina, ahora tenemos que hacer el grupo con tus amigas —dice Sara mirándola.

—Sí, claro. Con Remedios y Antonia.

Vuelvo a coger el móvil, selecciono los contactos de sus amigas y empiezo a crear el grupo.

—A ver, yayita, necesitamos un nombre para ponérselo al grupo. —La miro y cojo mi móvil—. Aquí tengo algunas ideas de Sara, Fran y mías. Elige la que tú quieras.

Abro las notas de mi móvil y se lo doy para que lea la lista que tengo apuntada:

- REMTONA
- DOS VIUDAS Y UNA SOLTERA
- LAS DE SIEMPRE
- MUJERCITAS
- CINÉFILAS
- AMIGAS
- SOLTERAS Y ENTERAS
- AMIGAS DE SIEMPRE
- MUJERES VIAJERAS

Sara y yo nos quedamos mirando a mi abuela mientras lee las opciones que le hemos propuesto. Finalmente se echa a reír ante todas nuestras ocurrencias.

Pasa unos minutos más preguntándonos e intentando averiguar a quién se le ocurrió cada nombre, pero nosotras nos negamos a contestar, ya que, como le hemos dicho, no queremos influir en su decisión final.

—Creo que a Remedios y a Antonia les gustará «Las de siempre» como nombre del grupo —elige finalmente la yaya.

—¿Segura? —pregunto.

—Sí, cielo —dice.

Miro a Sara y ésta se pone de pie y, como si de un escenario se tratara, hace una reverencia. La yaya Tina ha elegido un nombre de los que propuso ella.

Tras contarle qué nombre se le ocurrió a cada uno, seguimos con el proceso de creación del grupo. Ahora toca ponerle foto. Rebuscamos en la galería del teléfono de la yaya y, tras pasar por fotos que hace sin querer y fotos de sus plantas, encontramos varias de uno de sus viajes.

—Esa foto les gustará —nos cuenta ella señalando una en la que salen las tres amigas con un paisaje increíble detrás—. Nos la hizo uno de los guías que tuvimos en el viaje a Austria el año pasado.

—Pues no se hable más —dice Sara poniendo la foto.

Una vez el grupo está creado, le doy el móvil a la yaya y le digo que mande un audio para que les llegue a sus amigas.

«Hola, chicas, estoy con mi nieta Bárbara y su amiga Sara en casa, que me acaban de explicar esto del *wasá*. Ya tenemos el grupo creado. Espero que os guste la foto que hemos puesto de nuestro viaje a Austria y el nombre del grupo. Un besito.»

Audio mandado.

—Pues ya está, yaya Tina, era tan fácil como eso —dice Sara sonriendo.

—¡Muchas gracias, chicas, os habéis ganado un táper de salmorejo cada una!

Las dos reímos. Para mí es un placer pasar tiempo con ella y explicarle lo que necesite, e intuyo que para Sara también.

Más tarde, cuando ya sus amigas le han contestado al mensaje y vemos que más o menos controla la aplicación, nos despedimos de ella y subimos a casa.

—Tu yaya es una pasada, es que me encanta —me dice Sara metiendo su táper en la nevera.

—La verdad es que es la caña —respondo haciendo lo mismo.

Cojo un par de Coca-Colas, unos vasos con hielo y nos salimos a la terraza. Colocamos dos tumbonas estratégicamente para que nos dé el sol y nos ponemos cómodas.

—Oye —le digo a Sara ofreciéndole uno de los vasos—, ¿qué sabes de Irene? No sé nada de ella. Siempre está muy ocupada con no sé qué amigos.

Sara me mira. Su mirada me hace saber que sabe algo que yo no sé, y suelta:

—El otro día acudió a mí, pero fue básicamente para que le hiciera de chófer.

—Vamos, lo de siempre.

Ese comentario nos hace sonreír, y a continuación indica:

—Tiene novio.

—¿Qué?

Asiente.

—Un tipo que conoció en Londres y que ha regresado a Madrid. Por eso le hice de chófer. Se llama Ricardo y, para mi gusto, es un pintas y un chulo.

—A ver, Sara, reconoce que tú eres muy especialita para los tíos.

Según digo eso, ella suelta una risotada. Me gustaría saber qué piensa, cuando afirma:

—Créeme que cuando lo conozcas pensarás lo mismo que yo. Mira, sin conocerme, me utilizó de Uber, de portamaletas, e incluso pretendía fumarse un porro en mi coche. No sé. No me gusta nada, y no creo que a mi prima le convenga alguien así.

—Me muero por conocerlo —me mofo.

Sara sonríe y cuchichea:

—No me imagino lo que dirá la tía Dácil cuando lo conozca.

Ambas reímos por aquello cuando, aprovechando el momento, pregunto:

—¿Y tú qué?, ¿alguien en tu mente?

Según digo eso, Sara me mira y, sonriendo, indica:

—Nadie. Estoy muy tranquila sola.

Asiento. Sonrío y, suspirando, afirmo:

—Bueno, seguro que, cuando comencemos la universidad, alguien se cruza en tu camino.

Sara no contesta. Es más, arruga el entrecejo y murmura:

—Cada vez que pienso en las clases y la uni, me amargo más.

No veo yo muy entusiasmada a mi amiga con el tema de la universidad.

¿Qué le pasará?

—Oye, Barbi —dice llamando mi atención.

—¿Qué? —pregunto.

—¿Te importa si me quito la camiseta? —me pregunta señalando la prenda a la que se refiere.

—¡Anda! Ni que fuera la primera vez, *my friend* —digo quitándome la mía antes.

Muchas veces, cuando estamos en la terraza, tanto solas como con Fran, nos quitamos las camisetas y nos quedamos en sujetador. Así, el rato que estemos, aprovechamos y cogemos un poco de colorcito. O, mejor dicho, lo coge ella, porque yo ya lo tengo.

Al fin y al cabo, ¿qué diferencia hay entre un bikini y un sujetador?

—Por cierto, ¿no notas a Fran un poco desaparecido? —pregunto acomodándome.

—Pero si estuvimos hace nada con él —dice Sara.

—Me refiero a que casi no nos hemos visto este verano —comento.

Sara dice que sí con la cabeza, sabe que llevo razón, e indica:

—A ver, es cierto que no está tan disponible como antes, pero no creo que sea para tanto. ¿Ves algo raro? —pregunta girando el cuerpo hacia la izquierda para mirarme.

—¿No ves raro que este verano nos enterásemos de que se iba a Sevilla con su familia cuando nos mandó un selfi ya montado en el AVE? —digo imitando su movimiento, pero hacia el lado derecho.

Sara asiente despacio, se retira el pelo que le cae a los ojos e indica desviando la mirada:

—Eso sí fue raro. ¿Y si se ha enamorado? —añade abriendo los ojos exageradamente.

Lo pienso durante unos segundos y respondo:

—Podría ser. Eso explicaría por qué nos lo dijo en el último momento.

—Claro, para evitar interrogatorios —afirma Sara.

—Ahora ya empiezo a dudar de todo —digo—. ¿Dará tantas clases de inglés como dice por las tardes?

—Imagino.

—¿Y por qué nunca nos dice el nombre del gimnasio al que va?

—Tranquila, sea lo que sea, nos acabaremos enterando —sentencia mi amiga.

Me quedo en silencio dándole vueltas al tema. ¿Tendrá una churri oculta y por eso no quería hacer lo del Tinder?

—¿Qué?, ¿te gusta mi sujetador? —pregunta mi amiga pasándome la mano por delante de la cara para que vuelva en mí.

Me he quedado empanada con la mirada perdida en ella mientras divagaba en mi cabeza.

—Uy, perdona. Aunque, ahora que lo dices, es bien mono. ¿Qué marca es? —digo fijándome más detenidamente.

Las dos reímos por mi comentario.

Sara se vuelve a poner boca arriba en la tumbona para tomar el sol. No puedo evitar fijarme en sus tatuajes. Tiene varios en los brazos y en las costillas. Ojalá yo fuese igual de valiente. Me molan los tatuajes, pero tienen que dolerrrrrr... No me vale que me diga que no. No dejan de ser agujas pinchándote la piel.

—¿Te vas a hacer más tatuajes? —pregunto con curiosidad.

—Seguramente —responde mirándose los brazos.

—Pero ¿vas a seguir el rollo que llevas hasta ahora de un brazo con colores y el otro con tatus en negro? —pregunto intrigada.

—Es lo que tengo en mente. ¿A ti te gusta?

Asiento. Me gusta. Me gusta mucho, y confirmo:

—*Yesssss.* ¿Y cuándo tienes pensado ir a hacerte otro?

Sara tiene un montón de amigos tatuadores. Estoy segura de que algún día ella misma lo será, e indica:

—Pensaba estar un tiempo sin hacerme nada, pero estos días me estoy planteando una idea.

—¡Cuenta!

—A ver, como me hice las tijeras de peluquera por mi madre hace tiempo, quiero hacerme algo por mis hermanas. Y el otro día estaba en casa con ellas y Carla tenía puestas «Las Supernenas», así que me puse a dibujarlas caracterizándolas como Carla y Almudena. Y parece que les gustó.

Ambas reímos, cuando añado:

—Dibujas muy bien *my friend*..., y lo sabes.

—¡Gracias! —responde ella—. El caso es que esas tres hermanas nos representan a nosotras. Almu era Pétalo con un helado de chocolate. Carla, Burbuja junto a *Botas*. Y yo, Cactus.

Según dice eso, se incorpora, coge el móvil y veo que busca en su galería. Instantes después me enseña una imagen de Cactus en la cama con cara de recién despertada o, más bien, de enfado.

—¡Cactus es supertú!

—Vale, reina, ¡muchas gracias! Soy la borde de la familia, ¿no?

Me entra la risa. Dicho así, suena supermal.

—Espera, déjame explicarme —replico—. Cactus es la más seria de las tres muñequitas, lo que va más contigo por tus facciones. Y, más que estar enfadada, a ti el *mood* de Cactus que te pega es de recién despertada.

—¿*Mood*? —pregunta ella.

Vale. Soy una loca de todas estas palabras nuevas que surgen diariamente, y explico:

—Cuando digo *mood* me refiero al estado de ánimo. Cactus y su gesto serio, eres tú por las mañanas, y ya si tienes que madrugar, ni te cuento...

Ella me mira y vuelve a mirar la imagen del móvil. Sabe que tengo razón. Lo sabe tan bien como yo, y finalmente sonríe e indica:

—Puede quedar chulo el tatuaje.

Conozco a Sara y sé que, cuando se le mete algo en la cabeza, en el noventa por ciento de los casos lo acaba haciendo, por lo que pregunto interesada:

—¿Puedo ir contigo cuando te lo hagas?

—¡Claro! —exclama—. Aunque se supone que tú eres la madura de las dos y la que debería decirme que lo piense bien, no lo contrario.

Ambas reímos.

—Calla, calla, que yo creo que al final terminaré haciéndome un tatuaje. Cualquier día de éstos que te acompañe, acabaré cayendo.

—¡Wowww! —se carcajea Sara.

Y seguimos tomando el sol en mi maravillosa terraza, sumergidas en nuestra tranquila y amigable conversación.

Dos horas más tarde, cuando el sol se va, Sara y yo regresamos a mi habitación, donde seguimos retocando fotos hasta que recibo un mensaje de Charlie, uno de mis amigos con derecho, y quedo con él.

Un rato después, Sara se va. Eso sí, antes pasa por la nevera para llevarse su táper del «mejor salmorejo del universo», como ella lo ha catalogado.

Capítulo 13

Sara

Pipipipipipi...

No, aún no.

Pipipipipipi...

Joder, ¿y si no voy?

Pipipipipipi...

Total, el primer día de clase no se hace nada.

Pipipipipipi...

Mierda, pero he quedado en recoger a Barbi y a Fran de camino.

Me incorporo en la cama y cojo el móvil. Las 7.02 y ya tengo un mensaje de Bárbara. Esto es inhumano.

BARBI: ¡Buenos días, palomitas!
Quiero ver esos *outfits* de vuelta
a clase, ya sabéis que la primera
impresión es muy importante.

YO: ¿Te vale éste?

Me hago una foto con el pijama de Coca-Cola que llevo, el cual tendrá unos dos años. Quizá tres.

BARBI: No lo digas ni en broma,
my friend.
BILLY: Buenos días a las dos. Cuando
salga de la ducha, os lo enseñoooo.

YO: Oye, a ver, vamos a pensarlo bien. El primer
día sabemos que no se hace nada importante...

BARBI: SARA, NO EMPIECES. Sal de la
cama, que seguro que sigues ahí tirada.

Y razón no le falta. Le hago caso y me pongo las pilas. No me queda otra.

Tras ducharme y secarme el pelo, paso a elegir la ropa. Barbi es muy exigente en este asunto, en eso se nota que le gusta todo el tema del diseño, la ropa... Somos polos opuestos.

Miro el armario y pillo unos pantalones negros con rotos en las rodillas, unas zapatillas rollo Converse negras y una camiseta de manga corta negra estampada con unas flores en tono naranja muy clarito que compré en un mercadillo de Tenerife.

También me pillo una chaqueta, seguro que en la calle a estas horas hace fresquito.

Cojo la mochila, meto la cartera, las llaves del coche y las de casa, un cuaderno, un par de bolis, mi botella de agua y poco más.

Una vez salgo de mi habitación y voy a la cocina, saludo:

—Buenos días, chicas.

Las tres marías están desayunando.

—Buenos días, dormilona —contesta Carla.

—¿Dormilona, yo? No me puedo creer lo que me estás diciendo —le digo a mi hermana dramáticamente, haciéndola reír.

Me siento con ellas a desayunar, pero me molesta el pelo. Miro hacia el microondas y, como es de puerta oscura, estiro un poco el cuerpo y veo mi reflejo casi a la perfección.

Me quito la goma del pelo de la muñeca y me cojo una coleta, haciendo que mitad del pelo quede recogido y la otra mitad me caiga sobre los hombros.

Mi madre, que desayuna tranquilamente, nos mira y dice:

—Bueno, chicas, vuelta a la rutina. Así que, ya sabéis, yo os acerco por las mañanas a clase y luego os recoge Sara.

Mi madre se pasa los días en la peluquería, así que yo me encargo de mis hermanas por las tardes. Como buena hermana mayor, las ayudo con los deberes y esas cosas, intentando ser una persona adulta, pero sin ser yo nada de eso.

—Yo creo que ya puedo volver sola a casa, mamá —comenta Almu.

Mi madre asiente. Sin duda, Almu ya quiere ir de mayor, e indica:

—Ya, cariño, pero prefiero que vaya tu hermana a buscarte.

Almu, como es de esperar, se rebela y protesta.

—¡Jo! Pero mis amigas se van solas a casa.

Mi madre vuelve a asentir. Ya vivió eso conmigo. Carla y yo, sin abrir la boca, las miramos a ambas como si de un partido de tenis se tratara.

—Ya lo harás cuando crezcas un poquito más. De momento, Sara irá a buscarte a mediodía y listos —concluye nuestra madre.

Pero Almu... es ¡Almu! Y refunfuña:

—Pues no lo entiendo, si está aquí cerca.

Mi madre, sin querer entrar en discusiones a estas horas, insiste:

—Ya lo entenderás cuando crezcas. De momento, harás lo que te digo.

Veo que el ambiente se está caldeando un pelín, así que trato de ponerle un poco de humor a la situación.

—No te preocupes, Almu, no me bajaré del coche. Así no te avergüenzo.

Ella me dedica una mirada asesina y sigue desayunando. Luego se quejan de mi cara cuando me levanto, pero ésta creo que la ha superado.

Noto que Carla me mira, así que me vuelvo hacia ella y le digo:

—Siento decirte que cuando vaya a recogerte a ti sí que voy a tener que bajar del coche. Porque si tu profe no me ve en la puerta, ya sabes que no te dejará salir.

—¡Genial! Así me puedes llevar a caballito hasta el coche —comenta.

—¡Mira la enana, qué lista! —exclamo divertida.

A partir de ese instante, el desayuno se hace más relajado y, cuando llega la hora, ellas se van con mi madre y yo en mi coche.

Antes de arrancar, escribo en el grupo para avisarlos.

Un rato después, ya estamos los tres en mi coche, enfrascados en un viaje que hacía meses que no hacíamos. El de ida a la universidad. Y, cómo no, vamos escuchando a nuestro maravilloso Ed Sheeran.

—Wow, qué novedad de *outfit*, Sara —dice Barbi irónicamente.

—Querida, el día que inventen un color más oscuro y combinable que el negro, puede que cambie —respondo—. Y te digo una cosa: no voy en chándal por ser el primer día y todo eso de la primera impresión. A partir de hoy, no prometo nada...

—Es demasiado pronto para que empecéis así, majas. Vamos todos muy guapos, fin —acaba diciendo Fran.

Sonreímos. Él siempre pone paz en todo.

—Hoy me he levantado con la nueva canción de Paulina Rubio en la cabeza. ¿La habéis oído? —pregunta Bárbara cambiando de tema.

—Ni sabía que hubiera sacado algo nuevo —comenta Fran, sentado en la parte trasera.

—*Don't worry*, yo te la pongo ahora mismo. Se llama *Suave y sutil*.

Y, dicho y hecho, Bárbara no tarda en teclear en mi móvil y pone la canción.

—Ojalá fueran suaves y sutiles hoy en clase —digo arrepintiéndome de haber salido de la cama.

—Ya verás como va todo bien —repone Fran.

—Oye, Sara —dice Barbi llamando mi atención—, tú y yo dijimos que en septiembre haríamos una cosa.

¿En serio?

¿De qué habla?

¿De verdad piensa que me voy a acordar? ¡Si ni siquiera recuerdo qué comí ayer!

—Sorpréndeme —digo resignada tras intentar recordarlo sin éxito.

Barbi sonríe. Malo, malo, y suelta:

—Apuntarnos al gimnasio, *my friend*.

No, por favorrrrrrrrrrrrrrr.

Que no empiece otra vez con eso. Además, yo no dije que me apuntaría.

Comienzo bien, lo intento, pero luego siempre busco excusas para no ir.

Por ello, y consciente de mi terrible vaguería, pregunto:

—¿No crees que ya es suficientemente trágico volver a clase hoy como para que, encima, me hables de eso?

Fran se ríe, me conoce muy bien, y finalmente mi amiga concluye:

—Valeeeeee, pero amenazo con volver a repetirme. Y tú —dice señalando a Fran— ya puedes darme toda la información de tu gimnasio. Quiero ver cómo es.

Él deja de reír. Asiente y cuchichea:

—Vale. Luego.

Respiro. Me cago en todo y ahora sólo queda pasar el día. ¡Vaya tela!

Llegamos a la universidad, aparco el coche y, tristemente, nuestros caminos se separan. Cada uno se va a la clase en la que le toque estar, ya que no estudiamos lo mismo. Yo estoy en Bellas Artes, Fran tiró por Derecho y Barbi estudia Diseño.

Y, bueno..., ¡es lo que hay!

Mejor no lo voy a pensar.

Capítulo 14

Fran

Odio estudiar Derecho.

Apenas llevamos un mes de clases y ya estoy agobiado y asfixiado.

Lo hago por no oír a mi padre. Él es abogado, mi hermana mayor es abogada y, por supuesto, espera que yo lo sea también.

Pero no. No me gusta. Lo odio. Odio ir encorsetado con traje como él va todo el día, y odio todo lo que tenga que ver con la abogacía.

—¡¿Cómo puede ser que llevemos nada y menos de clases y ya tenga dos trabajos que entregar dentro de unas semanas?! —oigo quejarse a Sara mientras esperamos en la fila de la cafetería.

—Si necesitas ayuda, ya sabes —le digo dándole una palmadita de apoyo en la espalda.

Sara me mira. Vuelvo a pensar que odia estudiar Bellas Artes, y, al verla fruncir el entrecejo, digo retirándome el pelo de la cara:

—Maja, ¿me prestas una goma?

Ella me mira, asiente y, quitándose una de su muñeca, me la entrega sin decir nada. Sin duda, está sumida en sus pensamientos.

Hoy nos toca comer en la cafetería de la universidad. Sara pide una pizza cuatro quesos, yo una hamburguesa y Bárbara, una ensalada césar.

—Se nota quién es la sana del grupo —comento.

Bárbara sonríe. Ella se cuida y mucho, y, suspirando, indica:

—Sé que la cafetería ha cambiado de dueños. Así que depende de la pinta que tengan vuestros platos, me los pediré o no el próximo día.

—*Don't worry* —dice Sara utilizando una de las muletillas de nuestra amiga—, vas a tener días de sobra para probar la carta entera.

Una vez están preparados nuestros platos, cada uno coge su bandeja y nos vamos a una de las mesas que están al lado del ventanal.

Sara y yo nos lanzamos a por nuestra comida en cuanto estamos sentados, mientras que Barbi gira la ensalada para que quede bonita, coloca la lechuga, el pollo, pone su bebida estratégicamente para que salga bien y hace una foto. Después la sube a Instagram y añade #Healthylife, que básicamente quiere decir vida sana. Cuánto posturео.

—Vaya, Barbi —comenta Sara tras cruzar una mirada conmigo—. Este año no tendrás a tus tortolitos de los miércoles.

Ella pone cara de pena.

¿Qué le ocurre?

Y, como ve que no entiendo de qué hablan, me explica:

—El año pasado, los miércoles, el día que no coincidíamos contigo para comer, siempre veíamos a una parejita de tortolitos encantadores.

—¡Más monosssssssss! —musita Sara.

Yo sonrío. Es verdad, los miércoles nunca coincidía con ellas para comer, y Barbi prosigue:

—Estaban superacaramelados, y su bonito romance se repitió todos los miércoles del curso, hasta que un día discutieron y ni te imaginas el pollo que montaron.

—Ardió Troya —afirma Sara comiendo su pizza.

Asiento. Recuerdo que algo así me contaron, y Bárbara continúa:

—Durante dos semanas no los vimos. ¡Menuda preocupación! Pero a la tercera semana aquí estaban de nuevo, prodigándose cariñitos.

Sara y Barbi se miran y sonríen. Sin duda les gustó ver aquello, y pregunto intrigado:

—Pero ¿estudian aquí?

—Yo los vi un día montarse en un coche juntos, conducía ella. Así que es muy posible que al menos uno de ellos estudie aquí —comenta Sara.

—Bueno, si los veis avisadme para poner cara a esa historia —río y pego un bocado a la hamburguesa.

Seguimos comiendo entre temas variados, hasta que Barbi dirigiéndose a mí pregunta:

—¿Qué tal tu *tinderesca* aventura? —refiriéndose a la aplicación que me hizo actualizar este verano.

—Ni bien ni mal —me limito a contestar comiéndome una patata frita. No es algo que me preocupe. Entre las clases de inglés a los niños, algún trabajo eventual que me sale y el gimnasio, estoy la mar de ocupado.

—¿Y eso quiere decir...? —pregunta Sara.

Vale. He conocido a muchas chicas a través de esa aplicación, más de las que ellas se podrían imaginar, pero finalmente, para que se callen y se relajen, contesto:

—A ver, ya he quedado con varias, pero nada que destacar.

Como imaginaba, mis amigas se miran. Por sus miradas soy consciente de que deben de haber hablado de ello entre ellas, y Bárbara, interesada, cuchichea:

—¡¿Qué me estás contando?! ¿Y alguna es de la uni?

Me río, no lo puedo remediar, y, bajando la voz, susurro:

—Sí. Y, la verdad, si abres la aplicación aquí, en la uni, te das cuenta de que hasta la mujer de secretaría tiene un perfil ahí.

Ambas asienten, y Bárbara indica:

—¡Ah, pero eso no es raro! A mí una vez me salió el perfil del antiguo cocinero de la cafetería. Hoy en día muchísima gente tiene este tipo de aplicaciones —sigue hablando, pero ahora dirigiéndose a Sara.

Nuestra amiga la mira y niega con la cabeza.

—Pues yo no la tengo.

—Tú eres un caso aparte.

Sara pone los ojos en blanco. Ella es muy hermética en todo lo que se refiere a relaciones personales y, antes de que Barbi diga algo inapropiado, para llamar de nuevo su atención, indico:

—Bueno, os cuento. Mi última cita fue un desastre. Se pasó todo el rato hablándome de su ex, con el que lo había dejado hacía seis meses.

—Noooooooooooo.

—Síííííííííííí —afirmo.

—Uy, mal comienzo —ríe Sara.

—Terrible —convengo.

—Bueno, no te preocupes —replica Bárbara—. No será peor que la vez que yo quedé con un chico que no paraba de repetirme que le apetecía estar con una extranjera. Por mucho que le dije que, aunque mi color de piel es negro, yo he nacido aquí, nada. ¡Parecía sordo! Obviamente, como ya os conté, ahí se quedó, no pasamos de la primera cita.

Sara y yo nos miramos, nos acordamos perfectamente.

—Ese tío era un idiota, además de un racista —comenta ella.

—O sea que dio por hecho que por ser de color no puedes ser ni madrileña ni española.

Los tres asentimos, cuando Bárbara, mirando a Sara, indica:

—Cambiando de tema. Sara, ¿tu corazón, bien?

Nuestra amiga suelta sus cubiertos. Se pone rápidamente la mano en el pecho, encima de donde se encuentra el corazón.

—Que yo sepa, sigue aquí, latiendo y bombeando sangre. ¡Pesada!

Pocas veces habla de sentimientos, así que su respuesta no me sorprende, pero Bárbara, que la conoce tan bien como yo, es tan cotilla que insiste:

—Ahora en serio, ¿no hay nadie que te guste, ninguno que sea una posibilidad, alguna cita próximamente..., alguien de la uni, de la pelu, de tu barrio?

Sara sonríe. Se retira su oscuro pelo del rostro y afirma:

—No hay nada, Barbi. Nada.

—Definitivamente, eres el Grinch del amor —dice Barbi, bautizando así a nuestra amiga.

A Sara no parece importarle que la llame de ese modo. A la tía es que le da igual, y sigue comiendo sin problemas, cuando yo, recordando algo, pregunto:

—¿Y el moreno con el que te vi hablando ayer en las máquinas de comida?

Sara deja de comer.

Oh..., oh...

Me mira con los ojos muy abiertos. Va a contestar, pero Bárbara no le da tiempo. Me parece que nuestra amiga no tenía ni idea de esa información y, con voz ofendida, pregunta:

—¿Perdona? ¿Qué chico?

Pero yo, incapaz de callar, suelto:

—Uno que va con un *skate* bajo el brazo por la universidad y está tan tatuado como ella.

Sara me dedica una mirada asesina. Vayaaaaaaaaaaa. E, intentando captar la atención de nuestra amiga, finamente dice:

—Barbi, no es lo que crees.

Bárbara, que es de esas personas que rápidamente se montan películas en la cabeza, parpadea. Así que más le vale a Sara explicarle las cosas bien.

—¿O sea que has conocido a un *skater*, tatuado, moreno, y no me dices nada? —pregunta Barbi mirándola fijamente.

Sara resopla. Vuelve a mirarme con ganas de matarme y finalmente suelta:

—Vamos a ver, el *skater* se llama Oliver y es irlandés.

—¡Encima habla inglés! —dice Barbi levantando un poco la voz.

Eso me sorprende, ¡y mucho!

La relación entre Sara y el idioma inglés no es muy buena, y pregunto:

—¿Cómo os entendéis?

Eso la hace reír. ¡Genial! Y responde:

—Disculpa, guapo, pero yo hablo *spanglish* que da gusto.

Me río, sé que tiene razón. Pero Barbi no tarda en volver al tema principal para ella:

—¿Y qué? ¿Ya habéis quedado?

—No.

—¿Por qué?

—Pues porque no, Bárbara. Y, además, dudo que lo hagamos con el fin que tú imaginas. ¿Acaso no podemos ser sólo amigos? —pregunta Sara.

—Pero ¿es guapo? ¿Está bueno? ¿Viste bien? ¿Qué estudia? —interroga nuestra amiga.

Sara menea la cabeza. Sin duda se ha abierto la caja de Pandora, y suelta:

—Yo diría que sí a muchas de esas cosas. ¿Quieres su Instagram?

—Eso ni se pregunta —contesta Barbi.

Sara lo busca en la aplicación y rápidamente le pasa el usuario a nuestra amiga. Barbi echa un ojo a su perfil, mientras yo, acercándome a ella, suelto:

—Siento haber sido tan bocazas.

—Pues sí..., un poquito sí lo eres.

—Ya le has dado algo que hacer a Barbi esta tarde, *stalkear* el perfil de Oliver de arriba abajo —comento sonriendo.

Sara, que es la que menos puesta está en palabras de éstas que salen diariamente en las redes, pregunta:

—¿*Stalkear*?

—Básicamente es sinónimo del cotilleo de toda la vida —le explico.

Ambos asentimos cuando Barbi, que está fisgando en el perfil de aquel, suelta:

—Pero ¿habéis visto esta foto?

Rápidamente nos enseña una de Oliver sentado en un muro con los pies apoyados en el monopatín y el pelo alborotado.

A ver, a mí los tíos no me van. Pero reconozco que el tipo en esa foto está muy bien, y suelto:

—Tiene rollazo, el tío.

Barbi nos enseña otra foto en la que lleva una gorra hacia atrás y se lo ve en el suelo riéndose.

—Sí, y es supersimpaticoooooo —dice Sara—. Está aquí de Erasmus y, al verlo perdido el primer día, le ofrecí mi ayuda. Le di mi número para lo que pudiera necesitar y, simplemente, nos llevamos bien. Y no, Barbi —aclara mirándola—, ni él me gusta ni yo le gusto. Te repito como otras veces que las chicas y los chicos también pueden ser amigos.

Bárbara bloquea el móvil. Lo deja en la mesa, aunque estoy seguro de que más tarde seguirá echándole un vistazo al perfil del chico, y, guiñándole el ojo, suelta:

—Pues a ver cuándo nos lo presentas, *my friend*.

—En cuantito vea la oportunidad, *my friend* —contesta Sara imitando a la morena.

Seguimos comiendo y hablando de todo un poco. Bárbara es siempre una fuente inagotable de temas de conversación, y de pronto digo:

—Poco se habla de que mañana empieza otra vez «Operación Triunfo».

Mis amigas me miran. Soy un fan incondicional de ese programa, lo sigo al dedillo.

—*Yesssssss* —afirma Bárbara.

Sara nos mira masticando y, cuando termina, dice:

—¿Para qué voy a decir nada, si al final, entre Almu y vosotros, me acabaréis enganchando otra vez? —y ríe—. De hecho, estoy deseando que Alfred saque algo de música, porque en la academia me enamoró cómo compone. Lo hace tan bonito...

Asiento. Mi amiga tiene más razón que un santo. Qué bueno es el tío, pero yo, recordando a quien me dejó sin palabras desde la primera vez que la vi, musito:

—¿Y Mimi/Lola Índigo qué? Estoy enamorado de sus canciones y de cómo bailan ella y sus chicas. Me quedo hipnotizado viéndolas.

—Yo estoy cautivada por Ricky y Míriam —dice Barbi.

—¿Por los dos? —pregunta Sara llevándose otro pedazo de pizza a la boca.

—Sí, me niego a elegir —afirma Bárbara.

Eso me divierte, e indico:

—A ver, si empezamos así, yo añado a Aitana a la lista.

—Vale, se acabó —zanja Sara y, viendo cómo la miramos, agrega—: ¿Acaso os tengo que recordar que tenemos que comer como pavos? Ya que al menos tú y yo —dice señalando a la morena— tenemos clase dentro de un rato.

Terminamos de comer entre comentarios de «OT» y me despido de mis amigas, mi tiempo en la universidad por hoy ha terminado. A ellas aún les quedan algunas clases y a mí me espera una tarde con muchas cosas que hacer.

Llego a casa y, como tengo hora y media hasta la primera clase que debo dar hoy, aprovecho y me echo un rato. Me vendrá bien. Mis días en época de clases se resumen en madrugar para hacer cosas de la universidad, ir a la facultad, dar clases de inglés, ir a mis clases de danza, salir a correr cuando puedo, hacer horas en algún trabajo ocasional y a dormir. Menos mal que los fines de semana cambian un poco.

Cuarenta minutos después suena la alarma del móvil. Me levanto y me reactivo. Cojo lo que necesito para las clases de inglés que tengo esta tarde y la bolsa de gimnasio que ya me dejé ayer preparada.

Mientras meto rápidamente una careta blanca en mi mochila, oigo ruido abajo, supongo que será mamá. No es la primera vez que coincidimos a estas horas.

Cuando bajo la escalera miro el reloj y, como veo que voy con tiempo se sobra, aprovecho y decido tomarme un café con ella como otras veces.

Una vez entro en la cocina, me paro en seco y exclamo:

—¡Anda, hola!

Quien está ahí es mi padre, no mi madre. Se está tomando un café y, al verme, me saluda con su gesto serio de siempre.

—Buenas tardes, Francisco.

Suelto la bolsa que llevo en las manos en el suelo y, para no ser un maleducado, tras saludarlo, pregunto:

—¿Qué haces en casa?

—Hoy he decidido trabajar desde aquí.

—Ah, qué bien —digo con una falsa sonrisa.

Se me han quitado las ganas de sentarme a tomar el café. Él no es mi madre.

—¿Cuándo te vas a cortar ese pelo?

Ya estamos. Mierda.

Ya está mi padre con sus absurdas cosas, a las que me niego a responder.

Abro la nevera para coger mi botella de agua fría. Al cerrar de nuevo el frigorífico, noto la mirada de mi padre clavada en mí. Vale, intuyo que no le gusta mi botella. Vamos, lo de siempre.

Normalmente, para Navidad, Barbi, Sara y yo decidimos regalarnos algo los tres, ya que, al ser tan pocos, hacer el amigo invisible no tendría mucho sentido. Nosotros lo llamamos el «amigo visible».

Y uno de los regalos que nos hizo Barbi el año pasado fueron unas botellas que conservan el agua fría durante muchas horas, ya que yo comenté que estaba pensando comprarme una y Sara tenía una, pero empezó a perder agua y le destrozó gran parte de sus apuntes del primer cuatrimestre.

Bárbara me regaló una botella roja con dibujos de palmeras, cócteles y sombrillas, a Sara una negra con siluetas de flamencos y frutas variadas, y Barbi se autorregaló una botella azul con inflables de unicornio, piñas y flamencos dibujados.

—¿Esa botella es tuya? —pregunta papá sacándome de mis pensamientos.

—Sí, ¿te gusta? —pregunto intuyendo su respuesta.

—Pensaba que era de tu madre —contesta pegando un trago a su café.

Bueno, no ha sido demasiado cruel. Mejor irme cuanto antes.

Guardo la botella en la mochila, cojo un paquete de galletas del armario y lo guardo también.

Me dispongo a salir.

—¿Adónde vas? —me pregunta papá, que no me ha quitado el ojo de encima en ningún momento.

—A dar clases, como siempre —respondo, aunque él ya debería saberlo.

Sin más, me doy media vuelta y salgo de casa. Ni él se despide, ni yo tampoco. Ésa es nuestra tónica general.

Mientras me dirijo a mis clases de inglés, conecto los auriculares al móvil y abro Spotify. La música siempre ayuda, y a mí particularmente me relaja.

Un par de horas después, vuelvo a estar igual, con los auriculares puestos y la música a tope. Pero ya no voy a dar clases de inglés, sino otro tipo de clases.

Ahora voy corriendo, esquivando a la gente por la calle. Saco el móvil y miro la hora. Las 19.03. Vale, voy a llegar tarde, pero voy corriendo. Esto cuenta como calentamiento, ¿verdad?

Quince minutos después, llego a la escuela de danza. Levanto la mano a la vez que saludo a Silvia, la chica de recepción.

—Vas con prisa, ¿no? —me pregunta alzando la voz.

—Un poquitoooooo —digo entrando a toda velocidad al pasillo.

Llego a los vestuarios y me cambio. Una vez estoy listo, me dirijo a la sala que me toca. Y, antes de llegar a ella, oigo música. Efectivamente, llego tarde.

Entro e Iván me guiña el ojo, no es la primera vez que llego tarde. Ni será la última. Ya han empezado con la coreografía, así que me dirijo deprisa hacia la parte trasera e intento ponerme al día lo más rápidamente que puedo.

Hace tres años que me apunté a la escuela de danza, un secreto que nadie sabe. Mi secreto. Mi pasión. E intento asistir, como mínimo, de tres a cuatro veces a la semana. De ahí que tenga los horarios tan pillados.

Cuando termino de dar las clases de inglés los martes y los jueves, me vengo corriendo. Pero esto no lo sabe nadie más que las personas de aquí. Ni Sara, ni Barbi... Ni mis padres, obviamente. Sólo me faltaba que mi padre supiera esto. Conociéndolo, se escandalizaría y ratificaría que soy gay. Algo que él cree, pero no se atreve a preguntarme.

En cuanto a Sara y a Barbi, no sé por qué no se lo he dicho. Cuando las conocí, ya me había apuntado y creo que intento tanto guardar mi secreto que lo he guardado también con ellas, aunque no me siento orgulloso. Algún día se lo contaré. Claro que sí. Ese día llegará y se alegrarán por mí. Pero, de momento, prefiero que siga siendo algo sólo mío. Eso me evitará problemas.

Todo esto puedo compaginarlo mejor gracias a Gema, una de las directoras de la escuela de danza, la cual también es profesora. Puedo decir que la considero mi amiga. Cuando empecé, aún impartía muy pocas clases de inglés, por lo que a veces me era complicado pagarme la escuela de danza. Se lo expliqué a Gema. Ella entendió mi dificultad y me ayudó a encontrar algunos trabajillos bailando en pequeñas fiestas. Algo como, por ejemplo, lo de Sevilla. Fuimos contratados para amenizar una fiesta y, la verdad, además de cobrar un dinerillo que me vino muy bien, lo pasamos fenomenal. Eso sí, nadie lo sabe.

Al terminar la clase de *modern jazz* de Iván estamos todos sudando, pero contentos. Muchos compañeros se despiden, ya que es su hora de irse. Yo suelo quedarme a otra clase más, ahora viene la de Gema.

Voy al vestuario a por mi botella de agua, ya que con las prisas antes la he olvidado. Y, ya que estoy, me recojo el pelo en un moño. Tengo el pelo algo más largo de lo normal, cosa que mi padre no aprueba. Debería cortármelo, pero me gusta tenerlo así. ¿A quién le hago daño por ello?

Al regresar a la clase me encuentro a Gema en la puerta de la sala y, abrazándome, dice a modo de saludo:

—Vaya, guapo, no hay día que no te vea corriendo. —Asiento, tiene razón, y ella añade—: Oye, ¿cuento contigo para lo de la fiesta de San Valentín?

Tal como la oigo, lo pienso. Ya me lo comentó el otro día. Necesitan bailarines para un *flashmob* en un centro comercial y pagan bastante bien, por lo que, sin dudarlo, afirmo:

—Cuenta conmigo.

—¡Estupendo!

Ambos sonreímos y Gema explica:

—El vestuario es un poco horterita, aún no lo tienen cerrado, pero me dicen que será ropa con colores rojos y corazones por ser el Día de los Enamorados. Sin embargo, pensemos en lo positivo: pagan bien.

De nuevo, ambos reímos.

—Recuerda. Los ensayos serán tras las clases de los martes y los jueves.

—¡Tomo nota!

Juntos nos dirigimos hacia la sala mientras hablamos con sinceridad. Gema es de las pocas personas que conocen verdaderamente mi situación, y cuando me dice algo, le contesto:

—¿Qué quieres que haga, Gema?, no me da la vida. Y ahora, con la universidad, las tareas, las clases de danza y las clases particulares de inglés, te juro que me faltan horas al día.

Ella apoya las manos en mis hombros y me mira fijamente.

—Fran, como ya te he dicho más de una vez, vive la vida como si tu canción favorita estuviese sonando. Con música, todo fluye.

Asiento. Sonreímos. Nos entendemos. Ése fue de los primeros consejos que me dio cuando nos conocimos y, sin duda, intento vivir mi vida escuchando mi canción favorita.

Minutos después entramos en la sala y, nada más oír la canción que ha elegido para la clase de hoy, sé que lo pasaremos bien.

Por los altavoces retumba el estribillo de la canción *There's Nothing Holdin' Me Back* de Shawn Mendes. Y, poco a poco, todos vamos moviéndonos de manera sincronizada.

Disfruto bailando. El baile me gusta, es mi vida y quiero seguir haciéndolo. Por ello, me olvido de mi padre, de los problemas que mis gustos me puedan originar y disfruto. Disfruto de la música y de la vida.

Al terminar la clase todo el mundo empieza a irse. Me giro en busca de Gema, pero está hablando con unas chicas. Miro el reloj, es tarde. Mejor cojo mis cosas y me voy yo también. Por ello, me dirijo hacia donde están mi toalla y mi botella de agua y, tras cogerlas e ir hacia la puerta para salir, oigo:

—¿Adónde vas, Fran?

—Me voy ya, es tarde —le digo señalando el reloj del móvil.

—Aún quedan cuatro minutos para las nueve. Venga, ven, ya sabes que te acerco a casa —me dice Gema moviendo el brazo para que me aproxime.

—¿Seguro? —pregunto yendo hacia ella.

—¡Ni que fuera la primera vez! —ríe ella.

Vuelvo a dejar mis cosas en el suelo.

—Oye, la coreo de hoy ha sido la caña —comento.

—Gracias, guapo —dice guiñándome el ojo mientras saca de entre mis cosas la careta blanca y me la tira para que la coja.

Eso me hace sonreír. Ambos sabemos el significado de esa careta y, entregándole mi móvil con la cámara de vídeo activada, indico:

—Toma.

Me coloco en el centro de la sala y me pongo la careta blanca, algo que hago siempre que grabo los bailes. Gema, encantada, vuelve a poner la canción a todo trapo y yo, abandonándome a mi pasión, lo doy todo mientras bailo y mi cuerpo y mi mente se liberan.

Gema graba la coreografía dos veces. Eso me dará opción a elegir la que más me guste.

—Muchas gracias, de verdad —le digo al acercarme y quitarme la careta.

Gema sonríe, entiende mi necesidad de bailar y, entregándome mi móvil, indica:

—Hoy te has salido. ¡Esta coreo la clavas!

Oír eso me gusta, soy feliz, cuando la oigo decir.

—Venga, ahora te veo en la recepción. Voy a ver si Rocío está lista —dice refiriéndose a su mujer, la otra directora de la escuela de danza.

Sudoroso y feliz, llego al vestuario y compruebo que estoy solo, ya se han ido la mayoría de los alumnos. Guardo la careta en mi mochila, bebo agua fresquita y me pongo la sudadera. No quiero coger frío al salir.

Paso por recepción y me despido de Silvia, para la que también ha llegado su hora de irse. Fuera del edificio, me siento en un banco y repaso los vídeos que acabamos de grabar. Me gusta cómo han quedado. Mañana por la mañana subiré uno a ese perfil que nadie sabe que es mío, pero que siguen muchas personas amantes del baile.

Hará un par de años, Gema me dijo que con esto de las redes sociales no paraba de ver vídeos de coreos y bailarines en Instagram, que por qué no me abría una cuenta. Sin embargo, yo tenía muy claro que a mi perfil no podía subirlos. Así que abrí una cuenta secundaria en la que no habría nada personal, en la que sólo sería el bailarín de la careta. De ahí que, al acabar las clases, ella me ayude a grabar la coreo para que pueda subirla a las redes.

—¿Qué? ¿nos vamos? —me sobresalta la voz de Gema.

—¡Hola, Fran! —dice Rocío saludándome con la mano.

Miro hacia la puerta de la escuela y ahí están. Me uno a ellas y los tres nos dirigimos a su coche.

Por suerte, cuando llego a casa, mi padre está en su despacho trabajando con mi hermana, por lo que no repara en mí, y sólo recibo el cariño de mi madre y mi hermano. Con eso me vale.

Una vez solo en la habitación, vuelvo a visionar los vídeos. Subo uno de ellos a esa cuenta que mi gente no conoce y disfruto leyendo los rápidos comentarios.

Capítulo 15

Bárbara

Estamos en la cafetería de la universidad.

Reviso los comentarios de la foto que subí ayer de mi *outfit*. Doy *like* a varios, contesto a otros y algunos simplemente los borro.

—Tierra llamando a Barbi. ¿Hola? —me saca de mis pensamientos Sara con su movimiento de manos.

Aparto la vista del móvil y me doy cuenta de que mis amigos me miran.

—¿Qué pasa? —pregunto.

Fran y Sara se miran y el primero suelta:

—Lo de siempre. Que te tiras más tiempo con el móvil que hablando con nosotros. Eso pasa.

Vale, sé que tienen razón.

Soy consciente de que en ocasiones me sumerjo tanto en las redes que me olvido de mi alrededor.

Pero también sé que tengo que estar pendiente, ya que los *haters* están siempre al acecho.

Y como ven que estoy perdida en cuanto a la conversación que están teniendo, Sara empieza a hablar.

—Estaba diciendo que dentro de unas semanas me tatúo, por si me queréis acompañar.

—¿Te vas a hacer lo de Las Supernenas? —pregunto guardando el móvil en el bolso.

—Exacto.

—Pues cuenta conmigo, pero tendrás que decir hora y día —respondo.

Miro a Fran y éste me mira subiendo las cejas.

—Yo aún no puedo confirmar que pueda acompañaros.

—¿Ni diciéndotelo con tiempo?

Fran nos mira. Lo piensa y, cuando va a decir algo, suelto:

—Mucho estás ligando tú últimamente.

Nos reímos. Sabemos que tenemos razón, y él afirma:

—Ah..., vosotras os empeñasteis en que utilizara Tinder.

Volvemos a reírnos y Fran, para cortar el tema y no soltar prenda de su mundo de *latin lover* en el que creo que se ha metido gracias a esa aplicación, suelta:

—Ya veremos cuando digáis fecha.

Por fin está nuestra comida lista. Cogemos las bandejas y nos sentamos en la primera mesa libre que encontramos.

—Que aproveche, *my friends* —digo antes de empezar a comer. Me muero de hambre.

En silencio, los tres disfrutamos de la comida y de la compañía, que ya nos hacía falta. Entre la universidad y los horarios imposibles de cada uno, lo tenemos complicado. Sumida en mis pensamientos estoy cuando Fran pregunta:

—¿Al final hemos quedado en alguna peli en concreto para esta tarde?

Sara se encoge de hombros. Le da igual, y yo, deseosa de ver una, bebo agua, me aclaro la garganta e indico:

—Hace un par de semanas estrenaron una en la que sale Lady Gaga. Creo que puede estar bien.

—*Ha nacido una estrella* —responde Sara.

—Me han hablado bien de la película —indica Fran.

Eso me pone feliz, más posibilidades de ser la elegida, y murmuro:

—Ya sabéis de mi amor por Gaga. Me parece una mujer supercompleta. Canta, baila, actúa, compone...

Los tres asentimos, cuando Sara propone:

—¿Y si vemos una de miedo?

—No —respondemos Fran y yo al unísono.

—Me niego a sufrir delante de la gente, mejor sufro con vosotras en el sofá. Y si es escudándome detrás de un cojín, mejor —comenta Fran.

—Sois unos cobardes —ríe Sara.

—¡Y a mucha honra! —digo chocando los cinco con mi amigo.

No hay nada que me ponga más nerviosa que las películas de miedo, y más cuando comienzan con esa musiquita estridente que sabes que te van a asustar de un momento a otro. No. Me niego.

Tras revisar la cartelera en la aplicación del móvil, acabamos decidiéndonos por la peli que yo he propuesto. ¡Bien! Por mí, genial.

Una vez llegamos a la sala donde la proyectan, nos dirigimos hacia el mostrador para comprar las entradas y Fran comenta:

—Para mí, ir al cine y no pillar palomitas es como no ir al cine.

—Estoy contigo —apunta Sara.

—Estoy con vosotros. Palomitas *always* —respondo.

Tres cubos de palomitas y un par de botellas de agua después, entramos en la sala que nos ha tocado y pongo el móvil en modo avión para desconectar del todo.

La peli comienza y yo disfruto y disfruto y disfruto. Ver a Gaga actuar me encanta. Verla cantar me apasiona, y ver lo estupendo que está Bradley Cooper me enamora.

Con curiosidad, miro a mis amigos. Por sus gestos y sus caras sé que la película les está gustando tanto como a mí. La música es perfecta. La interpretación es estupenda, y la historia es... es...

—¡A mí no me puedes hacer esto!

Se queja Sara limpiándose las lágrimas de los ojos mientras salimos del cine una vez termina la peli.

Rápidamente abro el bolso y saco un paquete de pañuelos.

—Toma, anda —le digo dándole uno.

Con la congoja aún en nuestras gargantas, caminamos hacia el exterior de la sala cuando Fran, frotándose los ojos, murmura:

—Qué peli tan bonita.

—¿Tú también has llorado? —le pregunto.

Fran asiente, se retira el pelo del rostro y afirma:

—Claro, no soy de hielo. ¿Y tú?

Sonrío. Si no lloras con esa película es que tienes el corazón de piedra, y desde luego mis amigos no lo tienen, por lo que les aclaro:

—Yo ya había visto la anterior versión, con Barbra Streisand, aunque ésta, que es más actual, me ha gustado más. Mañana mismo busco la banda sonora de la peli, me ha encantado.

Sonrío. Salgo enamorada de la peli y la banda sonora. Echaron hace unos años la versión anterior en la tele y, como la yaya Tina me dijo que le encantaba, la vimos tiradas en el sofá con una mantita. Madre mía, la llorera que me pillé. De ahí que ya fuera preparada.

—Espera... —oímos decir a Sara, que va detrás—, ¿estás diciendo que nos has traído a ver una peli que tú ya sabías cómo iba a terminar?

La miro y me la encuentro parada y con los brazos apoyados en la cadera en señal de estar indignada.

—Sí y no.

—No intentes arreglarlo, seguro que las dos terminan igual —replica Sara poniéndose las gafas de sol para que nadie vea sus ojos rojos e hinchados.

Eso me hace reír. Menudo berrinche que se ha pillado la pobre, cuando Fran pregunta:

—¿Qué haces, Sara? No creo que haga sol cuando salgamos.

Ella asiente, sabe que Fran tiene razón, y, sin quitarse las gafas, indica:

—¿Acaso no recuerdas cómo se me ponen de rojos los ojos cuando lloro?

Es verdad.

Normalmente, cuando yo lloro, se me nota durante un rato. Pero cuando Sara llora, se le nota durante horas. ¡Pobre!

Pero, riendo por aquello, Sara nos hace ver que está bien, y afirma:

—Tranquilos..., dentro de un ratito me las quitaré. Tampoco quiero ir de diva divina haciendo el ridículo.

Los tres reímos de nuevo. De camino a la salida, topamos con un póster enorme de la película que acabamos de ver. Y no pierdo la oportunidad.

—Vamos a hacernos una foto —digo cogiéndolos del brazo para que paren.

—Sí, claro, y yo con las gafas de sol —se queja Sara.

—Deja de quejarte, mira mis pelos locos y consuélate con ello —le dice Fran dándole un golpe leve en el brazo.

Le pregunto a una chica de las que trabajan en el cine si nos puede hacer un par de fotos y ella acepta sin problemas. Sara y yo nos colocamos a un lado del póster y Fran al otro.

—Esto es demasiado serio para nosotros —comenta Sara.

Acto seguido se agacha delante del póster a lo Spiderman. Fran flexiona un poco las rodillas y señala a la cámara. Y yo lanzo un beso. La chica que nos hace la foto no puede hacer otra cosa que reírse. Normal.

Le agradecemos su ayuda y seguimos nuestro camino hacia la salida.

—Subirás semejante maravilla, ¿no? —pregunta Sara mientras mira la foto.

—Sí, *don't worry*. ¿Y si, para compensar el drama de la película, os venís a casa y pedimos algo para cenar?

Los dos aceptan sin problemas, así que todos contentos.

Una vez estamos en casa acomodados, pedimos algo para cenar.

Con tanta aplicación donde elegir, hasta que nos ponemos de acuerdo pasa un buen rato. Al final nos decidimos por comida mexicana. ¡Ándale, güeyyyy!

Media hora después, cuando llaman a la puerta para entregarnos el pedido, va Fran a abrir. Al volver, viene con las mejillas rojas y gesto apurado.

—¿Y esa cara? —pregunto.

Él deja las bolsas de la cena sobre la mesa e indica:

—Con la chica que ha traído la cena quedé el otro día por Tinder...

Sara y yo nos miramos.

Desde luego, el Tinder está siendo una fuente inagotable de ligoteo para nuestro amigo.

—¿Y qué? —pregunta Sara mientras coloca los vasos—. ¿Fue bien?

Fran resopla.

Uy, madre, que ese resoplido me da que no fue muy bueno, y suelta:

—Qué va, fue vergonzoso. Al principio la cosa no iba mal, me parecía muy simpática. Pero no sé qué dijo que me hizo mucha gracia, la risa me vino cuando estaba bebiendo Coca-Cola y os podéis imaginar el resto.

Sara y yo nos miramos y volvemos a mirarlo intentando parecer personas serias. Hasta que él dice:

—¿Y sabéis lo peor? Que ella iba vestida de blanco.

Entonces no podemos contenernos y nos echamos a reír, Fran incluido.

—Sí, sí. Ahora me río, pero en el momento pensé: «Tierra, trágame».

—Menudo patoso eres, Billy —se mofa Sara.

Cenamos entre anécdotas torpes y divertidas.

Cada uno tenemos algo que contar en referencia a aquello, hasta que de pronto me viene un tema a la mente. ¿Cómo se nos ha podido olvidar?

—Se nos está echando Halloween encima, *my friends* —digo de repente llamando su atención.

—Joder, ¡es verdad! —asiente Fran.

Sara levanta el dedo índice, inequívoca señal en ella de que se ha acordado de algo, y comenta:

—Por cierto, el otro día mi hermana Almu me dijo que en el cole necesitaban gente para colaborar en el pasaje del terror, que sería para niños y niñas de Primaria hasta chavales de la ESO.

—¿Y pagan por colaborar? —pregunta Fran.

—No lo sé.

—¿Sería mañana o tarde? —vuelve a preguntar él.

Sara se encoge de hombros.

—Juraría que me dijo que era por la mañana, ya que ese día acaban las clases a mediodía. Espera, creo que tengo el número de una de mis profes de allí. Le mando un wasap y salimos de dudas.

Sara busca en sus contactos y encuentra uno que pone «Amelia profe cole». Abre WhatsApp y empieza a mandar un audio: «Hola, Amelia, soy Sara, la hermana mayor de Almudena y Carla. Fui tu alumna hace unos añitos. Quizá si te digo que era *la Dibujitos* me ubicas mejor, ¿a que sí? Te comento, mi hermana me dijo que necesitáis gente para el pasaje del terror de Halloween, ¿es así? ¿En qué horario sería? ¿Hay alguna temática en concreto? ¿Pagáis? Estoy intentando convencer a mi amiga Bárbara y a mi amigo Fran, pero necesitamos algo de información. Esperamos tu respuesta. Un beso».

Fran y yo, que hemos escuchado el mensaje, sonreímos y él pregunta:

—¿La Dibujitos?

Sara se ríe. Sé que le encanta dibujar. Asiente e indica con cierta tristeza en la mirada:

—Digamos que no era de las más populares. Así que eso de pintarles bigote a las personas de las fotos que había en los libros de texto me sabía a poco. Me pasaba horas dibujando y, para bien o para mal, me gané ese mote.

Si alguien dibuja bien en este mundo es Sara. A mí me pones un plátano delante y te dibujo un melón. No tengo ojo para eso, pero Sara sí, y muy bueno. Por ello, no tardo en decir:

—Déjame decirte que dibujas que te cagas, *my friend*.

Ella se ríe, pero noto su incomodidad, así que no tardo en cambiar de tema:

—Pero haremos algo más por Halloween, ¿no?

—¿Qué tienes pensado? —pregunta Sara.

—He visto hoy unos carteles de una carrera solidaria el 31 por la tarde, podríamos acercarnos —propone Fran.

Sara, a la que el deporte no le va nada de nada, lo mira con cara de no creerse lo que está diciendo, y Fran añade intentando convencerla:

—Sólo son cuatro kilómetros de nada y no hace falta que corras, podemos ir andando a buen ritmo.

Sara no responde, sólo mueve la cabeza, cuando, para picarla si cabe aún más, añado con ironía:

—Venga..., piensa que eso puede ser el preludio para apuntarnos al gimnasio.

Ella me mira con cara de «upsssss». ¡Pobre!

Cuando hablamos del tema gimnasio en verano, yo propuse que en septiembre nos inscribiríamos. Luego se nos echó el tiempo encima y nos prometimos que en octubre. Ahora... ni me lo planteo, cuando ella dice mirando a Fran:

—Vale, si no hace falta correr, me apunto.

Él levanta los brazos en señal de victoria y Sara suspira. Está claro que lo hace más que nada por darle el gusto a él, porque si fuera por ella... Divertida por aquello estoy, cuando digo:

—Neus y Eni me hablaron de una fiesta que tiene muy buena pinta. Puede estar bien. Podríamos ir.

Mis amigos me miran.

—Lo que te gusta a ti un sarao, maja —comenta Fran.

—Si queréis, vamos —dice Sara alzando los hombros.

Asiento. Me apetece presentarles a mis amigos a Neus y a Eni. Seguro que se adoran, por lo que digo:

—Guay, lo hablamos esta semana. Y tú, *Dibujitos*, cuando te conteste tu profe, nos dices —concluyo.

El resto de la noche lo pasamos hablando. Es nuestra noche juntos y, cuando el cansancio puede con nosotros, nos acomodamos en mi casa. Sara y Fran se quedan a dormir conmigo y yo me siento feliz.

Capítulo 16

Fran

Siempre nos pasa igual, entre unas cosas y otras, nos liamos para todo.

Hoy es Halloween y primero tenemos el pasaje del terror del antiguo cole de Sara, donde, por cierto, al final no nos pagan. Qué rabia. Unos eurillos me habrían venido muy bien para la caracterización. Después tenemos la «carrera» y, como colofón, ¡la fiesta!

Una vez llego al colegio de las hermanas de Sara, dejo la mochila en el suelo, pego un salto y me siento en un muro que hay enfrente. Disfruto de la música y del aire libre a pesar del fresquito que hace.

Mientras llegan mis amigas, saco mi móvil y veo el vídeo en el que bailo que subí anoche. Con una sonrisa observo mis movimientos. Cada vez son más técnicos, pero al tiempo fluidos y libres. Expresarme a través de la música es mi pasión. Aunque también sea mi secreto.

—¡Qué guapo que estás! —oigo una voz a mi izquierda.

Rápidamente paro el vídeo y me guardo el teléfono. Y, bajándome de un salto del muro, afirmo:

—Vosotras sí que estáis guapas.

—Disculpa el retraso. Pero aquí nuestra amiga necesitaba saber que estaba perfecta con su *outfit* antes de salir de su casa, y tuvo que poner una encuesta en las redes y hasta que vio el resultado ¡no salimos!

Bárbara se ríe, Sara también, y finalmente yo suelto:

—¿En serio?

Barbi asiente sonriendo.

—Antes muerta que sencilla, como decía María Isabel.

Entre risas, entramos en el colegio y Sara nos guía por ese lugar tan conocido para ella.

Del edificio principal, pasamos a otro de dos plantas y ella nos explica que estuvo ahí desde que empezó la ESO hasta que terminó Bachillerato. Giramos a la izquierda y vemos una puerta en la que pone SALA DE PROFESORES. Llamamos y nos abre una mujer disfrazada de momia.

¡Qué buen disfraz!

Sara y la momia se saludan con cariño. Luego nos la presenta y vemos que es Amelia, la profesora a la que mandó el mensaje por WhatsApp. Una vez hechas las presentaciones, la mujer nos enseña los disfraces disponibles y la verdad es que hay un montón. Bárbara elige el de la Novia Cadáver, Sara opta por la Monja y yo seré el Conde Drácula.

Una vez nos ponemos los disfraces, nos pintamos y nos caracterizamos, ¡damos miedo! Subimos con ella a la segunda planta, donde hay otros monstruos ya disfrazados, y nos explica que aquí se hará el pasaje del terror.

Podemos distribuirnos cada uno en un aula o ponernos juntos en la misma. Finalmente preferimos un aula para nosotros, así jugaremos con la oscuridad y nos pondremos uno a la entrada, otro hacia la mitad y otro al final, para volver a asustarlos antes de que salgan.

Cuando comienza el juego, lo pasamos bien. Muy bien. Y, aunque asustamos a todos los niños y las niñas que pasan por aquí, reconozco que alguno me asusta a mí.

¡No son listos y cabritos ni nada algunos críos!

Una hora después, ya han pasado todos los niños de Primaria y nos hacemos unas fotos con ellos para que se las lleven de recuerdo.

En cuanto se marchan, nos volvemos a preparar. Ahora van a pasar los chavales de la ESO y el ambiente ha de cambiar a más tétrico. Eso sí, con el permiso de los profesores, claro.

En esta ocasión no dejamos casi luz en el aula. Bárbara ha encontrado un par de pulverizadores de agua en una caja en la que había diversos materiales y nos vienen genial.

Los llenamos de agua y, en la oscuridad, Barbi y yo, al asustarlos, los rociaremos con agua.

¡Menudo susto se van a llevar!

Barbi, con su disfraz de Novia Cadáver terrorífica, se pone frente a la puerta para que sea lo primero que vean según van a entrar y, ya de paso, se lleven un poco de agua en la cara. Sara, colocada estratégicamente en el centro del aula, oculta entre unas telas oscuras, sólo tiene que dar un paso o tocarlos con la mano para que se asusten y griten. Y yo me sitúo al final del aula, extendiendo la capa del Drácula para taponar la puerta y que no puedan salir tan rápido como quieren.

Los chavales comienzan a pasar y es gracioso oír a los típicos alumnos y alumnas que se creen los más malos del lugar, ver cómo gritan y corren despavoridos una vez dentro.

De nuevo, una hora después, el pasaje termina, nos volvemos a hacer fotos con los chavales, que lo han disfrutado de lo lindo, y se acabó.

En cuanto nos quitamos los disfraces y nos despedimos de otros compañeros que como nosotros han disfrutado dando sustos, miro a mis dos amigas, que continúan con los rostros pintados, y pregunto:

—¿Os atrevéis a ir por la calle con las caras así pintadas?

Sara y Barbi se miran. Sonríen, y la primera suelta:

—¿Acaso no sabes con quién estás hablando?

Me río. Lo sé. Claro que lo sé.

—Si nos las dejamos, quizá nos aguanten para la carrera —sugiere Bárbara—. ¿Os parece?

Asentimos. Nos gusta la idea y, acercándonos, dirigimos las manos hacia el centro e indicamos a la vez:

—Trato hecho.

Una vez recogemos nuestras cosas, pasamos de nuevo por la sala de profes para despedirnos. Allí, nos animan a quedarnos un rato para tomarnos algo en el piscolabis que han preparado con los alumnos y aceptamos. Vale, no nos pagan, pero reconozco que el piscolabis está muy bien. La tortilla de patata, ¡buenísima!

Mientras nos estamos poniendo morados, Almu, la hermana de Sara, se acerca a nosotros y les dice a sus amigos que ella es su hermana y que nosotros somos amigos suyos. Todos nos miran encantados y nosotros sonreímos. Seguro que, si no hubiésemos hecho el pasaje, ni se le ocurriría presentarnos a sus amigos. ¡Adolescencia!

Tanto los profes como los alumnos nos dan la enhorabuena. Dicen que nuestro pasaje del terror ha sido el mejor por los gritos y las risas que salían de él. Y nosotros, encantados de saberlo. Al final lo importante es pasarlo bien y, cuando nos marchamos del colegio, un profesor nos grita:

—¡Os esperamos el año que viene!

Una vez repuestas las fuerzas con la comida, ponemos rumbo al sitio de la carrera, aunque antes hemos tenido que esperar a que Barbi fuese al baño para cambiarse de ropa, pues se negaba a ir en chándal desde por la mañana.

Según nos vamos acercando al lugar en el que se celebrará la carrera, empezamos a ver gente caracterizada. Barbi se aleja un poco para grabar unas Stories para Instagram explicando lo que está haciendo hoy ¡y el porqué de su chándal!

Mientras esperamos a que nuestra amiga termine su grabación, Sara me mira y, al ver pasar a unos tipos, comenta:

—Oye, esa gente va como muy disfrazada y maquillada, ¿no?

Asiento, no digo más, y ella insiste:

—En plan muy profesional.

—No sé —musito mientras en mi interior me parto de risa.

Observo cómo mira Sara a aquellos que pasan por nuestro lado disfrazados terroríficamente, cuando Barbi, que ha terminado su grabación, se acerca a nosotros.

—¿Habéis leído lo que pone en ese cartel? —pregunta.

—No, ¿por? —digo intentando no reír.

Ella resopla y explica:

—Porque dice: «No te pierdas la carrera más terrorífica del año».

Sara se para en seco.

Me mira en busca de una explicación y yo, que ya me estoy riendo por su cara, indico:

—Si os lo hubiera dicho, no habríais venido.

Bárbara y Sara se miran.

—¡Pero ¿qué me estás contando?! ¡¿Ahora somos nosotros los que vamos a pasar por un pasaje del terror? —dice Sara moviendo los brazos exageradamente.

Asiento. Se cagan en mi padre, cuando Barbi, mirando a Sara, suelta:

—No dramatices, *my friend*, a ti por lo menos te gustan las pelis de miedo. Yo sí que lo voy a pasar mal.

Pero Sara, que en el fondo es una cagona como yo, se queja.

—Claro, porque sé que de la tele no van a salir, tía. Que me persigan y me toquen ya es otra cosa —y, mirándome, dice—: No lo entiendo, Fran. Tú lo pasas fatal con las pelis de miedo.

Y tiene toda la razón del mundo. Soy un cagón, pero Gema me convenció para asistir, recordándome que es una carrera solidaria. Por ello, sacando esa parte fuerte y segura que hay en mí, abrazo a mis dos amigas e indico:

—Tranquilas, nenas, que vuestro Franki os protegerá.

Ambas se miran. Lo dudan. Me conocen y saben que eso no se lo cree nadie.

Capítulo 17

Sara

Madre mía..., madre mía.

¡Qué nerviosa estoy!

¿Por qué nos habrá traído aquí el puñetero de Fran?

Pasan los minutos y esto se está llenando de gente. Me estoy agobiando.

Mire hacia donde mire, hay alguien disfrazado. Y cuando digo disfrazado, es DISFRAZADO.

¡Qué miedo!

Hay muchos zombis, una muchacha con la cabeza abierta, un Gremlin, un tío con un bate, una mujer con una motosierra y varios payasos. Lo que peor llevo son los payasos. No me gustan, no me dan buena espina. Nunca me han gustado.

Fran ha visto a una chica que nos ha dicho que se llama Gema y se ha ido a saludarla, pero no nos la ha presentado.

¿Será uno de sus rollos?

Congelada de frío, me froto las manos y hago que me suenen los dedos de manera constante, lo que dice que estoy nerviosa. Barbi lo nota y me da la mano para infundirme fuerza. Como si eso fuera a tranquilizarme.

Seguro que mis amigos pensaban que yo era la que mejor iba a llevar esto, pero no. Es muy distinto ver una peli en la tele a que me vayan a perseguir seres extraños. Joder, ¡que vamos a entrar en un pasaje del terror!

—Estaba convencida de que en caso de un apocalipsis zombi podría contar contigo, pero ya veo que no, *my friend* —se mofa Barbi.

Me río, ahí ha estado bien. Pero la risa se me acaba pronto, cuando vuelve Fran y oímos por los altavoces:

—SI VUESTRAS VIDAS QUERÉIS CONSERVAR, MÁS OS VALE CORRER SIN MIRAR ATRÁS.

Vamos, no me jodas.

¿En serio?

—No será para tanto —dice Fran.

Y, de repente, empieza a sonar una estridente alarma y todo el mundo echa a correr.

¡Joderrrrrrrr!

Yo me agarro a Fran de un brazo y a Barbi de otro.

—Si morimos, morimos juntos —les digo atacada.

Muy a mi pesar, esa unión no dura mucho.

Uno de los payasos de antes me debe de tener echado el ojo y, al girarme, he visto que viene directo a por mí.

Eso sí que nooooooooooooo.

Sin dudarlo, me suelto de mis amigos y echo a correr. No recuerdo la última vez que corrí así.

Pasa un rato y los pierdo de vista. Digo yo que ya nos reencontraremos. Mientras tanto, yo sigo corriendo como si no existiera un mañana. Estoy que ya no puedo más.

Acalorada y con la lengua fuera, bajo un poco el ritmo para recuperarme mientras a mi alrededor pasan personas corriendo, riendo y chillando.

¡Qué estrés!

No puedo más y me paro. Se me va a salir el corazón, y apoyo las manos en las rodillas, estoy muerta.

—Flotan —oigo decir a mi derecha a la vez que me tocan el hombro.

Me giro para contestar a la persona y me encuentro a centímetros de mi cara a alguien disfrazado del payaso Pennywise.

—¡¡JODERRRR!! —Es todo lo que me da tiempo a decir antes de salir corriendo.

¿Tienen algo en mi contra los payasos de esta carrera?

Veinte minutos después, tras pasar por varios pasillos del terror, donde me he asustado como una cría, por fin llego a la meta.

¡Se acabó la carrera para mí! Menos mal.

Sedienta, pillo una botella de agua de una de las mesas y me siento en el bordillo de la acera.

Jamás había sudado tanto. Creo que nunca había chillado tanto ni soltado tantos tacos. Pero sí, los he soltado.

Lo máximo que había corrido en mi vida era en educación física, para hacer el puñetero test de Cooper. Test que, por supuesto, siempre suspendía.

Aún estoy con el corazón acelerado cuando veo que Fran y Bárbara llegan tranquilamente. Míralos..., paseando que vienen y todo. ¡Qué tranquilos! Por ello, saco el móvil y me pongo a grabar.

Antes he visto que un zombi se escondía bajo la mesa de las botellas, y, mirándolos, grito en su dirección mientras los grabo:

—¡Coged agua!

No sé de qué irán hablando, pero se ríen. Poco les va a durar la risa.

Ambos se acercan a la vez a la mesa y, al coger las botellas, el zombi sale de debajo del mantel y va directo a sus piernas. Fran pega un salto hacia atrás y grita, yéndose al suelo y su botella cuesta abajo, y Barbi grita horrorizada, pero la muy divina mantiene el equilibrio. Yo me parto. No lo puedo remediar.

Mientras Fran se levanta todavía asustado, ella corre a por su botella. Vaya dúo. No puedo parar de reírme.

Este vídeo quedará para la posteridad, como diría ella.

Cuando se acercan, les enseño el móvil mientras les digo:

—Y esto, amigos, se llama KARMA. Por haberme traído a este infierno.

Fran se sienta a mi lado y Barbi, aún con el susto, se sienta directamente en la calzada, frente a nosotros.

—¿No decías que no ibas a correr? —me pregunta él riéndose.

Lo miro y pregunto:

—¿Y tú no decías que me ibas a proteger?

Los tres reímos, cuando, de pronto, siento que algo se acerca a mi hombro y, al mirar y ver a un payaso a escasos dos centímetros de mí, grito despavorida.

Una vez aquél se va y mis amigos dejan de reír, musito:

—¿Nos vamos para que no me dé un infarto?

Ambos aceptan, así que nos vamos directos al coche y a casa de Barbi. Allí pillaremos unas pizzas para cenar, antes de prepararnos para irnos de fiesta de Halloween.

* * *

Como cada año, ninguno sabe el disfraz de los demás, así es más emocionante.

—Aviso importante —grita Fran desde el baño—. Mi disfraz no es demasiado original porque no he tenido apenas tiempo.

Dicho esto, aparece en el salón de Bárbara vestido del Joker.

¡Qué pasada!

Nuestros gestos le hacen ver que nos gusta mucho su disfraz y, enseñándonos un bote de color verde, indica:

—Tengo este tinte temporal para el pelo, pero necesito vuestra ayuda para ponérmelo.

—Buah, me flipa —contesto.

Según me levanto para coger el bote, Barbi se incorpora y comenta:

—Oye, qué bien te queda el color morado, Fran. El traje te sienta como si fuera hecho a medida, vamos.

Entre las dos le teñimos el pelo, y luego Bárbara lo maquilla. Ahora sí que es el Joker.

¡Impresionante!

No vamos con prisa, ya que tenemos tiempo de sobra, pero ahora es mi turno, por lo que voy al baño y me cambio.

Pensé mucho qué disfraz ponerme, y sin duda el elegido me mola un montón, pero, como el de Fran, necesita caracterización para su resultado final, por lo que desde el baño grito:

—Barbi, necesito que me ayudes con el pelo, ¿vale?

—Vale, pero sal que te veamosssssss —contesta.

Un minuto después me planto delante de ellos en el salón.

Mis amigos me miran, se ríen, y Bárbara suelta:

—Te pega un montón, Sara.

—Me encanta, ¡lo clavas! —comenta Fran.

Sonrío, no lo puedo remediar, cuando Bárbara afirma:

—Miércoles Addams te representa. Sin duda, ¡eres tú!

Bárbara me ayuda, ya que las trenzas no se me dan demasiado bien, y ser Miércoles Addams implica llevar unas buenas trenzas. Por suerte, mi pelo es negro, como el de ella, y cuando Bárbara las termina y yo me acabo de maquillar, el resultado es ¡estupendo!

Soy una niña inquietante y diabólica. Soy ¡Miércoles!

Ahora le toca a Barbi. Como siempre, mientras ella se cambia, a Fran y a mí nos da tiempo de ir a Argentina y volver. ¡Lo que tarda, la tía!

Por ello, nos ponemos a ver una serie de Netflix y, cuando sale, la miramos y aplaudimos. Ella se ha decantado por ir de calavera mexicana.

—Confirmado —dice Fran mirándome—: el premio al mejor disfraz se lo vuelve a llevar Bárbara.

—¡Como siempre! Estás terroríficamente guapísima, Barbi.

—¡Gracias! —sonríe ella encantada.

Tras media docena de selfis y fotos, por fin salimos, y antes pasamos por casa de la yaya Tina. La mujer, al vernos, se parte de risa.

Tras pedir un taxi, cruzamos Madrid para ir a la fiesta. La ciudad está entregada a pasarlo bien y ves gente disfrazada por todos los lados.

Llegamos por fin a la fiesta y el chico de seguridad de la puerta, que va vestido del Increíble Hulk, me mira y dice:

—Enséñame tu DNI, por favor.

Bárbara y Fran se miran sorprendidos.

¿En serio?

¡Qué fuerte mi disfraz de Miércoles!

Pero, feliz por ello, se lo enseño. El chico lo mira, asiente e indica devolviéndomelo:

—¡Perfecto! Puedes pasar.

Mis amigos alucinan, yo también, cuando Bárbara, mirando a Fran, suelta:

—Se supone que tendría que pedírnoslos a nosotros, que somos más jóvenes que ella... ¡Nos ha visto mayores!

Nos reímos ante su comentario, y antes de entrar oímos:

—Que tengáis buena noche.

—Gracias, Hulk —contesto gustosa.

Una vez dentro, un fotógrafo nos pregunta si venimos juntos y nos pide que pasemos por el *photocall* para hacernos un par de fotos.

Eso le encanta a Barbi, quien, contra todo pronóstico, le indica al hombre cómo hacer la fotografía para que ella salga estupenda.

Bárbara y sus cosas.

A continuación, atravesamos la sala y me fijo en que allí no todos van vestidos de personajes terroríficos. Pero ¿no es una fiesta de Halloween?

Por ello, cogiendo a Bárbara de la mano, pregunto:

—¿Por qué aquellas chicas van vestidas de princesas Disney?

Ella las mira y sonríe.

—Porque son de ese tipo de *influencers* que sólo buscan estar guapas y divinas.

Eso me sorprende. En Halloween, muy guapos que digamos no estamos todos, y Fran, mirándome, indica:

—Maja, creo que hemos venido a una fiesta de puro ¡postureo!

Asiento. Sin lugar a dudas, mi amigo tiene razón.

Caminando junto a Barbi, llegamos hasta la zona de los reservados. Después de que ella salude a alguien con la mano, nos dejan entrar en esa zona y, acercándonos a unos desconocidos, Bárbara indica:

—¡Os presento a Neus y a Eni! —dice alzando la voz por la música.

Fran y yo saludamos a un chico disfrazado de Danny Zuko, que es Eni, y a Neus, que va vestida de Olivia Newton-John, los protagonistas de *Grease*. Vamos, otros *influencers* que de terroríficos no tienen nada y van de lo más glamurosos y divinos. Sin duda, puro postureo.

—Hemos oído hablar mucho de vosotros —dice Fran terminando de saludar a Eni.

—¡Y nosotros de vosotros! —contesta el chico—. Esto hay que celebrarlo haciéndonos una foto.

Le da el móvil a un chico que hay cerca y nos ponemos todos juntos.

Foto por aquí...

Foto por allá...

Y, una vez termina, nos pide nuestros usuarios para etiquetarnos y seguirnos y termina subiendo la foto a las Stories de su Instagram.

Minutos después compruebo que Bárbara está en su salsa. Fotos por aquí, *boomerangs* para Instagram por allá, que si ahora nos grabamos cantando, que si ahora tú me grabas bailando...

Fran y yo estamos un poco fuera de eso.

De repente ponen la versión de la canción *I Put a Spell on You* de la película *Hocus Pocus*. Fran y yo, olvidándonos del resto, nos volvemos locos, ya que nos encanta. Saltamos, bailamos y cantamos. Él se sabe la letra entera en inglés y yo me la invento toda. A partir de ese instante no paramos, parece que han hecho la *playlist* para nosotros.

Muchas canciones después, ponen algo de reggaetón y aviso a Fran de que voy a por algo de beber. Él asiente, y, sin dejar de bailar, porque mira que le encanta, me dice que le pida algo, que él se queda bailando.

Asiento. Qué bien se mueve este chico. Qué envidia.

Cuando llego a la barra, resoplo. Que haya barra libre en la fiesta hace que esto sea peor que el metro en hora punta, pero, armándome de valor, me meto en esa vorágine y consigo pedir las bebidas.

Al regresar veo que mi amigo está bailando con una rubia muy guapa, así que le doy su vaso con una sonrisita cómplice y me aparto. Que ligue todo lo que quiera.

Una vez vuelvo a la zona reservada en la que están Bárbara y compañía, me integro. Bueno, básicamente me usan para darme los móviles y que los grabe o les haga fotos. Y, mira, como no tengo otra cosa que hacer, lo hago y me divierto.

Me presenta a varios chicos amigos suyos. Bárbara está empeñada en buscarme novio. Me río. Son agradables, pero poco más. Muy poco más.

Pasa el tiempo y vuelvo a tener sed, por lo que salgo de donde estoy y me acerco a por otra copa. Costará, pero lo conseguiré.

Una vez llego a la barra, me apoyo en ella. Los camareros están atendiendo a otras personas, y para hacer tiempo busco con la mirada a Fran. Cuando consigo encontrarlo veo que está con la chica de antes, con muchos menos centímetros entre ellos. Vayaaaaaa con Billy. Y, sonriendo, pienso que desaparecerá como en otras ocasiones.

¡Perfecto! Uno menos del que preocuparse.

Entonces aparece un chico vestido de diablo y se pone justo delante de mí.

—Hola, guapa —me saluda.

—Buenasss —contesto.

Me mira. Lo noto, pero yo paso de mirarlo, cuando pregunta:

—¿Qué haces aquí sola?

Únicamente con lo de «sola» intuyo que tengo frente a mí al típico machirulo.

¿Por qué?

¿Por qué todos los tontos se acercan a mí?

¿Acaso tengo un imán?

Pero, intentando ser agradable, levanto mi vaso vacío e indico:

—Ya ves, esperando para pedirme otra copa.

El chico alza la mano, chasquea los dedos para llamar la atención de algún camarero y, avergonzada por sus gestos nada acertados, digo para que pare:

—¿Se puede saber qué haces?

—Conseguir que te hagan caso —contesta sonriéndome.

Eso me enerva. ¿Acaso yo le he pedido ayuda?

—¿Tú me has visto incapaz de pedirme una copa yo sola? —replico.

Él sonríe, no responde, e insisto:

—Y, por cierto, son personas, no perros, para que los llames chasqueando los dedos —continúo, ahora refiriéndome a los camareros.

—Vaya, qué susceptible te veo... —responde acercándose un poco.

Yo ni me muevo, no tengo por qué.

Me giro y miro hacia la barra, pero no se da por aludido.

—Perdona, ¿cómo me habías dicho que te llamabas?

Ni de coña le digo yo a éste cómo me llamo, y replico irónicamente:

—Qué típico. ¿Eso te suele funcionar?

Él se acerca un poco más. Verás..., verás cómo terminamos.

—No lo sé, dímelo tú..., querida Miércoles.

Sin moverme, pues no tengo por qué, le dejo muy clarito:

—Mira, de verdad, no estoy interesada. Pierdes el tiempo conmigo.

Pero intuyo que no lo pilla. Pasa su brazo por detrás de mi cuerpo y me apoya la mano en la cadera.

¡Me cago en su padre! Ya he tenido suficiente. Se acabó.

Me aparto bruscamente y él me mira sorprendido.

—¿Se puede saber qué coño haces? —pregunto levantando un poco la voz.

Odio llamar la atención y este chico me ha hecho hacerlo, ya que varias personas nos miran, incluidos los camareros.

—Venga, no seas borde —me dice.

—Dejaré de serlo cuando tú dejes de ser un maleducado —respondo de manera seca.

Más gente se suma a mirarnos. Perfecto.

—Eres una frígida, ¿lo sabías? —suelta de pronto.

¡Estupendo!

¿Por qué esta especie de cromañones en cuanto se ven rechazados saltan con las mismas tonterías?

E, intentando no sacar la víbora que tengo en mi interior porque me doy cuenta de que está algo bebido, suelto con gesto hosco:

—Vayaaaa, he herido el ego del pobre diablo. Anda, vete, que seguro que encuentras a otra que caiga en tus redes esta noche. Porque conmigo ¡lo llevas claro!

Ahora las personas que hay a nuestro alrededor cuchichean. El diablito se molesta. Entonces aparecen los que faltaban: sus amigos. O por lo menos supongo que son sus amigos, ya que lo saludan y le preguntan qué pasa.

—Nada, esta siesa, que ya le gustaría tener algo conmigo —dice sacando pecho.

¿En serio ha dicho eso?

Lo que yo decía, un machirulo de manual.

E, incapaz de callarme y controlar mi lado víbora, suelto:

—Lo dice el mismo baboso que lleva diez minutos respirándo-me en la nuca y que no hace caso de mis señales de «no quiero nada contigo» —digo mirando a la gente de alrededor y recalcando las últimas cuatro palabras.

Parece que eso le duele, ya que la gente me alienta a mí y no a él, y sus amigos sueltan algún que otro «uhhhh».

—¿Tú crees que me gustas? Sólo venía a hacerte un favor, zorra —dice levantando la voz, como si eso vaya a hacer que tenga la razón.

Y, como siempre en estas situaciones, el machirulo pasa al insulto y el menosprecio, cuando no sé si recuerda que el que ha venido ha sido él, no yo. Por ello, y sintiendo pena por él, levanto mi copa vacía e indico:

—Viendo que el cerebro no te riega, te tiraría la copa encima para ver si ayuda, pero tienes suerte, está vacía. Qué pena.

Él se ríe, no creo que piense que soy capaz.

¿Habría malgastado la copa tirándosela por encima? Muy posi-blemente. Y más con el cabreo que llevo ahora mismo.

Alguien me da un par de toquecitos por detrás, me vuelvo y veo que es una chica morena con una copa en la mano.

—No te quedes con las ganas —me dice ofreciéndomela.

Pues mira, ¡tiene razón!

No me voy a quedar con las ganas, por lo que le guiño el ojo y, con rapidez, cojo el vaso, miro al pesado y le lanzo el líquido a la cara.

¡Toma ya!

Un «ohhhhhh» colectivo suena a nuestro alrededor, mientras aquél parpadea sin creer lo que he hecho y el grupo de chicas de al lado me aplaude. Y, para zanjar de una vez esta absurda conversa-ción, indico:

—Eso va por mí y por todas a las que les habrás hecho lo mis-mo, machirulo.

Los amigos se llevan al diablo del ego herido a la calle a que le dé el aire mientras éste suelta por su boca de todo menos «bonita».

A continuación, el grupo de chicas, entre las que está la que me ha proporcionado el arma del delito, el vaso con bebida, me incluye en su conversación. Entienden lo ocurrido. Me apoyan y, poco después, como si nos conociéramos de toda la vida, bailamos y cantamos juntas algunas canciones, y yo agradezco su aparición porque me han salvado la noche. Barbi, ajena a lo ocurrido, está totalmente abducida por sus amigos *influencers*, y a Fran le he perdido la pista hace rato. Imagino que estará con la rubia.

Más tarde, a la tercera copa, paro de beber. Conozco mi cuerpo bastante bien y sé que una cuarta ya no me sentaría bien.

—Oye, ¿eres Sara? —oigo que dice alguien a mi espalda.

Me vuelvo. Asiento. Es una chica rubia. ¿De qué me suena?

—Me ha dicho Fran que te llame. Creo que no se encuentra bien.

Vale. Ya sé quién es. Es la chica que estaba con Fran.

—Está fuera del local.

Me altero, me preocupo por él, y salgo corriendo. Ella no me sigue, ¡muy mal!

Según salgo, lo veo. Está apoyando en la pared de enfrente intentando mantener el equilibrio.

—¡Fran, tío! ¿Cuántas copas te has bebido? —le digo mientras camino hacia él.

—Hola, Sara... —contesta.

Una vez llego junto a él, aun con el rostro pintado de Joker, siento que bajo la pintura debe de estar blanco. Pálido.

Vale, tengo que llevar a este chico a su casa. Saco el móvil para mirar la hora y compruebo que son las 4.46. No son horas de despertar a nadie en su casa, así que mejor iremos a la mía.

Fran vomita. ¡Qué asco! Y, una vez termina, retirándole el pelo de la cara, le pregunto:

—¿Puedes estar dos minutos solo mientras aviso a Bárbara?

—Sí...

Sin pensar en nada más, me acerco rápidamente a la puerta y llamo la atención de Hulk. Le explico la situación y le pido que, por favor, le eche un ojo a mi amigo, y él me dice que sin problema.

Entro corriendo y busco a Bárbara. Le cuento que me llevo a Fran a casa. Ella va a venirse con nosotros, pero yo me niego. Sé que se lo está pasando bien y está en su salsa, por lo que, tras indicarle que siga de fiesta, antes de irme me dice que la avise cuando lleguemos. Asiento.

Vuelvo corriendo a la puerta. Todo sigue igual. Le doy las gracias a Hulk y, con su ayuda, levanto a Fran del suelo. Paso su brazo por mi cuello y consigo que camine apoyándose en mí.

—Sara... Todo me da vueltas.

—Normal, pero ¿qué has bebido?

Él se ríe y, segundos después, vomita otra vez.

¡Joder, qué asco!

Cuando se repone, proseguimos nuestro viaje hacia un banco en el que esperar el Uber que acabo de pedir.

Cuando lo siento, Fran me mira y cuchichea:

—¿Sabes? Tengo secretillos.

Asiento, no lo dudo, y afirmo:

—Como todos, querido Billy.

Llega nuestro coche, menos mal.

El trayecto en coche pasa rápido. Fran está como adormilado y parece relajado. Pobre. Con lo mal que se pasa cuando no te sienta bien el alcohol.

Una vez llegamos a casa le envío un mensaje a Barbi y, en silencio, vamos hasta mi habitación, lo ayudo a tumbarse en mi cama y pongo una toalla bajo su cabeza. No quiero que el tinte verde de su pelo me lo ponga todo perdido, y, a continuación, con toallitas desmaquillantes, le quito toda la pintura del rostro. Fran ni se entera. En cuanto termino y veo que está cómodo, aunque vestido, cojo mi pijama, salgo de la habitación y cierro la puerta. Tras pasar por el baño , quitarme la pintura que llevo en el rostro y ponerme el pijama, me voy al sofá. Mejor que mi madre me encuentre a mí en el sofá por la mañana antes que a Fran.

¡Menudo fin de fiesta!

Capítulo 18

Bárbara

Empieza la canción de *Lo malo*, de Aitana y Ana, por décima vez esta noche y volvemos a darlo todo, aunque yo a mi manera. Lo mío no es el baile. Hago un par de Stories de todos cantando y me doy cuenta de que me queda un seis por ciento de batería.

¡Madre mía, qué poco!

Debería bajar el ritmo.

Cuando termina la canción, regresamos a la barra sedientos y, mientras esperamos a que nos atiendan, suena otro temazo y la gente se lanza otra vez a darlo todo.

Pienso en mis amigos. Me apena que ya no estén en la fiesta, y, aunque me he sentido un poco mal cuando Sara se ha ido con Fran, en mi interior sé que me apetecía quedarme.

De repente noto un golpe en la espalda, seguido de una sensación de frío recorriéndome el cuello hacia abajo.

Mierda, me han tirado una copa encima.

—¡Pero ¿qué haces, torpe?! —oigo que protesta Neus a la persona que me lo ha tirado.

Me giro y veo a un chico rubio, que, por la ropa, supongo que es un camarero, recogiendo la copa y los hielos del suelo, ante las críticas de mis amigos.

Una vez acaba, se levanta, y lo primero que hace es mirarme para disculparse.

—Perdona, me han empujado y no me ha dado tiempo a reaccionar para que no cayera la bebida sobre ti. De verdad que lo siento. Ahora traigo unas servilletas o algo para ver si podemos arreglarlo.

Asiento. Pobre, sé que no lo ha hecho aposta. De pronto, Eni gruñe:

—Ya estás tardando.

El muchacho asiente y yo, mirándolo, para quitarle tensión al momento, indico bromeando:

—Tranquilo. *Don't worry*. No pasa nada, de verdad. Soy un imán para las copas, es rara la fiesta en que no me llevo una encima.

El chico sonríe y se va. Neus me mira y protesta, cuando, al minuto, el chico aparece con unas servilletas y una fregona con la que, tras darme los papeles, seca el suelo.

De pronto mi móvil muere, como era de esperar, ya he terminado con la poca batería que me quedaba.

En silencio, mientras me seco un poco, lo observo, y cuando el chico termina de limpiar, me vuelve a sonreír y se va para seguir trabajando.

La fiesta continúa y nosotros seguimos disfrutándola hasta las seis y algo de la madrugada, cuando la gente comienza a marcharse a sus cosas. Yo decido hacer lo mismo y, tras despedirme de Neus y de Eni, antes de salir, aprovecho para ir al baño.

Cinco minutos más tarde, cuando salgo del local, el frío me atrapa.

¡Madre mía, que me congelo!

Rápidamente saco el móvil para pedir un Uber y noooooooooooo... ¡Lo había olvidado! Mierrrrrda, no tengo batería.

Resoplo. Protesto. Maldigo. Pero eso no soluciona mi problema.

¿Y ahora qué hago?

No me he traído la cartera porque llevo la tarjeta en la aplicación del móvil.

Joder, joder, joder.

Intento pensar qué hacer, pero el frío no ayuda demasiado. De repente, oigo un ruido, me vuelvo y me encuentro a un tipo agachado cogiendo unas llaves del suelo. Me aclaro la vista para mirarlo bien y me doy cuenta de que es ¡el camarero!

Sin dudarlo, corro hacia él y, cuando estoy a escasos dos pasos, digo:

—¡Hola, perdona!

Veo cómo se para. Se vuelve y, tras mirarme, suelta sonriendo:

—La calavera mexicana.

—La misma —afirmo con un gesto divertido.

Él no se mueve y, suspirando, indica:

—Oye, te pido disculpas otra vez por lo de la copa, sé que es una putada que te pase algo así estando de fiesta.

—No te preocupes —le digo sonriendo.

Me fijo bien. El chico es mono.

Pelo rubio, largo, desaliñado, y unos preciosos ojos azules.

¡Vaya!

Curiosa, lo observo como si nunca hubiera visto a un tipo tan mono como él, cuando, al ver su cara de guasa, intento disimular y, viendo una araña que lleva dibujada en un lateral de la cara, pregunto:

—¿Es tatuaje?

Él sonríe de nuevo. Qué bonita sonrisa tiene.

—¿La araña? —Asiento—. Qué va, me la dibujó mi compañera antes de empezar la noche. Por ser Halloween y esas cosas. Yo odio las arañas.

—A mí tampoco me gustan —afirmo convencida.

En silencio nos quedamos y, muerta de vergüenza, suelto:

—Oye, ¿puedo pedirte un favor?

—Claro, cuéntame —contesta al segundo.

Y entonces, enseñándole el móvil, musito:

—Verás, es que me he quedado sin batería y no puedo pedir un Uber y tampoco pagar porque llevo la tarjeta en el móvil. ¿Me dejas tu móvil para llamar a un taxi o algo?

Él sonríe.

¿Se está riendo de mí?

Y, cuando creo que lo voy a mandar a la mierda, suelta bromeando:

—Por eso yo no meto cosas importantes en el móvil: te puede dejar tirado en cualquier momento. A las pruebas me remito.

Tiene razón. Más razón que un santo, como diría mi yaya.

Aunque, bueno, también cuenta el factor de no haber sido precavida y haber gastado toda la batería del móvil sin pensar.

—Venga, te acerco a casa —me dice haciéndome una señal para que lo siga.

Sorprendida por su ofrecimiento y congelada, indico con apuro:

—No, no. Con un taxi me vale.

Aquél, que no sé ni cómo se llama, insiste:

—No seas boba, yo te llevo.

Pero yo no me muevo. Con las cosas tan raras que pasan por el mundo, no creo que sea buena idea montarme en el coche de un desconocido, por lo que, mientras mi voz tiembla por el frío, insisto:

—Mira, no me lo tomes a mal, pero...

Y, sin darme tiempo a acabar, él se da la vuelta y dice mientras camina hacia el parking:

—Cuanto más tiempo estés ahí parada, más frío vas a tener. ¡Vamos! Te dejaré en tu casa sana y salva. Te lo prometo.

¿Qué hago?

Si mi yaya se entera de que me he montado en el coche de un desconocido, me cruje. Pero no tengo opción mejor. No quiero quedarme aquí sola. Así que, pensando que este chico es tan puro como su mirada, corro y, al llegar a su altura, oigo que dice:

—Por cierto, ¿cómo te llamas?

—Bárbara, ¿y tú? —contesto.

—Marcos. Encantado —dice con una bonita sonrisa mientras extiende el brazo para darme la mano.

Le doy la mano a modo de saludo. ¡Qué manos más calentitas tiene!

Apurada y algo nerviosa, llego a su coche. No es un último modelo de nada, pero nos montamos y él no tarda en encender la calefacción.

¡Uff...!, ¡qué gustito!

Una vez me pongo el cinturón, él se quita su cazadora de cuero negra y, bromeando, me entrega su móvil.

—Tome, señorita, ponga el destino al que quiere ir.

Sin dudarlo, introduzco la dirección y, una vez arranca el coche y salimos del parking, el GPS nos va guiando.

En el camino le pregunto qué tal ha ido la noche. Él me cuenta y yo aprovecho para echarle un ojo. Pantalón negro, zapatillas de deporte negras y camiseta de manga corta blanca, tal y como iban todos los camareros del local.

Vuelvo a mirarlo. Me recuerda a alguien y, cuando por fin atino a comprender quién, pregunto:

—¿Te han dicho alguna vez que te das un aire a Cody Simpson?

Él me mira, parpadea y vuelve a mirar la carretera. Creo que no sabe de quién le hablo.

—¿Es un personaje de «Los Simpson»? —me pregunta haciendo que me carcajee.

—Noooo, es un cantante australiano. De hecho, con ese pelo te pareces más al rollo del Cody del año 2015 —le explico divertida.

Marcos me vuelve a mirar. Está claro que no sabe de quién hablo, y pregunta:

—¿Y cuál era el rollo de ese Cody en 2015?

Me río, no lo puedo evitar, e indico mirándolo:

—Pelo largo y despeinado como lo llevas tú.

Marcos se ríe. Le debe de hacer gracia lo que oye, y añade:

—Luego buscaré a ese Cody para salir de dudas, si no, no podré dormir. Y, hablando de pelo, ¿puedes alargar el brazo y pillar la gorra que hay en los asientos de atrás? Es que se me mete el pelo en los ojos.

—*No problem* —contesto girándome para cogerla.

Instantes después, para el coche en un semáforo en rojo y, tras coger la gorra que le tiendo, se la coloca y, mirándose en el espejo retrovisor, pregunta:

—¿Y ahora qué tal?

Me llevo la mano a la barbilla como si estuviese pensando mientras lo miro y, haciéndolo reír, suelto:

—Sigues pareciéndote a Cody.

El resto del viaje seguimos hablando. Marcos es muy agradable. Parece que nos conociéramos de toda la vida. Y eso me gusta. Me gusta mucho.

Una vez llegamos a mi calle, le indico el portal y él para delante. Durante unos segundos ambos nos miramos. Siento que a él le da tanta pena como a mí que el viaje se acabe y, sonriendo, dice:

—Sana y salva, ¡como te dije!

Sonrío, asiento y, cuando voy a decir algo, él indica:

—Espero que el trayecto haya sido de su agrado, señorita.

Asiento de nuevo y, suspirando, afirmo:

—Ha sido maravilloso.

De nuevo, el silencio se apodera del vehículo. ¿Qué nos pasa? Y, dispuesta a no perder el contacto con él, decido dar el primer paso y pregunto:

—Marcos, ¿me das tu Instagram?

De nuevo, aquel chico rubio sonríe, y mirándolo estoy cuando suelta:

—Siento decirte que yo de eso no tengo, no soy muy de redes sociales.

¡¿Cómo?!

¡¿En serioooooooooo?!

—Pero si quieres te puedo dar mi número de teléfono.

Asiento. Me guiña el ojo y asiento otra vez.

Vamos a ver, ¿por qué me da más vergüenza que me dé su número de teléfono que su Instagram? Básicamente es lo mismo hoy en día, ¿no?

Atontada y algo bloqueada, saco mi móvil y, tras intentar que se encienda y éste lógicamente pasar de mí, Marcos abre la guantera del coche, saca un boli, un papel y, tras apuntarlo en él, indica ofreciéndomelo:

—Toma, Bárbara, todo tuyo.

Como si fuera medio tonta, cojo el tíquet del parking con su número de teléfono y, cuando lo vuelvo a mirar, musito:

—Cuando encienda mi móvil te envío un wasap.

—OK —dice.

Tras una última mirada en la que me sorprende que no intente darme un beso, abro la puerta del coche para salir y el frío hace que se me ponga la piel de gallina.

—Diles a los pingüinos que pasen, también los llevo donde ellos quieran —bromea él, haciendo que ambos riamos.

Con cierto pesar por dejarlo, salgo del coche y, antes de cerrar la puerta, me agacho para verle la cara y, guiñándole el ojo, indico:

—Recuerda buscar a Cody.

Marcos asiente. Cierro la puerta del coche y me voy corriendo. Cuanto antes entre, antes dejo de pasar frío.

Me meto en el portal y, al cerrar, veo cómo él arranca el coche y se despide de mí con la mano. Yo hago lo mismo y sonrío.

¡Qué chico más mono!

Una vez llego a mi casa, lo primero es poner a cargar el móvil. Compruebo que Sara me ha escrito para decirme que han llegado bien y acto seguido, sin dudarlo, guardo el teléfono de Marcos en mi agenda y le envío un mensaje de WhatsApp indicándole que soy yo. Después voy al baño, donde me desmaquillo y me pongo el pijama.

Una vez en mi habitación vuelvo a mirar mi teléfono. Marcos no me ha respondido y veo que, aparte de ser las siete de la mañana, ya es oficialmente 1 de noviembre. Y todos sabemos lo que empieza nada más acabar Halloween.

Así que abro otra vez WhatsApp y entro en el grupo «Palomas mensajeras».

YO: ¡FELIZ NAVIDADDDDDD!

Capítulo 19

Han pasado escasos dos días desde la fiesta de Halloween y no puedo parar de darle vueltas.

¿Le escribo otra vez?

Le mandé un mensaje, pero no me contestó, y tampoco quiero resultar una pesada.

Mañana si eso le escribo.

Pero...

¿Y si así piensa que no me interesa?

Me niego.

Abro WhatsApp y por 839.452 vez miro nuestra inexistente conversación.

Pincho en la foto que tiene de perfil para verla más grande.

Como si no la hubiera visto ya en estos dos días.

¡Qué guapoooo!

Es un selfi en el que tiene el pelo algo más corto y lleva gafas. El otro día no llevaba.

¿Serán de postureo o las necesitará de verdad?

Vuelvo al chat y empiezo a escribir.

No me gusta.

Borro y empiezo de nuevo.

Desvío ligeramente la mirada y veo que está en línea.

¡SOCORRO, ESTÁ CONECTADO!

¡Madre mía, qué nerviosa me pongo!

Y entonces me arrepiento, borro lo escrito y salgo de la aplicación.

Venga va. Voy a hacer caso a la regla de los tres días. No quiero que piense que soy una pesada o que estoy desesperada.

Finalmente me digo a mí misma que tengo que levantar el culo de la cama. Estoy de un vago que doy hasta asco. Voy a la cocina y abro la nevera. Se acerca la hora de comer.

Mi mente vuelve a lo mismo. Marcos... Marcos... Marcos...

Madre mía, ¡pues sí que me ha dado fuerte por ese chico!

Quiero dejar de darle vueltas un rato, así que conecto el móvil al altavoz y pongo mi Spotify en aleatorio.

Poniendo la música alta, no oiré mis pensamientos.

Empieza a sonar *Waiting for the Tide*, de Cody Simpson.

¿En serio?

¿El universo me está vacilando?

Vale, tengo que decidir qué hago ya, si no, no dejaré de comerme la cabeza.

¿Y si la regla de los tres días se ha quedado anticuada?

Madre mía, estoy hasta destemplada. Por ello, voy a la habitación a por una sudadera, ya que tengo frío. Y antes de volver a la cocina, me miro en el espejo que tengo colgado en la pared y me digo a mí misma:

—Los flechazos no esperan.

Decidido. Le voy a escribir.

Regreso y cojo el móvil.

YO: ¿Sí o no?

¿Qué acabo de hacer?

«Vaya mierda de mensaje que has enviado, querida Bárbara.»

¡Qué vergüenza!

Han pasado cinco minutos y no me ha contestado.

Normal...

Ya está, el barco se va a pique.

Dejo el móvil sobre la encimera. No quiero ni verlo. Abro de nuevo la nevera y miro las cosas que hay en su interior, cuando suena el móvil.

¿Será él?

Y, como si fuera a ver las notas de final de carrera, cojo el móvil y leo:

MARCOS: Siempre sí.

Me muerooooooooooooooooooo. ¡Es él!
¿Cómo se contesta a eso?
E, intentando responder sin saber ni qué decir, escribo:

YO: ¿Seguro?

MARCOS: Otra vez sí.

Uy... Uy... Lo que me entra por el cuerpo.
A ver, nunca he sido demasiado cortada con los tíos, pero éste, no sé por qué, me pone más nerviosa de lo normal. Pero, venga, me voy a tirar a la piscina sin flotador.
¿Qué puedo perder?
Y, sin dudarlo ni un segundo más, escribo:

YO: Entonces ¿quieres que comamos juntos?

MARCOS: Por supuesto.

Ayyyy, Diosssssss, ¡qué biennnnnnnnnnnnnn!
Me emociono. Doy saltos de alegría, cuando el móvil vuelve a sonar, y leo:

MARCOS: ¿Dentro de media hora
donde te dejé?

YO: *Yessss.*

¡HA DICHO QUE SÍíííííí!
Sí..., sí..., síííííííííí.
Espera...

¿QUÉ ME PONGO?

Me está entrando el pánico.

Ay, madre..., media hora es poco tiempo para elegir el *outfit* adecuado.

Abro las puertas de mi armario y me pongo a rebuscar.

A marchas forzadas, pongo encima de la cama posibles *looks*. Y, como no me aclaro de lo nerviosa que estoy, cojo el móvil y, entrando en el WhatsApp de mi grupo, escribo:

YO: SOS.

SARA: ¿Qué pasa?

YO: Necesito vuestra ayuda.

FRAN: Explícate, que
me pones nervioso.

YO: Me pruebo un par de *outfits*,
os paso foto y me ayudáis a elegir.

FRAN: Me habías asustado...
SARA: Wow, drama de los grandes.

YO: Venga, ¿me ayudáis?

SARA: *Pos* clarooooooooo.

El primer *outfit* se compone de unas zapatillas negras Nike, un pantalón vaquero negro de Levi's, un jersey granate que me regalaron y un abrigo negro de Loewe.

Y el segundo son unas botas bajas de Loewe, un pantalón vaquero de Levi's, una camiseta negra básica y un abrigo rosa claro que me llega por las rodillas.

FRAN: Número 2.

SARA: Coincido.

YO: Graciassssssss.

FRAN: ¿Y para qué es?
SARA: ¿Tienes un evento o algo?

Les he dado la tabarra tantas veces con temas de chicos que mejor lo omito.

Total, es una mentira piadosa.

YO: Simplemente, no me decidía.

Una vez me despido de ellos y dejo el móvil, entro corriendo al baño para maquillarme.

¡Por favor, qué estrés!

Veinticinco minutos después y por arte de magia, no me lo creo, pero ¡estoy lista!

Debo de haber batido mi récord personal.

Mirándome en el espejo del comedor estoy cuando mi móvil pita y, al cogerlo, leo:

MARCOS: Estoy abajo.

¡Ya está!

¡Qué puntualidad!

De nuevo me aseguro de que llevo todo lo necesario en el bolso y, tras coger las llaves de casa, corro al ascensor.

Buah..., qué nervios.

Me vuelvo a mirar en el espejo del ascensor.

Ahora que lo pienso..., Marcos no me ha visto sin el maquillaje de Halloween.

¿Y si le parezco horrorosa?

¿Y si no se dio cuenta de que soy de piel oscura?

Resoplo. Intento tranquilizarme y me digo a mí misma que todo irá bien.

Nada más salir del portal lo veo apoyado en su coche.

Él tan rubio, tan blanquito, y yo tan morena de piel y de pelo. ¡Qué contraste!

Al verme, me sonríe y yo le sonrío.

La otra noche me pareció guapo, pero lo de hoy es de escándalo.

Rápidamente compruebo su *outfit*: botines marrones desgastados, vaqueros negros y ajustados, camiseta blanca metida un poco por dentro del pantalón que deja ver el cinturón que lleva y una chaqueta bómber azul marino con una rosa en un hombro y un par de parches en el brazo contrario.

¡Qué mono!

También lleva unas gafas de sol y anillos que no llevaba el otro día. Ah, y el pelo hacia un lado, pero no demasiado repeinado.

¡Me encanta!

¡Qué estilazo se marca!

—Hola, Bárbara —me dice acercándose con una gran sonrisa.

—¡Hola, Marcos! —contesto dándole dos besos.

¡Qué bien huele este chico, por favor!

Una vez nos saludamos, nos encaminamos hacia su coche y nos montamos. El vehículo huele a él. Estoy nerviosa, lo reconozco, e intentando parecer una tía segura de sí misma, pregunto:

—¿Adónde quieres ir a comer?

Me mira. Uff...

Y como no dice nada, insisto:

—¿Alguna preferencia?

Marcos se encoge de hombros y finalmente contesta:

—Me gusta todo.

Mmmm..., qué ganas de besarlo tengo. Pero, quitándome esa idea de la cabeza, pues el chico ni se ha acercado a mí, trato de pensar dónde llevarlo.

¿Cómo puedo sorprenderlo?

—¿El sushi también te gusta?

Veo que levanta las cejas.

Creo que lo he sorprendido con mi pregunta. Pero no sé si porque le gusta o, todo lo contrario. Y, antes de que pregunte, él sonríe y responde:

—Vaya, has dado con algo que nunca he probado.

—¿En serio?

—Totalmente en serio.

¡Bien!

Ya sé adónde llevarlo para que lo pruebe. Espero que le guste, si no, menudo fiasco.

Marcos debe de leerme el pensamiento, porque me tiende su móvil, ya conectado al coche, y, sin hablar, sé que me está pidiendo que ponga la dirección en el navegador, lo que hago sin dudar.

Una vez arranca el motor, mirando hacia la calzada, pregunta:

—¿Fue dura la resaca postHalloween?

Me río. Si supiera que mi resaca ha sido no parar de pensar él, ¡fliparía! Pero respondo:

—Fue peor el no dormir que el haber bebido. No soy de beber alcohol. Soy de las que creen que, para pasarlo bien, no hace falta beber.

Marcos me mira rápidamente.

—¿Eres de las que no creen necesario eso de llegar al puntillo para pasárselo bien?

—Exacto.

Él asiente y, con tranquilidad, afirma:

—Eres de las mías.

Genial.

¡Me gusta oír eso!

Y, recordando sus brazos la otra noche, pregunto curiosa:

—¿Te gusta hacer deporte?

Marcos pone el intermitente y, una vez se incorpora a la calzada, responde:

—Intento ir de tres a cuatro días a la semana al gimnasio.

—Vaya —murmuro sorprendida.

—Gracias a mi amigo Pablo, cuyo padre es el dueño del gimnasio y me lo pone más fácil. ¿Y tú vas?

Un chico sano y deportista, como a mí me gustan.

Y, sin decir la verdad de lo vaga que soy para ir al gimnasio, indico:

—Estoy esperando a que mi amiga Sara se decida.

Marcos me mira en busca de más información y yo prosigo:

—En verano me prometió que en septiembre nos apuntaríamos. Luego ya pasamos a convencernos de que en octubre. Y, ya ves, estamos en noviembre y seguimos igual.

Él se ríe y afirma divertido:

—Veo que tenéis una gran fuerza de voluntad.

Ambos reímos.

—¿Esa tal Sara era una de las que estaban contigo la otra noche?

Esa pregunta me sorprende.

A ver, Marcos y yo nos vimos por primera vez cuando me tiró la copa encima, por lo que Sara y Fran ya se habían marchado, e indico:

—Qué va, ella ya se había ido. Quizá la viste, era una que iba disfrazada de Miércoles Addams.

Él se queda callado, supongo que pensando, cuando suelta:

—Me contaron mis compañeros algo de una chica con ese disfraz que le tiró una copa a un tío. ¿Era tu amiga?

¿Qué?

¿Sara tirándole una copa a alguien?

No pude haberme perdido algo así, ¿no? Sin duda no debió de ser ella.

—Ni idea —respondo—. Pero como sea verdad y, aparte de habérmelo perdido, no me lo haya contado, se va a enterar...

Bajo la voz al oír la melodía que empieza a sonar en el coche de Marcos.

Me es muy familiar.

Ese ritmo...

Esa guitarra...

Esa voz...

Y, al reconocerlo, pregunto sorprendida:

—¿Buscaste a Cody?

Él tararea la canción, se ve que la ha escuchado más veces.

—Sí, te hice caso. De momento, la que más me gusta es ésta, la de *Flower*. Pero intuyo que me gustará alguna más.

Sí, lo conseguí. Algo en mí me decía que le iba a gustar, y cuando voy a hablar, oigo que dice:

—Y sí que nos parecemos, tenías razón.

Sonriendo, lo miro y no digo más.

Una vez llegamos a la calle del restaurante, tenemos suerte y encontramos un sitio para meter el coche y, en cuanto aparcamos, antes de cerrar el vehículo, Marcos coge una mochila negra. La abre. De ella saca una funda marrón y, de ella, las gafas que lleva puestas en su perfil de WhatsApp.

Una vez se las pone y cierra el coche, caminamos al restaurante, donde al entrar nos ofrecen una mesa que está frente a un gran ventanal y, al sentarnos, él dice mirándome:

—Creo que aquí nos van a clavar.

Sonrío. Soy consciente de que lo he traído a un restaurante bastante caro pero muy bueno, y para desviar el tema, señalando sus gafas, pregunto:

—¿Las necesitas de verdad?

Míralo, con las gafas está hasta más guapo.

—Claro. ¿Para qué, si no?

Uy, si yo le contara la de cosas que se utilizan sin necesidad, por ello respondo:

—Como se lleva tanto eso de llevarlas por postureo, con cristales sin graduar...

Él se ríe y, bajando la voz, indica:

—El postureo no va demasiado conmigo. ¿Contigo sí?

Según pregunta eso, no sé qué contestar. La respuesta sería «sí», pero, incapaz de decirlo, replico sin saber por qué:

—Qué va..., conmigo tampoco.

Me toco la nariz.

Como sea cierto eso de que mintiendo te crece, me va a crecer de un momento a otro.

Marcos coge la carta que el camarero nos ofrece y la mira de un lado a otro.

Este chico está más perdido que Nemo, por lo que pregunto:

—¿Necesitas ayuda?

Él levanta la vista por encima de la carta y sonríe.

—¿Tanto se me nota?

¡Qué mono!

Y, tomando las riendas de la situación, indico:

—A ver, aquí se come sushi y, como imaginarás, hay varios tipos. —Él asiente, y yo añado—: Estoy convencida de que, cuando piensas en sushi, en tu cabeza aparece el típico minirrollito de arroz con bacalao, zanahoria, salmón, aguacate o lo que quieras en el interior y rodeado de un alga negra, ¿verdad?

—Me has leído la mente.

—Vale, pues ése se llama *maki*.

Mientras se lo explico, le señalo las fotos de los platos a los que me refiero.

Así es más fácil.

—Este de aquí —digo señalando otra— es *aramaki*: arroz con semillas de sésamo, aguacate y salmón dentro.

Tras ése le indico otro y otro y otro, y Marcos mira todas las imágenes de los platos según las señalo.

Termino de darle mi superexplicación.

¿Le habrá quedado claro?

No sé si lo veo muy convencido.

De repente aparece el camarero, Marcos me mira y dice:

—Pide lo que tú quieras, me fío.

¿Y para eso he estado explicándole toda la carta?

Sonríe. Creo que, una vez más, me ha leído la mente.

Y digo yo, ¿y si no le gusta nada de lo que pido?

Bueno, no me rayo. Pido un poco de todo lo que le suele gustar a todo el mundo y solucionado.

Una vez le digo al camarero lo que queremos, éste se va y, sonriendo, afirmo:

—¡Espero que te guste!

—Seguro que sí.

Madre mía, qué mono es este chico.

Cuando nos traen la comida, la mesa se llena poco a poco de platos ricos y de colores.

Marcos va directo a coger un *maki* de salmón y aguacate y yo, sin poder evitarlo, digo:

—¡Espera!

Él se echa hacia atrás sobresaltado. Me mira, y yo, cogiendo el móvil, me excuso:

—Antes de nada, voy a hacerle una foto a la mesa.

Me mira sin dar crédito. Y, sin moverse, musita:

—Ah, vale, pensaba que ibas a bendecir la mesa o algo así.

Yo me río y, sin esperar un segundo más, hago las fotos.

—¿Eres cocinera?

Lo miro sin entender su pregunta.

—Lo digo por lo de hacer fotos a los platos —aclaro.

—Ah, noooo, sólo es para subirla a Instagram.

Él asiente y, sonriendo, replica:

—¿No decías que no te iba el postureo?

Vayaaaaaaaaaaaaaa...

¡Me ha pilladooooooooooo!

Sin responder a eso, sonrío y, dejando el móvil, exclamo:

—¡Al ataque!

Comemos y comemos, y Marcos me va comentando qué sushis le gustan y cuáles no, mientras hablamos de infinidad de cosas y siento que con él puedo hablar de todo lo que se me antoje.

Una vez terminamos, soy consciente de que la cuenta la he de pagar yo. Yo lo he llevado a este restaurante caro y, sin duda, yo cargo con ello. Así pues, no dispuesta a discutir con él, me levanto y digo:

—Voy un momento al baño.

Él asiente. Cojo el bolso y me dirijo al baño.

Antes de llegar, me paro en la barra. Marcos no me ve y le pido a la chica que atiende que me dé la cuenta de nuestra mesa.

Después de pagar, sonrío y paso por el baño.

Mi maquillaje está bien. Mis dientes también. Mi pelo colocado, y, contenta con mi aspecto, regreso a la mesa.

Una vez me siento, Marcos me mira y pregunta:

—Bárbara, ¿quieres algo más? ¿Un café?

—Por mí, no.

Él asiente.

—Vale, pues pido la cuenta.

Niego con la cabeza.

—¿Qué pasa? —pregunta extrañado.

Qué gracioso, cómo arquea las cejas.

Saco de dentro del bolso el tíquet en el que se lee el nombre del restaurante y él, como imaginaba, se queja.

—¡Bárbara, te iba a invitar yo!

—He elegido yo, así que pago yo.

Protesta. Pero sus protestas me hacen gracia y, al final, como lo llamo gruñón, termina riéndose.

Cuando salimos del restaurante, como hace buena tarde, decidimos dar una vuelta.

Casualmente estamos por la calle Serrano y alrededores, y estos días cuando he pasado por aquí he visto cosas de varias marcas que me gustaban.

¿Qué tal si aprovecho?

Le pregunto a Marcos si le importa entrar conmigo en un par de sitios y me dice que no.

¡Perfecto!

Entramos en una tienda donde la ropa es de *sport* y me pillo un par de leggins y una sudadera de Calvin Klein para cuando me apunte con Sara al gimnasio. En Dolce & Gabbana me compro unos botines negros con brillantes de *strass* en el tacón. ¡Monísimos! Me enamoré de ellos cuando los vi en el *outfit* de una *influencer* a la que sigo. Y por último entramos en la tienda de Dior y busco las gafas de sol que vi el otro día en una revista. Cuando las encuentro, salto de alegría y, dirigiéndome a Marcos, que no ha abierto la boca, pregunto:

—¿Qué tal? ¿Te gustan?

Él me mira.

Madre mía, ¡qué mirada tiene!

Y cuando creo que se me va a caer la baba, me pregunta:

—¿Qué llevan en la parte de arriba?

Se acerca. Se acerca mucho. Se queda a centímetros de mi cara mirando las gafas y yo no me puedo mover cuando oigo que dice:

—Ah, vale, lleva brillantes y una especie de flores dibujadas.

Asiento. Por un segundo he pensado que me iba a besar. Pero no. No lo ha intentado. Está claro que no le gusto. Por ello, nerviosa, me giro apartándome de él e intento tranquilizarme.

Me miro en el espejo y a través de él veo que no me quita ojo.

¿Qué hago?

¿Lo beso? ¿No lo beso? ¿Me compro las gafas? ¿No me las compro? ¿Pensará que soy una pija loca?

Estoy muy indecisa. Me tiene histérica.

Él lo nota y, acercándose a mí, indica:

—Cuando voy a comprarme algo, siempre me hago la misma pregunta: ¿lo necesito?

«Mmmm..., si tú supieras en lo que estoy pensando yo en ese instante...»

Pero, volviendo al presente, reconozco que tengo muchas gafas de sol.

¿Podría seguir viviendo sin éstas?

Bueno, decidido.

De momento las dejo en *stand by*.

Nunca se sabe.

Una vez salimos de la tienda, ninguno dice nada y seguimos con el paseo, pero ya empieza a hacer más frío y me niego a entrar en más tiendas con él. De pronto, veo que Marcos mira hacia atrás y pregunta:

—¿Has visto cómo nos han mirado esas mujeres?

Sin haberlo visto, sé a lo que se refiere.

Por el hecho de ser negra suelo recibir más miradas de lo habitual, algo a lo que yo estoy más que acostumbrada, y sonriendo musito:

—¿Has visto el color de mi piel?

Marcos me mira. Creo que no me entiende, e indico:

—A pesar de que parece algo aceptado por la sociedad, el hecho de ser negra aún levanta ampollas en según qué gente.

Él parpadea incrédulo.

—Pero ¿qué dices?

Me río. No lo puedo remediar.

Y, consciente de la realidad que vivo todos los días, añado:

—Ser negro. Ser gay. Ser lesbiana. Ser transexual. Ser algo diferente de lo que algunos creen lo normal provoca siempre miradas indiscretas y comentarios. Pero créeme cuando te digo que muchos de nosotros lo tenemos más que superado. Es más, en mi caso, ¡me importa una mierda cómo me miren o lo que digan por el color de mi piel! Yo sé quién soy. La gente que me quiere sabe quién soy, y con eso me vale.

Creo que mis palabras lo descolocan, lo veo en su cara.

Más tarde pasamos junto a un Starbucks y Marcos pregunta:

—¿Te apetece tomar algo?

—¡Claro!

Entramos en el local y él, dándome su cazadora de cuero, indica:

—Dime qué te apetece tomar, yo lo pido mientras tú buscas mesa. ¿Te parece?

Asiento. Me quiere invitar. ¡Qué mono!

Y, una vez agarro su cazadora, contesto:

—Un *caramel macchiato* calentito, porfa.

Marcos asiente, me guiña el ojo y se pone a hacer cola para que lo atiendan.

Nerviosa, subo la escalera y busco una mesa en la que instalarnos mientras pienso en que no le gusto nada de nada. Y menos tras verme comprar como una loca. Esto está lleno de gente, pero al doblar la esquina encuentro una estupenda mesa con un sofá al lado de la ventana.

¡Perfecto!

Dejo los abrigos a un lado y me siento cerca de la ventana.

Rápidamente saco el móvil, grabo unas Stories y me hago un selfi. Y justo cuando estoy haciendo uno de los vídeos enfocando el interior de la sala, aparece Marcos por la escalera. Así que hago *zoom* para que no se le vea la cara.

—Aquí tienes, Bárbara —dice dándome mi bebida caliente.

Se sienta a mi lado en el sofá y pregunto:

—¡Gracias! ¿Qué te has pedido?

—Un *cappuccino*.

Nunca he probado el *cappuccino*.

Algún día debería pedírmelo.

—¿Quieres probarlo? —dice él ofreciéndome su taza de café.

¿En serio este chico me lee la mente?

¡Qué majo es!

Y, sin dudarlo, cojo la taza y lo pruebo ante su atenta mirada.

Mmmmm... Vale, esto está muy bueno, debería pedirlo la próxima vez.

—Riquísimo —digo.

Marcos asiente, cuando lo oigo musitar:

—En lo referente a lo que has dicho antes, me alegra saber que tú sabes quién eres y no te afecta la incultura o la falta de educación de otras personas.

Me río. Me agrada que piense así, y entonces exclama de pronto:

—¡Wow! ¡¿Has visto el tatuaje de ese chico?!

Marcos se refiere a un chico moreno que hay a un par de mesas de nosotros.

Sí, sí que me había fijado.

Me he fijado antes, cuando se ha quitado el jersey, y por la pinta del tatuaje juraría que es maorí.

La especialista en eso es Sara. Seguro que ella lo sabría, y, curiosa, miro a Marcos y pregunto:

—¿Te gustan los tatuajes?

Él vuelve la vista hacia mí y asiente.

—Sí, tengo varios. Mira.

Veo que se agacha y saca ligeramente el pie del botín marrón que lleva.

Baja un poco el calcetín y ahí está.

—Este trébol de cuatro hojas representa a mi familia, ya que somos cuatro. Mis padres, mi hermana y yo.

¡Qué bonito!

Que sea un chico familiar dice mucho de él. Sin duda tiene lo que yo siempre he deseado, pero bueno, no voy a pensar en ello. No es el momento.

—También llevo en la zona del talón de Aquiles una palabra. En el izquierdo llevo WHY y en el derecho NOT.

WHY NOT en español significa ¿POR QUÉ NO?

Vaya..., eso me sorprende, e intuyo por su pronunciación que sabe inglés.

—En el hombro derecho llevo un escorpión, por mi signo del zodíaco.

Increíble, ¿cuántos tatuajes tendrá?

Pero, un momento...

¿El signo de escorpio no es de estas fechas? Y, curiosa, pregunto:

—¿Cuándo naciste?

Marcos sonríe y responde:

—La noche del 31 de octubre de 1994.

¡No me lo puedo creer!

—¡¿Qué me dices?! —exclamo—. ¿La noche que nos conocimos era tu cumpleaños?

—Efectivamente —contesta él.

—¡Felicidades! Con retraso.

—Gracias —sonríe.

—¿Cómo no me dijiste nada?

El alza los hombros.

—No creí que fuera importante.

Madre mía.

Vale, ya tengo una nueva misión.

Tengo que comprarle algo por su cumpleaños antes de volver a verlo.

Porque digo yo que volveremos a quedar..., ¿no?

—¿Y el tuyo? —se interesa él.

—Nací la maravillosa mañana del 28 de junio de 1998.

Nos llevamos cuatro años.

¿Será un impedimento?

Por mi parte, no, obvio.

Suena mi móvil, pero no le hago caso.

Sin embargo, ¿él pensará lo mismo?

—O sea que tú eres... ¿géminis?

Error.

—Casiiiiii, pero no —río—. Soy cáncer.

Marcos se queda pensativo.

—Intento recordar si cáncer y escorpio se llevan bien, pero no tengo ni idea. ¿Tú entiendes de horóscopos?

—No, pero dame un momento y te lo digo.

Cojo el móvil y lo busco.

La primera página web que me sale es la de la revista *¡Hola!*

No me lo puedo creer, cuando oigo:

—Lee en alto..., quiero saber.

Me entran los calores. Lo que ahí pone es como poco perturbador, pero leo:

—«Una irresistible y mágica atracción envolverá a estos dos signos desde el instante en que se crucen sus miradas.»

Me muero de vergüenza.

Pero veo que no soy la única.

Marcos se está poniendo rojo.

No sé qué decir. Él tampoco, cuando, ignorando lo leído, comenta:

—Bueno..., como te iba diciendo antes, el último tatuaje que me hice fue éste, el que tengo en la nuca.

Se gira para darme la espalda y que pueda verlo.

Le bajo un poco el cuello de la camiseta y veo que lleva tatuadas las palabras REY SOL.

—¿Por qué Rey Sol?

—Porque son mis apellidos.

Me encanta.

A ver si llega el día en que yo sea lo suficientemente valiente como hacerme un tatuaje.

—Te llevarías genial con mi amiga Sara.

Marcos se gira de nuevo, colocándose la camiseta, y pregunta mirándome:

—¿Por?

—Porque ella es una loca de los tatuajes. Tiene un montón y no tiene intención de parar. Es más, vaticino que será una excelente tatuadora dentro de poco. Ella misma se hace sus propios diseños, y créeme cuando te digo que son originales y preciosos y que dibuja de una forma ¡increíble!

Marcos sonríe y luego ya ninguno de los dos vuelve a recordar el tema horóscopos.

¡Qué mal momento...! ¿O no?

Pasamos un largo rato hablando en ese sofá, contándonos un poco de todo, pero ni nos tocamos, y cuando él va al baño, aprovecho parar mirar el móvil, ya que antes ha sonado.

Sara ha mandado un selfi con *Botas*.
Mira que me gusta ese gato.

SARA: ¿Qué es de vuestra vidaaaa?

Después, Fran ha enviado un selfi con el casco de la bici puesto.

FRAN: Yo, de camino a comprar,
planazooooo.
SARA: Yo, pasando apuntes a limpio,
planazooooo también.

Cojo mi taza de café ya vacía y me hago un selfi con ella.

YO: Terminándome un cafetito.

FRAN: Eso sí que es un planazooooo.
SARA: Anda que avisas, Barbi.
¿Dónde estás?

Leo la pregunta de mi amiga. Estoy por contestar, pero no. Mejor me callo. Si se enteran de que estoy con un desconocido que me gusta, no pararán de hacerme preguntas.

FRAN: Pero si estás con los apuntes.
SARA: No hagas hoy lo que puedas
dejar para mañana.
FRAN: Jajajajajajajaja.

YO: La próxima vez os aviso, *don't worry*.

Veo a Marcos salir del baño. Se acabó hablar con mis amigos. Bloqueo el móvil.

Llega al sofá, pero no se sienta. Me mira, coge su cazadora y se la pone.

215

¿Se va?

Lo miro sin entender nada, cuando dice:

—Venga, ponte el abrigo, nos vamos a otro sitio.

—¿Adónde?

Marcos se ríe.

¿Qué oculta?

—Sólo te diré que vamos a entrar en calor.

¿Perdona?

¿A qué se refiere?

Me levanto, me pongo el abrigo y, sin dudarlo, lo sigo.

Vamos en el coche, pero no sé adónde. Por más que le pregunto, no me lo dice.

Paramos en un semáforo y, al mirar por la ventanilla, me fijo en una chica que pasea con dos perros, por lo que pregunto:

—¿Te gustan los animales?

Por favor, di que sí.

Por favorrrrrrrrrrrrrrrrr.

—Claro.

¡Bien!

—De hecho, estoy pensando tatuarme a *Tinky*, nuestra perra.

¡Menos maaaaaaaal que le gustan!

—¿Tenéis una perrita? Me encantannnnn.

El gesto de Marcos se ensombrece. ¿Qué habré dicho?

—Teníamos. Tuvimos que sacrificarla el año pasado.

Ay, Dios. Eso me hace saltar el corazón. Y, conteniendo las ganas que siento de abrazarlo o de tocarle el rostro, susurro:

—Lo siento mucho, Marcos.

Él sonríe ligeramente y sé que mis palabras lo reconfortan.

En silencio, sigue conduciendo y rápidamente busco en mi cabeza otro tema que sacar, cuando él, quitando su móvil del enganche del coche, dice:

—Toma. Desbloquéalo y vete a la primera foto de la galería.

Cojo su móvil y, confundida, murmuro:

—Marcos, no me sé tu código de desbloqueo.

—Fácil: 1994.

Al oír eso me sorprendo y, con gesto serio, digo:

—¿A ti no te han dicho nunca que no pongas tu fecha de nacimiento de clave para nada?

Él se ríe, se parte, y afirma:

—Sí. Pero soy así.

Desbloqueo su móvil. No pregunto más y abro la galería.

Rápidamente, ya que no quisiera cotillear, voy a la primera foto del álbum. Hago clic en la imagen y me aparece una perra border collie preciosa negra y blanca en la pantalla.

—¡Wow, qué guapa! ¡Qué bonita!

Marcos asiente y, sonriendo, afirma:

—Además de buena y lista.

Pero, un segundo...

Me fijo más detenidamente en la foto.

La perra tiene un ojo azul y otro marrón. ¡Wow! Y, sorprendida por mi descubrimiento, pregunto:

—¿Tenía un ojo de cada color?

—Sí.

—¿Y eso por qué?

Llegamos a un semáforo. Marcos para, me mira y me explica:

—Se llama heterocromía y está relacionado con la melanina del cuerpo. No tiene nada de malo. Simplemente tu cuerpo puede producir más o menos melanina, que es lo que da color a la piel, al pelo y a los ojos.

—Entonces, aunque tuviera los ojos diferentes, ¿veía bien por los dos?

—Sí, veía perfectamente —y con un bonito gesto sonriente, añade—: *Tinky* llegó a casa cuando yo tenía seis años y, como todo el mundo mencionaba el tema de sus ojos, yo solía decir que con el ojo de color marrón veía la Tierra y con el ojo azul veía el cielo.

El semáforo se pone verde y él vuelve a fijar la vista en la carretera.

Ay, por favor, qué entrañable.

Se nota que la quería muchísimo. Sin duda la debe de echar mucho de menos.

—¿Te puedo preguntar el porqué del nombre?

Marcos sonríe.

—Eso es lo que ocurre cuando dejas a un niño de seis años que se pasa el día viendo los «Teletubbies» ponerle nombre a la perra.

No puedo contenerme la risa, cuando él añade:

—Por lo que recuerdo y mis padres dicen, mi Teletubbie favorito era Tinky Winky, el morado, así que imagínate de dónde viene el nombre.

De nuevo reímos los dos, y afirmo:

—Es un nombre fantástico.

Poco rato después, Marcos para y veo que da marcha atrás para aparcar. Miro alrededor. No sé dónde estamos. No sé ni qué barrio es éste, y cuando bajamos del coche y él lo cierra, tendiéndome la mano para que se la coja, dice:

—Ven, confía en mí.

Sin dudarlo, se la cojo.

Según mi piel roza la suya, siento cómo todo mi cuerpo se revoluciona.

Madre mía, ¿esto con sólo cogerle la mano?

Sin hablar, caminamos durante un par de minutos hasta que llegamos a una puerta que tiene dibujados muñequitos alrededor.

Pero ¿esto qué es?

Entramos en el local y leo nombres como *Pac-Man*, *Tetris*, *Donkey Kong*, *Space Attack*, *Smash*, *Dragon Ball*, *Street Fighter*, *Super Mario*...

¿En serio hemos pasado de estar en la calle Serrano a estar en un salón de videojuegos de barrio?

Miro a mi alrededor. No sé si me convence esto.

Antes de que me dé cuenta, Marcos saluda al hombre que está detrás del mostrador.

—¡Hola, Manuel!

Mientras se saludan, miro a mi alrededor.

Qué oscuridad hay aquí dentro. Incluso diría que huele a lejía y algo más.

Curiosa, veo chavales tanto de doce años como adultos de treinta jugando a las maquinitas.

¡Vaya frikis!

Vuelvo a mirar a Marcos, cuando lo oigo decir sin soltarme la mano:

—Ven conmigo.

Camino a su lado hacia el fondo del salón de juegos y giramos hacia la derecha.

Parece un sitio secreto, pero todo el mundo puede acceder. De pronto nos paramos delante de una típica máquina de baile. La típica con una barra detrás de cada jugador, para que no se caigan. Y los cuadrados con los botones en el suelo, para pisar y mantener el ritmo.

¿En serio?

Marcos me mira, yo lo miró a él y éste, señalando la maquinita, indica:

—Bienvenida a mi escondite.

Yo lo miro, pero no lo entiendo y, torciendo el cuello, pregunto:

—¿Escondite de qué, si es una máquina para jugar y derrochar el dinero?

Marcos suelta mi mano y, encogiéndose de hombros, responde:

—Bueno, cada uno decide derrochar su dinero como quiere. Yo derrocho el dinero aquí y tú en botas y ropa de marca.

¡Zasca!

Ahí me ha dado bien. Y, mira, aunque me joda reconocerlo, sé que tiene razón. Pero si puedo hacerlo, si mis padres me lo permiten, ¿por qué privarme de lo que me gusta?

Él ve el desconcierto en mi cara mientras miro la máquina y, obviando si me ha molestado o no su contestación, aclara:

—Aquí vengo cuando estoy agobiado o estresado. Me subo a la máquina, meto unas monedas y, al bajarme, sé que tendré la cabeza más despejada.

Lo intento, pero no lo pillo.

¿Me está diciendo que bailar sobre esa máquina de frikis lo desestresa?

—Mira, esto es mejor si lo probamos.

Espera, espera...

¿Que yo me suba ahí?

¡Si no sé bailar!

El ritmo y yo en ocasiones estamos reñidos, pero tampoco puedo dejar que lo sepa en esta primera cita.

Porque esto es una cita, ¿no?

Marcos me mira. Sé que él ha paseado conmigo por la calle Serrano sin rechistar, y lo que menos se merece es que yo me ponga en plan finolis. Por lo que, suspirando, dejo a un lado mis remilgos y demás e indico:

—Venga, vale.

Él sonríe. Yo lo intento, y dejamos los abrigos y mi bolso en una mesa para después subirnos a la dichosa maquinita, mientras flipo con que él se desestrese así. ¡Increíble!

Verás, con lo patosa que soy.

Verás si no me tuerzo un tobillo.

—Espera, Bárbara, ponte en el lado azul y yo en el rosa. El color azul es el jugador número uno y puede elegir las canciones que quiere que bailemos.

Madre mía, qué marrón. Si soy un pato bailando. Aquí el bueno sería Fran.

Pero, sin decir lo que pienso, sigo las indicaciones que él me da.

—Oye, pero aquí hay canciones muy modernas —comento.

Marcos suelta una carcajada.

—Claro, ya me encargo yo de ayudar a Manuel a actualizarla.

Vale, vamos a ver.

Presiono los botones de los pies como me indica y busco en la larga lista de canciones.

Miro y miro, y no sé qué poner.

¿Por qué estoy tan indecisa?

Al final, Marcos se da por vencido y dice:

—Venga, elijo yo la primera.

Se pasa a mi cuadrado azul y va dándole a los botones.

Se nota que controla más que yo.

—Ésta.

Aparece en la pantalla el nombre de la canción *Switch*, de Will Smith, y comienza a sonar la música.

¡Joder, qué corte!

Y, mientras Marcos salta de botón a botón, sin vergüenza y disfrutando de lo que hace, yo soy un pato mareado. Pero pato..., pato..., pato. Algo normal en mí a la hora de bailar.

Termina la canción y me apoyo en la barra de seguridad que tengo detrás.

No puedo más.

—¿Me estás dejando ganar?

Miro a Marcos aparentando seguridad. Otro que se creía que por ser negra bailaba como Beyoncé. Pero la realidad es que me está dando una paliza.

—Venga, al mejor de tres —insiste.

Pero ni por ésas.

Jugamos dos partidas más y pierdo en todas.

Era de esperar. Tengo dos pies izquierdos.

Una vez terminamos el horror de partidas, mientras se pone la cazadora, bromea:

—Bueno ¿y qué gano yo por ser el claro vencedor?

Tengo la respiración acelerada y ya no sé si es de lo cansada que estoy de la máquina de baile o de lo que estoy pensando.

Marcos coge mi abrigo y me lo ofrece.

Como él me dijo por WhatsApp, siempre sí.

Me gusta. Me atrae un montón y, por ello, olvidándome de mis dudas y mis rarezas, me acerco a él y mis manos acarician su cara como si tuvieran vida propia.

Qué piel tan suave.

No se mueve. Me mira y yo, envalentonada, me acerco un poco más, hasta que nuestros labios se rozan con suavidad.

Cierro los ojos. ¡Qué sensación!

El corazón me va a mil, a dos mil, a tres mil.

Noto que él tiene la cara ardiendo. ¿Le latirá el corazón como a mí?

Sin dudarlo, corresponde a mi beso, mientras siento cómo me rodea las caderas con las manos, y por unos segundos dejo de oír las máquinas y a las personas que juegan a ellas para sentir que estamos él y yo. Solos los dos.

Disfrutamos de ese beso. Siento que es deseado por ambas partes, algo me hace saber que los dos lo buscábamos sin saber cómo provocarlo y, cuando nuestras bocas se separan, miro a Marcos y veo que está rojo. Rojísimo. A mí, por suerte, como soy negra, el rubor no se me nota.

Una vez me separo de él, evito mirarlo a los ojos.

¡Dios, qué vergüenza!

Pero ¿cómo me he podido lanzar así?

Vamos, como si nunca hubiera besado antes a un chico.

Marcos sigue con mi abrigo en las manos. Lo cojo y él, haciéndome que lo mire a los ojos, murmura:

—Oye, que si éste va a ser el premio siempre, si quieres jugamos otra partida.

Los dos reímos.

Me encanta su humor, y me tranquilizo cuando, dándome un pico, añade:

—Se ha abierto la veda. Me gusta saberlo.

Reímos y, tendiéndome su mano, se la agarro y salimos del local para regresar al coche charlando.

Una vez me pongo el cinturón de seguridad, desbloqueo el móvil para ver qué hora es.

Las 20.48.

Vaya..., cómo pasa el tiempo cuando estás a gusto.

—He quedado para cenar con mis padres y mi hermana —dice él entonces—. Lo siento, pero he de irme.

Yo asiento. Me decepciona saber eso, pero al fin y al cabo llevamos todo el día juntos, pero me guiña un ojo e indica:

—Tú y yo tenemos una cena pendiente.

Sonriendo, asiento y, acercándose a mí, me besa de nuevo.

Madre mía, ¡cómo besa! No tiene nada que ver con los niñatos con los que he estado. Aunque bueno, tampoco es tan mayor.

Media hora después, tras sortear el tráfico de Madrid, llegamos frente a mi portal. Estoy nerviosa, muy nerviosa y, sacando mi móvil, digo:

—Vamos a hacernos un selfi.

Activo la cámara y alzo el brazo.

Una vez salimos los dos en pantalla, sonreímos y foto hecha.

—¿Sólo ésa?

Miro a Marcos sin entender a qué se refiere.

—Yo soy de hacerme fotos haciendo el bobo.

Divertida por lo que comenta, le indico dándole el móvil.

—Toma, toma.

Él alza el brazo como yo hace un momento y nos enfoca.

Entonces lo miro y pone cara de pez, hundiendo las mejillas hacia dentro.

Miro a cámara y abro la boca con gesto sorprendido. Y tras ésa van muchísimas más, a cuál más loca.

—Así es más divertido —dice él devolviéndome mi móvil.

Antes de salir del vehículo, Marcos se acerca y me da un rápido beso en los labios que a mí me sabe a gloria. Me gusta que sea él quien tome la iniciativa de besarme. No sólo quiero hacerlo yo.

Varios besos calientes y gustosos después, cojos las bolsas con las compras que he hecho por la tarde y por fin salgo del coche. Voy como en una nube, y Marcos no arranca hasta que ve que he entrado en el portal.

Se marcha y yo me encamino hacia el ascensor mientras siento que mis pies flotan. ¡Madre mía!

Creo que me he pillado por este chico.

¿Y a quién se lo cuento?

Capítulo 20

Sara

Todos los años en el puente de diciembre solemos irnos a una casa rural con la familia. Mamá, Almu, Carla, la tía Dácil, el tío Carlos, Irene y yo. Y alguna vez se han apuntado también el tío Jonay, su novia y mis primos Bruno y Lourdes.

Mamá, Almu y Carla se han ido esta mañana, no sin antes volver a intentar convencerme para que fuese.

Pero no.

Este año paso.

Normalmente iba porque pasaba la mayoría del tiempo con Irene, o encargándome de mis hermanas.

Pero este año he puesto de excusa la universidad.

Prefiero quedarme aquí con *Botas* y estar tirada en el sofá a soportar comentarios jocosos de mis tíos por mi manera de vestir o por mis tatuajes. ¡Paso!

Desayuno a toda prisa y me cambio de ropa.

Hoy he quedado con Fran para ir al refugio de animales con él.

Busco el chándal más viejo y que menos me importe que tenga y me pongo tres capas de camisetas y una sudadera que debe de tener unos doscientos años aproximadamente.

Meto en la mochila lo de siempre, más un gorro.

Veo en la mesa los apuntes que me ha dejado Olivia, una compañera de clase.

Últimamente falto mucho, no lo voy a negar.

Debo pasar sus apuntes al ordenador, pero tengo todo el puente para ello.

Pillo el abrigo que menos me importa que se manche y salgo de casa.

Recojo a Fran y emprendemos el viaje al refugio.

Llegamos y, nada más bajar, empiezo a oír ladridos.

Entramos y me presenta a algunos de sus compañeros; otros están ya en faena, luego los saludaré.

Fran me enseña las instalaciones.

¡Qué frío hace aquí!

Este sitio es enorme.

Nos ponemos manos a la obra.

Limpiamos.

Barremos.

Nos mojamos gracias a la sacudida de algún perro que otro de los que bañamos.

Jugamos con ellos.

Ayudamos con un par de fotos.

—Vete a lavar la cara si quieres, termino esto y voy —dice Fran.

Hace un rato, tras la sacudida de un perro, me ha caído barro en la cara.

Llego a la zona de recepción, que es donde me han indicado que estaba el aseo.

Pero, antes de que pueda ir al servicio, alguien entra por la puerta principal.

—¡Traigo unas gatitas que no creo que tengan más de un mes! Estaban junto a unos cubos de basura y la caja estaba precintada.

Miro y veo a una chica pelirroja con una caja en las manos.

La mujer de recepción sale para echar un ojo a lo que dice.

Acto seguido, pasan a una sala cercana.

Yo miro a Candela, una de las compañeras de Fran, y ésta me hace un gesto para que la siga.

Entramos y veo cómo ponen a las gatitas en una mesa que previamente han limpiado.

Las auscultan, las pesan y las revisan en busca de heridas o parásitos.

—Vale, pesan alrededor de trescientos gramos —dice la pelirroja.

—O sea que de peso van bien, perfecto —contesta la mujer de recepción.

Candela las ayuda y yo miro, no sé qué hacer.

—Vale, al rondar el mes, lo que vamos a hacer es echarles el espray antipulgas, y en una o dos semanas, si no las han adoptado, les colocaremos collares.

La chica pelirroja, aún enfundada bajo el abrigo y el gorro negro, indica:

—Ven, acércate. —Hago lo que me pide—. Toma, ¿puedes sujetarla un segundo? Me muero de calor.

—Sí, sí. Claro.

Cojo a la gata y compruebo que no pesa nada.

Tengo la sensación de tener algo superfrágil en brazos.

—Tienes las manos heladas —comenta.

—Estoy acostumbrada, siempre están así —le contesto alzando los hombros.

La chica se quita las capas de ropa y se reincorpora a la labor veterinaria.

Le vuelvo a dar a la gatilla y ella me sonríe.

¿Puede ser que esta chica me suene de algo?

Quizá sea de la uni, no sería raro. Pero intento recordar a alguna pelirroja y ninguna concuerda con ella.

Dirijo mi mirada de nuevo a las gatitas que tengo frente a mí.

Pobrecillas, qué pequeñas y lo que ya les ha tocado vivir.

—¿Reunión y no me avisáis? —dice Fran bromeando al entrar en la sala.

La chica le explica que se ha encontrado a las gatas hace un rato.

—¿Y ahora qué pasará con ellas? —pregunta en un tono más bajo a Fran.

—Ahora tocará integrarlas poco a poco para que puedan convivir en las gateras con los demás y esperar un milagro y que alguien quiera adoptarlas.

—¿Esperar un milagro?

No entiendo a qué se refiere.

—Ya de por sí, la gente adopta más perros que gatos. Éstas aún son pequeñas, por lo que podrían tener un poco más de suerte si apareciera alguien pronto. Pero ni te imaginas la de gente que aún cree en supersticiones y huye de los gatos negros.

Vale, voy entendiendo a qué se refiere.

—¿Cómo va a haber gente que no quiera a estas gatitas negras tan monas?

Vamos, que no me las llevo yo porque mi madre me mataría, pero si viviera sola, conmigo que se irían para casa.

No puedo dejar de mirarlas.

—¿Quieres adoptarlas?

Las tres mujeres que hay en la sala, aparte de las gatas, se vuelven y nos miran.

Yo miro rápidamente a Fran.

—Pero ¿qué dices? No sé si mi madre estaría de acuerdo. E imagínate que *Botas* les hace algo.

—Estás sola todo el puente, puedes probar a ver qué tal con *Botas* y, si no las acepta, las vuelves a traer. En ese caso, tu madre no tendría por qué enterarse.

Ay, madre mía.

El *jodío* de Billy me la está liando.

Pero, claro, miro a las gatas y me da mucha pena que se queden aquí.

Se nota que tienen frío.

—¿Tu madre pondría mucho impedimento? —me pregunta la mujer de recepción.

—No lo sé. Es cierto que en más de una ocasión mis hermanas, ella y yo hemos hablado de adoptar otro gatito, pero nunca hemos dado el paso.

No sé qué hacer.

—Pero ¿me ayudarías? —pregunto volviéndome hacia mi amigo.

—Sara, yo me voy esta tarde con mi madre de puente.

Mierda.

Yo sola con *Botas* y dos gatas de un mes.

—Yo te ayudo.

Alzo la vista y miro a la persona que ha hablado, la pelirroja. Y entonces, al mirar sus ojos, un escalofrío me recorre todo el cuerpo.

¡No puede ser!

¿Es la chica de la peluquería que me dejó flasheada? ¿La de la moto?

Siento cómo el corazón se me acelera e intento visualizarla en mi cabeza. Era rubia, no pelirroja. Recuerdo que se llamaba Lucía, cuando dice:

—Mi hermano y yo estamos solos durante el puente, y él seguro que pasará más tiempo con su novia que conmigo. Así que, si quieres, no tengo problema en ir contigo a tu casa para ayudarte a cuidarlos —sigue diciendo.

En qué marrón me estoy metiendooooooo, y totalmente flasheada, musito:

—¿Vendrías a mi casa?

La chica sonríe.

—Por supuesto. Como si quieres que pase el fin de semana contigo, tu gato y las gatitas. ¡Estoy libre!

Media hora después, tras dejar mi teléfono en el refugio y darle la dirección de mi casa a la pelirroja, aquí estoy, en el coche, de camino a dejar a Fran en su casa y con dos inquilinas en una caja, un saquito de comida para cachorros y una bolsa llena de juguetes para *Botas*.

Estoy rara.

Estoy confundida.

La chica pelirroja no sé si es quien creo que es. Ella tampoco ha parecido reconocerme y, según nos acercamos a la calle de Fran, pregunto:

—Oye, ¿qué opinas de la chica pelirroja que va a venir a casa?

—¿Lu? Es supersimpática, te va a caer genial. Me fío de ella totalmente.

¿Lu? ¿Ha dicho Lu?

E, incapaz de no preguntar, sin decirle lo que me ronda por la cabeza, pregunto:

—¿Se llama Lucía?

—Sí. Y de verdad que es un encanto.

Asiento. No digo más. Tiene que ser ella. No puede haber dos personas con el nombre de Lucía y esa inquietante mirada. Y si Fran dice que es simpática, lo creo.

¡Mamma mia..., qué nervios!

Mi cara debe de ser un poema. Estoy tan confundida por mi acelerado corazón que no sé ni qué pensar. Aunque también estoy preocupada por la reacción de *Botas*. ¿Y si ataca a los cachorros?

—Venga, todo irá bien, Sara.

—Eso espero —musito.

—Mañana las gatas ya se habrán acoplado, ya lo verás —insiste él cuando paro frente a su casa.

Según oigo eso, me doy cuenta de que no se ha percatado de la confusión que siento por intuir que Lu es Lucía, la chica en la que he pensado últimamente sin saber por qué. Y, tras abrir la puerta del coche y bajarse, mi amigo insiste:

—Tranquila. Todo saldrá bien.

Asiento. Lucía va a venir a mi casa. ¡A mi casa!

Asiento sin decirle lo que realmente pienso, cuando, volviendo en mí, gruño:

—Eres un cachondo, Fran, ¿no conoces a *Botas* o qué?

Mi amigo pasa de mí, se ríe, cierra la puerta y me dice adiós con la mano. Una vez lo veo alejarse, murmuro:

—Dios... Pero ¿qué me pasa? Ni que nunca antes una chica hubiera venido a mi casa.

Finalmente arranco el vehículo y me voy directa a casa mientras digo:

—Venga, chicas, ya veréis cómo *Botas* os caerá bien.

Una vez llego a mi barrio y consigo aparcar, meto todo lo que puedo en la mochila y subo a casa cargada como una mula.

Entro y veo que mi gato está en el sofá, por lo que saludo:

—Hola, *Botassss*.

Dejo el saco y mi mochila tirados en el salón y me llevo la caja con las gatitas a mi cuarto. Mi madre me va a matar.

Una vez compruebo que están bien y dormidas, salgo de la habitación y camino hacia el salón. Allí, me quito el gorro, el abrigo y las tres capas de ropa que llevo encima. Me estoy asando.

Sobre la mesa veo los apuntes de Olivia. Los apuntes de la universidad. Tengo que pasarlos a limpio para devolverle los suyos el próximo día de clase.

Una vez en manga corta, me doy cuenta de que la camiseta de rayas negras y blancas que llevo tiene un agujero en un lado. ¡Vaya tela!

Normal, tiene mil años. Ahora me cambio.

Me suena el móvil. He recibido un mensaje, seguro que es Fran, pero cuando lo cojo veo un teléfono que no conozco, y leo:

DESCONOCIDO: ¿Tienes un *onesie*?

YO: ¿Quién eres?

Un segundo después recibo un selfi de Lucía.

¡Madre mía..., es ella!

Nerviosa, no sé qué decir, y finalmente tecleo:

YO: Ah, valeeeee.
¿Qué es un *onesie*?

DESCONOCIDO: Un pijama de cuerpo entero, lo mejor para estar por casa.

YO: Pues no, primera noticia que tengo.

DESCONOCIDO: Vale, estoy en mi casa, dentro de un ratito estoy allí.

Suelto el móvil como si quemara. Pero luego lo cojo para grabar el número de Lucía en él.

Lucía va a venir a mi casa a dormir. Madre mía..., madre mía.

Intentando tranquilizarme, me acerco y saludo a *Botas*, que me olisquea las manos con curiosidad, y murmuro:

—He traído a unas amiguitas y espero que te portes bien con ellas. Tú eres el adulto y ellas son las cachorritas, ¿entendido, *Botas*?

Como era de esperar, mi gato no responde. Es más, ni me mira, y, enroscándose de nuevo, se vuelve a dormir. Vaya vidorra que lleva el amigo.

Suspirando, me levanto del sofá cuando mis tripas suenan. Tengo hambre, pero antes de comer, regreso a mi habitación a ver qué tal están las nuevas inquilinas. Siguen dormidas y son tannnnnnn monas.

Pongo música. Necesito oír música mientras proceso que Lucía va a venir a mi casa a ayudarme a cuidar a esos gatitos.

Una canción, otra, otra, otra.

La música me relaja, es mi calmante, cuando oigo:

Pfffffffffffffffffffffffffffffffffffffffffffffffffffffffffffffffffffffffffffffffffffff.

Pfffffffffffffffffffffffffffffffffffffffffffffffffff.

Suena el telefonillo de casa.

Con el corazón a mil, voy a ver y distingo por la cámara a Lucía, así que abro.

De nuevo los nervios vuelven a mí, pero para intentar no hacer el ridículo, tomo aire y me dirijo hacia la puerta. Allí, la espero y, cuando la veo aparecer con una sonrisa, saludo:

—¡Holaaaa!

—¡Holaaaa! ¿Qué tal todo por aquí?

Sonrío, se acuerda de que tengo otro animal, y respondo cerrando la puerta:

—De momento, bien. Todo controlado.

Lucía se acerca a mí. Va muy cargada y, ayudándola, pregunto:

—Pero ¿qué has traído?

Ella sonríe. Creo que no me ha reconocido. Madre mía, qué sonrisa más bonita tiene.

—En la bolsa de deporte llevo pijamas, ropa, cosas de aseo... El casco de la moto, puedes imaginarte por qué. —Yo sonrío, y añade—: Y en esta bolsa traigo comida. Porque no has comido, ¿verdad?

Esta chica me ha leído la mente.

Con el hambre que tengo...

Una vez entramos en el salón, oigo que dice:

—¡Ay, hola! Tú debes de ser *Botas*. Pero mira que eres guapo, chico.

Botas, en su línea, no se prodiga en cariños. Deja que lo acaricie un par de veces y después se marcha. Vamos, lo normal en él.

Nerviosa y consciente de que no sabe que soy la chica de la peluquería que se quedó como una tonta mirándola, le enseño la casa a mi invitada y, de paso, dejamos sus cosas en la habitación de mis hermanas.

—Sara, tenéis una casa muy bonita.

—Muchas gracias.

—Pero lo que más me ha gustado es el agujero de tu camiseta.

Ambas reímos. Vaya, se había fijado, y yo, intentando ser ocurrente, indico:

—¿Has visto? Esto será tendencia el año que viene en la Fashion Week.

Volvemos al salón sonriendo, cuando ella indica:

—Oye, no tengo por qué quedarme a dormir si tú no quieres. Puedo ayudarte con las gatitas y...

—Sí..., sí, quédate. Estoy sola y sin duda acompañada se pasa mejor el rato.

Ambas sonreímos. Entonces me suenan las tripas y ella afirma divertida:

—Tienes hambre, ¿verdad?

Asiento. Decir que tengo gases sería un poco humillante, y, cuando veo que Lucía va directa a la comida, indico:

—Tú ya te has duchado, pero yo no. Dame cinco minutos que me ducho. ¿Vale?

—Por supuesto.

Según me dirijo a mi habitación, noto que viene tras de mí y la oigo decir:

—¡Espera!

¿Qué le pasa?

Entra en el cuarto de mis hermanas, segundos después sale y, entregándome un pijama, dice:

—Te toca el koala, ya que, si a mí me queda grande, a ti te irá bien.

Incrédula, miro lo que me entrega e, intentando ponerle humor al momento, pregunto:

—¿Me estás llamando gorda?

Ambas reímos, y aclaro:

—Tranquila.

—No, por favor —se apresura a decir ella—. Es que yo soy más bajita que tú y ese pijama a mí me queda grande. No es por otra cosa.

Ahora la que se ríe soy yo, y musito:

—Excelente explicación.

Su gesto confuso se relaja y, sonriendo, pregunta:

—Oye, ¿puedo entrar en tu habitación mientras te duchas para ver cómo van las gatitas?

Asiento, por mí no hay problema.

Una vez me encierro en el baño, me apoyo en la puerta.

Madre mía, qué nerviosa estoy.

Estar con Lucía a solas en mi casa me hace estar alterada, como cuando he subido a algún chico y mi madre no estaba.

Observándome en el espejo, me retiro el pelo del rostro. Me miro directamente a los ojos y sé lo que me pasa. Yo no me puedo engañar. Lucía me atrae. Me gusta. Eso no es problema para mí. Siempre he defendido que me gustan las personas.

Pero nunca me había pasado algo así con otra mujer, y con esa chica, las dos veces que he coincidido, está visto que sí.

Me ducho lo más rápido que puedo y, cuando me pongo el pijama gris que me ha dado Lucía y me miro al espejo, me río.

¡Vaya pinta que tengo!

Tomando aire, salgo del baño y cuando me encamino hacia el salón, que es donde presupongo que está ella, sonrío y, divertida, al verla en pijama, pregunto:

—¿Tú de qué se supone que vas?

—De arcoíris andante —dice riendo.

Entre risas, nos comemos encantadas las hamburguesas que ha traído. Hablamos de mil cosas, entre ellas, de su hermano y mis hermanas. ¡Buen tema!

También me cuenta que ella y su hermano regentan un negocio de motos en Madrid desde hace años. Eso me sorprende. Son jóvenes para tener su propio negocio, pero cuando me explica lo emprendedores que son sus padres, entiendo que ellos sean así.

Una vez terminamos la comida y recogemos las cosas, me levanto, y al pasar por al lado del aparador, tiro sin querer el casco de moto.

—¡Perdona! —digo recogiéndolo con rapidez.

Lucía, que va detrás de mí, sonríe y dice mirándome:

—Tranquila, de ahí no se va a mover.

Espera...

Espera...

¡Nos miramos!

Uy..., esa mirada con sonrisa ladeada.

Y, deseosa de saber si es cierto lo que intuyo, pregunto:

—Lucía, ¿tú sabes quién soy yo?

La pelirroja sonríe:

Noto que una sonrisa me coge toda la cara. Me gusta no ser la única que recuerda, cuando ella dice:

—Me alegra ver que tú también sabes quién soy yo, a pesar de no llevar el pelo castaño y rubio, sino pelirrojo.

Paradas en medio del salón, nos miramos. Está claro que algo pasa entre nosotras. Sin duda hay una conexión especial, pero sin querer dejarme llevar por lo que realmente me apetece, me doy media vuelta e indico:

—Vamos, tiremos esto a la basura.

Poco después, tras charlar y reírnos al recordar nuestro primer encuentro en la peluquería de mi madre, procedemos al primer contacto gatuno. Vamos a mi habitación, las recogemos junto con su mantita y nos dirigimos al salón. *Botas* está en el sofá, y nos acercamos poco a poco.

—Vamos a ponerlas en el suelo, encima de la mantita. Así *Botas* decidirá si quiere acercarse a ellas o no —propone Lucía.

Le hago caso. Ella es la especialista en estos temas.

Dejamos a las gatas donde me ha dicho y *Botas* enseguida baja al suelo.

Lucía echa comida para las gatas en dos cuencos y se los pone para que coman. Acto seguido hace lo mismo con *Botas*, pero a una distancia mayor. El animal cotillea. Le llaman la atención las gatitas, aunque creo que más la comida. Minutos después volvemos a guardar a las gatitas en mi habitación.

Según me cuenta Lucía, esto lo haremos varias veces hasta fiarnos de *Botas*.

Pasado el primer encuentro, nos apalancamos en el sofá y buscamos algo en la tele. La verdad es que ella tenía razón con lo de estos pijamas. Son lo mejorcito para estar tirada en el sofá.

Estoy nerviosa. Estar con ella a solas, en mi casa, me tiene más alterada de lo normal, y le entrego el mando de la tele para que haga zapping. Lo más seguro es que acabemos poniendo Netflix o alguna otra plataforma.

Durante un rato ambas miramos cómo pasan mogollón de canales ante nuestros ojos cuando, suspirando, Lucía apoya su cabeza en el sofá y dice:

—¿Qué pongo?

Al mirarla, siento cómo mi cuerpo se revoluciona y no sé ni qué contestar.

Durante unos segundos ambas nos miramos a los ojos. Ninguna se mueve. Ninguna habla, y finalmente, como si un imán nos atrajera, acercamos nuestras cabezas y nuestros labios se rozan.

Su aliento y el mío se fusionan, pero no nos besamos. Ninguna de las dos toma la iniciativa.

Siento cómo me arde el cuerpo, la miro y murmuro:

—Quiero besarte.

Lucía asiente y, sonriendo, afirma:

—Lo estoy deseando.

Dicho y hecho. Tras pegar mis labios a los suyos y sentir cómo su boca se abre, no lo dudo e introduzco mi lengua en su interior para besarla con todo mi deseo.

Ese primer beso nos lleva a un segundo.

Un segundo a un tercero y, cuando siento que sus manos me recorren por encima del pijama, me asusto. Lucía se para. Nos miramos a los ojos e indico con sinceridad:

—Sería la primera vez para mí.

Al oír eso, ella pregunta:

—¿Nunca has tenido relaciones antes?

Asiento. Claro que las he tenido, pero aclaro:

—Sí, pero con hombres. No con mujeres.

Ahora sí que se sorprende, y, antes de que ella diga nada más, añado:

—Tú me gustas. Me atraes, y siento que quiero algo más que besarte, pero...

Lucía pone un dedo sobre mis labios, me acalla y murmura:

—Tú también me atraes y siento que también quiero algo más que besarte, aunque creo que lo justo es que vayamos poco a poco. Que tú marques el ritmo. No hay prisa.

Asiento. Sí. Me parece lo mejor.

Una vez nos damos un último beso, mi mente va a mil.

Acabo de besar por primera vez en la boca a una mujer y me gusta, me gusta mucho. Es más, lo quiero repetir. Lucía me gusta. Me gusta mucho. Me atrae de una manera increíble; sin embargo, me relajo e intento ser juiciosa. Ella tiene razón: no hay prisa, todo a su ritmo.

Coge de nuevo el mando de la televisión y, tras cambiar de canal varias veces, vemos que comienza una serie en uno de ellos.

—Podemos ver de qué va —propongo.

Sin dudarlo, ella asiente. Suelta el mando, yo le cojo la mano y nos ponemos a mirar la tele.

Es una serie curiosa. Graciosa. Nos reímos, hasta que ella, apoyando su mano en mi rodilla, dice:

—¿Has oído lo que ha dicho?

Su pregunta me saca de mis pensamientos.

Niego con la cabeza, e indica:

—Ha dicho: «Salir a tirar la basura es un coñazo».

—Y no le falta razón.

Ambas reímos por aquello, cuando pregunta:

—¿Tu utilizas la palabra *coñazo*?

—Generalmente, no, pero seguro que alguna vez la habré utilizado.

Entonces Lucía se gira para mirarme y musita:

—¿Por qué cuando algo es bueno decimos que es «la polla», pero, cuando no lo es, decimos que es «un coñazo»? Eso es machismo puro y duro.

Según oigo eso, asiento; tiene razón, y afirmo:

—Vaya, no lo había pensado.

Lucía sonríe.

—Son micromachismos que la sociedad tiene adquiridos.

—¿Micromachismos?

Me interesa la conversación, y Lucía aclara:

—*Micromachismo* es un eufemismo que suele utilizar el patriarcado para hablar de situaciones, para mi gusto, bastante machistas.

—¿Por ejemplo...? —pregunto interesada.

Repanchigándose más en el sofá, Lucía indica:

—Las niñas de rosa, los niños de azul. Decir cosas como «lloras como una nena». O a mí, personalmente, ir a un taller para llevar mi moto y que los mecánicos se dirijan siempre a mi hermano en vez de a mí, cuando la moto es mía. —Asiento, y a continuación ella pregunta—: ¿Han cuestionado alguna vez que Fran y tú sólo seáis amigos por ser de sexos distintos?

—Pues sí. Más de una vez.

—¿Fuiste al colegio con uniforme? —insiste.

—Sí, y mis hermanas también lo llevan.

Lucía se retira el pelo del rostro y musita:

—Vale, supongo que la falda forma parte del uniforme. ¿Tienen la opción de ir con pantalón?

Niego con la cabeza. En este cole las chicas sólo van con falda.

—¿Alguna vez te han dicho que algo que has hecho no es «de señoritas»? —añade.

Eso me hace sonreír, y afirmo:

—Mi tía, siempre que ve mis tatuajes o mi forma de vestir, me recuerda que de señorita no tengo nada.

—Pues ahí lo tienes —ríe ella—. Y como esos ejemplos puedo darte miles.

Ostras, pues tiene toda la razón del mundo.

No me había dado cuenta o no me había parado a pensarlo, pero ahora que lo dice, ¡qué razón tiene en todo!

Durante un buen rato hablamos sobre ello. Está claro que es un buen tema para debatir, en el que las mujeres tenemos mucho que decir, y Lucía más aún.

¡Me gusta su actitud!

Horas después, tras juntar a *Botas* con las gatitas un par de veces más, y, cómo no, *Botas* bufarles, decidimos irnos a dormir: ella a la habitación de mis hermanas y yo, a la mía.

Una vez nos despedimos y entro en mi cuarto, me noto rara. Muy rara.

Deseo estar con Lucía, quiero besarla, pero tengo miedo. Nunca he estado con una mujer y...

Me siento en la cama con el móvil en las manos.

¿De qué tengo miedo?

Me cuestiono el tema una y otra vez. Y llego a la conclusión de que tengo miedo de lo que deseo, y lo que deseo es a Lucía.

¿Y si me equivoco?

¿Y si meto la pata con ella?

Me tumbo en la cama y miro ese techo lleno de estrellas que tantas veces he mirado. Las puse de pequeña porque las quería ver brillar mientras me dormía. Y ahí siguen.

Pienso en ella, en mí, en cómo nos hemos besado horas atrás en el sofá, y todo mi cuerpo se revoluciona de tal manera que siento que voy a explotar. Pasa una hora y no me duermo. No puedo. Doy vueltas y más vueltas.

Miro la puerta entreabierta de mi habitación y me siento en la cama mientras el corazón me late a mil. Deseo que Lucía entre por ella, pero, apenas sin conocerla, sé que no lo hará porque me respeta.

Deseosa de algo que no sé muy bien lo que es, me levanto de la cama y salgo de mi habitación para llegar frente a la de mis hermanas. Lucía está ahí dentro. Duerme en la cama de Almudena.

La puerta está entreabierta como lo estaba la mía y, tocándola un poco, la abro para observar. Y entonces me sorprendo. Lucía está sentada en la cama. Nuestras miradas se encuentran. Se hablan. Y yo, extendiendo mi mano, digo:

—Ven.

Ella se levanta, se acerca a mí, coge mi mano y yo, con seguridad, me dirijo a mi cuarto. Si algo va a pasar entre nosotras, quiero que sea en mi habitación, no en la de mis hermanas.

Una vez allí, en la oscuridad somos capaces de vernos, de mirarnos a los ojos, de sentirnos sin tocarnos... Y susurro:

—No sé cómo va esto, pero...

Lucía asiente. Sonríe como sonrío yo y acerca su boca a la mía. Con delicia, tranquilidad y conformidad, nos besamos. Nos disfrutamos.

Es la primera vez que beso a una mujer, pero es exactamente igual que besar a un hombre. Es más, lo siento más íntimo, delicado y auténtico. Y cuando nuestras bocas se separan, Lucía murmura:

—¿Estás segura?

Asiento. Creo que pocas veces en mi vida he estado tan segura de algo, cuando la oigo decir:

—Simplemente escucha lo que deseas, Sara. Sólo eso.

Y lo hago. Escucho mis deseos y disfruto como nunca he disfrutado antes.

Capítulo 21

Pipipipipi...

Pipipipi...

Pipipipi...

Me revuelvo en la cama. Joderrrrrrrrrr..., ya estamos con el maldito despertador otra vez.

Pero, según pienso eso, mi mente se llena con los momentos vividos horas antes y me siento en la cama, donde soy consciente de que estoy desnuda y sola.

¿Dónde está Lucía?

Con el corazón a mil, me levanto y oigo ruidos en la cocina.

Abro la puerta de la habitación y la oigo tararear una canción. ¡Es ella! Rápidamente, cierro y miro mi cuerpo desnudo.

Madre mía..., madre mía...

Todavía no me puedo creer lo que he hecho. Por primera vez he besado a una mujer y me he acostado con ella, y me ha gustado mucho, pero mucho... mucho.

El sexo que había practicado anteriormente con alguno de mis ligues hombres fue bueno, no lo voy a negar. Pero con Lucía ha sido mágico, inesperado, suave, delicado e increíble.

De nuevo, abro la puerta de mi habitación con cuidado y me arrastro hasta el baño. Una vez llego a él, cierro y me miro en el espejo. Esa a la que veo con los pelos descontrolados ¡soy yo!; y de pronto sonrío.

Lo que ha sucedido con Lucía ha sido deseado, querido y disfrutado. Algo en mi interior siempre me gritaba que eso ocurriría algún día. Y ha ocurrido con Lucía. Con la única mujer que hasta el momento ha llamado mi atención.

Pero tengo que reactivarme. No puedo seguir pensando en ello, por lo que me aseo con rapidez y, una vez termino, salgo del baño y acudo a la cocina junto a ella. Necesito un café.

Según entro, me choco con Lucía.

Ella salía y yo entraba.

Nos quedamos a pocos centímetros la una de la otra, y ella, sonriendo, susurra:

—¡Buenos días!

Su sonrisa es tan bonita que yo sonrío a mi vez y saludo:

—Buenos días.

Sin planear ni nada, nuestras cabezas se juntan, se dan un cómplice y corto beso en los labios y, cuando nos separamos, Lucía, cogiéndome de los hombros, me da media vuelta y dice:

—He preparado el desayuno.

Me lleva a la mesa del salón y la veo llena de cosas.

¡Necesito un caféééééééééé!

Sobre la mesa está la caja de cereales de chocolate de Almu, el bote de Cola Cao, la cafetera llena, un brick de leche, la bolsa de croissants, las magdalenas sin chocolate, un par de tazas, azúcar...

—Como no sabía lo que te gustaba, lo he sacado todo.

Sonrío. Ahí hay desayuno para todo el bloque, pero Lucía, al ver mi cara, como no la entiende, indica algo apurada:

—Prometo recogerlo luego todo, no te preocupes.

La miro. Me encanta.

Me gusta su seguridad y también su inseguridad. Esa mezcla me resulta increíble y, antes de sentarme a disfrutar del desayuno que ha preparado, para que se relaje, indico:

—Tranquila, estoy bien. Es sólo que por las mañanas necesito media horita para despertarme y ser persona.

Lucía sonríe y asiente.

Segundos después se sienta a mi lado, me pone la mano en el muslo, lo que hace que toda yo me erice como mi querido *Botas*, y a continuación la oigo decir:

—¿Sabes que eso que te pasa se llama inercia del sueño?

Cojo la cafetera. No sé de lo que habla, y, mientras me preparo un café, continúa:

—La inercia del sueño es la cantidad de tiempo que necesita tu cerebro para activarse del todo. El mío se debe de activar según suena la alarma, pero el tuyo, por lo que dices, necesita un ratito más.

Ambas reímos, y pregunto:

—¿Es algo científico?

Lucía asiente mientras coge una magdalena de chocolate.

—Pues sí.

Sonrío. Me gusta saber eso, y tras dar el primer trago al café, que me sabe a gloria, cuchicheo:

—Pues es genial saber que mi empanamiento mañanero tiene explicación. Recuérdame que se lo explique a mi madre, que no me entiende. Ella es como tú, suena el despertador y ya está a tope.

Lucía sonríe y le da otro mordisco a la magdalena.

Como era de esperar, me espabilo muy rápido esta mañana, y, necesitada de hablar de algo, comento:

—Lo de anoche estuvo genial.

Ella me mira.

—Es bueno saberlo —murmura sonriendo.

Entre confidencias y confesiones, Lucía y yo hablamos de sexo con total libertad. Si algo tenemos claro las dos es que el sexo es algo de lo que se ha de hablar para poder disfrutarlo, y finalmente el desayuno transcurre con normalidad. Eso sí, con algún que otro beso que nos hace desear algo más.

Tras contenernos, nos centramos en los gatitos. Para eso estamos aquí, ¿no?

Repetimos el acercamiento gatuno en varias ocasiones, un rato más cada vez.

Botas sigue bufando a las gatas, pero poco a poco se va acercando más a ellas y estoy feliz porque ¡creo que se está aclimatando bien!

—De hoy a mañana, *Botas* ya las habrá aceptado, ya lo verás —indica Lucía.

—¡A ver si es verdad!

—¡Que sí, hazme caso!

Las horas pasan y yo estoy feliz. Vamos, que estoy con ella como si la conociera de toda la vida, y ahora que besarnos es algo normal y deseado por ambas, lo disfruto mucho. Lucía me encanta.

A la hora de la comida, decidimos pedir a Just Eat. Pasamos de cocinar y, como hace frío y el tiempo está bastante desapacible, decidimos que será la típica tarde de peli y manta.

—Ahora vuelvo —dice ella saliendo del salón.

Cuando me quedo sola, saco una manta de un armarito y me tiro en el sofá. Jugueteando con el mando de la televisión estoy cuando oigo mi móvil vibrar.

Rápidamente lo cojo y leo:

BARBI: ¿Cómo os va la vida, *my friends*?
BILLY: Con mi madre en la nieve.

YO: ¿Y qué tal?

BILLY: Bien, con frío.

YO: ¿Habéis ido a esquiar?

BILLY: Sí, como todos los años.
Mi padre vendrá hoy.
BARBI: Ay, me encanta esquiar.
Podríamos ir juntos alguna vezzzzz.

YO: La primera y última vez que fui a esquiar,
volví con el brazo en cabestrillo.

BARBI: Bueno, a ti te damos un trineo.

YO: Entonces sí me apunto.

BILLY: Jajajajaja.

BARBI: ¿Qué haces, Sara?
¿Te apetece quedar?

Tal como leo el mensaje, me paralizo.

No puedo contar qué hago. Sé que no se escandalizarían, pero ¿cómo explicarles que de pronto me gusta Lucía y he tenido mi primera relación sexual con una mujer? No. No. No. Me volverían loca a preguntas, y no estoy yo para contestar.

BILLY: ¿Qué tal las gatitas?
BARBI: ¿Qué gatitas?

Bien, Fran me ha salvado, y rápidamente respondo:

YO: Estuve en el refugio de animales
y me traje dos gatitas bebés a casa.

BARBI: ¡Tu madre te mataaaaaaaaaa!

YO: Posiblemente.

BILLY: ¿Con Lucía bien?
BARBI: ¿Quién es Lucía?

Joderrrrrrrrrrr... Joderrrrrrrrrrr..., nooooooooooooooooo.

BILLY: Una compañera del refugio que la
iba a ayudar a cuidar de las gatitas.

Y antes de que la conversación vaya más allá, zanjo:

YO: Como me dijiste, Lucía es muy
simpática. Me está ayudando mucho.
Y ahora os dejo, que voy liada con
tanto gatito. Besos, guapos.

Aparece Lucía en el salón y dejo el móvil a un lado.

Esta chica siempre tiene una sonrisa en la cara, cosa que es de agradecer.

—A ver, tenemos que elegir —dice poniendo en la mesa varios DVD de películas.

Vaya..., venía preparada.

—¡Madre mía!

Hay de todo. Terror. Romanticismo. Drama. Musical. Disney... Hay pelis que he visto y otras que no, y pregunto curiosa:

—¿Las has visto todas?

—Sí —contesta ella.

Rápidamente miro el enorme muestrario e indico descartando:

—De todas, yo he visto *Guerra mundial Z*, *Maléfica*, *Avatar*, *Frozen* y *Wonder Woman*.

Separo las que he dicho y quedan las que no he visto. Entre ellas están *La llamada*, *Del revés*, *Escuadrón suicida* y *Con amor, Simon*.

—Elige tú la que te apetezca repetir —digo.

Lucía mira los DVD.

—Ésta la dejamos para esta noche —dice separando *Escuadrón suicida*.

—Guay.

Lo piensa unos segundos.

—Vale, me apetece ésta —dice dándome *Con amor, Simon*.

Sin dudarlo, enciendo mi ordenador portátil, lo conecto a la tele y pongo la película. Lucía se sienta a mi lado en el sofá, pero esta vez más cerca. Su cuerpo está casi pegado al mío, y me gusta. Me encanta esta sensación.

—¿Puedo? —dice señalando la manta que tengo encima.

—Sí, sí, claro —me apresuro a contestar.

Sube los pies descalzos al sofá y se tapa completamente con ella.

Madre mía, qué hormigueo noto por todo el cuerpo.

Empieza la película e intento ignorar mis pensamientos y centrarme en su trama. La película trata sobre la forma en que un chico descubre su homosexualidad y cómo se lo hace saber a los demás.

Vaya, ¡de lo más apropiada!

Una vez termina la película tengo los ojos llenos de lágrimas. ¿Por qué voy a llorar?

Tampoco es que sea un drama de peli. Es más, ¡me ha encantado! Y siento que he empatizado mucho con el protagonista.

Lucía me mira y yo, algo avergonzada, me froto los ojos mientras bromeo y siento ganas de llorar.

—¿Sirve de algo si te digo que se me ha metido una motita de polvo en el ojo?

Ella suelta una carcajada. Me da un rápido pico en los labios e indica:

—Si tú quieres que me lo crea, me lo creeré.

Mamma mia, ¡qué ridícula soy!

—Disculpa, soy supersensible —digo.

Lucía me toca la punta de la nariz con cariño.

—Sara, no te disculpes por sentir —murmura—. Además, llorar es bueno para el alma.

Noto que se acerca a mí. Me besa. Me encanta. Cuando el beso acaba, indica:

—Se te aclaran muchísimo los ojos cuando lloras. Ahora los tienes en tonos verdes.

Asiento, no lo dudo, pero, avergonzada por mi sensiblonería, digo levantándome del sofá:

—¿Quieres palomitas?

—¡Vale! ¿Te ayudo?

No. Necesito un poco de espacio para enfriarme, y, parándola, indico:

—No tardo nada. Espérame aquí.

Una vez llego a la cocina, me doy aire en la cara con las manos, bebo agua y respiro hondo.

¿Qué me pasa?

Saco una bolsa de palomitas del mueblecito de la cocina y la introduzco en el microondas. Y cuando ésta comienza a dar vueltas, camino de nuevo hacia el salón y, apoyándome en el quicio de la puerta, comento:

—¿No te parece que esa película refleja con absoluta normalidad lo que es normal?

Lucía me mira. Qué guapa está tirada en mi sofá.

—Esta película toca puntos muy interesantes y actuales —dice—. Como, por ejemplo, por qué se presupone que todo el mundo ha de ser heterosexual, o por qué sólo los que no somos heteros tenemos que salir del armario. Es injusto.

—Totalmente —afirmo.

Pienso en mi madre. En qué diría ella si supiera lo que siento por Lucía. Pero rápidamente en mis pensamientos se cuela mi tía Dácil, echándose las manos a la cabeza horrorizada.

Sin duda mi tía pensaría que soy una depravada. Ella y sus conclusiones erróneas y precipitadas.

El ruido de las palomitas al explotar dentro del microondas me saca de mis pensamientos.

¿Qué hago pensando en mi tía Dácil?

¿Acaso ella rige mi vida o mi sexualidad?

Molesta por estar pensando eso, oigo a Lucía decir:

—Entiendo que incluso hoy día, en el siglo XXI, mucha gente todavía esté en proceso de entender la diferencia entre sexo y género. Pero con la sexualidad, por favorrrrrrrrr.

Me he perdido, no sé de lo que habla, y pregunto:

—¿No son lo mismo?

Según pregunto eso, Lucía niega con la cabeza.

—Qué va, Sara. El sexo es algo biológico. Para que nos entendamos, es básicamente con lo que naces ahí abajo.

Asiento, tiene razón, y ella prosigue:

—El género tiene que ver con la identidad de género. Es como tú te sientes. No tiene que ver con el sexo con el que naces.

Asiento de nuevo. Ella está mucho más puesta que yo en todo esto. Es más, durante la película me ha cuchicheado algo acerca de que colabora con una asociación LGTBI.

—Y dentro del género, hay varios tipos —prosigue—. Cisgénero, transgénero, género fluido, género no binario, *queer*, etcétera.

¿Qué?

Un momento, un momento.

Soy una chica de mi tiempo, pero me está hablando de términos que no controlo en absoluto.

—Lucía, me he perdido —confieso—. Yo de géneros conozco el hetero, el bisexual..., pero ¡¿cisgénero?!

—Hoy por hoy hay muchos géneros, Sara —insiste y, sin moverse, añade—: Te explico. Ser cisgénero significa que te identificas con el sexo que naciste y transgénero, todo lo contrario, que no te identificas.

—Hasta ahí llego.

Lucía asiente y continúa:

—Género fluido es que no te identificas con una identidad de género fija, sino que fluyes entre mujer y hombre. Y género no binario es que no te identificas dentro de los sexos establecidos socialmente, o sea, mujer y hombre. Por tanto, no eres ni hombre ni mujer.

Madre mía, cuántas cosas.

Sin duda, ella está muchísimo más puesta en esto que yo.

—Antes has dicho algo de *queer*. ¿Qué es eso?

—Ser *queer* es no etiquetarse. Ni hombre, ni mujer, ni heterosexual, ni nada. Consideran que las identidades son construcciones culturales.

Me he perdido otra vez. En la vida había oído esa palabra.

—Y si entramos en sexualidad —indica Lucía—, están las que supongo que conoces, que son heterosexual, homosexual y bisexual. Y, además, existen muchas más, como pansexual, asexual...

Asiento y sonrío; Lucía, divertida, añade:

—Demasiada información en un día, ¿verdad?

—Sí... —contesto con una leve sonrisa.

Entonces oigo que suena una alarma.

¡Las palomitas ya están!

Dándome media vuelta regreso a la cocina, donde saco las palomitas del microondas y las echo en un bol.

Al volver al salón veo que Lucía tiene mi cuaderno de bocetos, donde dibujo todo lo que se me ocurre, y, mirándome, pregunta:

—¿Es tuyo? —Asiento. Ambas sonreímos, y murmura—: Dibujas muy bien, Sara.

—Gracias.

De pie, con el bol de las palomitas en la mano, observo cómo

Lucía mira aquel cuaderno, que en el fondo tiene una parte de mí, cuando se para en un dibujo y, mirándome el brazo, musita:

—Es el mismo, ¿verdad?

Afirmo con la cabeza. Es el dibujo que hice para recordar a mi padre, el mismo que llevo tatuado en el brazo.

—Lo diseñé yo —digo.

—¡Eres buenísima! —exclama sorprendida.

—Estudio Bellas Artes. Aunque lo que realmente me gustaría es ser tatuadora.

—Lo serás —susurra obnubilada por mis dibujos.

Divertida, le quito el cuaderno de las manos, lo tiro sobre el sofá y le entrego el bol de palomitas antes de sentarme en el sofá de nuevo.

Lucía vuelve a pegar su cuerpo al mío una vez me siento y, mirándome, dice:

—Sara. —Yo la miro—. ¿Eres feminista?

Según oigo eso, asiento con seguridad. Si algo tengo claro en la vida es eso mismo.

—Mira —contesto—, no estaré al día de géneros, sexo y todo eso, pero en esto te digo que sí al cien por cien.

Y, subiéndome la manga del brazo izquierdo, indico:

—Mira, debajo del codo llevo tatuado el símbolo.

Lucía lo mira, sonríe y dice acariciándome la zona:

—Yo también quiero hacérmelo.

—¡Genial!

—Oye..., ¿podrías tatuármelo tú?

Me entra la risa. Nunca he tatuado a nadie, pero, encogiéndome de hombros, afirmo:

—Quizá... algún día.

—Seguro que sí.

—¡Seguro! —afirmo con positividad.

—¿Ahí duele mucho?

Se me pone la carne de gallina al notar su caricia. Ella se da cuenta, y yo, colocándome la manga como la tenía, respondo:

—No, y si te lo haces pequeño, se pasa en nada.

Lucía asiente, sonríe, y yo le doy un beso. Necesito su contacto.

—¿Sueles ir a la manifestación del 8 de marzo?

Afirmo de nuevo.

—Este año no pude asistir por problemillas familiares, pero otros años he ido con mi madre o mis amigos —cuento—. La próxima no me la pierdo.

Lucía se mete un puñado de palomitas en la boca. Tiene los carrillos hinchados, y digo:

—Espera, no te muevas.

Rápidamente cojo el móvil y le hago una foto.

¡Joder..., soy como Bárbara!

Divertida, miro la foto entre risas y, cuando ella consigue masticar y tragar, se la enseño mientras digo riendo:

—Pareces un hámster.

Ella abre los ojos. No da crédito a la foto que le he hecho y gruñe entre risas.

—¡Qué horror! Ya puedes borrar eso, Sara, estoy horrible.

Rápidamente bloqueo el móvil y lo dejo a un lado.

No voy a darle opción a que la borre.

Un beso, dos.

Una palomita, dos.

—¿Haces deporte? —me pregunta.

Vayaaaa..., con el deporte hemos topado, y miento:

—Soy deportista de alto rendimiento.

Ella abre mucho los ojos. Sin duda eso la acaba de sorprender.

—¡Qué me dices! ¿En serio?

Asiento y, con total franqueza, respondo:

—Totalmente en serio: me rindo fácilmente.

Las dos nos echamos a reír escandalosamente mientras *Botas* nos mira desde el brazo del sofá, y cuando dejo de hacerlo aclaro:

—No hago deporte. Soy una negada, por no decir una vaga. Llevo meses para apuntarme con mi amiga Bárbara a un gimnasio, pero nunca veo el momento ni el lugar. ¡No es lo mío!

Lucía asiente divertida y musita:

—Pues yo este año he participado en la Carrera de la Mujer, y el que viene también lo haré. Podrías animarte y vamos juntas.

¡Ay, no!

La palabra *carrera* otra vez. ¿En serio hay que correr?

No obstante, me ha gustado lo que ha dicho. Siento que quiere incluirme en sus planes, como yo quiero incluirla a ella, y, convencida de que con Lucía yo me iría en este mismo momento al fin del mundo, pregunto:

—¿Cuándo es?

—Supongo que en el mes de mayo o por ahí.

Genial, no es una decisión inminente, tengo tiempo para procesarlo, y afirmo:

—Bueno, entonces ya lo hablamos más adelante.

De nuevo otro atracón de palomitas, besos y arrumacos, cuando Lucía, levantándose, dice:

—Voy a traer a las gatas para otro acercamiento.

Una vez desaparece por el pasillo, suspiro.

¿Qué me pasa? ¿En serio esta chica me está dejando totalmente noqueada?

Suena mi teléfono. Es mi madre.

Me apresuro a cogerlo y hablo con ella. Le cuento que en casa todo va perfectamente, cuando ella, sorprendiéndome, me pregunta si estoy bien. ¿Cómo? No entiendo su pregunta, y entonces ella me suelta que me nota algo acelerada.

Lucía regresa con las gatitas en las manos y las vuelve a poner en la manta, y yo le hago una seña para que no diga nada. No quiero que mi madre sepa que ella o las gatas están aquí.

Mientras mi madre me cuenta lo bien que lo están pasando, yo sólo tengo ojos para Lucía y las gatitas, que juguetean en el suelo bajo la atenta mirada de *Botas*. ¡Son tan monas la tres!

Una vez me despido de mi madre, suelto el teléfono, Lucía deja a las gatas donde están y se sienta conmigo de nuevo. Me alarmo. Adoro a *Botas*, pero no llego a fiarme totalmente de él, la verdad.

—¿Estás segura de dejarlas ahí solas? —pregunto.

Ella asiente con una sonrisa.

—Sí, confía en mí.

Durante un buen rato, miramos a los gatos y *Botas* se acerca tan despacio a ellas que incluso un caracol podría adelantarlo. Mientras los observamos, pregunto:

—¿Tú tienes animales?

Lucía suspira, y cuenta:

—Mi padre es alérgico a los perros y a los gatos, pero eso no nos ha impedido tener animales en casa. Por ejemplo, Dani y yo tuvimos dos tortugas a las que llamamos *Chispa* y *Chispi*. También tuvimos dos hámsteres llamados *Limón* y *Lima*. Y ahora tenemos una pecera grande con todo tipo de peces, pero los dos que son iguales son los nuestros y se llaman *Willy* y *Wonka*.

—¡A originales no os gana nadie! —sonrío.

Lucía sonríe a su vez y, pensando en su hermano y en lo guapo que era también, pregunto:

—¿Os ponéis siempre de acuerdo para los nombres?

Ella asiente. Pensar en su hermano le ilumina la mirada, y, poniéndose seria, indica:

—De momento, sí. Es más, ya lo tengo avisado de que el día que me vaya a hacer tía tengo que participar en la elección del nombre.

—¿En serio?

—Y tan en serio —afirma convencida mientras yo me río.

El desconfiado de *Botas* se sigue acercando a las gatitas muy lentamente, mientras Lucía me pregunta:

—En tu caso, ¿*Botas* es el primer animal o habéis tenido más?

—Es el primero. Nos costó lo nuestro convencer a mi madre, pero lo conseguimos.

Miro a las gatitas jugar en el suelo.

Qué chiquititas. ¡Qué monas!

Ojalá mi madre se enamore de ellas y nos las podamos quedar. Total, si ya tenemos un gato, ¿qué importan un par más? Y, pensando en Almu y en Carla y en cómo reaccionarán cuando vean a las gatitas, musito:

—Si mamá las acepta, ¡a saber qué nombres les van a poner mis hermanas!

—Si necesitáis ayuda, ya sabes.

—Gracias —digo sonriente.

Seguimos mirando a *Botas*. Joder, qué lento es; de pronto, Lucía me pregunta:

—¿Conoces a Fran desde hace mucho?

—Un par de años.

Y, mirándola, necesitada de aclarar algo, indico:

—Esto que ha ocurrido entre nosotras...

—Tranquila —me corta—. Esto sólo es entre tú y yo. Él únicamente lo sabrá si tú se lo quieres decir. No hay problema.

Vale. No sé por qué la creo, pero lo cierto es que confío en ella.

—¿Cómo os conocisteis Fran y tú? —pregunta a continuación.

Sonrío, siento que se me ilumina el rostro, y respondo:

—En una fiesta de disfraces.

—¡Qué guay! Me flipan las fiestas de disfraces.

Divertida, sonrío, conozco a la reina de las fiestas de disfraces, e indico:

—Entonces le caerías genial a mi madre. Gracias a ella, todos los años por Nochevieja mi familia se disfraza para la cena.

Bueno, bueno...

Una vez digo eso, me acabo de dar cuenta de que ya estamos en diciembre y de que todavía no he mirado el disfraz. Ahora me tocará correr. Vamos..., ¡como siempre!

Lucía, a la que debe de haberle impresionado lo que ha oído, insiste:

—¿Qué me estás contando? ¿Tu familia se disfraza?

—Sí.

—Eso tiene que ser superdivertido, Sara.

—Lo es —afirmo—. Y mucho.

Ella vuelve a sonreír y, curiosa, pregunta:

—¿De qué irás este año?

No tengo ni idea, por lo que me encojo de hombros.

—Hay que disfrazarse siempre de algún personaje de película que se haya estrenado en el mismo año que estamos despidiendo —explico—, pero aún no tengo disfraz. De hecho, lo había olvidado hasta ahora que te lo he dicho.

Lucía se queda callada pensando.

—Pues tienes un montón de opciones.

Vale, tiene razón. Este año se han estrenado muchas películas, pero, necesitada de ideas, pregunto:

—¿Como qué?

—En *Megalodón* tienes a la actriz Ruby Rose, que por los tatuajes te vendría bien. También está la peli que hemos visto hoy, aunque no tenga mucho disfraz que digamos.

Voy repasando mentalmente las opciones que me da. No me convencen, cuando añade:

—Este año se ha estrenado la segunda parte de *Los Increíbles*.

Ohhh, me encantaaaaaaaaaa, pero respondo:

—Ése puede ser un buen disfraz, aunque seguro que alguien viene de esa peli.

—¿Y de *La monja*?

—Celebramos Nochevieja, no Halloween —río.

—¡Mary Poppins!

Mmmm...

—No sé si me convence. Además, no la he visto.

—¿Y has visto *Ocean's 8*?

De repente se me enciende la bombilla con su pregunta.

—¡Cómo se me había podido olvidar! Vaya peliculón. Ya está, decidido.

Lucía aplaude mi decisión, le gusta, y pregunto:

—¿Tú qué harás en Nochevieja?

Ella se encoge de hombros.

—Cenar con la familia y, como ahora mismo no hay primos o primas más pequeñas con quienes entretenerse, poco más. Mi hermano Dani supongo que se irá con su novia después de las uvas. Y yo, o quedo con amigas para salir de fiesta o me quedaré jugando a las cartas, al bingo o a lo que quieran mis padres.

Vayaaaaaa...

Saber que no tiene planes concretos me gusta, y mucho.

¿La invito a nuestra fiesta?

¿Querría venir?

Al fin y al cabo, casi no la conozco, pero me da pena. Además, su cara se ha iluminado hablando de disfraces, y suelto:

—Vente si quieres, Lucía.

Ella me mira y niega con la cabeza, cuando yo insisto:

—Lo digo en serio, aquí siempre hay sitio para todo el que se quiera unir, y te recibirían con los brazos abiertos. —Ella sonríe, y yo cuchicheo—: Eso sí, tendrías que venir disfrazada.

—Woooo, bueno, dame tiempo y lo pensaré.

Asiento feliz. ¡Ojalá venga!

El resto de la tarde lo pasamos vigilando a las gatas y hablando de todo un poco. Somos dos pozos sin fondo. Además, siento que ella está tan a gusto como yo y, cada vez que nos damos un beso, también siento que le gusto tanto como ella me gusta a mí.

Esa noche, cuando llega el momento de irnos a dormir, sin hablar, nos dirigimos las dos a mi habitación. Está claro lo que queremos, lo que deseamos, y lo que estamos dispuestas a disfrutar, mientras siento que se para el tiempo.

Capítulo 22

A la mañana siguiente, estando en el baño, oigo que Lucía grita:

—¿Quieres un Cola Cao?

—Nooo —contesto mientras me lavo los dientes.

Ella no sabe de mi aversión al chocolate, y, poco después, cuando regreso a la cocina, me preparo un café con leche e indico:

—No me gusta el chocolate.

Ella, que ya me estaba mirando, hace un gesto sorprendida.

—¿Qué pasa? —pregunto.

—Eres la primera persona que conozco a la que no le gusta el chocolate —contesta sentándose frente a mí.

Eso me hace sonreír.

¿Cuántas veces en la vida habré oído eso?

Pero ¿tan raro es que no te guste el chocolate?

Mientras desayunamos, aprovechamos y soltamos a las gatas por la cocina. En los dos días que llevan en casa, las tías están la mar de espabiladas, y me encanta lo torpes que son cuando caminan. Como esperaba, *Botas* viene rápidamente a cotillear, cuando Lucía pregunta:

—¿Cuándo regresan tus hermanas y tu madre?

—Esta tarde, sobre las siete o así.

—¿Quieres que me vaya ya?

¿Qué?

¿Por qué?

Y, consciente de que eso es lo último que deseo, respondo:

—No tienes por qué. O sea, si tienes que hacer cosas en tu casa o cosas que hacer en general, lo entiendo. Pero por mí no hay problema en que estés aquí.

Vale, me he puesto nerviosa. Seguro que se ha notado.

Ella me mira, sonríe y sigue desayunando, cuando suelto:

—Lo que sí debería hacer es limpiar un poco.

Lucía me mira mientras mastica una galleta mojada en su bebida y musita:

—Vale, ya sé para qué quieres que me quede...

Ambas reímos, sé que lo dice de broma, e indico:

—Debería limpiar el polvo, barrer, fregar y cambiarle la arena a *Botas*.

—Buen plan de domingo —comenta ella.

Vaya tela.

Primero le digo que se quede y luego que tengo que limpiar.

Muy bien, Sara.

Bravo.

¡Muy lista tú!

No obstante, sin querer agobiarla y mucho menos hacerle creer que quería que se quedara para que me ayudara, indico:

—Pero tú ni te preocupes por eso..., ¿eh? Yo me encargo de todo.

Lucía se toca su preciosa melena pelirroja y se mofa.

—Sí, claro, y mientras yo te miro tirada en el sofá, ¿verdad?

Nos reímos. No lo podemos remediar.

Una vez terminamos de desayunar, recogemos la cocina. Abriendo el armarito de la limpieza, cojo el plumero y Lucía me lo quita de las manos. La miro y, cuando voy a decir algo, ella me pone el dedo en la boca en señal de que no diga nada, me da un rápido beso en los labios e indica:

—Con música será más divertido.

Lo sé. Ya ves si lo sé.

Particularmente no concibo limpiar sin escuchar música, y, deseosa de saber, pregunto:

—¿Qué música te gusta?

—Toda —responde.

Abro mi Spotify en el ordenador y ojeo las canciones.

No sé qué poner. Quiero que la música le guste, y, dándome por vencida, susurro:

—Tengo que avisarte de que más de una vez me han dicho que tengo un gusto musical algo anticuado.

Lucía, que está quitando el polvo de la estantería, dice:

—Mejor, así seguro que me enseñas canciones que no conozco.

¡Qué presión!

Y, tras echar un segundo vistazo, elijo.

Doy al *play* y me giro para mirar a Lucía, que ahora juega con las gatas y el plumero.

Empieza a sonar la canción *Love Really Hurts without You*, de Billy Ocean, y Lucía vuelve levemente la cabeza exclamando mientras sube los hombros:

—¡Qué buen rollo!

¡Bien, le ha gustado!

Durante un par de horas escuchamos todo tipo de música. Y cuando digo «todo» quiero decir «todo». Bailamos, saltamos y reímos mientras limpiamos y, cuando por fin terminamos y la casa está reluciente, digo dejando el arenero de *Botas* con arena limpia:

—Venga, te invito a comer fuera.

—¿En serio?

Asiento. Me apetece salir con ella.

—¡Hombre, pues claro! —respondo—. Qué menos, después de haberte pasado el finde ayudándome con el tema de las gatas y hoy limpiando.

Lucía guarda el cubo de fregar en el mueblecito y, una vez cierra la puerta del mismo, mirándome, se acerca a mí y musita:

—Me gustas mucho y ni te imaginas cuánto deseaba que pasara lo que ha pasado. Y, dicho esto, me encantaría seguir conociéndote, si tú quieres.

Asiento. Más clara no puede ser, y, tras darme un rápido beso en los labios, da media vuelta y se dirige a la habitación de mis hermanas para recoger sus cosas y cambiarse de ropa.

Una vez me quedo sola en la cocina, saco un vaso del armario y, abriendo el grifo, lo lleno de agua. Estoy sedienta.

Quiero conocer a Lucía. Es lo que más me apetece. Pero ¿estoy dispuesta a enfrentarme a lo que me imagino se me vendrá encima?

Una vez dejo el vaso sobre la encimera, decido ir a mi habitación para cambiarme de ropa. Abro el armario.

¿Qué me pongo?

Diez minutos después sigo pensando qué ponerme. ¡Increíble, cuando, por norma, yo no tardo ni tres segundos en coger cualquier cosa y ponérmela!

¿Por qué le doy tantas vueltas?

¿Acaso querer seguir impresionando a Lucía genera en mí esa presión?

Mira, paso. Yo no soy así.

Así pues, pillo unas botas negras de cordones por encima de los tobillos, unos vaqueros algo anchos, una camiseta negra de manga larga y encima me pondré la chaqueta blanca y azul rollo instituto estadounidense de las películas.

¡Decidido!

¡Fin!

Una vez termino de vestirme, me miro en el espejo de mi cómoda. ¡Perfecta! Y luego, revisando mi pelo, como me gusta y no está mal, así se queda.

Salgo de mi habitación y veo a Lucía asomada al salón, pero sin entrar.

—¿Qué te pasa? —le pregunto.

Ella se vuelve y me hace una señal para que me calle. Me aproximo despacio. Lucía me coge del brazo y, con voz susurrante, me dice al oído:

—Mira en el sofá.

Su voz..., su perfume..., su cercanía... hacen que sienta un escalofrío.

Dirijo la vista al sofá.

¡Y no me lo creo!

Botas durmiendo con las dos gatas pegadas a él.

Vuelvo a mirar a Lucía y, sin levantar la voz, musito:

—¡Lo hemos conseguido!

Ella me abraza, yo la abrazo a ella y, cuando nos separamos, siento cómo su mirada me traspasa de tal manera que mi corazón se acelera. Se acelera mucho.

¿Cuánta tensión sexual cabe en una mirada?

¿Cuánto disfrute puede haber en un instante?

¡¿Qué estoy pensando?!

Lucía me da un piquito rápido en la boca y, cuando se va a separar de mí, soy yo quien la retiene.

—Quiero seguir conociéndote —digo.

Ella sonríe. Por favor, qué bonita sonrisa tiene..., y afirma:

—Entonces no hay más que decir.

Tras un nuevo pico rápido, se va hacia los gatos mientras yo intento recobrar la respiración, consciente de que acabo de decir que quiero comenzar algo con ella.

La miro, va preciosa.

Deportivas blancas, vaqueros casuales y jersey blanco ancho. Desenfado total, y está preciosa.

—Sara —dice entonces llamando mi atención. Subo la mirada a su cara y añade—: Mejor ahora que nos vamos las dejamos apartadas en tu habitación, y luego, cuando regresemos, las volvemos a sacar.

—Sí, sí. Lo que tú digas —afirmo volviendo en mí.

—¡Ah! ¿Me dejas una bufanda o algo?

Me acerco y cojo a las dos gatitas.

—Sí, claro, abre el armario del recibidor y coge la que quieras.

Una vez cerrada la puerta de mi cuarto, voy hacia la entrada. Y ahí está, de espaldas, con su cazadora negra de cuero y mi bufanda gris. Le queda que ni pintada, parece que sea suya. Respiro hondo un par de veces antes de acercarme y pregunto:

—¿Lista?

—Sí —dice girándose—. Ven, vamos a aprovechar y nos hacernos un selfi.

Me acerco y no tarda en pasarme un brazo por la espalda. Me gusta su contacto físico. Me gusta mucho, y, sonriendo, nos hacemos un par de fotos.

Una vez salimos de mi casa y bajamos hasta el portal, corremos hasta mi coche. En el camino, ella me indica cuál es su moto, y me sorprende ver lo grande que es.

Hace mucho frío. Típico de diciembre.

—¿Prefieres el frío o el calor? —me pregunta Lucía cerrando la puerta del pasajero.

—Frío siempre.

Ella pone cara de haber lamido un limón.

Y yo no puedo evitar reírme.

—Siento decirte que en eso no coincidimos —dice poniéndose el cinturón.

—No te preocupes, no se puede ser perfecta —contesto mirándola.

Ella alza la mirada y abre la boca exageradamente, haciéndose la ofendida.

—Venga, toma, en casa yo he puesto la música. Aquí eliges tú —digo dándole mi móvil.

Ella se apresura a buscar una canción.

Mmmm..., me gusta. ¡Me encanta! Y, sin recordar el título, aunque lo tengo en la punta de la lengua, pregunto:

—¿Cómo se llamaba esta canción?

—*Lost in Japan*, de Shawn Mendes.

Es verdad. Me gusta mucho, y pregunto:

—¿Has escuchado el último disco de este chico?

Lucía sonríe y afirma:

—Me encanta. Tiene una voz que si cierro los ojos siento que me roza el cuerpo.

Asiento. Sin duda piensa como yo. La voz de Shawn es tan dulce, bonita y especial que es imposible que no te guste, y más con la música tan buena que hace.

La llevo a comer a un restaurante italiano que a mis hermanas y a mí nos gusta mucho. Aquí hacen la mejor pizza y la mejor pasta del mundo. Y, sí, por su expresión sé que he acertado.

¡Bien!

Durante la comida hablamos de nuevo de todo, y Lucía termina dándome algún que otro consejo en cuanto al cuidado de los gatos. No es que yo no los sepa, pero, oye, ella parece estar más puesta que yo en el tema y me dice cosas curiosas de los mininos que yo nunca había pensado y que tendré poner en práctica.

El teléfono me suena. Es un mensaje de Bárbara preguntándome dónde estoy. No lo abro. No respondo. No quiero que vea que lo he dejado en «visto» y no le he respondido. Ahora estoy con Lucía y sólo quiero centrarme en ella.

Cuando volvemos a mi casa, Lucía recibe un mensaje de su hermano Dani preguntando dónde está. Ella, sin dudarlo, responde, y quedan en el portal de casa para regresar juntos en la moto de ella.

Con cierta tristeza, veo cómo Lucía guarda sus cosas en su bolsa. Sin duda ha sido un fin de semana sorpresa y sorprendente.

Dándole el pijama de koala que ella trajo para dejarme, indico:

—Toma, no te olvides esto.

—No, quédatelo —contesta sin cogerlo.

Pero yo insisto:

—¿Segura?

—Segurísima —sonríe.

Lucía termina de guardar las cosas en la bolsa de deporte.

Es hora de irse. En el salón, se acerca a *Botas*, lo acaricia. Él se deja tocar. ¡Increíble! Después se aproxima a las gatitas y les habla en voz baja. Las besuquea y, cuando finalmente veo que coge el casco de moto, asiendo su bolsa y colgándomela al hombro, digo:

—Trae, te acompaño abajo.

En silencio, bajamos al portal. Su hermano no ha llegado todavía, por lo que esperamos en el interior, cuando mirándome dice:

—He pasado unos días geniales, Sara.

—Yo también.

Nos miramos.

En ocasiones los silencios dicen más que las palabras; de pronto, ella, intentando sonreír, comenta:

—Quiero fotos de las gatas y de *Botas* a todas horas.

—Sí, no te preocupes —respondo riendo.

Lucía descuelga su bolsa de mi hombro y dice:

—Hablamos esta noche.

Asiento. Lo tengo clarísimo.

—Sí.

Ella sonríe, esperaba esa confirmación para quedarse tranquila.

Entonces vemos a su hermano cruzar la calle con las manos metidas en los bolsillos.

—¿Te puedo dar un beso aquí? —pregunta sorprendiéndome.

Su prudencia me gusta. Eso me hace ver que se preocupa por mí. Que me cuida.

Lucía vive su sexualidad libremente y sabe que yo estoy en ello, y que me respete es muy bonito. Así pues, mirándola, asiento a lo del beso. No es que pueda dármelo, ¡es que debe dármelo!

Entonces pone sus manos, que, como siempre, están frías, en mis mejillas, se acerca a mí, posa sus labios sobre los míos y me besa con delicadeza.

Su boca y la mía se encuentran en un beso intenso y cálido mientras siento como nuestros cuerpos se rozan.

De pronto oigo el ascensor. Alguien baja.

¡Joder!

El beso se acaba justo cuando éste se para y la señora Juanita, la vecina del segundo izquierda, sale de él. Lucía coge sus cosas y, tras guiñarme el ojo, antes de marcharse, se despide:

—Hasta luego, Sara.

Dicho esto, abre la puerta del portal y sale.

La sostengo para que la señora Juanita salga también y aprovecho para echar un último vistazo a la pelirroja.

Ella se encuentra con su hermano. Ambos se abrazan, sonríen y, tras ponerse los cascos, el hermano se cuelga a la espalda la bolsa de deporte.

Lucía arranca la moto y me mira. Nuestros ojos dicen lo que los labios en esos momentos no pueden, yo levanto el brazo en señal de despedida y se va.

* * *

Dos horas después llegan Almu, Carla y mamá. Ni que decir que mi madre se echa las manos a la cabeza cuando ve a las dos gatitas, pero mis hermanas gritan y aplauden como descosidas de felicidad.

Le explico el tema a mamá. Dramatizo un poco para llegarle al corazón y, tras rechistar y protestar porque serán tres animales y no uno en casa, al final las acepta, y Almu, Carla y yo gritamos felices.

Un rato después toca el turno de los nombres. Almu decide llamar *Nairobi* a la gata de color negro. Es una loca de la serie «La casa de papel». Y Carla llama *Cali* a la otra gatita negra con la cola blanca, porque, según me dice, así se llama la de Katie de «La patrulla canina».

Esa noche, cuando ya estoy metida en la cama, sigo con el run-rún en la cabeza mientras miro las estrellas del techo. Lucía y yo. Yo y Lucía. Sin duda hemos comenzado algo. Pero ¿qué?

La puerta de mi habitación se abre. Es mamá.

Con su eterna sonrisa, se acerca a mi cama, se sienta en ella y, tras pasar su mano por mi pelo, hablamos sobre las gatitas. Cuando acabamos, pregunta mirándome:

—¿Estás bien, cariño?

Sorprendida, asiento y pregunto a mi vez:

—Pues claro. ¿Por qué lo dices?

Mi madre sonríe. Me da un beso en la frente y, levantándose de la cama, cuchichea:

—El sexto sentido de las madres, hija. No sé. Pero tus ojos me dicen que hay algo en tu cabeza que te da vueltas y no me cuentas.

¡Increíble! Lo de mi madre es increíble, y, sonriendo, respondo:

—¡Mamá, por favorrrrrrrrrr!

Tras sonreír, desaparece de la habitación y yo resoplo.

¿En serio las madres tienen ese sexto sentido con los hijos?

Instantes después, Fran y Bárbara comienzan a hablar por WhatsApp. Cuentan sus fines de semana. Fran con su familia y Bárbara con su abuela. Yo simplemente comento que he cuidado a las gatas. No quiero decir nada más. De momento, lo que acabo de comenzar quiero que sea sólo algo mío y de Lucía.

Una vez mis amigos dejan de hablar, suelto el teléfono sobre la mesilla y me vuelve a vibrar. Un mensaje de Lucía.

LUCÍA: Buenas noches.
Te echo de menos. Besos.

Según leo eso, sonrío. Era lo que necesitaba, aunque ahora el estómago me da vueltas. Por ello, y dispuesta a que ella tenga su respuesta, escribo:

> YO: Buenas noches. Yo también te echo de menos. Besos.

Según le doy a «Enviar», sonrío. Me siento bien. Me gusta la sensación que tengo.

Cinco minutos después, cierro los ojos e intento dormir. No será tarea fácil...

De pronto, los abro de nuevo.

¡MIERDA!

¡No he pasado a limpio los apuntes de Olivia!

Capítulo 23

Fran

Ya es 24 de diciembre por la tarde.

Estoy envolviendo regalos a última hora, como siempre.

—¡Fraaaan! —grita Álvaro desde el otro lado de la puerta.

Menos mal que mi habitación tiene pestillo. Este enano aparece cuando menos te lo esperas.

—¿Qué quieres? —digo.

—¿Jugamos a alguna cosa?

Sonrío. Si el supiera lo que tengo delante, le daría algo, pero respondo:

—Estoy con un tema de la uni, dame diez minutos, ¿vale?

—Síííí.

Poco después, termino de envolver regalos y los meto debajo de la cama.

¡Por fin!

Salgo y compruebo que Álvaro no está en su habitación.

Oigo ruidos y miro por la ventana.

Ahí está, en el jardín.

Intenta dar toques con el balón, pero el pobre es bastante malo.

Como siempre, es el fresco del barrio. Las veces que le dirá mamá que se abrigue cuando salga al jardín, pero nada, este crío no hace caso a nadie. Y luego vienen los constipados, las fiebres y demás. Por ello, según bajo, cojo un anorak suyo y, al salir al jardín, digo tendiéndoselo:

—Toma, ponte esto, anda.

Álvaro obedece a regañadientes y luego nos ponemos a jugar y a correr por el jardín, y yo me hago una minicoleta, ya que el pelo se me mete en los ojos.

Estamos sudando.

¿No nos resfriaremos?

Más nos vale que no.

Mamá llega de hacer sus recados y, tras varias advertencias suyas porque vamos a coger frío, nos metemos en casa. En la cocina, Álvaro y yo estamos riendo con mi madre cuando llegan mi hermana Ana y mi padre. Y, como era de esperar, éste lo primero que dice es:

—Francisco, ¿qué llevas en la cabeza?

Su absurda pregunta me hace gracia y, tras mirar a Álvaro y sonreír, respondo:

—Pelo.

Ana sale junto a mi madre de la cocina y Álvaro las sigue, cuando mi padre insiste:

—¿Te parece normal llevar una coletita de niña?

Lo miro. Odio que sea tan arcaico. Estamos en el siglo XXI y no hago ningún mal por llevar coleta o lo que me dé la gana, y, sin darle importancia, respondo:

—Pues sí, la verdad. Me parece totalmente normal.

Papá suelta un sonoro suspiro. Sin duda, no soy el hijo que quiso tener, soy su decepción, cuando dice:

—¿Qué clase de ejemplo le estás dando a tu hermano?

¿Perdona?

¿En serio me viene ahora con ésas?

Y, cansado de su continuo malhumor conmigo, pregunto deseoso de que me haga la maldita pregunta de una santa vez y tenga huevos de decírmelo a la cara:

—¿Concretamente a qué te refieres?

Mi padre me mira. Clava su maldita mirada en mí e indica:

—La mierda esa de la cabeza, la música que escuchas, la gente con la que te juntas, cómo vistes... ¿Te parece normal?

—Totalmente normal.

—¡Francisco! —gruñe él.

Espero, espero que diga algo más, pero no se atreve. E, incapaz de callar un segundo más, suelto:

—No soy gay, papá, pero si lo fuera, ¿tan grave sería?

La mandíbula se le contrae. Al final he sido yo quien le ha aclarado mi vida sexual. Sin embargo, conociéndolo, seguro que no me cree, aunque me da igual. De él ya me da todo igual. Aun así, es Nochebuena y no se la quiero jorobar a mi madre, por lo que añado:

—Lo que a mí no me parece normal es tu forma de pensar, de calificarme y prejuzgarme, de mirarme, pero me callo. Te diría cientos de cosas que seguro que no te gustarían, aun así, me voy a callar porque no me apetece discutir en Nochebuena. Y si me callo no es por ti ni porque te tenga ninguna clase de miedo: lo hago porque quiero que mi madre y mis hermanos disfruten de esta noche, aunque, teniéndote a ti cerca, con tu negatividad, difícil lo veo.

Sin darle tiempo a contestar, me doy media vuelta y, cuando salgo por la puerta, lo oigo decir levantando la voz:

—Esto no va a quedar así, Francisco. Un mierda como tú no me va a hablar a mí de ese modo, ¡en mi casa no lo consiento! ¡¿Te enteras?!

Entro en el salón, donde todos me miran. La tristeza en los ojos de mi madre me mata, pero más me mata la expresión de pena de mi hermano, por lo que, arrugando la cara, les saco la lengua y suelto:

—Ni caso.

Mamá resopla. Coloca un adorno en el árbol y dice dirigiéndose a mi hermana:

—Cielo, llévate a Álvaro un segundo. Quiero hablar con Fran.

Ana, que entiende como yo lo que pasa, asiente y, dando la mano a Álvaro, se van escaleras arriba, mientras yo me quedo en el salón. Mi madre se me acerca y me acaricia la espalda.

—¿Estás bien mi vida? —pregunta.

Asiento. Sé que ella sufre tanto como yo, cuando añade:

—Eres un buen hijo, que nadie te haga dudar de ello.

—Lo sé, mamá.

—Cariño, yo simplemente quiero que seas feliz.

Las palabras de mi madre me reconfortan, y, sonriendo, afirmo:

—Gracias.

—Escucha, Fran. Vive tu vida sin dar explicaciones a nadie porque no es necesario. Y no hagas caso de las tonterías que te diga alguien que tú crees que no merece la pena. ¿Entendido, Fran?

A buen entendedor pocas palabras bastan, e, incapaz de callar, afirmo:

—No creo ser un mal ejemplo para Álvaro.

Mi madre se mueve. No le gusta nada eso. Ha oído como el resto las voces de mi padre, y responde:

—Y no lo eres, cariño. Lo que creo es que eres un magnífico hermano mayor y un buen hijo que estudia, trabaja y cuida de nosotros. Eso es lo que yo creo, y te aseguro que tus hermanos también.

En ese instante, mi padre entra en el salón y ella, mirándome, sin hablar, me indica que me marche. Sin dudarlo, lo hago. No me apetece discutir con él.

Una vez en mi habitación, pongo música. La necesito. Después me ducho y me arreglo mínimamente. En casa estamos los cinco solos y no hace falta impresionar a nadie.

Tras mirar mi ropa, me decanto por una camisa roja, para darle un toque navideño a la noche, unos pantalones negros y zapatos también negros.

Nada más bajar de nuevo al salón, noto la mirada de mi padre. Seguro que no le gusta mi *look*, pero no me voy a cambiar. Me niego.

Llega el momento de la cena y, como siempre, mi madre se ha currado una preciosa mesa llena de detalles navideños y riquísima comida.

Todo va bien. Álvaro está feliz y mi madre sonríe, mientras que papá y Ana hablan mayoritariamente de trabajo, pero es lo que hay.

Cuando estamos con el postre, a mi padre le suena el móvil. Rápidamente se levanta para cogerlo, cuando mi hermana comenta:

—Me gusta mucho cómo tienes el pelo ahora.

Oír eso me hace sonreír. Sé que esas palabras son su manera de decirme que está conmigo y, encogiéndome de hombros, respondo consciente de que mi padre mira hacia nosotros desde el ventanal.

—Me alegra mucho que te guste.

Álvaro, que está feliz porque esa noche va a recibir regalos, pregunta:

—¿A que te lo estás dejando como ese cantante que te gusta tanto?

Me río. Se refiere a Harry Styles. Me encanta su música.

Recuerdo que un día mientras esperábamos en la peluquería de la madre de Sara, mi hermano y yo hablamos de distintos estilos de pelo. Álvaro tenía dudas acerca de si los chicos podían llevar el pelo largo. El pobre, con todo lo que oye de mi padre, es normal que dude, pero ese día le dejé claro que los hombres podían llevar el pelo como quisieran. Y al enseñarle fotos de Harry Styles, Jared Leto o Chris Hemsworth... lo entendió.

Como hermano suyo que soy, intenté dejarle claro que tanto las chicas como los chicos pueden llevar el pelo rapado, largo, menos largo, teñido, con rastas..., y, sonriendo, respondo:

—Puede...

Mi hermano sonríe a su vez y yo le guiño el ojo. La verdad, no creo que me lo deje tan largo. De hecho, si no he ido a la pelu es porque no he encontrado el momento.

—¿De quién habláis? —pregunta mi madre curiosa.

Mi hermana Ana saca el móvil rápidamente, busca una foto de Harry con el pelo largo y mamá, al verlo, contesta:

—Ah, pues sí. A ese Harry le queda muy bien el pelo larguito, y a mi niño le quedará aún mejor porque ¡es más guapo!

—Vamos, no me jodas... —gruñe mi padre sentándose a la mesa de nuevo.

Todos lo miramos. Es llegar él y cortarnos el rollo, cuando insiste:

—Francisco, de aquí a Nochevieja vas a la peluquería sin falta.

Lo miro. No respondo, y sonrío.

He dicho que no voy a discutir en Nochebuena y lo voy a cumplir.

Terminamos de cenar y, tras ayudar todos, excepto mi padre, a recoger la mesa, nos vamos al salón a ver una peli o jugar a lo primero que se nos ocurra. Como era de esperar, jugamos mis hermanos, mi madre y yo, mi padre se aparta. Pasa de jugar con nosotros.

Con la ayuda de Ana, que entretiene a Álvaro, mi madre y yo vamos bajando los regalos para dejarlos en la cocina. Nos gusta sorprender al enano, y, aunque ya va siendo mayor, todavía podemos hacerlo. Lo mandamos a la cocina a buscar una Coca-Cola y, cuando se encuentra con todos los regalos, comienza a chillar como un loco.

Mamá, Ana y yo sonreímos y, tras correr a la cocina, hacemos aspavientos al ver todos los regalos que Papá Noel ha dejado para nosotros.

Entre risas, los cuatro los trasladamos al salón. Allí los abriremos frente al árbol de Navidad, mientras a Álvaro le hacen los ojos chiribitas con tantos paquetes por todos lados.

Papá abre sus sosos regalos, que básicamente son iguales todos los años.

¿No se aburrirá?

Yo le he comprado una corbata azul con pequeños círculos blancos que parece que le gusta. No protesta, ¡menos mal! Mi hermana le regala una camisa y unas zapatillas de andar por casa. No recibe nada más, y me sorprendo al ver que mi madre este año no le ha comprado nada.

Mamá desenvuelve sus regalos. Tiene muchos más que mi padre. Especialmente porque es más fácil hacerle regalos, y sobre todo porque se los merece. Encantada, mira las botas que le he comprado. Sé que le gustaban. Me había hablado de ellas y yo tomé nota, y también le gustan el libro y el perfume que le he comprado. Luego abre los de mi hermana Ana y le gustan también. Y de nuevo me percato de que mi padre tampoco le ha regalado nada. Sin duda, no pasan por un buen momento. Pero, vamos, como no es la primera vez, tampoco me alarmo.

Mi hermana Ana va abriendo los suyos y me da las gracias por el collar y el bolso, y enloquece al ver los zapatos, collares y camisas que mi madre ha comprado para ella.

Visto eso, procedo a abrir mis regalos. Como siempre, mi hermana y mi madre aciertan. Me compran lo que me gusta, lo que saben que voy a disfrutar, y, encantado, las abrazo y las besuqueo ante la cara seria de mi padre.

Mientras hablamos, Álvaro sigue abriendo regalos y, enseñándome un par de pistolas Nerf que disparan corchos de plástico, dice:

—¡Mira, Fran!

Divertido, lo reto.

—Menudas palizas te voy a dar, chaval.

Sabía que le iban a gustar.

A continuación, desenvuelve un reloj, un cubo de Rubik, un globo terráqueo y una camisa azul claro. Álvaro lo observa todo como el que mira algo que no entiende, y todos sabemos que ésos son los regalos de mi padre. No conoce sus gustos.

Cuando creemos que los regalos han acabado, mamá nos da otro a los tres y reímos al ver que son tres jerséis navideños iguales. Algo que mi padre reprocha, pero ni caso le hacemos.

Y entonces Álvaro abre el último paquete, que es mío también, y su cara de sorpresa lo dice todo cuando grita:

—¡El disfraz de Capitán América!

A mi hermano le encantan las películas de Marvel. Y más si sale Capitán América. Si fuera por él, las veríamos todas las semanas.

Así que tuve bastante claro el regalo.

Que se lo ponga o no, ya es cosa suya. De repente me suena el móvil y veo que tengo varias notificaciones en el WhatsApp, pero sin duda atiendo a mis «Palomas mensajeras».

BARBI: ¡Feliz Navidad, palomitas!
¿Qué tal la noche?
SARA: Regalos por aquí, gritos
de Carla por allá y poco más.

YO: Más o menos lo mismo, pero
aquí el que grita es Álvaro, jajaja.

SARA: ¿Y tú, Barbi?
BARBI: Con la yaya y muchos regalosssss.
Tengo que contaros una cosa.

YO: ¿Es malo?

SARA: ¿Estás bien?
BARBI: Mis padres no vienen a España
para Nochevieja. Es la época de incendios
allí y están teniendo problemas.

YO: Vayaaaa.

SARA: ¿Y qué vais a hacer en Nochevieja
la yaya Tina y tú?
BARBI: Aún no lo sé.
SARA: Vale, pues tenéis una semana para
mirar las pelis que se han estrenado este
año y pillaros un disfraz.

YO: Jajajajajaja.

BARBI: No, Sara, tampoco vamos
a entrometernos en tu familia.
SARA: No acepto un no por respuesta.

YO: Cuanta más gente, más divertido.

SARA: Tú sabes que también
estás más que invitado, Billy.

YO: Sí. Pero, ya sabes,
de momento plan familiar.

Una vez dejo de hablar con mis amigas, vuelvo a prestar toda mi atención a mi familia. Sin duda, sería mucho más divertido cenar en Nochevieja en casa de Sara, pero por nada del mundo dejaría a mi madre y a mis hermanos. Para mí la familia es lo primero, aunque mi padre se empeñe en poner las cosas difíciles.

Capítulo 24

Bárbara

Llega el último día del año y al final la yaya Tina y yo nos apuntamos a pasar la Nochevieja en casa de Sara.

Si mis padres no quieren venir para estar con nosotras, es su problema, no el nuestro. Por tanto, con hacer a mi yaya feliz esta noche, yo soy feliz. No pienso dejarla sola como hace su hija. Vamos, mi madre.

En un principio pensé que se iba a echar para atrás por el tema de los disfraces. Pero, qué va, he descubierto una nueva yaya. ¡Y está emocionada con el tema!

¡Será superdivertido!

Después de mirar y mirar doscientos millones de disfraces, me decanté por el de Shuri, la hermana del prota de la peli *Black Panther*, y lo encargué por internet. Me ha costado un pastón, pero me da igual. ¡Pagan mis padres!

Además, el disfraz ¡me va que ni pintado!

Una vez he terminado de ponérmelo, me pinto unos puntos blancos en la frente y debajo de los ojos.

Vaya, ¡parezco recién salida de Wakanda!

Sonriendo, me calzo las botas negras y ya estoy lista.

Encantada con mi disfraz, salgo al pasillo, donde me miro en el espejo grande, y me hago un par de fotos. Está mal que yo lo diga, pero estoy ¡estupendísima!

Sin embargo, no puedo subir ninguna foto aún a mis redes sociales, porque sería hacerle *spoiler* a mi amiga, y quiero sorprenderla.

Mejor hago otra cosa.

Y, con ganas de hablar con mi chico, abro WhatsApp y, enviando la foto, pregunto:

YO: ¿Qué te parece?

Si no hubiera sido porque a Marcos le gustan estas películas y me invitó a una tarde de peli y manta en su casa, no creo que la hubiera visto. Y reconozco que salí encantada.

MARCOS: ¡*Wakandaaaaaaaaaa forever!*

Según leo eso, sonrío. Qué mono es. Entonces insiste:

MARCOS: MADRE MÍA. Estás increíble,
Bárbara.
Con lo preocupada que estabas con el
pelo, te ha quedado genial. Eres una
profesional, pareces salida de la peli.

YO: Graciassssss.

Marcos es tan genial que a veces me da hasta miedo.
¿En serio existen chicos tan estupendos?
Y, queriendo saber de él, pregunto:

YO: ¿Tu *look* de Nochevieja, qué tal?

MARCOS: Aún es pronto,
así que de momento...

Marcos me manda una foto en pijama. Yo sonrío.

YO: Muy apropiado, jajaja.

Durante un rato, wasapeamos. Nos encanta hablar. Mucho...,

mucho..., mucho, y cuando miro el reloj de la cocina, levantándome rápidamente, escribo:

> YO: Me voy. Luego hablamos, guapoooo.

> MARCOS: Vale, guapa, pásalo biennnn.

Bloqueo el móvil con una sonrisa.

Cojo lo imprescindible. El teléfono, las llaves, el bolso y un abrigo, y salgo de casa.

Satisfecha con mi apariencia, llego hasta el piso de mi abuela. Me muero por ver ese disfraz que no me ha querido revelar, y llamo a su puerta.

Segundos después, la puerta se abre y yo me quedo boquiabierta.

¡Wowwwwwwwww con mi abuela!

Y, con una sonrisa que siento que me ilumina la cara, indico:

—¡Hala, qué fuerte, yayaaaa! ¡Te pareces un montón!

Ella sonríe y, con su peluca de flequillo, pregunta:

—Cariño, ¿me estás llamando bajita?

Las dos nos echamos a reír.

Mi abuela se ha disfrazado de Edna Moda, de la película de *Los Increíbles 2*.

Le queda que ni pintado el vestido negro, con una especie de plumas en los brazos, la peluca y las gafas redondas. Está increíble, y la oigo decir:

—Bárbara, estás espectacular, cariño.

Complacida con lo que dice, doy vueltas sobre mí para que me vea bien.

—Necesito que me mires el peinado y la trenza por detrás, a ver si están bien —pido.

Entramos en su casa, dejo las cosas que llevo en la mano sobre el sofá y me siento en una silla para que le sea más cómodo.

Tras un par de retoques *yayiles* que sé que a ella le gustan, ya estamos preparadas, y pregunto:

—¿Llamo a Sara para que venga ya?

Mi abuela asiente.

—Sí, cielo. Llámala y así ayudamos en lo que necesiten.

Yo pensaba ir en Uber o en taxi, pero mi amiga me dejó muy claro que la avisase cuando quisiéramos ir, que ella venía a recogernos y que, si no lo hacía, íbamos a terminar muy mal el año. Por tanto, la avisaré, aunque sé lo poco que le gusta hablar por teléfono.

Un timbrazo...

Dos...

Y al tercero...

—*Digamelón*.

Sonrío al oír su voz.

—¡Hola, Sara! Ya estamos *ready*.

—¿Ya estáis?

—Sí.

—*Mamma mia*, Barbi, hoy has metido el turbo.

Ya te digo. Creo que no he sido tan puntual desde hace años, y, riéndome, pregunto:

—¿Te viene bien pasar ahora a por nosotras?

—Sí, claro. Cuando esté en el portal, os aviso.

—*Perfect*. Ahora nos vemos.

—Chaooooooo.

La yaya y yo nos ponemos a hablar.

Me cuenta dónde van a cenar sus amigas y lo que han preparado, y cuando queremos darnos cuenta me llega el mensaje al móvil avisándome de que Sara está abajo.

Antes de salir, veo que la yaya coge una bolsa.

—¿Y eso? —pregunto.

—Para llevar a casa de Naira, cielo. Son croquetas y unos canapés.

—¡Pero si nos pidieron que no llevásemos nada!

La yaya me hace un gesto con la mano. A ella nadie le dice lo que puede o no llevar, y, empujándome para que salga, antes de cerrar la puerta con la llave, dice:

—Abrígate, cariño.

Yo la miro mientras llamo el ascensor. Llevo el abrigo en la mano, y aclaro:

—Luego me lo pongo. Ahora quiero que Sara vea mi disfraz en todo su esplendor.

—Te vas a pelar de frío, cielo.

—Merecerá la pena —afirmo gustosa.

Llegamos al portal y, antes de abrir, no veo a mi amiga.

Qué raro.

¿Dónde habrá aparcado?

Salimos y miro más detenidamente.

¡Qué fríoooo!

De pronto distingo a una chica rubia con un traje azul muy mono apoyada en un coche, mirando en nuestra dirección.

—¿Ves a Sara? —me pregunta la yaya.

Miro a ambos lados, cuando empieza a sonar mi teléfono.

¡Es ella!

—*¡Wakandaaaaaaaaaaaaaaaa foreverrrrrrrrrrrrrr!*

Tal como oigo eso, me río. Sin duda ella me ha visto ya, y yo pregunto:

—¿Dónde estás?

—¿Has visto esa pedazo de rubia que no te quita ojo?

Vuelvo a mirar en esa dirección y la veo apartándose el móvil de la oreja y enseñándomelo.

¡¿Quéééééééééééé?!

—¡No me lo puedo creer! —grito cogiendo a mi abuela del brazo.

La yaya me mira, yo señalo a la rubia y ella pregunta incrédula:

—¿Ésa es Sara?

—Sí, yaya.

—Madre mía, nunca lo habría adivinado.

Nos acercamos entre risas. Sin duda las tres estamos divertidas y graciosas; mi amiga señala a mi abuela y, aplaudiendo en plena calle, afirma:

—¡Yaya Tina, lo has clavado!

—Gracias, cariño. Tú vas guapísima.

Sara sonríe y me mira.

Por su gesto, sé que le gusta mi disfraz, y mucho, cuando suelta:

—Amiga, para ti no tengo palabras. Sólo puedo decir *¡Wakanda forever!*

Complacida por sus palabras, doy de nuevo vueltecitas sobre mí para que me vea, e indica:

—O sea, es que vas increíble.

—¿Perdona? —me mofo mirándola—. ¿Me lo dice la que lleva un pedazo de *look* alucinante? Esos anillos, la peluca rubia, los collares... Te juro que me acabo de enamorar, y mira que a mí las tías no me van.

La yaya y Sara se ríen.

—¡Venga, al coche, que hace frío! —indica Sara rodeando el vehículo.

La yaya se sienta de pasajero y yo detrás.

—Sara, el color azul cielo del traje te favorece un montón —digo mientras arranca—, deberías ponértelo todos los días.

Sara se ríe. Ella es monocolor, le gusta el negro, y mientras conduce, responde:

—Claro que sí. Me voy a poner este traje para ir a la uni, ir al dentista, salir a tirar la basura, recoger a mis hermanas...

La yaya Tina no puede contener la risa.

—Los tíos babearían —insisto.

—¡Paso!

Según dice eso, la miro a través del espejo retrovisor y veo que sonríe. Estoy por preguntarle qué pasa, cuando mi abuela curiosa, pregunta:

—A todo esto, Sara, cariño, ¿de qué película y personaje vas disfrazada?

—De Cate Blanchett en *Ocean's 8*. ¿La habéis visto?

Mi yaya asiente, ella no se pierde un estreno de cine, y afirmando indica:

—Uis, sí. Fui este verano a verla con Remedios y Antonia. Nos gustó mucho. Qué bien trabajan todas. Y qué monísima vas, ¡lo has clavado, Sarita!

Vale, yo no he visto esa película. No puedo opinar.

Pero sí puedo decir que Sara está ¡espectacular!

Nunca la había visto así.

Ellas dos hablan sobre la peli y yo me siento superfuera de la conversación, cuando la oigo explicar:

—El traje lo lleva ella en la escena en que va con Sandra Bullock a convencer a la diseñadora que está en el suelo comiendo Nutella a cucharadas.

—¡Toma *spoilerrrrr*! —me quejo—. Aunque lo de la Nutella a cucharadas me representa bastante.

Me vuelve loca la Nutella. Ya sólo por eso, tengo que ver esa película sí o sí.

Capítulo 25

Tras un rato en el coche hasta conseguir aparcamiento, nos bajamos ante las caras de asombro de la gente, llegamos entre risas a su portal y subimos a su casa.

Al entrar nos recibe la pequeñaja de Carla dando saltos.

—¡Por fin habéis llegado!

—¡Pero qué guapa estás! —digo agachándome para darle un beso.

—Graciaaaas, soy Vanellope.

Carla va de la niña que sale en *Ralph rompe Internet*. ¡Qué monada!

La yaya Tina, tras besuquear a la pequeña, va directamente a saludar a Naira. La madre de Sara y ella se llevan fenomenal. De hecho, tras conocerla, la yaya cambió de peluquería y empezó a ir a la suya, y para que ella haga eso...

—¡Pero bueno, Tina, si vamos de la misma película!

Las dos se ríen, ya que Naira va de la madre de Los Increíbles, Elastigirl, cuando mi yaya suelta:

—Quería agradecerte que nos invitaras a mi nieta y a mí a pasar la noche aquí...

—No, no —la corta Naira—. No hay nada que agradecer, sois de la familia, Tina. Así que a pasarlo bien y a disfrutar. Ésta es una noche para pasarlo bien.

Almudena nos mira tímidamente desde el pasillo. Cómo se nota que, en algunos casos, la adolescencia va de la mano de la vergüenza, cuando, para hacerla sentir bien, murmuro mirándola:

—Pero ¿quién viene por ahí? La mismísima Lara Croft en carne y hueso.

Ella se ríe. Necesitaba ese comentario para sentirse aprobada y, ahora sí, se acerca a saludarnos. Mi yaya se come a besos a las niñas. ¡Qué besucona que es! Y yo, mirando a Sara, pregunto:

—Hemos llegado un poco pronto, ¿no?

Pero antes de que mi amiga conteste, la pequeñaja de Carla dice:

—¿Te enseño lo que me trajo Papá Noel?

Sara sonríe. Yo miro a la peque y me alejo con ella para ver sus regalos.

Una hora después, la casa se empieza a llenar de gente. La familia de Sara al completo está aquí.

Eso me hace sonreír, pero al mismo tiempo soy consciente de que en la mía somos poco más que mi yaya y yo, a pesar de que tengo padres. Bueno, mejor no pensarlo. No quiero amargarme. Estoy saludando a la tía de Sara cuando Irene entra junto a un chico que no conozco y, mirándome, grita:

—¡Wakandaaaaaaaaaaaaaaaaaaaaaaaaaaa forever!

Todos la miran. A excepción de quien ha visto la película *Black Panther*, no entienden ese grito de guerra que acaba de pegar, cuando con toda tranquilidad vuelve a exclamar:

—Pero buenooooooooooooooooo, ¡estás impresionante!

—Gracias —respondo sintiéndome el centro de atención.

Acto seguido, viene corriendo y me da un abrazo, mientras murmura en mi oído:

—¡Cuánto tiempo, *my friend*!

Sonrío. Irene siempre me ha caído muy bien, aunque, como dice Sara, la noto acelerada, y desde que regresó de Londres parece otra. No obstante, sin querer entrar en eso, la miro de arriba abajo y, al ver su estupendo disfraz de Viuda Negra, murmuro:

—¡Wowwwwww! Estás divina.

Ella sonríe. Le gusta todo lo que oye, cuando, agarrando al chico que está a su lado de la mano, indica:

—Bárbara, te presento a mi novio, Ricardo.

Vaya, vaya..., no digo más.

Con ojo avizor, miro a aquel desconocido y rápidamente siento que es un pieza de mucho cuidado como me dijo Sara. Su gesto de sobradito me lo dice todo.

—¡Encantada! —lo saludo—. ¿Tu disfraz es de...?

Él me mira. Su expresión no me gusta, e Irene responde por él:

—Ojo de Halcón, uno de Los Vengadores.

Asiento. Míralos qué monos que van los dos combinados.

Sin más, Irene se aleja junto a su chico y mi mirada se cruza con la de Sara. Sin duda, ella piensa como yo en lo referente a aquél, y sé que tenemos que hablar.

Una vez se marchan, saludo a los padres de Irene, que van disfrazados de Mary Poppins y Jack. Me abrazan, siento que me tienen cariño, y yo me dejo hacer.

Más tarde, soy consciente de que llevo rato sin ver a mi yaya y me encamino hacia la cocina, seguro que está allí. Le encanta cocinar, y más desde que ve «MasterChef». Está enganchadísima a ese programa y, aunque no dice nada, pone carita emocionada cuando mira a uno de los cocineros. Me parto con ella.

Tras ver que está bien e integrada en la familia de mi amiga, ayudo a Sara a poner la mesa.

La verdad, no sé cómo va a caber tanta gente ahí, pero si ellas lo dicen..., entraremos.

—¿Dónde están *Botas* y compañía? —le pregunto a Sara mientras coloca los vasos sobre la mesa.

—En mi habitación. Con tanta gente, es mejor que estén ahí relajados.

Bien pensado. Sólo faltaban los pobres gatitos andando por aquí.

Sigo colocando cubiertos, pero a mí no me salen las cuentas, y pregunto:

—Oye, ¿falta gente?

Sara asiente.

—Sí, Barbi. Mi tío Jonay y mis primos, que no sé si traerán parejas.

Antes de que pueda contestar, suena el timbre y Sara abre dándole al botón del telefonillo.

—Hablando del rey de Roma... —comenta sonriendo.

Un minuto después aparecen cinco personas más en casa de Sara. ¡Cinco! Menudo *overbooking*. Ella los saluda y me los va presentando.

—Tío Jonay, ésta es mi amiga Bárbara.

—Hola, guapa —dice dándome dos besos.

Yo lo saludo encantada.

—¿De qué vas? —señala Sara el disfraz de aquél.

—De Aquaman —contesta él sacando pecho.

¡Pobre! Mucho no se parece...

¡De ilusiones también se vive!

Cuando va la descerebrada de mi amiga y le suelta:

—A ver, tío, si hablamos de peces, tú eres más Nemo que Aquaman.

—¡Será cabrona la niña! —se mofa él.

Sara se parte. Yo intento ser comedida cuando él, estirándose de nuevo, insiste riendo:

—No empecemos, Saritaaa.

De nuevo ríen, y mi amiga pregunta:

—¿No viene tu novia este año?

El hombre niega con la cabeza y, dirigiéndose hacia la cocina, señala:

—No, Sara, eso es agua pasadaaaaaaa. ¡No quiero saber nada de mujeres!

Sara asiente y me mira.

—No le hagas mucho caso —murmura—. Ahí donde lo ves, es un ligón ¡de mucho cuidado!

Vaya, eso me sorprende. Atractivo no tiene, desde luego. ¿Qué es lo que verán las mujeres en él?

Pensando en ello estoy cuando se acerca a nosotras un chico vestido de Deadpool.

—Hola, Bruno —saluda Sara.

—¡Prima! —y, mirándome directamente, pregunta—: ¿Tú eres...?

Sara sonríe y, antes de que yo pueda contestar, indica:

—Mi amiga Bárbara.

El chico me da dos besos con cortesía y prosigue saludando al resto de la gente.

Tras él, veo a una chica disfraza de Viuda Negra.

Ups, disfraz repetido. Veamos qué opina Irene cuando lo vea.

Observándola estoy cuando veo que dice mirando a Sara:

—Hola, soy Nadia, la novia de Bruno.

—¡Anda, hola, encantada!

Acto seguido, aquélla se queda mirando los brazos tatuados de Sara y, bajando la voz, cuchichea:

—Me flipan los tatuajes. Son chulísimos.

Sara asiente y, mirándome, dice:

—Ella es Bárbara. Mi amiga.

—¡Encantada! —sonríe aquélla dirigiéndose a mí.

Una vez se aleja de nosotras les toca a otros. En esta ocasión, a la prima de Sara, Lourdes, y su novio Abel. Van disfrazados de Claire y Owen, los protagonistas de *Jurassic World*, y, además de conjuntadísimos, van muy divertidos.

Minutos después, cuando ya no nos queda nadie por saludar, al ver a mi amiga Sara observar a todo el mundo desde donde está, me acerco a ella y pregunto:

—¿No los conocías?

—¿A quiénes?

—A Nadia y a Abel. Las parejas de tus primos.

Sara se ríe, se encoge de hombros y musita.

—Pues no. Mis primos y mi tío traen cada año a alguien distinto.

—¿En serio?

—Y tan en serio —sonríe—. Y, mira, sinceramente es algo que no entiendo. Yo no llevaría a mi pareja a una fiesta tan familiar hasta sentir que lo nuestro es algo serio o importante.

Asiento mientras habla, pienso igual. Meter a un desconocido en la familia cuando ni siquiera sabes si será alguien especial en tu vida no es lo mejor desde mi punto de vista.

—A ambos he empezado a verlos en las Stories de mis primos a partir de Halloween —añade Sara—. Así que me hago una idea del tiempo que llevan con ellos.

—¿En serio?

—¡Y tanto! —dice alzando las cejas.

Madre mía, yo no sería capaz.

Es como si yo hubiera invitado hoy a Marcos en plan novio. Sinceramente, creo que no procedería.

Una vez salen mi yaya y Naira de la cocina, el barullo que hay montado en el salón es increíble. Todos hablamos. Todos reímos. Todos disfrutamos, y yo propongo rápidamente hacernos varias fotos. Ellos aceptan y, ¡zas!, fotitos al canto.

Tras pasar el momento loco de los reencuentros, los besos y las fotos, la madre de Sara, que ha vuelto a la cocina, grita para que la oigamos:

—¡Venid a por platos para llevar a la mesa!

Y, como somos pocos, allá que vamos todos, dispuestos a ayudar en todo lo que haga falta.

¡Qué barullo!

Una vez la mesa está llena de increíbles platos de comida, entre los que se encuentran las cositas que ha traído mi yaya, la madre de Sara indica emocionada:

—¡Venga, sentémonos todos y a cenar!

Cuando conseguimos tomar asiento por fin, empezamos con la cena.

Por Dios, ¡qué rico está todo!

Sara, que está a mi lado, me explica en qué consisten algunos de los platos típicos de Tenerife. Gustosa, lo pruebo todo, anda que no me gusta a mí comer; de pronto, mi amiga indica:

—Eso de tu derecha son papas arrugás y van con el mojo picón, esas salsas que hay al lado.

Sé de lo que habla, y más porque a mí las patatas me gustan de todas las maneras.

—Recuerda, la salsa roja pica, pero la verde no.

Asiento y ella prosigue:

—Eso de ahí es gofio escaldado y lo de al lado es ropa vieja canaria.

—Tiene todo una pinta estupenda —digo relamiéndome.

—¡Ni te imaginas! —exclama Sara encantada.

La familia de mi amiga empieza a hablar de todo un poco. Desde luego, temas de conversación no les faltan, cuando Sara susurra en mi oído:

—Por favor, digan lo que digan algunos, aunque sean de mi familia, recuerda que yo no pienso como ellos.

Oír eso me divierte. Sé por quién lo dice, y asiento.

Capítulo 26

Sara

Me puedo esperar casi cualquier cosa de mi familia. Desde lo mejor, hasta lo peor.

Como he oído decir mil veces, la familia es la que te toca y los amigos se eligen. Y, aunque yo quiero a mi familia, reconozco que algunos tienen ciertas cositas que, desde mi punto de vista, se deberían mejorar. Sobre todo, ideas desfasadas del tío Jonay o la tía Dácil.

¡Menudos son!

Hablar con ellos a veces es sentir que continuamos en el siglo pasado. Sus mentes no han evolucionado.

Pero, olvidándome de eso, me pongo morada.

¡Lo que me gusta a mí comer!

Mi madre cocina de escándalo, y disfrutando el momento estoy cuando oigo a mi tío Jonay preguntar a Bárbara:

—¿Y tú de dónde eres?

Bueno..., bueno..., no me gusta esa pregunta.

Conozco a mi tío y sé por dónde va. Y conozco a Bárbara como para saber que odia que, por tener un color de piel diferente del mío, la gente dé por hecho que no es española.

Mi amiga se limpia la boca con la servilleta y, sonriendo, responde:

—De Madrid.

Mi tío no se mueve, e insiste:

—Ya... Pero ¿de dónde viniste?

Joder..., ¡tío Jonay!

Y, deseosa de que se dé por enterado, intervengo yo diciendo:

—De Madrid. ¿No lo has oído?

Bárbara se queda callada. Intuyo que se corta por estar con mi familia, pero, conociéndola, sé que habría contestado así.

—Con ese color de piel y ese pelo, ¿de Madrid? —insiste él. ¡Vaya tela!

Y antes de que yo vuelva a replicar, Bárbara aclara:

—Pues sí. Con este color y este pelo, nací en Madrid. Concretamente, en el barrio de Chamberí.

Su tono les hace saber a todos que no está cómoda con el tema, cuando su abuela suelta:

—¡Guapa, mi nieta, ¿eh?!

—¡Guapísima! —afirma mi madre.

El tema se corta ahí y la conversación prosigue por otros derroteros. ¡Menos mal! Pero entonces oigo decir a mi tío:

—Naira, falta pan.

Mi madre se levanta diligentemente, mientras yo miro a Jonay. ¿Acaso no tiene dos preciosas y largas patitas para levantarse él? Mejor me callo. No la quiero liar.

Por todos es sabido que la relación entre mi tío y yo no es la mejor. Él es el típico machirulo creído que se cree que sabe de todo, cuando la realidad es que no sabe de nada. No sería la primera vez que discutiéramos por sus arcaicas ideas.

Aún recuerdo la primera vez que vio mis tatuajes. El enfado que pilló con mi madre me sacó de mis casillas, y tuve que sacar mi genio y decirle cuatro cosas. Ésa fue la primera de todas las que le han seguido, pues lo siento, pero a él, precisamente a él, no le paso ni una. Odio a ese tipo de hombre patriarcal, autoritario y cabezón, y, por desgracia, mi tío es así.

Acabado el picoteo inicial, decidimos que es el momento de servir el segundo plato. Como era de esperar, los tíos no se levantan, algo que me molesta. Excepto Abel, el nuevo chico de mi prima Lourdes, que nos ayuda con los platos.

Una vez llegamos a la cocina, mi madre se acerca a mí y, mirándome a los ojos, susurra:

—Por favor... Sólo te digo eso, ¿vale?

Resoplo, sé a lo que se refiere, y cuando nadie nos oye gruño:

—Mamá...

—Lo sé, cariño. Lo sé —me corta ella. Y, dándome un beso en la mejilla, pone una cazuela de cordero en mis manos y dice—: Pero inténtalo.

Está claro que lo ocurrido ha incomodado a mi madre y, por ella, me voy a relajar. Así pues, voy hasta el salón acompañada por la tía Dácil, que lleva otra bandeja de cordero, cuando oigo a Jonay decir:

—Oye, morenita, ¿traes más servilletas?

No me lo puedo creer.

Mi tío es un imbécil, y, tras dejar la cazuela de cordero sobre la mesa, agarro a Bárbara del brazo y, dirigiéndome a Jonay, pregunto:

—¿Perdona?

Todos nos miran.

Poco me ha durado la advertencia de mi madre, cuando él coge su servilleta sucia, me la enseña e indica:

—A ver, sobrina, necesito otra.

Asiento, me parece perfecto, e, incapaz de callar, suelto:

—Pues ya sabes, tío. Creo que has estado muchas veces en mi casa como para saber dónde están las servilletas.

Todas las personas de la mesa están en silencio, observando la situación. Jonay me mira desafiante. Yo lo miro a él.

¿Se cree que me va a acobardar por mantenerme la mirada?

Y finalmente, levantándose, indica:

—Sarita, te estás pasando.

Dicho eso, desaparece por el pasillo y en el salón sólo se oye la tele, por lo que digo oliendo el aroma del rico cordero:

—Mmmmmm... ¡Qué bien huele!

—Sí, señor, huele de maravilla —afirma la yaya Tina.

Segundos después, mi tío aparece con más servilletas, se sienta y le sonríe. Él a mí, no.

La tía Dácil, que por norma suele ser picona, en esta ocasión no ha dicho nada y, mira, se lo agradezco, y para cambiar de tema, comienza a preguntar cómo van los estudios.

Vaya... Quizá habría preferido seguir con el mismo.

Mis primos cuentan lo bien que les va en la universidad y lo contentos que están. Yo no puedo decir lo mismo. Vale, estudiar Bellas Artes era lo que quería, pero ahora que lo hago, siento que no es lo mío. A mí me gusta dibujar. Tatuar. ¡No sé qué hago estudiando Bellas Artes! Siento que no estoy hecha para eso, que estoy perdiendo el tiempo.

En silencio, oigo lo que mis primos dicen. Sus vidas son perfectas, sus estudios son los mejores, cuando Lourdes explica:

—Me encantan las prácticas de periodismo que estoy haciendo. Tengo unos jefes increíbles y reconozco que me gusta mucho lo que hago.

Todos opinan sobre aquello, cuando la tía Dácil, mirándome, me pregunta:

—¿Y tú, Sara? ¿Qué tal la universidad?

¡Mierda!

—Bien —respondo de manera seca.

Me miran a la espera de que diga algo más. Sin duda estoy siendo la borde de la noche, pero no. No les voy a contar mi vida. Me niego a darles más información que sé que en el fondo no les interesa.

Mi madre, que me conoce muy bien, rápidamente comenta algo sobre los estudios de mi hermana Almudena. La tía es un lince en matemáticas, y de inmediato todos la miran a ella y la felicitan.

¡Gracias, mamá!

Acabado el cordero, que, todo sea dicho, estaba para morirse de rico, nos volvemos a levantar para llevar platos a la cocina, momento en el que mi madre, mirándome, susurra:

—Relájate, Sara.

Yo la miro. Joder. Siento hacérselo pasar mal, y, alzando los hombros, musito:

—Estoy relajada, mamá.

De nuevo nos sentamos alrededor de la mesa para disfrutar de la tarta de zanahoria que ha traído la tía Dácil. Me río al ver cómo Bárbara pone los ojos en blanco extasiada por lo mucho que le gusta y disfruto comiéndola yo.

De nuevo las risas y el buen humor regresan a la mesa, hasta que oigo a mi tío Jonay decir:

—Y tú, Sara, con lo mona que eres, a pesar de esos horribles tatuajes que llevas y de tu pésima manera de vestir, ¿por qué no tienes novio?

¿Qué?

¡Joder con mi tío y su maldita indiscreción!

Mira, que me voy a atragantar con la tarta.

Bárbara me mira. Sonrío.

Mi madre me mira. Vuelvo a sonreír.

Y cuando estoy dispuesta a contestar con lo primero que se me ocurra, mi tía Dácil añade:

—Eso, sobrina. Nunca nos has presentado a ningún chico, y ya va siendo hora. Si me hicieras caso y te arreglaras un poco más como tu prima, seguro que alguno estaría ahora sentado a esta mesa.

¡Para flipar!

No podía faltar la preguntita de mierda.

¡Todos los años lo mismo!

Como siempre, es mejor cuestionarme a mí y no a mis primos porque todos los años salgan dos personas en la foto familiar que nunca van a volver.

Por ello, miro a mi madre y me armo de paciencia.

Tengo dos opciones.

Contestar lo que ellos quieren, que sería algo como: «No ha llegado aún mi príncipe azul», obviamente añadiendo a la escena una cara de princesa Disney triste con la mirada perdida para darle un aire más bohemio, o soltar directamente: «No me gustan los chicos y salgo con una chica».

Finalmente, y consciente de que si digo lo segundo se va a armar la marimorena, y no precisamente por mi madre, cuando voy a responder, Bárbara dice:

—Que sepáis que Sara puede tener al chico que quiera. Lo que pasa es que es muy selectiva.

Eso me hace reír. Mi amiga ha acudido en mi rescate, cuando mi tío Jonay añade mirándome:

—Bueno, aún eres joven. Quizá el año que viene ese chico esté aquí con nosotros.

Pero, vamos a ver, ¿qué tiene que ver la juventud para encontrar el amor?

—Ya te llegará tu media naranja —ríe la tía Dácil.

—O medio limón, porque con su carácter... —añade mi primo Bruno.

Pero ¿qué están diciendo?

Está visto que ésta ¡no es mi noche! Y, viendo con el rabillo del ojo que mi madre sonríe, muestro ese lado reivindicativo y feminista que a parte de mi familia la saca de sus casillas y suelto:

—¿Sabéis? Nací entera, así que no necesito ni media naranja, ni medio limón, ni medio nada de nada porque yo solita me complemento.

Mis tíos me miran y se ríen, y mi primo Bruno se mofa:

—Siempre podemos organizarte alguna cita a ciegas.

Eso los hace reír de nuevo. ¡Qué graciosos!

—Qué buena idea —suelta el tío Jonay—. Así nos aseguramos de que elegimos un hombre que se vista por los pies y, a ser posible, sin tatuajes ni *piercings*, porque algo me dice que ésta nos ha salido muy feminista.

Me estoy cabreando.

Me estoy cabreando mucho. Cuando mamá, poniéndose en pie, levantando la voz, ordena:

—¡Basta ya! ¿Queréis dejar a mi hija en paz?

Sus hermanos y mis primos la miran, y ella añade:

—Y, sí, mi hija o, mejor dicho, mis hijas son tan feministas como yo. ¿Pasa algo?

Mis tíos no responden, creo que se han quedado tan sorprendidos como yo, cuando mi madre zanja:

—Puestos a decir, yo también puedo criticar lo que veo y no me gusta de vosotros o vuestros hijos, pero no lo hago porque tengo respeto por vuestras vidas. Por tanto, ¿qué tal si empezáis a respetar la de mi hija?

Un silencio sepulcral nos rodea.

Para que mi madre diga eso es porque deben de tenerla tan quemada como a mí, cuando Almudena y Carla, de pronto, comienzan a aplaudir.

—Muy bien, mamá. ¡Bien dicho!

Finalmente, mi madre sonríe. Le importan un pimiento las miradas de sus hermanos, y, tras besar a las peques con amor en la cabeza, dice levantándose:

—Recojamos la mesa y traigamos las uvas, que luego se nos echará la hora encima.

—Excelente idea —afirma la yaya Tina.

Una vez nos volvemos a levantar de nuevo las mujeres y el chico de mi prima, en el pasillo, Bárbara pregunta mirándome:

—¿Esto es siempre así?

Asiento con una sonrisa.

—¡No hay familia perfecta!

—Por primera vez en mi vida, me alegro de tener una familia tan escueta —musita entonces.

Eso me hace gracia y, divertida, entro en la cocina, donde le doy un beso a mi madre en la mejilla. Ella me sonríe y no hace falta decir más. Nos entendemos.

Una vez hemos recogido la mesa, repartimos las doce uvas a todo el mundo y vamos pillando sitio en el sofá y alrededores.

Bárbara y yo nos sentamos en el suelo, delante de mamá y la yaya Tina, que están en el sofá.

Carla se sienta conmigo y Almu al lado de Barbi.

Queda nada para que termine el año y empiece otro.

¡Qué emoción!

—¿Preparadas, chicas? —pregunto mirándolas.

—Sí —contesta Almu.

Entonces mamá se levanta y, poniéndose delante de todos, cogiendo una caja, dice:

—Y ahora vamos con la tradición de todos los años. Y la voy a explicar, ya que tenemos gente nueva con nosotros.

Mis tíos sonríen. Mis primos también. Por fin parecemos estar todos en sintonía, cuando mi madre prosigue:

—Todos los años, después de cenar, repartimos un papel en el que escribimos tres propósitos o deseos para el año que va a comenzar. Ese papel lo metemos en la cartera y no se vuelve a sacar hasta la siguiente Nochevieja, cuando se mete el nuevo y el antiguo se saca y se quema. ¿Vale?

Todos asienten, y la yaya Tina exclama:

—Uis..., ¡qué maravilla!

No tengo la cartera encima, pero creo recordar que el año pasado puse aprobar todo en la uni, traer otro animal a casa y mejorar mi inglés.

Bueno, realmente he cumplido una de tres. ¡No está mal!

Bárbara, emocionada, coge el papel y el boli que mi madre saca de la cajita que lleva en las manos y, mirándome, dice:

—¡Qué tradición más chula!

—Sí.

—¿Qué vas a poner?

Divertida, la miro. En sus ojos veo lo feliz que está siendo para ella este instante y, con cariño, musito:

—No te lo pienso decir. Quiero que sea mi secreto.

—Ah, vale —sonríe.

La veo escribir. ¿Qué pondrá? Cuando mi hermana Carla dice:

—¿Me ayudas?

Rápidamente cojo su papel. Sé que quiere que se los escriba, y digo:

—Muy bien, pequeñaja, dime tres deseos para el año que viene.

Carla lo piensa. Su carita de ángel me encanta, y, al levantar la vista hacia mi amiga, veo que se le cae la baba mirando a mi hermana.

¿Y a quién no?

—Ir mucho al cine con mamá, Almu y tú.

Apunto lo que me dice.

—Un unicornio como el de Álvaro.

Eso me hace gracia. El día que estuvimos en la piscina de Fran, se enamoró del unicornio hinchable, por lo que lo recuerdo.

—Carla, nosotras no tenemos piscina, y en la bañera no cabe.

Reímos por aquello. Eso le hace mucha gracia a mi hermana, y rectifica:

—Pues entonces quiero un peluche de unicornio.

—Vale —contesto mientras lo apunto.

—Te falta una cosa por pedir —insiste Bárbara.

Carla vuelve a pensar y finalmente musita:

—Una muñeca de Frozen.

¡Qué buenas ideas me ha dado para sus regalos de Reyes Magos!

Una vez termino de apuntarlo, doblo su papel, se lo entrego y digo:

—Ahora guárdalo y no lo pierdas, ¿vale?

Carla coge el papel y sale corriendo. En menos de media hora ya no sabrá dónde lo ha puesto.

Me fijo en mi familia y veo que todos, a su manera, están apuntando cosas en sus papeles. Me hace gracia.

Vale, ahora me toca a mí.

¿Qué pongo?

Y, tras ver a Bárbara apuntar sonriendo sus cosas, escribo:

- *Seguir conociendo a «L».*
- *Hacerme otro tatuaje.*
- *Apuntarme al gym con Barbi.*

Una vez termino, miro mis deseos.

Están puestos del más deseado al menos y, tras sonreír, lo doblo y, levantándome, lo llevo hasta mi cartera, de donde saco el del año anterior para quemarlo y meto éste.

Capítulo 27

Bárbara

Jo, qué tradición más bonita tienen Sara y su familia, a pesar de que en ciertos momentos se tiren los trastos a la cabeza.

Mmmm..., tengo que pensar qué poner.

Quiero que mis deseos sean reales e importantes.

Vale, creo que los tengo, y, cogiendo de nuevo el bolígrafo, escribo:

- Apuntarme al gym con Sara.
- Que lo de Marcos dure mucho.
- Llegar al millón de seguidores en Instagram.

A continuación, los releo tres veces.

¡Me gustan y ojalá se cumplan los tres!

Veo que Sara se levanta para ir a guardar su papelito y, cuando decido que esos tres deseos definitivamente son los míos, me levanto yo también, cojo mi bolso, saco la cartera y los guardo.

Aprovecho para mirar mi móvil y sonrío al ver que tengo un wasap de Marcos.

MARCOS: Pásalo bien,
guerrera de Wakanda.

Leer eso me hace sonreír. Él me hace sonreír como una tonta, y escribo:

Según tecleo, oigo la voz de Sara, que se acerca y pregunta:

—¿Y esa sonrisita tan tontorrona?

Rápidamente bloqueo el móvil y murmuro:

—Es por un chico.

—¡Qué raro!

—¡Éste me encanta!

—Como todos.

—¡Te lo juro!

—También lo juraste con otros.

Vale, tiene razón, la verdad es que yo me emociono muy deprisa, y, antes de que pueda decir nada más, mi amiga sonriendo indica:

—Mira, mejor no quiero saber.

Suspiro. Que mis amigos se hayan negado a conocer nada de mi vida privada, por lo desastre que soy, al principio me hacía gracia, pero creo que ya no me la hace. En fin...

Una vez llego al comedor, Jonay, el tío de Sara, me entrega una copa de champán, y, gustosa, se la acepto. A pesar de la tensión vivida en ciertos momentos con aquél, debo reconocer que el hombre también se esfuerza por solucionarlo.

¡Quedan cinco minutos para que el año se acabe!

Sara y yo, atropelladamente, hablamos junto a sus hermanas sentadas en el suelo, con las uvas en las manos. Reímos y disfrutamos del momento y, cuando queremos darnos cuenta, ya han dado los cuartos y comienzan las campanadas, y tomamos una tras otra sin parar.

—Uy, noooooooooooooooooo —oímos que dice alguien por detrás.

De pronto, aparece una uva rodando por delante de nosotras y se mete bajo el mueble de la televisión.

Miro a Sara.

Ella me mira. Y nos echamos a reír al ver a Bruno correr a recuperarla.

—No te rías, que me ahogo y me meo —le susurro a mi amiga.

Y por fin llegamos a la uva número doce.

¡Feliz año 2019!

Según suelto la cazuelita de las uvas, al ver a mi yaya abrazar a Dácil, abrazo a mi vez a Almu, a Sara y a Carla. Me las como a besos mientras todas decimos aquello de «¡Feliz año!».

Al levantarnos del suelo, voy directa a la yaya Tina, que me mira.

Espera su beso como yo espero el mío acompañado de su superabrazo.

Nada ni nadie superará nunca el amor que mi yaya me da todos y cada uno de los días, y cuando me cobijo en sus brazos, ésta, apretándome contra ella, susurra:

—Que este año esté lleno de cosas preciosas y maravillosas para ti, mi amor. Eres lo más importante de mi vida y te quiero con locura, cariño.

Ay, ¡que me emociono!

Cuando mi yaya se pone sensiblera, puede conmigo. A su manera, sabe lo falta de cariño que estoy por culpa de mis padres, y yo, sin apartarme de ella, afirmo:

—¡Lo mismo para ti, yayita! Te quiero hasta el infinito y más allá, porque tú sí que eres lo más importante de mi vida.

Las dos reímos. Nos emocionamos. Nos entendemos. Y ambas sabemos que, pase lo que pase, y le pese a quien le pese, podemos contar la una con la otra para lo que sea.

Dicho esto, nos separamos y seguimos besando y felicitando al resto de la familia de Sara. Sonríen. Están tan felices como yo, y seguimos diciendo eso de «¡Feliz 2019!».

Cuando la euforia del momento se relaja, decido ir al baño y, antes de cerrar la puerta, veo a Sara meterse en su habitación con el móvil pegado a la oreja.

¿Sara hablando por teléfono?

Divertida, me río.

¡Milagro de Navidad!

Una vez en el baño, aprovecho para enviar al grupo de las «Palomas» un feliz 2019.

Quiero que Fran vea que también me acuerdo de él. Y, nada

más recibirlo, mi móvil suena y veo que es un mensaje de mis padres. Con cierta frialdad, lo miro. No quiero abrirlo. No me apetece. Que me dejen colgada en Navidad no me gusta, pero lo puedo entender; en cambio, que dejen colgada a mi yaya, ¡eso no se lo perdono a ninguno de los dos!

Soltando el móvil, hago lo que he venido a hacer al baño y, una vez acabo y me lavo las manos, mi móvil vuelve a vibrar.

MARCOS: ¡FELIZ AÑO a la morena
más bonita que he conocido nunca!

Ay, qué monoooooooooooooooo.

Que se acuerde de mí en este instante en el que en la gran mayoría de las casas es todo jolgorio y alegría es como poco increíble, y respondo:

YO: ¡FELIZ AÑO al rubio más
guapo que he conocido nunca!

Y, sin más, le doy a «Enviar» mientras oigo música que proviene del salón y sin duda...

¡Empieza la fiesta!

Capítulo 28

Fran

La Nochevieja en mi casa con la familia de mi padre es como siempre, un peñazo. La palabra *aburrida* se queda corta para describirlos.

Una vez terminamos con las uvas y nos damos abrazos y nos deseamos cosas buenas para el año nuevo, todos sonríen durante unas décimas de segundo y parecen felices. Por sonreír, sonríe hasta mi padre.

En la cena de este año los más pequeños somos Álvaro y yo. Diferente sería si estuviéramos con la familia de mi madre. Allí los hay más pequeños que nosotros y, sin duda, ya estaríamos bailando y cantando. La familia de mi madre es muy de bailar.

Sobre las doce y media de la noche, los primos mayores se marchan de fiesta con sus parejas y mi hermana Ana también se va con su novio.

Las demás personas que están en casa, sentadas alrededor de la mesa, comienzan a debatir sobre política y otros temas que, la verdad, no me interesan.

Miro a mi madre. Se está tomando un Baileys con la mujer del hermano de mi padre. Al menos la tía Andrea es encantadora, y sé que mamá está bien con ella.

Suena mi móvil. Lo miro. Es una foto de Sara y Bárbara, disfrazas y divertidas.

¡Qué envidia!

¿Qué hago?

¿Qué puedo hacer para pasarlo bien?

Antes he hecho un amago de poner música para animar un poquito la fiesta, pero papá casi me asesina con la mirada. Así que estoy en el sofá.

¡Planazo!

Álvaro está a mi lado jugando con la Nintendo Switch. Pobre, no tiene otra cosa que hacer. Y, al ver que lo miro, me dice enseñándome el juego de *Mario Kart*.

—¿Jugamos?

No puedo más.

Esto es injusto.

Nos merecemos un inicio de año por todo lo alto, lleno de música, sonrisas y buen rollo, y, guiñándole el ojo, me levanto y digo:

—Tengo una idea mejor.

Me acerco a mamá, que me mira, y yo con confianza le susurro:

—Mamá, ¿te importa si me voy a casa de Sara? Esto es un rollo.

Mi madre suspira. Sé que piensa lo mismo que yo, y afirma:

—Te entiendo, hijo.

Miro hacia atrás y veo a Álvaro mirándome, por lo que indico:

—Me llevo a Álvaro, ¿vale?

Ella mira ahora a mi hermano y éste sonríe sin saber de qué hablamos. No sabe qué decir, sé que quiere que lo pase bien, e insisto:

—Iremos a la fiesta de disfraces en casa de Sara con su familia. Allí también está Bárbara, y sabes que me voy a hacer cargo de Álvaro.

Mamá vuelve a mirarme sonriendo, y, bajando un poco la voz para que no me oiga mi tía, cuchicheo:

—Soy un buen hermano mayor, a pesar de lo que crea papá.

Ella sonríe y asiente. Sabe que tengo razón. Y, tras darme un cariñoso y caluroso abrazo acompañado por un grandioso beso, indica:

—Adelante, hijo, pasadlo muy bien.

—¡Genial!

—Ah —insiste—. Y más os vale mandarme fotos.

—Eso está hecho —contesto dándole un beso.

¡Vamos allá!

Me dirijo hacia la escalera y le hago una señal con la mano a Álvaro para que me siga. Una vez llega a mi lado, le pido:

—Ponte el disfraz de Capitán América. ¡Nos vamos de fiesta!

—¡Guayyyyyyyyyyyyyyyyy! —grita emocionado corriendo a su habitación.

Una vez entro en la mía, saco una caja que hay al fondo del armario y allí tengo mi disfraz. Es el de Míster Increíble, el mismo con el que conocí a mis locas amigas, y, sonriendo al imaginar sus caras cuando me vean, me cambio todo lo rápido que puedo y voy a la habitación del enano.

Una vez entro, éste abre los ojos, parpadea y musita:

—¡Míster Increíble molaaaaaaaaaaaaaaa! —Divertido, asiento. Sé que mola mi disfraz, cuando añade—: Fran, cuando papá nos vea, se va a enfadar.

Oír eso me hace resoplar.

Pero vamos a ver, ¿cómo un niño tan pequeño puede decir eso?

Y, quitándole importancia al tema, lo miro y replico:

—¡Vamos a una fiesta de disfraces! No podemos ir vestidos de calle.

Álvaro me mira sin estar muy seguro de aquello, cuando, para infundirle confianza, pregunto:

—¿Te fías de mí?

Mi hermano cambia su gesto serio por una sonrisa y responde:

—Claro que sí.

Ahora el que sonríe soy yo. Oír eso era todo cuanto necesitaba.

De nuevo regreso a mi habitación. Allí, cojo la riñonera para guardar el móvil, la cartera y las llaves, y antes de guardar el teléfono, pido un coche por una aplicación. Cualquiera le dice a mi padre que nos lleve... y, para evitarle problemas a mi madre, tampoco se lo pido a ella.

Con tranquilidad, termino de ayudar a mi hermano a abrocharse el disfraz. Le encanta. Sé que está feliz por verse con él puesto y, para hacer tiempo, hago varias fotos con mi móvil mientras gesticulamos con gesto fiero y luego reímos.

Una vez estamos listos, bajamos la escalera y pillamos un par de

abrigos del armarito de la entrada. Después Álvaro y yo nos aso-
mamos para que mi madre nos vea y, al verla sonreír, sonrío a mi
vez cuando oigo:

—Francisco, ¿qué haces?

Vaya, el que faltaba. ¡Ya me ha visto!

Álvaro se paraliza. Veo el susto en su mirada, y yo, entrando en
el salón vestido de Míster Increíble, respondo:

—Divertirme.

La familia de mi padre nos mira. Sin duda sacan sus propias
conclusiones, cuando el «todolohagobién» de mi querido padre
suelta:

—Deja de hacer el gilipollas, quitaos tu hermano y tú esas ridi-
culeces y venid al salón.

Con el rabillo del ojo veo como mi madre se tensa, se levanta
y dice:

—Fran, coge a tu hermano e id a divertiros.

Mis padres se miran, se desafían, y, al ver el gesto que mi madre
me hace con la cabeza, cojo la mano de Álvaro y me encamino
hacia la puerta. Al llegar, Álvaro la abre rápidamente, pero entonces oigo a mis espaldas:

—Francisco, ¿adónde crees que vas?

¡Joderr!

¿En serio no entiende que es Nochevieja y todo el mundo quiere divertirse?

Y, sin importarme la bronca que me caerá cuando regrese, lo
miro e indico antes de cerrar:

—¡Nos vamos de fiesta!

Una vez en la calle, mi hermano me mira. Sé lo que piensa,
pero, sonriendo, digo viendo un coche parar frente a mi casa:

—Vamos, colega. ¡Una fiesta nos espera!

Veinte minutos después llegamos al portal de Sara y llamamos
al timbre.

—¿Sí? —pregunta alguien al otro lado.

—Soy Fran, un amigo de Sara.

La persona abre la puerta, aunque salía tanto ruido por el inter-
fono que dudo que me haya oído.

Álvaro está nervioso. Es su primera fiesta de disfraces de mayores y está emocionado.

Al entrar en el portal suena música y, según vamos subiendo pisos, cada vez se oye más alta y sé de dónde proviene.

¡Menudo fiestorro tienen montado en casa de mi amiga!

Llegamos y llamo al timbre.

¿Lo oirán con tanto ruido?

Y de pronto una mujer vestida de negro con peluca oscura y gafas abre y, sonriendo, exclama:

—¡Pero bueno, Fran!

—¿Yaya Tina? —pregunto sin dar crédito.

Los dos nos echamos a reír. Rápidamente nos abrazamos deseándonos un feliz año y le presento a mi hermano, al que se come a besos.

Una vez nos quitamos los abrigos y la yaya Tina se los lleva a una habitación, al entrar en el salón, nos encontramos a un montón de gente desconocida bailando *Taki Taki* de DJ Snake, Selena Gómez, Ozuna y Cardi B., y el ritmo se apodera de mi cuerpo.

Con esa canción hicimos una coreografía increíble en clase de Gema. Estoy seguro de que, si la bailara, los dejaría a todos boquiabiertos, pero no, he de contenerme.

Carla se acerca a nosotros corriendo y, al ver a Álvaro, básicamente me lo quita de las manos, algo que a mi hermano le encanta, y lo veo correr con la chiquitaja.

Gustoso, voy saludando a la gente que me encuentro y conozco. También hay personas que no conozco y saludo. Yo soy así.

Pero ¿dónde están mis amigas?

—¡FRANNNNNNNN!

Ésa es claramente la voz de Bárbara. ¿Dónde está?

Al volverme veo a mi guapa morena sonriendo y entiendo que viene del otro lado del salón. La miro. Está despampanante y, acercándome, indico:

—Madre mía, Barbi.

—¡Has venido de Míster Increíble! —grita ella contenta.

Asiento. Sé que me conoció con este disfraz, pero yo, centrándome en el suyo, exclamo:

—¡Wakanda foreverrrrrrrrrrr!

Según digo eso, todo el mundo me secunda y mi amiga me indica entre risas que se ha convertido en el grito de la noche.

Tras besarnos, Bárbara comenta:

—Cuando veas a Sara, ¡vas a flipar!

Eso me choca. Sara no es de sorprender con la ropa, pero, de repente, Bárbara me coge la mano y, tirando de mí, llegamos a la cocina.

Por el pasillo nos cruzamos con un tío vestido de Aquaman y otro de Deadpool. Nos saludamos y yo prosigo mi camino.

Al entrar en la cocina veo a una rubia de espaldas echando hielo en unos vasos y, al observar el gesto de Bárbara, pregunto:

—¿Es Sara?

Ella asiente y yo exclamo:

—¡No me lo puedo creer!

Sara se vuelve al oír mi voz y, mirándome, grita:

—Míster Increíbleeeeeeeeeeeeeeeeeeeeeee.

Su reacción es como la de Bárbara y, tras darnos abrazos y besos, se separa de mí y murmuro:

—Estás despampanante.

—Graciasssssss. Tú también.

Mirándonos felices estamos cuando pregunta:

—¿Cómo tú por aquí? Pensé que no vendrías.

Y yo. Yo también pensaba que no iría, pero, con sinceridad, respondo:

—Necesitaba salir de allí.

Sara asiente. Me entiende. Sabe que la situación con mi padre no es la ideal, cuando digo:

—Me he traído a Álvaro, espero que no te importe.

Mi amiga arruga la cara y me da un pescozón.

—¡Cómo me va a importar!

—¡Cuantos más, mejor! —apostilla Bárbara levantando los brazos, y a continuación dice—: Espera.

Al mirarla, veo que saca el móvil. ¡Ya tardaba! Y, como siempre, nos hacemos un par de selfis para el recuerdo.

—¿Quieres algo de beber? —pregunta Sara abriendo la nevera.

—¡Claro!

Feliz, cojo una Coca-Cola Zero y regresamos al salón, donde la madre de Sara me coge de la mano para bailar, y yo lo hago y disfruto.

¡Esto sí es una Nochevieja!

Capítulo 29

Sara

Estoy feliz..., feliz..., feliz...

¡Viva el 2019!

Nunca habría imaginado que lo pasaría tan bien. Y no es que con mi familia no me lo pase bien, pues son unos juerguistas de mucho cuidado, pero tener a Bárbara y a Fran junto a mí esta noche es especial. Ellos son mucho más que algunos familiares.

Empieza a sonar por los altavoces *Ya no quiero ná,* de Lola Índigo, y la gente lo da todo.

Fran me está dejando flipada.

¿Desde cuándo baila este chico así de bien y con esa seguridad?

Me río. Puede ser que el alcohol que llevamos en el cuerpo le esté afectando más de la cuenta. Pensando en ello estoy cuando me fijo en que mi prima Irene y su novio salen por enésima vez del comedor y esta vez, no sé por qué, los sigo.

Veo que se meten en mi cuarto. Vaya..., qué confianzas. Pero me preocupo, los gatos, *Botas, Cali* y *Nairobi,* están ahí. Los he dejado en mi dormitorio para que estuvieran tranquilos. Es una habitación clausurada para todos y no sé por qué tienen que meterse ellos. Así pues, como es mi habitación, me dirijo hacia ella y, al abrir la puerta, me quedo paralizada.

Sobre mi escritorio, mi prima y el tonto de su novio se están preparando una rayita de cocaína.

Sin dar crédito, los miro, cuando Irene dice rápidamente:

—¡Sara, cierra la puerta!

Sin dudarlo, la cierro. Las gatitas están dormidas en su caja y

Botas sobre la cama, por lo que, mirando a aquellos dos, pregunto:

—Pero ¿qué coño estáis haciendo?

El novio de Irene, que si es más tonto no nace, responde:

—Alegrarnos la noche.

Maldigo. Si por mí fuera, avisaría a mi tía Dácil de lo que la tonta de su hija está haciendo, cuando aquél pregunta:

—¿Quieres un tirito? Venga va, ¡te invito!

Lo miro con asco.

Odio las drogas. No van conmigo, y, mirando a mi prima, que sabe lo que pienso, respondo:

—Paso de esa mierda.

El idiota sonríe. Yo no. Y mi prima, acercándose a mí, va a decir algo cuando, enfadada, siseo:

—Pero ¿tú de qué vas? ¿En serio te vas a meter un tirito?

—No dramatices, Sara, por Dios.

—¿Que no dramatice?

Irene resopla. Mueve la cabeza y, tras oír cómo su novio se mete un tirito por la nariz, musita:

—Mira, Sara, no me vengas tú ahora con...

—No, guapa, no —la corto—. La que no tiene que venirme ahora con tonterías eres tú. Pero vamos a ver, ¿desde cuándo te metes *tiritos*? —Irene no responde, e insisto bajando la voz—: Ese tío no te conviene nada, como tampoco te conviene meterte eso.

—Ya lo tienes preparado, Irene —dice de pronto aquél.

Miro a mi prima. No creo que se le ocurra hacerlo delante mí y, cuando se va a mover, siseo:

—Ni se te ocurra.

Ella me mira, me provoca, salir con el tal Ricardo no le está haciendo ningún bien, y me suelta:

—Métete en tus asuntos, Sarita.

Dicho esto, se da media vuelta y se acerca a mi escritorio, sobre el que está preparado el tirito. Me enfurezco. Me da rabia, y, acelerando el paso, llego antes que ella, le doy un manotazo al polvo blanco y, cuando los dos me miran alucinados, exclamo:

—Fuera de mi habitación. Y que sea la puñetera última vez que entráis aquí, y menos para esto. Y os digo una cosa, os voy a vigilar y como se os ocurra entrar en el cuarto de mis hermanas o de mi madre, os juro como que me llamo Sara que todo el mundo se va a enterar de lo que estáis haciendo.

Irene me mira sorprendida, y Ricardo gruñe:

—Menuda cortarrollos eres.

¿Me acaba de llamar cortarrollos el idiota ese?

—Mira..., lo que tú...

—Échate un novio para que te dé cañita. ¡Eso es lo que necesitas!

Según oigo eso, siento unas irrefrenables ganas de partirle la cara y, mirando a Irene, suelto:

—¿En serio este tipo de imbécil es lo que quieres en tu vida?

Y, sin responderme, mi prima lo coge de la mano y ambos salen de mi habitación.

Una vez me quedo sola, miro mi escritorio y lo limpio con un clínex. Cuando salgo, me los encuentro en el pasillo. Parecen discutir y, al acercarme a ellos, Irene dice mirándome con mal gesto mientras él se aleja:

—Por tu culpa, ahora Ricardo se quiere marchar.

—¡Oh, qué drama! —me mofo.

Y, sí, se van.

Está claro que al imbécil ese le he cortado el rollo, y la tonta de mi prima va tras él como un corderito. Tendré que hablar con ella muy seriamente.

Una vez regreso al salón intento olvidarme del mal cuerpo que me ha dejado lo que he visto. Embobada estoy observando bailar a Fran junto a mi arrítmica Barbi cuando un par de toques en el hombro llaman mi atención.

Si antes estaba flipando, ahora estoy flipando el doble, y más cuando oigo:

—¡Feliz añoooooooo!

¡Lucía está aquí!

Rápidamente, nos abrazamos. Contengo mis impulsos de darle un beso en los labios y simplemente sonrío, feliz ante el gesto de curiosidad de Bárbara.

Madre mía…, madre mía… ¡Ha venido!

¡Y así vestida está como poco DESPAMPANANTE!

Uff…, uff… Necesito procesar esto. Lucía, mis amigos y mi familia juntos.

Peligro… Me encanta que esté aquí, pero a la vez me asusta.

Tras mirar a mi alrededor con curiosidad y ver que nadie está pendiente de mí o de ella, se la presento rápidamente a Bárbara. Le explico que es una amiga que conocí a través de la protectora de Fran y ella no hace más preguntas. ¿Por qué iba a hacerlas?

Mientras las observo hablar entre risas, mi cabeza no para de pensar. La verdad es que desde que pasó el puente en casa y nos enrollamos, hemos quedado siempre que hemos podido. Cine, comida, veterinario. Su casa. La mía. Incluso me ha acompañado a por regalos de Navidad.

Mi madre se acerca y le presento a Lucía. Ambas se dan dos besos, mamá le ofrece algo de beber y ella acepta.

Qué sensación.

Qué raro me resulta ver a mi madre y a Lucía juntas y hablando. El corazón me va a mil. Bueno, a dos mil, mientras siento felicidad absoluta por ver a Lucía aquí y pienso si se puede salir del armario a los veinticuatro años.

Sí. La respuesta es sí. Lo tengo claro.

Al poco, Lucía regresa a mi lado con una bebida en las manos y, encantada, pregunto, pues cuando he hablado con ella dos horas antes no me ha dicho nada:

—¿Cómo es que al final has venido?

Ella sonríe, tiene la sonrisa más bonita que he visto nunca, y responde:

—Cualquier excusa es buena para disfrazarse. Por cierto, deberías ponerte ese traje más a menudo y teñirte de rubio. Estás increíble.

Madre mía, lo que me entra por el cuerpo al oírla.

«Vale, Sara, no te pongas roja.

»No, no y no. Nadie ha de notar nada. Absolutamente nada.»

—Eh, que de morena también estás cañón —dice ahora guiñándome el ojo.

Rápidamente miro a la gente que nos rodea, por si alguien lo ha oído.

A ver, tranquilidad. Me tengo que relajar.

Entonces me fijo mejor en su disfraz. Botines de leopardo, pantalón rojo y negro y camisa negra con letras verdes y volantes en los brazos.

No lo pillo.

¿De qué o de quién va disfrazada?

Ella se ríe, supongo que por mi expresión de desconcierto. Como dice mi madre, mi cara es el espejo de mí misma.

—Te explico —indica—, voy de Ally, o sea, la maravillosa Lady Gaga en la peli *Ha nacido una estrella*, cuando va a ver a Jackson al centro de rehabilitación.

Valeeeeeee. He visto esa película y ahora tiene sentido, por lo que, mirándola a los ojos, afirmo:

—Estás superguapa, Lucía.

Sonreímos mientras noto que las dos hacemos un gran esfuerzo por no besarnos. Pero no, no podemos hacerlo. Mi familia está aquí y tanto ella como yo sabemos que eso que pensamos es imposible. Entonces ella, observando a la gente bailar, de pronto dice:

—Madre mía, cómo se mueve ese chico.

Sin mirar, ya sé de quién habla. Está claro que no lo ha conocido con su disfraz, y, divertida, pregunto:

—¿Te refieres a Míster Increíble?

Lucía asiente, y yo musito:

—Es Fran.

Ella lo vuelve a mirar, luego me mira a mí y pregunta:

—Fran... ¡¿Fran?!

Divertida por su gesto desconcertado, asiento.

—Exacto. Es Fran... Fran.

Boquiabierta, ella vuelve a mirarlo. Sin duda su manera de bailar la está sorprendiendo tanto como creo que nos está sorprendiendo a todos, y, poniendo una pícara sonrisa, veo que comienza a mover las caderas, se acerca bailando a él y, tras darle un azotito en el culo, éste se vuelve y los dos se abrazan encantados.

Pasan las horas en la superfiesta de mi casa y todos bailamos, cantamos y lo pasamos genial. Álvaro y Carla, a las cinco y media, se quedan dormidos sobre la cama y Almudena cae a las seis. Están destrozados. A las siete de la mañana empieza a marcharse la familia.

Una vez quedamos sólo mamá Fran, Barbi, Lucía, la yaya Tina y yo, se empeñan en ayudar a recoger. Mi madre se niega. Yo también. Pero da igual, todos se ponen manos a la obra y, mira, eso menos que tendré que hacer cuando me levante.

En cuanto terminamos de recoger el último vaso, oigo que la yaya, dirigiéndose a Bárbara, dice:

—Bueno, creo que es hora de irnos, cariño. Y, no, Sara, no nos vas a llevar.

No digo nada. La mirada de la yaya lo dice todo, y Bárbara, sonriendo, saca su móvil y dice:

—Pediré un taxi.

—¡Espera! —Fran llama la atención de todos. Lo miramos, e indica—: Vamos a hacernos una foto. Siempre se ha dicho que las personas que se quedan a recoger en una fiesta son las que valen la pena.

Todos nos reímos y Bárbara, colocando el móvil en un punto estratégico, hace varias fotos de todos juntos.

—Quien quiera quedarse a dormir, que se quede —dice mi madre a continuación—. Sin problema buscamos sitio para todos.

Veo que la yaya niega con la cabeza y Bárbara, agarrando el brazo de aquélla, responde mirando a mi madre:

—Gracias, Naira, pero nosotras mejor nos vamos.

—Sí, hija. Prefiero acostarme y levantarme en mi casa —afirma la yaya, que tras dar un beso cariñoso a mi madre musita—: Ha sido una noche estupenda.

Luego mi amiga y su yaya se van. Estamos todos agotados, se nota el cansancio, y mi madre, mirando a Fran y a Lucía, pregunta:

—¿Os quedáis?

De reojo, miro a Lucía. Nada me gustaría más, cuando ella, sonriendo, se encoge de hombros y dice:

—Si insistes. Yo por mí, encantada.

Estoy por saltar de alegría cuando mi madre cuchichea mirando a mi amigo:

—Fran, cariño, Álvaro está dormidito y no creo que sea hora de llegar a casa para que tus padres se despierten.

Mi amigo lo piensa, asiente y afirma:

—Vale. Le mandaré un mensaje a mi madre para que no se preocupe. Sara, déjame una goma para el pelo.

—¡Perfecto! —asiento.

Mi madre, que ya está calculando en su cabeza cómo dormir, dice:

—A ver, Álvaro que siga durmiendo con Carla y para ti sacamos el colchón inflable que tenemos y...

—No, no, Naira. Yo duermo en el sofá, ni te preocupes.

—¿Seguro?

Mi amigo asiente. Lo tiene claro, y mi madre, sonriendo, afirma:

—Pues solucionado. Y tú, Lucía, duermes con Sara. Ale, todos apañados.

Mamma mia.

Lucía y yo vamos a dormir juntas. ¡Si mi madre supiera...!

Pero, sin decir nada más, nos damos besos de buenas noches y nos vamos todos a descansar.

Una vez Lucía y yo entramos en mi habitación, nos miramos y, según cierro la puerta, lo primero que hacemos es darnos un beso. Lo deseábamos. Lo necesitábamos. Y, cuando el beso acaba, encantada con el momento que estoy viviendo, digo mirándola a los ojos:

—Feliz 2019.

—¡Feliz 2019, preciosa!

¡Me encanta!

Me encanta su mirada, su sonrisa, su manera de besarme, su sabor. Sin duda el año comienza genial para mí y sólo espero que todo siga así.

Cuando por fin nos separamos, Lucía, al ver a *Botas* y a las gatitas, los saluda acercándose a ellos:

—Ay, hola, guapisss.

Con una sonrisa, los miro. Hasta *Botas* se deja acariciar por ella, y, cogiendo el arenero, lo saco al pasillo sin hacer mucho ruido. Cuando cierro la puerta, comento:

—Voy a abrir la ventana para que se vaya un poco el olor a gato, ¿vale?

—Sin problemas.

Lo hago y entra el aire helado del 1 de enero en la habitación. ¡Qué frío hace!

Se me pone la carne de gallina y Lucía, mirándome, pide:

—Sara, ¿me dejas un pijama? Dormir vestida así va a ser incómodo.

—Sí, claro —digo girándome—. Abre ese cajón de tu derecha y elige el que quieras.

A continuación, yo me acerco a la cama y saco el mío de debajo de la almohada. Es el del Grinch que me regaló Barbi el año pasado. Me río. Es gracioso.

Según me doy la vuelta, veo que Lucía está en sujetador con un pijama en las manos y, al reconocerlo, digo:

—Ése te va a quedar algo grande.

Ella sonríe y replica:

—Los pijamas, para que sean cómodos, tienen que quedar un poquito grandes.

Vale, no le falta razón.

Y, sin decir nada más, las dos nos cambiamos de ropa. Con curiosidad, nos miramos. Nos observamos, pero ambas sabemos que tenemos que controlarnos. Estamos en mi casa con mi madre y mis hermanas y debemos comportarnos.

Lucía sonríe al ver mi pijama y, mirándome, pregunta:

—¿No te gusta la Navidad?

Al oír eso, respondo extrañada:

—Es mi época favorita. ¿Por qué lo dices?

Y, sentándose sobre la cama, indica señalándome:

—Por el pijama.

Vale, acabo de caer. Llevo un pijama del Grinch, un villano que trata de jorobar la Navidad, y sonriendo explico:

—Fue un regalo de Bárbara, porque dice que soy el Grinch del amor.

Lucía ríe y yo cierro la ventana.

¡Estoy helada!

—Venga, vamos a dormir, anda —indico.

Deshago la cama y me meto en ella. Lucía hace lo mismo, pero por el lado contrario. Mi cama no es demasiado grande, así que nuestros cuerpos se rozan, lo queramos o no, y ella se gira para tumbarse mirando hacia mí.

¿Hago lo mismo?

—Estás helada —dice rozando sus pies con los míos.

Definitivamente, no.

Ya estoy lo suficientemente nerviosa como para mirarla a los ojos.

Ella coge mi mano por debajo de las sábanas y juguetea con ella.

Tiene las manos frías, como siempre.

Intento calmar mi respiración, pero es difícil.

Lucía deja de jugar con mi mano, pero empieza a acariciarme el abdomen por encima de la camiseta.

Cierro los ojos e intento centrarme en mi respiración.

Inspira... Espira... Inspira... Espira...

Ella pasa lentamente la mano por debajo de la camiseta.

¡Se acabó!

Giro el cuerpo y me pongo frente a ella.

—Deberíamos parar —susurro mirándola a los ojos.

—¿Seguro? —sonríe la pelirroja.

Mamma mia.

Esto se nos va a ir de las manos. Lo sé... Lo sé... Lo sé...

Lucía se pega a mí, tanto como yo a ella, y pone sus manos a cada lado de mi cara.

Ya no las tiene tan frías.

Esta vez la que se acerca más soy yo, hasta que mis labios rozan los suyos, y repito:

—Deberíamos parar...

—Pues paremos.

—No... —digo antes de besarla.

El beso se intensifica. Es un beso lento, cargado de sensualidad y muy deseado.

El frío que tenía desaparece. Estoy ardiendo y ella comienza a besarme el cuello.

Vale, ya no hay marcha atrás.

Sin duda, vamos a comenzar el año sin dormir, pero pasándolo muy, pero que muy bien.

Capítulo 30

Fran

Hace un par de días fue Reyes y, la verdad, pillé más de lo que esperaba por parte de mi madre y mi hermana.

Calcetines, una agenda, un CD, un par de camisetas, cascos de música, gafas de sol y un móvil nuevo.

Mi padre me dio un sobre con dinero. Él lo resuelve todo así. Impersonalidad total.

Voy de camino a casa de Bárbara con mis nuevos y relucientes cascos puestos, que, todo sea dicho, tienen un sonido increíble. Y sé que voy pillado de tiempo. Me he entretenido grabando el vídeo que luego subiré a mi perfil de baile, por lo que aprieto el paso.

Mientras escucho a la maravillosa Bely Basarte cantando *Gris oscuro*, no sé por qué recuerdo la discusión con papá el otro día.

Sabía que no le iba a sentar bien que nos disfrazáramos en Nochevieja. Lo tenía claro.

Y cuando regresamos al día siguiente, la discusión fue a más, a pesar de que mi madre intercedió por mí. Él me echó en cara mil cosas. Que si soy un mal ejemplo para Álvaro. Que menuda vergüenza que la familia me viese así vestido. Que no le gusta la gente con la que me junto. Que pierdo el tiempo colaborando en el refugio. Que no sólo tengo que ejercitar el cuerpo, sino también la mente...

La verdad, no sé a dónde quiere llegar mi padre, pero lo que sí sé es que cada día se separa más y más de mí y yo ya no hago nada por impedirlo. Por ello, harto de tanto reproche y tanta palabra malsonante, terminé la discusión diciéndole que nunca sería lo suficientemente bueno para él hiciera lo que hiciese.

Mi madre, la pobre, lloró, sé que no lo pasa bien con el tema, y él simplemente no contestó, por lo que me di la vuelta y me marché. Tema zanjado.

Si pongo en una balanza lo bien que lo pasamos Álvaro y yo esa noche con la familia de Sara y la posterior discusión, sin duda lo volvería a hacer.

Como todos los años desde que conozco a Bárbara y a Sara, hoy es nuestro día en casa de Barbi para darnos el «amigo visible».

Sin embargo, este año, entre las clases, la academia de baile, los trabajos que me salen y los problemas en mi casa, la verdad, no he tenido la cabeza demasiado despejada, sólo espero que les gusten mis regalos.

Una vez llego al portal de Barbi, aprovecho que un vecino sale para entrar y me dirijo al ascensor. Mientras subo a su casa, me fijo en el espejo que hay en el mismo y con la mano retiro un mechón de pelo que cae sobre mi ojo derecho. Nunca he llevado el pelo tan largo, pero la verdad, ¡me gusta! Y creo que también es así porque a mi padre le disgusta.

Cuando el ascensor se para en el piso de mi amiga, salgo y pico al timbre.

No pasan ni dos segundos cuando la puerta se abre; es Sara, que con una sonrisa dice:

—¡Hola, guapo!

Nos saludamos y pasamos al salón, donde veo a Barbi en el sofá junto a varias bolsas de regalos.

¿Qué serán?

Suena por los altavoces *Only Angel*, de Harry Styles.

¡Me encanta!

Sin duda la música la ha puesto Sara; de pronto, Barbi dice mientras mira su móvil:

—¡Por fin, Fran!

Según la oigo, la miro. ¡Tendrá morro la tía, cuando siempre la esperamos a ella! Y soltando mi bolsa de deporte, indico:

—Oye, maja, que no llego ni diez minutos tarde.

Ella alza la mirada, sonríe y, guiñándome el ojo, cuchichea:

—Vaya..., ¡venimos de buen humor!

Eso me hace sonreír. Es una picona de mucho cuidado.

—¿Qué haces con el pelo mojado? —pregunta entonces Sara revolviéndome el pelo—. Te vas a poner malo.

Las miro. Me sabe fatal mentirles, pero, sin saber por qué, una vez más no cuento la verdad y, dejando mi bolsa de deporte en el suelo, digo:

—Me he duchado en el gimnasio.

Veo que ambas asienten, y Barbi indica:

—Por cierto, a ver si me dices de una santa de vez a qué gimnasio vas, para apuntarme. Paso de esperar a Sara.

—Haces bien —comenta ella divertida.

No respondo. Una vez más, me callo, cuando Barbi me mira y musita:

—Esto va a sonar muy de madre, pero no salgas con el pelo mojado a la calle con el frío que hace porque no puedes ponerte malo ahora, *my friend*, ¡vienen los exámenes!

Asiento. Suspiro y resoplo. Enero es un mes crítico para los y las universitarias.

Sara se deja caer en el sofá y gruñe:

—Mira, ni me hables del tema. Lo llevo fatal. Y hablando de llevarlo fatal, ¿qué os parece si quedamos un día con mi prima Irene y hablamos con ella? Me preocupa. Creo que ese novio suyo le resta más que suma, y tengo la impresión de que o espabila o se meterá en problemas.

Cruzo una mirada con Bárbara. Yo no conozco a ese novio, pero por lo que he oído de ellas dos, sin duda no es bueno, y finalmente afirmo:

—Por mí, vale. Nos mandará a la mierda, ¡pero vale!

—¡Que se le ocurra! —gruñe Bárbara.

Sara resopla. Sin duda, ella es la que mejor la conoce de todos.

—Sólo os digo: ¡estad preparados para lo que sea!

Todos asentimos. Me saco el móvil y la cartera del bolsillo y, una vez los dejo sobre la mesita, me tiro también en el sofá.

—Oye, Barbi —digo a continuación—, el papel que me hiciste

escribir en Nochevieja, ¿tenía que meterlo en la cartera o guardarlo en otro sitio?

—¿Qué papel? —pregunta Sara.

Bárbara sonríe, me guiña el ojo y, mirando a Sara, indica:

—Tu tradición familiar. Como llegaron tarde, les dije que lo hi-
cieran después.

Sara sonríe. Le hace gracia, cuando yo añado:

—Bárbara nos pilló a Lucía y a mí en la cocina. Nos dio un papel y nos hizo escribir tres deseos para 2019 que dijo que teníamos
que guardar. Es así, ¿no?

Sara asiente, y Barbi indica:

—Por cierto, qué supersimpática es Lucía.

—Sí, lo es... —respondo.

Y, cuando voy a añadir algo más, ella levanta la voz y dice:

—Vamos a darnos los regalos, ¿no?

—Síííííííí. Me pido darlos la última —indica Bárbara.

Sonriendo por ver la emoción de mis amigas, señalo:

—Venga, empiezo yo.

Me levanto y abro la bolsa de deporte. Saco un par de cosas que
me molestan, intentando que no se vean otras, y consigo sacar la
bolsa con los regalos, cuando Sara pregunta:

—¿Y esa máscara?

Mierda. ¡La ha visto!

E, intentando parecer natural, la cojo, la enseño y explico guar-
dándola rápidamente:

—Nada. Álvaro, que me dijo que necesitaba una para algo del
cole.

Asienten, no dicen más, y, mostrándoles los regalos que llevo en
las manos, desvío el tema y regreso al sofá. Una vez me siento, miro
a mi loca amiga e indico:

—Mi querida Barbi, éstos son los tuyos, maja. Y si algo ya lo
tienes, tranquila, que tengo el tíquet regalo.

Ella coge los regalos envueltos que le doy. Me gusta su gesto de
niña mientras rasga el papel de colores y cuando ve el regalo grita
feliz al ver que es el DVD de la película *Ha nacido una estrella*.

—¡Justo estaba pensando pillármela!

Bien, no la tiene todavía. Tenía mis dudas, ¡pero he acertado!

Desenvuelve otro de sus regalos. Son unas gafas de sol Ray-Ban rosas y chilla al sacarlas de su estuche.

—¡Fran, me encantannnnnnnnnn!

Feliz como una perdiz, se las pone y, mirándonos, pregunta:

—¿Qué tal?

—Estás fabulosa —respondo gustoso.

Sara se parte de risa. Si le regalo esas gafas rosas a ella, me las tira a la cabeza. Pero, feliz por Bárbara, indica haciendo referencia a las películas de *High School Musical*:

—Sharpay Evans a tu lado se queda en nada.

Los tres reímos, e indico:

—Vamos, abre mi último regalo.

Satisfecha y emocionada, Bárbara abre su último paquete. Es un aro de luz para enganchar al móvil, y Sara afirma:

—Madre míaaaaaaaaaa, vaya selfis te vas a hacer con eso.

Como si tuviera en sus manos el último iPhone del mercado, Barbi se levanta e indica:

—Eso lo comprobamos ahora mismo, *my friends*.

Con maestría, engancha el aro al móvil y, sin esperar ni un segundo más, nos hacemos un par de fotos. Y, sí, el aro de luz las realza.

¡Qué descubrimiento!

—¡Venga, ahora te toca a ti! —digo ahora dándole sus regalos a Sara.

Con una bonita sonrisa, ella los coge. Es mucho más comedida que Barbi y, cuando ve las gafas de sol negras Hawkers, musita:

—¡Justo lo que necesitaba! ¿Cómo lo sabías?

Le guiño un ojo. Aproveché en Nochevieja para preguntarle a Naira si había algo que Sara necesitara con urgencia, y me contó que le había prestado a Almudena sus gafas preferidas y ésta las había roto sin querer. No obstante, sin revelar mi fuente, contesto:

—La magia de la Navidad.

Sara se las pone encantada, y Bárbara musita:

—Esas gafas te hacen tener un rollito a lo Harry Styles cuando tenía el pelo largo.

Según oigo eso, me río, pues el siguiente regalo para Sara tiene que ver con él.

Cuando Harry dio un concierto en Madrid, Barbi y yo la convencimos para que se viniera con nosotros. Sabíamos que le iba a gustar.

Y así fue.

Y desde entonces es una fan incondicional.

Por ello, al abrir su paquete y ver el CD de Harry, exclama:

—¡Qué pasada!

—Espero que te amenice algún que otro viaje en coche —digo sonriendo.

Sara me abraza y me da un beso en la mejilla.

—No lo dudes, Billy.

El tercero es una camiseta negra pintada a mano. Le vuelve a gustar.

¡Qué bien!

¡He acertado con mis regalos!

—Venga, ahora yo —dice Sara cogiendo unos paquetes que hay junto al sofá.

Me tiende tres de ellos y yo los cojo.

Hace lo mismo con Barbi, e indica:

—El grande lo tenéis que abrir a la vez.

Miro a Bárbara y ella alza los hombros mientras empieza a romper el papel de regalo de estrellitas.

Del mío saco un pijama de cuerpo entero del monstruo de las galletas. ¡Qué pasada!

Barbi saca uno igual, pero de unicornio. Se vuelve loca.

Y riendo estamos por ello, cuando Sara comenta:

—Una amiga me dijo que los pijamas *onesie* son lo mejor para estar en casa en invierno. Y lo cierto es que, tras probarlo, os aseguro que es verdad. Yo me he pillado uno de Dory, obviamente.

¡Me parto!

Sólo le faltaba a mi padre verme por casa con el pijama de monstruo de las galletas. Creo que, después de ésta, ya directamente me deshereda.

—¡En nuestra próxima quedada de manta, cena y peli es obligatorio traérselo! —dice Barbi.

—¡Por supuesto! —afirmo convencido.

Ahora abro un paquete pequeño y veo que son un montón de gomas para sujetarme el pelo.

—Así dejarás de robármelas —ríe Sara—, que cada vez que te presto una, no la vuelvo a ver.

Suelto una carcajada. No le falta razón.

Cuando pueda le compro otras en compensación.

Rompo el papel del tercer regalo que me queda y saco dos camisetas.

¡Madre mía!

Cómo me conoce Sara.

Una es como las de béisbol, negra con las mangas blancas. En el centro, una foto de mi película favorita y encima está escrito BILLY ELLIOT.

¡Me encanta!

La segunda camiseta es de tirantes blanca. Con la misma imagen que la anterior, pero esta vez formando las letras de SHINE, lo que viene significando «Brilla».

Esta última me va a venir genial para ir bailar, cuando la oigo decir:

—Espero que te valgan...

Como ella ha hecho segundos antes, la abrazo y la beso en la mejilla.

—¡Muchas gracias, mi querida Dory! —digo—. Nunca había visto estas camisetas, menuda sorpresa, maja. ¡Me encantan!

Sara sonríe feliz. Sabe que ha acertado.

Ahora le vuelve a tocar a Bárbara.

Un paquete es un marco con una foto de los tres disfrazados el día de Nochevieja que le hace mucha ilusión, y, cuando abre su último regalo, al ver una cámara rollo Polaroid de las de antes, grita:

—¡Qué pasada!

—¿Te gusta? —pregunta Sara.

—¡Me encanta! ¡Me flipa! —Y, feliz, indica—: Mañana mismo

busco un sitio donde poner todas las fotos que haga con ella y así lucirlas.

Sara y yo chocamos los puños con complicidad. Estamos felices de ver que nuestros regalos han gustado, cuando Bárbara, levantándose, exclama mientras corre a su habitación:

—Ahora los míosssssssssssss.

Con la misma locura que se va, vuelve. No tarda ni quince segundos.

Deja dos sobres sobre la mesa y cuatro regalos.

¿Sobres?

Sara y yo nos miramos, y ésta pregunta:

—¿Quién empieza?

Barbi está emocionada y, como una niña, aclara mirando su móvil, que ha sonado:

—Sólo digo que los sobres son lo último. Primero, los regalos envueltos.

Nos volvemos a mirar y empieza a sonar *What Do I Know*, de Ed Sheeran.

Me gusta mucho ese disco.

Sacudo la cabeza al ritmo de la música, algo que hace reír a Sara, que pide:

—Venga, los dos a la vez.

—¡Hecho! —afirmo.

Ambos cogemos el paquete pequeño con nuestros nombres. Y, una vez lo desenvolvemos, nos tenemos que reír al verlo.

—No me lo puedo creer —musito.

—¡La madre que la parió! —exclama Sara.

Bárbara, divertida al ver nuestras caras, suelta:

—No me digáis que no os viene bien a los dos. Una con sus gatos y otro con el refugio.

Ambos asentimos.

No sabía que existían rollos reutilizables quitapelusas. Pero sí: Barbi los ha conseguido.

Una vez dejamos aquel raro regalo sobre la mesa, ambos abrimos otro paquete más grande. En el mío hay un chándal blanco y negro de Nike.

¡Qué pasada!

Nosotros no medimos los regalos por el dinero. Los tres pasamos bastante de ello. Pero sin duda tanto mi chándal como el de Sara han tenido que costar un pastizal.

—¡Me encanta! —afirmo gustoso.

—¡Biennnnnnnnnnnnnnnnnnnn! —grita la loca.

Levantándome, me pruebo la chaqueta por encima e indico ante la atenta mirada de mi amiga:

—¡Gracias, Barbi, me va a venir genial!

—No me extraña, hijo. Te pasas los días en el gimnasio.

Según oigo eso, sonrío. No digo más, cuando Sara exclama:

—¡No me lo puedo creer!

—¿Qué pasa? —pregunta Bárbara.

—Nunca había tenido uno de marca, ¡es chulísimo! —dice Sara con unos ojos como platos.

Entre sus manos tiene el chándal negro oficial del Atlético de Madrid. Sé cuánto adora Sara ese equipo y, al ver cómo lo mira, musito:

—Wow, qué pasada.

—Es increíble... Increíble —afirma ella emocionada.

Barbi nos mira y Sara y yo, encantados, nos tiramos sobre ella. La besamos. La queremos; Sara se para y, mirándola, indica:

—Espera... ¡Un momento! ¿Tú regalándome un chándal? Pero si odias cuando voy con uno.

Barbi se estira, sonríe y dice señalando la prenda:

—Mira en el bolsillo.

Sara introduce la mano en los bolsillos de la chaqueta. De uno de ellos saca un papel doblado y, al abrirlo, vemos que pone:

Espero que lleves este chándal en nuestro primer día en el gym.

Sara pone los ojos en blanco y se deja caer en el sofá.

A mí esta situación me hace mucha gracia, mucha, cuando Sara dice:

—Valeeeeeeeeeeeee.

¡Glups! Eso no me gusta, y Barbi, emocionada, grita:

—¿En serio?

Sara resopla y suspira.

—Por probar, no pierdo nada.

Eso hace que Bárbara se levante y le dé un abrazo mientras exclama:

—¡POR FINNNNNNNNN, *MY FRIEND*! ¡Por finnnnnnnnnnnn!

Yo sonrío, pero siento que mi sonrisa ahora es forzada. Sé lo que puede significar eso.

—Y ahora tú nos vas a decir cómo se llama tu gimnasio para apuntarnos —dice entonces Bárbara señalándome.

Maldigo en silencio. Joder... Joder...

Ambas se miran, esperan una respuesta y, observando los sobres que hay sobre la mesa, digo:

—Vale. Pero primero terminemos de abrir regalos. ¡Quedan dos!

—Es verdaddddddddddddddddddd —sonríe Bárbara.

Sara mira hacia la mesa. Ve los sobres y, mientras los señala, pregunta:

—¿Y eso qué es?

Son dos sobres azules.

Bárbara, a la que le gusta el misterio como a nadie, insiste:

—Abridlos y lo veréis. ¿Los queréis o no?

Rápidamente, Sara coge uno y asegura:

—¡Claro que queremos! No pienso quedarme con la duda.

Acto seguido, lo abre, saca un papel con la letra de nuestra amiga otra vez y leemos en voz alta:

VALE POR... Una invitación al viaje a Tenerife que prometimos hacer en Semana Santa.

(No acepto un «no» por respuesta.)

Boquiabiertos, Sara y yo nos miramos.

Sabemos lo espléndida que es Bárbara con el dinero, pero esto es excesivo, y Sara murmura:

—¿Qué estás diciendo, Barbi?

—Lo que has leído.

Yo cojo el otro sobre azul. Lo abro. Pone lo mismo y, mirándola, digo:

—No puedes hacerlo.

—Claro que puedo, *my friends*.

—Pero tus padres...

—Mis padres —me corta— no dicen nada. A ellos lo que yo haga con mi dinero no les importa lo más mínimo. Y si quiero invitar a mis amigos a un viaje, ¿por qué no lo voy a hacer?

Miro a Sara en busca de una respuesta, pero tiene la misma cara que yo.

—Bárbara, este viaje lo propuse yo. No puedes hacerte cargo de todo.

La aludida se echa hacia atrás e insiste:

—Venga, ¿de qué hablas? No seáis bobos. Sólo son los pasajes de avión. Allí tu madre nos deja la casa.

No sé ni qué decir. Sé que el dinero para ella no es un problema, pero murmuro:

—Barbi, no lo veo justo.

—Me da igual lo que digáis. Quiero hacerlo y ya está —zanja nuestra amiga.

Está claro que, nos pongamos como nos pongamos Sara o yo, no va a servir de nada, por lo que finalmente ella pregunta:

—¿Y si hacemos el viaje antes de Semana Santa?

¿Antes?

¿Cómo que antes?

No sé si voy a poder. Entre las clases que doy, las de danza y los ensayos por lo de San Valentín, voy un poco pillado, cuando Bárbara dice:

—Por mí, cuando queráis.

—¿A cuándo te refieres? —insisto.

—¿Febrero? —sugiere Sara.

—Síííííííí. ¡Qué mejor para olvidarnos de los exámenes! —afirma Barbi.

Tiene razón, sería una buena idea, pero insisto:

—¿Rollo por San Valentín, más tarde o cuándo?

Necesito saberlo porque en San Valentín ya me he comprometido con Gema para un trabajo; Bárbara dice:

—No, no. En San Valentín, no.

¡Bien! Me alegra saber eso, y Sara añade:

—En San Valentín estará todo petado de parejitas. Mejor que no.

Satisfecho de que para San Valentín esté descartado el viaje, saco el móvil nuevo para ver el calendario y propongo:

—San Valentín cae en jueves. ¿Qué os parece ese fin de semana?

Bárbara comprueba su móvil como yo e indica:

—Vale, lo tengo libre.

Sara nos mira divertida.

—Yo tendré que mirar mi apretada agenda cuando llegue a casa —bromea—, pero creo que podría haceros un hueco.

Los tres reímos. Nos apetece ese viaje. Nuestro viaje. A continuación, Bárbara sugiere:

—¿Qué os parece irnos el viernes quince por la tarde y volver el lunes por la mañana?

—¿Faltar un lunes a clase? Por mí, perfecto —aplaude Sara.

Asiento. Por mí también.

—Es principio de cuatri, así que no habrá problema.

Adjudicado. ¡Ya tenemos fecha para nuestro viaje! Y entonces Bárbara grita:

—¡Dentro de un mes más o menos nos vamos de viajeeeeeeeeeeeee! Esta noche pillaré los billetes de avión y dejaré incluso el coche alquilado para movernos por la isla. Os aviso cuando lo tenga todo.

Sara y yo nos miramos.

¿Cómo se va a encargar ella de todo?

—¿Estás segura? —pregunto.

Bárbara vuelve a asentir y, tocándose su leonina cabellera negra, afirma:

—Al cien por cien, *my friends*.

Cuando creemos que las sorpresas han terminado ya, Bárbara se saca un sobre naranja del bolsillo del pantalón e indica mirándonos:

—Aún queda esto...

Boquiabierto, replico:

—Eran tres regalos, ése sería el cuarto.

—Vamos, abridlo.

De nuevo, Sara y yo nos miramos. Esta chica no tiene fin con los regalos, y Sara dice dirigiéndose a mí:

—Yo no abro más sobres hoy, te toca a ti.

Qué presión.

¿Esto qué puede ser?

Conociendo a la loca de Bárbara, es capaz de casi cualquier cosa.

Por ello, cojo el sobre, lo abro y veo en su interior tres papeles rectangulares en tonos azules como si fueran una foto. Curioso, ahueco el sobre y, al ver lo que es, murmuro:

—No puede ser...

—¿Qué pasa? —pregunta Sara.

La miro y se lo tiendo.

Ella saca los tres papeles rectangulares del interior y, cuando ve de lo que se trata, suelta una carcajada, y entonces Bárbara pregunta:

—¿Tenéis algo que hacer el 11 de junio? —pregunta Barbi.

—¡Ahora ya sí! —exclama Sara.

Son tres entradas para ir a ver a Ed Sheeran al Wanda Metropolitano. ¡Ostrasssssssssssssss!

Recuerdo que las entradas salieron a la venta en septiembre y, como en ese momento no tenía dinero suficiente para permitírmelas, ni lo intenté, pero parece ser que Bárbara nos conoce muy bien, y, viendo el gesto de alucine de Sara y mío, indica:

—¡Que vamos a escuchar *Castle on the Hill* en directo!

Nos encanta esa canción. Se podría decir que es nuestra canción, porque siempre que estamos juntos, uno de los tres la pone en algún momento.

—Más bien nos vamos a dejar la garganta allí —la corrige Sara.

Emocionado e incrédulo, miro las entradas y comento:

—No me puedo creer que vaya a verlo en directo.

—Pues créetelo, *my friend* —afirma Barbi revolviéndome el pelo.

Las horas pasan entre risas y momentos únicos. Cuando estamos los tres juntos reconozco que hay una magia muy especial entre nosotros, y me gusta. Hablamos de Irene y de cómo ha cambiado desde que sale con el tal Ricardo. Está claro que a ninguno de los tres nos gusta ese chico para ella, pero sabemos que cuando está por medio el corazón, es un tema difícil de solucionar. Quedamos en llamarla un día e intentar hablar con ella. Quizá así la cordura vuelva a su vida.

El teléfono me suena. Es mi madre, para decirme que me espera para cenar. Sonrío. Sin duda, eso significa que ha hecho croquetas de las que me gustan. Por ello, cuando anochece, me despido de mis amigas para regresar a casa.

Sara regresa también a la suya y se empeña en acercarme. Según ella, hace demasiado frío para que vuelva andando. Me hace gracia. Muchas veces actúa de hermana mayor.

Una vez nos metemos en el coche, antes de arrancar, dice:

—Espera.

Veo que rebusca en su mochila y sonríe. Saca el disco de Harry Styles que le he regalado y lo mete en el lector de CD. La música nos envuelve por completo y ambos sonreímos mientras comenzamos a tararear la canción.

Una vez llegamos a mi casa, para el coche y, mirándome, dice:

—Hablamos por si nos coinciden exámenes. Así vamos juntos, ¿vale?

—Sí, claro.

En ese instante veo que llega el coche de mi padre y, al pasar por nuestro lado, nos mira. ¡Joder! Pero Sara, que está a lo suyo, protesta:

—Vaya manera de empezar el año. Esto de tener exámenes en enero debería ser ilegal.

Asiento. La verdad es que sí. El mes de enero es horrible. Lo comienzas abriendo regalos y lo terminas estudiando y sin dormir. Pero, intentando ver el lado positivo del tema, viendo a mi padre darle al mando a distancia del garaje, indico:

—Venga, pasará antes de que nos demos cuenta.

Me despido de mi amiga, cojo mi bolsa de deporte y salgo de su coche mientras observo cómo mi padre espera en el interior del suyo con gesto agrio a que se abra la puerta automática.

Según me acerco, lo miró y él me mira. Como siempre, está superserio. Vamos, nada nuevo en él.

—¡Fran, espera!

Es Sara quien me llama, y, dándome media vuelta, la veo caminando hacia mí.

—Te dejas el móvil.

Me llevo las manos a la cabeza. ¡Menos mal que se ha dado cuenta! Y, dándole un abrazo, digo:

—Gracias, maja.

Sara ha visto a mi progenitor y me susurra al oído:

—Qué serio está tu padre.

—En su línea. Como siempre —contesto al separarnos.

Él sigue observándonos sin cambiar de expresión. Sé perfectamente que los brazos tatuados de Sara lo horrorizan. No sería la primera vez que me lo dice. Según él, los que se tatúan son personas de mal vivir. En fin... Es un hombre serio, no es ninguna novedad.

—¡Hola! —lo saluda mi amiga alzando la voz.

Papá la mira. Espero que al menos le devuelva el saludo, pero no. No lo hace. ¡Joder, papá! Y, sin variar su gesto, entra en el garaje.

Sara me mira, sonríe y, antes de que diga nada, indico excusándolo:

—Ya sabes que es un hombre de pocas palabras.

Mi amiga sonríe, conoce cómo es mi padre y, dándome un cariñoso beso en la mejilla, me dice que me quiere y se va.

Una vez se ha marchado en su coche, me dirijo a la puerta principal. Lo de mi padre no tiene nombre. Y cuando entro en casa coincido con él, que entra por la puerta interior del garaje, y, mirándome, sisea:

—Veo que sigues con las mismas amistades.

—Y yo veo lo maleducado que eres. —Mi padre resopla. Le molestan mis palabras, e indico—: Sara te ha dicho hola. Lo mínimo que podías hacer era saludarla.

Él me mira como si fuera a decirme algo terrible.

¿Cuándo se dará cuenta de que sus miraditas de malote ya no me impresionan?

Y, cerrando la puerta del garaje, suelta:

—Tú siempre igual, Francisco, nunca aprenderás.

Bueno..., bueno...

No quiero movidas, así que me voy a callar. Es lo mejor.

Acto seguido, él se marcha al despacho, y, tras ver a Álvaro correr escaleras arriba hacia su habitación, me dirijo a la cocina, donde oigo hablar a mi madre y a mi hermana. Según entro, el olor a croquetas es inconfundible. ¡Las croquetas de mamá! Y, sonriendo, voy a coger una cuando ella me da un toquecito en la mano.

—Cariño, primero ve a lavarte las manos.

—Sólo una —imploro.

A diferencia de otras veces, mi madre no sonríe.

¿Está muy seria o me lo parece a mí?

Miro a mi hermana, que me guiña un ojo con complicidad, y eso me relaja. Si pasara algo grave, Ana lo sabría.

Finalmente, mamá me da la croqueta. ¡Wow, qué rica! Y, tras ver que sonríe, me encamino hacia mi habitación para ducharme. Una vez allí, saco de la bolsa de deporte la ropa sudada de la escuela de baile y los regalos de mis amigas. ¡Me encantan!

Pongo música. Eso sí, no muy alta, no le vaya a molestar a mi padre, y procedo a ducharme. En cuanto acabo y entro de nuevo en mi habitación miro el pijama de monstruo de las galletas que me ha regalado Sara.

¿Me lo pongo?

Sin embargo, pensando en mi madre y en que tenga la noche tranquila y sin oír gruñidos de mi padre, finalmente decido que no. Hoy no es el día.

Me pongo un pijama soso pero tradicional, bajo al salón y entre mis hermanos y yo ponemos la mesa.

Como siempre, al cabo del rato, papá aparece en el comedor a mesa puesta.

¿Para qué va a ayudar él?

Una vez todo está todo listo, comenzamos a cenar. Mi madre

nos pregunta a mis hermanos y a mí por nuestro día. Cada uno cuenta lo que le viene en gana; cuando acabo yo, nadie saca más tema de conversación y, sorprendentemente, se hace un pesado silencio. Sólo se oyen las noticias de la televisión.

Con disimulo, observo a mis padres. Veo miradas.

¿Qué les pasa?

Sin duda, algo ocurre.

Mamá alza las cejas, pero papá vuelve a mirar su plato. Entonces ella se gira, me pilla mirándola y suspira.

—Chicos —empieza a decir tomando aire—, vuestro padre y yo tenemos algo que contaros.

¡Uy! ¡Uy!

Esto dicho así, de pronto, no sé si me suena bien.

Miro a Ana. Ella me devuelve la mirada y yo bebo agua.

Álvaro sigue comiendo. Su corta edad hace que no se alarme, pero yo me inquieto, bebo agua de nuevo y me echo hacia atrás apoyándome en el respaldo de la silla.

Pasan los segundos y ninguno de los dos dice nada. Mamá mira a mi padre mientras éste sigue comiendo con la vista puesta en el plato. Entonces ella, sin dejar de mirarlo, pregunta:

—¿Se lo dices tú o se lo digo yo?

Uff..., madre. Mi intuición se pone alerta, cuando papá, como si no fuera con él, alza los hombros y sigue cenando.

Mi madre lo observa con el semblante tremendamente serio. Intuyo lo que está pasando por su cabeza y me apeno. Hace tiempo que no veo a mamá tan seria, y, como siempre, mi padre poniéndolo fácil.

El silencio sigue inundando la estancia cuando ella coge su vaso, bebe un trago de agua y, tras dejarlo sobre la mesa, suelta:

—Vuestro padre y yo hemos decidido divorciarnos.

¿Qué?

¿En serio?

Miro a mi madre. Ella me mira a mí y veo seguridad en sus ojos, una seguridad que no veía desde hacía mucho tiempo, e inevitablemente sonrío. Si ella está bien, yo estoy bien. Noto cómo Álvaro, que está sentado a mi lado, busca mi mano por debajo de la mesa, y yo se la agarro con fuerza.

Es un niño y lo que acaba de oír lo asusta, cuando, mirándolo, susurro:

—Tranquilo. Todo está bien.

Al oírme, mi madre se apresura a decir dirigiéndose a él:

—Mi vida, papá y mamá seguirán siendo papá y mamá ¡siempre! ¿Lo entiendes, corazón?

Álvaro, que de tonto tiene poco, asiente.

Él, como yo y como mi hermana Ana, sabe que la situación de mis padres restaba más que sumaba. Demasiado creo que ha aguantado mamá. Yo, en su situación, me habría divorciado hace mucho, pero no soy nadie para juzgar su decisión. Sólo soy su hijo, y ahora sin duda estoy para sumar, no para restar.

—A partir de este fin de semana —añade mamá—, vuestro padre y yo viviremos en casas diferentes, pero eso no quita que vayamos a seguir siendo vuestros padres siempre. Os seguiremos queriendo muchísimo y, por supuesto, estaremos a vuestro lado siempre para todo lo que necesitéis.

Ana, Álvaro y yo la escuchamos en silencio sin saber qué decir, mientras mi padre sigue comiendo como si todo esto no fuera con él.

—Yo me quedaré en esta casa... —explica mamá.

—¿Y papá dónde va a vivir? —pregunta Ana.

Ahora sí, mi progenitor alza la vista, la mira e indica:

—En un piso que he adquirido cerca del bufete.

Ana está boquiabierta, no se lo cree. Ella trabaja con él. Tiene la confianza que yo nunca tendré con mi padre y, aun así, no sabía nada. Ni siquiera lo del piso que él acaba de decir que ha comprado, e, incapaz de callar, pregunta:

—¿Por qué nunca me has dicho nada? ¿Por qué no lo has hablado conmigo?

Según dice eso, mi padre levanta una ceja y responde:

—Porque no tenía nada de que hablar contigo.

Ana resopla. Esa contestación la enfurece, y cuando va a protestar, mi padre, mirándonos a los tres, suelta:

—Viviré en ese piso con Samantha. Mi novia.

¡¿Qué?!

¿Ha dicho «novia»?

¿Mi padre tiene novia estando casado con mi madre?

¡Flipante!

Sin dar crédito, miro a mi madre cuando ésta indica:

—Llevan más de año y medio juntos.

—¡Mamáááááá! —murmuro sobrecogido.

—¡¿Qué?! —exclama Ana.

Esa mujer, que es todo corazón, sonríe y, mirándonos, musita:

—Estoy bien, mis niños. Tranquilos. Eso ya está superado.

Asiento incrédulo mientras Álvaro, que continúa en silencio, sigue apretándome la mano.

¿Cómo ha podido llevar mi madre ese peso a sus espaldas ella sola?

—Cuando dices Samantha, ¿te refieres a Samantha Garriga? —pregunta Ana boquiabierta.

Mi padre asiente y, sin cambiar su gesto hosco, indica:

—Una vez me divorcie de tu madre, Samantha será mi mujer.

Wowwwwww, ¿en serio?

No sé qué decir.

Entonces Álvaro rompe a llorar. Pobre, es pequeño, no entiende nada, y mi madre rápidamente se levanta para abrazarlo. Mi padre no se mueve. ¿Para qué?

De pronto mi hermana comienza a gritar improperios. Se siente traicionada. La Samantha de la que mi padre habla, al parecer, es una amiga de Ana que ella metió a trabajar en el bufete.

Mi padre ni se inmuta, aguanta todo lo que mi hermana tiene que decir, mientras mi madre está a dos bandas, tratando de tranquilizarla a ella y a mi hermano. Intento ayudar. Mi madre me necesita.

Una vez Álvaro deja de llorar y mi hermana se calma, mi padre la mira con su habitual frialdad y suelta:

—¿Algo más que decir?

Por primera vez, veo que Ana lo mira con otros ojos. De pronto creo que entiende mi desapego hacia él y, negando con la cabeza, acercando su silla un poco más a la mía, musita:

—A ti no tengo nada más que decirte.

A continuación, mi padre vuelve a su cena como si aquí no hubiera pasado nada.

Incrédulo, lo miro. Ese que es mi padre y que pasa de mí desde hace mucho, ha visto que mi hermano lloraba y ni se ha inmutado. Está liado con otra mujer desde hace tiempo, se va a divorciar de mi madre y se va a casar con otra, que resulta ser amiga de mi hermana.

¡Esto es un culebrón y de los buenos!

Mamá, que ha vuelto a sentarse en su silla, tras tranquilizar a Ana, indica con cariño mirando a mi hermano pequeño:

—Álvaro, cariño, no te asustes por nada, porque tu vida continuará igual. Sólo que papá vivirá en otra casa y tú vivirás aquí conmigo. ¿Vale?

Él asiente y aprieta mi mano.

De nuevo se crea un silencio incómodo en el comedor, hasta que mi hermana interviene dirigiéndose a mi madre:

—Lo siento mucho, mamá.

Ella se encoge de hombros y responde con tranquilidad.

—No sientas nada, mi vida. Son ciclos de la vida. El ciclo con tu padre ya se completó y ahora comenzaré uno nuevo junto a vosotros.

Admiro a mi madre. No conozco a nadie más positivo que ella.

—Quizá no sea el mejor momento para decírtelo, mama —añade entonces mi hermana—, pero Cayetano y yo estábamos pensando en irnos a vivir juntos este año. Sin embargo, si tú...

—Me parece estupendo, mi vida —afirma mi madre sonriendo—. Por mí no te preocupes, porque te aseguro que estoy y estaré bien.

Ana asiente. Me mira en busca de mi opinión y yo asiento. La verdad, esa noticia era algo que ya esperábamos desde hace tiempo, puesto que lleva saliendo con Cayetano seis años.

En ese instante me doy cuenta de que sólo quedo por hablar yo, por lo que, ignorando a mi padre, miro a esa mujer a la que tanto admiro y es mi madre y pregunto:

—¿Te parece bien que me quede aquí contigo, mamá?

—Mejor —suelta papá.

¡Joder!

¡¿Por qué no se callará?!

Mamá le echa una mirada helada, sin duda piensa como yo, y, volviendo a mirarme a mí, indica:

—Contigo ya contaba, mi vida. Por supuesto que te quedarás aquí. Ésta es tu casa.

Álvaro sonríe, ella también, y yo hago lo mismo.

¡No hace falta decir más!

Siempre me ha sorprendido el matrimonio de mis padres. Él tan serio y amargado y ella tan risueña y ocurrente. Sin lugar a dudas, divorciarse es lo mejor que pueden hacer. De esta manera cada uno retomará su vida, y mi madre, por fin, podrá volver a ser feliz. Y a mi padre, sinceramente, ¡que le den!

Enero siempre es duro, aunque esta semana, por suerte, no lo ha sido tanto.

Tres exámenes que me han salido bien, aunque aún quedan los peores y he de estudiar.

Hace días que no veo a Sara y a Fran. Casi ni hablamos. Estudiar nos priva de nuestros momentos y últimamente está siendo muy difícil coincidir con ellos.

—¿Qué te parece?

Marcos me hace apartar la vista del móvil con su pregunta.

Estamos en su casa. Sus padres están trabajando. Hemos ido allí para que se cambie y luego pasaremos por mi casa para cambiarme yo. ¡Vamos a ir a un evento superchulo!

Feliz por lo que veo, sonrío. Este chico, con su cariño y su forma de ser, alegra mis días desde que me levanto hasta que me acuesto, y afirmo:

—Wow, estás muy muy guapo.

¡Qué bien viste!

Lleva unos botines negros y un pantalón también negro, como la camiseta, una chaqueta gris con sutiles líneas blancas y una fina cadena con una medalla. Sé que nada es de marca como lo que llevo yo, pero me gusta mucho todo él.

—¿Y qué hago con esto? —pregunta.

—¿Con qué?

No lo entiendo.

Se acerca a mí. Apoya las manos en mis muslos para agacharse y estar a mi altura, ya que estoy sentada en su cama. Pone su cara a escasos centímetros de la mía y repite:

—Con esto.

Lo miro, no sé de qué habla, y susurro:

—Lo siento, no sé a qué te refieres.

Él me besa con cariño y yo le correspondo. No sé qué tiene, no sé qué me da, no sé cuánto durará esto, pero lo que sí sé es que él es especial. Muy especial.

Acabado el maravilloso beso, lo miro y, riéndome, pregunto:

—¿«Esto» era el beso?

Marcos asiente, no para de sorprenderme con demostraciones de afecto, y vuelve a besarme otra vez.

¡Este chico me tiene loca!

Como siempre, un beso nos lleva a otro. El deseo que sentimos es puro fuego, pura necesidad, y soy consciente de que o lo paro o terminaremos desnudos sobre su cama. Así pues, lo empujo para apartarlo de mí y, levantándome de la cama a toda mecha, indico:

—Tenemos que irnos.

Suspira, sonríe y, mirándome, dice:

—Preferiría quedarme aquí contigo.

Vale, yo también. El sexo con él me tienta y mucho. Pero quiero ir a esa fiesta. Neus y Eni me esperan, nos esperan a los dos, e insisto sin dejarme convencer:

—Venga, vámonos a mi casa. Tengo que cambiarme de ropa.

Entre risas y más besos, conseguimos salir de su casa y, tras meternos en su coche, vamos a la mía.

Al entrar, comienzan los besos de nuevo, pero pensando en el evento al que hemos sido invitados, lo aparto y digo:

—Llegaremos tarde.

Marcos sonríe. Intuyo que eso le da igual, e insiste:

—¿Qué te parece si pedimos unas pizzas, ponemos una peli y...?

—¡Ni hablar! —lo corto—. Quiero ir a esa fiesta. Es importante para mí.

Finalmente, asiente. Da un pasito atrás y, dejándome caminar hacia el dormitorio, musita:

—Anda, ve antes de que cambie de opinión.

Sonriendo, corro a mi cuarto mientras con el rabillo del ojo veo que saca una gorra de su mochila y se la pone.

A este chico todo le queda bien.

¿Cómo lo hace?

A dos mil por hora, me quito la ropa y, abriendo mi armario, observo las prendas y comienzo a elaborar mi atuendo.

Al final me decanto por unos botines grises marca Camper, un pantalón negro ajustado de Diesel y una camisa *oversize* blanca de Calvin Klein.

Me miro en el espejo y me estudio.

Sin duda este *outfit* queda chulo para el evento y, antes de que pueda salir de mi habitación para preguntar qué le parece, Marcos ya ha entrado en ella y, abrazándome por la espalda, comenta:

—Más preciosa no puedes estar.

Madre mía lo que me hace el cuerpo cuando lo oigo. Marcos es increíble conmigo, y algo avergonzada musito:

—Anda, ya, si estoy sin peinar y sin maquillar.

Según digo eso, me escabullo de sus brazos, cuando él suelta:

—Así es como más guapa estás.

Satisfecha por oír eso, le guiño un ojo y coloco una silla frente al espejo. Miro mi rizado pelo, algo tengo que hacer con él, cuando Marcos dice acercándose de nuevo:

—¿Me vas a dejar peinarte algún día?

—¿Quieres?

Menuda sorpresa.

El primer chico que quiere peinarme.

—¡Claro! Pero no tengas las expectativas demasiado altas.

No, desde luego que no.

No sabe ni peinarse a sí mismo, así que a saber cómo saldría el experimento. Por tanto, y convencida de que es mejor que me peine yo, replico:

—Vale, otro día me peinas. Hoy no, que vamos muy pillados de tiempo.

Marcos sonríe y saca el móvil, ha recibido un mensaje, y yo me centro en mi pelo.

La verdad, es un trabajazo peinarme, ya que, al tenerlo tan riza-

do, y ahora tan largo, me lleva tiempo. Así pues, en busca de como-
didad, recojo la mitad del pelo en un moño y la otra mitad que
caiga por los hombros. Para terminar, dejo algún pequeño mechón
suelto a los lados de la cara.

¡Perfecto!

Miro a Marcos y éste, al entender mi muda pregunta, me guiña
un ojo en señal de aprobación.

¡Qué mono!

Toca el turno del maquillaje, en esto tardo poco.

Hoy será algo sutil y, una vez termino, me levanto, miro al chico
rubio tan guapo que tengo al lado y, dándome una vueltecita frente
a él, pregunto:

—¿Qué dices?

Marcos me mira. Madre mía, cómo me mira, y afirma:

—Si a ti te gusta, a mí me encanta.

No puedo evitar sonreír.

¡Me lo como!

Este chico no tiene defectos. Bueno, sí: ronca mientras duerme.

Y, feliz por el bonito momento que vivo con él, me tiro a sus
brazos y lo beso. Me encanta besarlo, tanto como sé que le gusta a
él besarme a mí.

Cuando, veinte minutos después, salimos de mi casa, veo que se
va a quitar la gorra y lo paro.

—Noooo.

—¿Qué pasa? —dice sin entender nada.

—Déjatela, me encanta el rollo arreglado pero informal que
te da.

Marcos sonríe. Sin duda se fía de mí y, volviéndose a colocar la
gorra, replica:

—Si tú lo dices...

Nos hacemos un par de fotos frente al enorme espejo que hay
en el portal y después salimos. De la mano, vamos hacia su coche.
En el camino, como siempre, alguna mirada indiscreta nos observa, y soy consciente de que él se da cuenta, pero no dice nada. Creo
que ya ha entendido que ir de la mano de una chica negra siempre
es motivo de curiosidad.

Una vez llegamos a su coche y montamos, arranca el motor. La música comienza a sonar por la radio cuando Marcos pregunta:

—¿Conoces a alguien en el evento?

—Sí —sonrío—, allí estarán Neus y Eni, los amigos de Instagram que te comenté.

Veo que él asiente, pero insiste:

—¿Y tus otros amigos?

—¿Fran y Sara?

—Sí.

Suspiro. Ellos no saben ni lo de Marcos ni lo del evento, y respondo:

—A ellos no les van esos eventos de *instagrammers*. Y, estando en época de exámenes, menos aún.

Paramos en un semáforo en rojo y Marcos me mira. Por favor, por favor, que no me pregunte más por ellos. Él quiere conocerlos. Le hablo tanto de ellos que se muere de ganas, aunque mis amigos no saben nada de él.

—¿Me dijiste que tu amiga Sara era tatuadora o algo así?

—Lo será —sonrío—. Pero aún no lo es. Dibuja de maravilla y el noventa por ciento de los tatuajes que lleva los ha diseñado ella. ¿Por?

—Quiero tatuarme —dice a continuación—, pero mi tatuador se ha marchado a otra ciudad a vivir y ahora no sé adónde ir. Dile que me recomiende algún sitio, porfa.

Yo asiento y el semáforo se pone en verde.

Marcos arranca.

—¿Qué te vas a hacer? —pregunto.

Gesticulando rápidamente, el chico que me tiene loca responde:

—Me gustaría hacerme una rosa en las costillas y también tatuarme el nombre de mi hermana. Pero éste no sé si bajo la clavícula o en el brazo.

La hermana de Marcos se llama Alma. Es un nombre precioso.

Y, aprovechado que suena una canción que a él le gusta, al oírlo canturrear cojo mi móvil y escribo en WhatsApp:

YO: Saritaaaa...

SARA: ¿Qué quieres? Sorpréndeme.

YO: Un amigo quiere tatuarse y quién
mejor que tú para recomendarle a alguien.

Espero. Seguro que está pensando que ese amigo es uno de mis churris, cuando leo que escribe:

SARA: Ahhhh. Dile que mire en el
Instagram de Customizartetattoo.
Ahí trabaja Des, y tanto ella como el resto
del equipo son increíbles. Si llama, que
pregunte por ella, pero con el nombre
de Destrue, y diga que va de mi parte.

YO: Graciasssssss. *Bye!*

Feliz, me guardo el teléfono. Ya tengo lugar para indicarle a Marcos, y comienzo a canturrear con él la canción de la radio.

Media hora después llegamos al sitio del evento. Nada más entrar, nos piden los nombres y los emails, para después darnos un par de bolsas con regalos.

Encantada, ojeo un poco las bolsas y veo que contienen un par de camisetas, unas riñoneras, fundas para el móvil, un libro y diferentes pegatinas.

¡Estupendo!

Curiosos y cogidos de la mano paseamos por el evento, donde todo es música, postureo y color, hasta que decidimos ir a beber algo. Una vez pedimos en la barra, busco con la mirada a Neus y a Eni.

¡Los tengo!

Feliz por haberlos localizado, cojo la mano de Marcos e indico:

—Vamos hacia los sofás rosas de la derecha.

Llegamos y, antes de que pueda saludarlos, oigo:

—¡Barbiiiiiiiiiiii, ven, selfi!

Sin dudarlo, me acerco a Neus y a Eni, mientras Marcos no se mueve. Simplemente nos observa. Junto a ellos, me hago un montón de fotos, hasta que todos quedamos conformes y las subimos inmediatamente a nuestras redes, etiquetándonos.

Marcos no dice nada. Simplemente nos observa sin acercarse y en su rostro veo cierta incomodidad, aunque intenta disimularla.

Una vez acabamos, Neus y Eni me besan y se alegran de que esté aquí. Me acerco de nuevo a Marcos. No quiero que esté solo. Hemos asistido juntos.

—¿Qué te pasa? —le pregunto.

Él me mira. Luego siento que mide sus palabras y responde:

—Estaba pensando que siempre había vivido estos eventos desde el otro lado de la barra, no desde aquí.

Asiento. Tiene razón.

Lo conocí precisamente en un evento de éstos y, deseosa de que lo conozcan mis amigos, lo agarro de la mano y le pido acercándolo al grupo:

—Ven.

—No hace falta.

—Sí, sí hace falta. Eres mi chico y quiero que te conozcan.

Mientras hablo con Marcos, me doy cuenta de que Eni y Neus nos miran y cuchichean. Pero a mí me da igual. Y, una vez convenzo a Marcos, me acerco a ellos y digo:

—Éste es mi chico..., Marcos.

Ellos lo miran y se aproximan a él para darle dos besos.

—¡Holiiiiiiiiiiiiiiiiii!

Marcos sonríe al oír eso y los saluda a su vez. Devuelve los besos mientras yo soy consciente de cómo aquéllos lo escanean de arriba abajo y finalmente Neus suelta:

—Déjame decirte que vas divino, Marcos.

—Outfit on point! —afirma Eni.

Me gusta oír eso.

Básicamente lo que hacen aquéllos es aprobar el look de Marcos, como hacen con todo, y cuando nos sentamos en los sofás rosas, junto a ellos, Neus pregunta:

—¿Y cómo os conocisteis?

Pensar en eso me hace sonreír.

A veces, en los momentos en que menos lo esperas, conoces a las personas más increíbles, y, mirándolos, indico:

—¿Recordáis la noche de Halloween, cuando un camarero me tiró una copa por encima?

Mis amigos se miran, ponen los ojos en blanco y Eni comenta:

—¡Como para olvidarlo! Menudo desastre de camarero.

—Qué vergüenza. Menudo torpe —añade Neus.

Oír eso no era lo que esperaba. No me gusta que recuerden aquel momento con esa negatividad, y cuando voy a responder, Marcos indica riéndose:

—Pues el torpe era yo.

Neus y Eni se miran boquiabiertos.

Espero que le pidan disculpas por lo que han dicho, cuando ella comenta:

—Ah, pues así vestido pareces otra cosa.

Pero bueno, ¿qué quiere decir con eso?

¿Y las disculpas?

Y Marcos, que se ríe hasta de su sombra, sin parecer importarle lo que aquéllos puedan estar dando a entender, replica:

—Gracias. Pero no creo que la vestimenta defina a las personas.

Neus y Eni vuelven a mirarse. Por su gesto me doy cuenta de que no están de acuerdo con eso, cuando Neus musita:

—Depende del caso y de la ropa. Soy de las que opinan que no vale cualquiera y que cualquiera tampoco puede entrar en mi círculo de amistades.

—De todas formas, hoy vienes muy adecuado —apostilla Eni.

A Marcos no le da tiempo de contestar, ya que una chica se acerca con una cámara de fotos e indica:

—¡Hola, chicos! Soy la fotógrafa del evento, ¿queréis que os haga alguna foto?

Rápidamente Neus y Eni se colocan para salir de su lado bueno, y yo, algo molesta por la conversación que mantenemos con ellos, contesto:

—¡Claro!

Marcos y yo sonreímos y posamos.

Una vez hace la foto, Neus pregunta mirando a la fotógrafa:

—¿Podrías hacernos otra?

—¡Claro!

Y, a continuación, pide dirigiéndose a Marcos:

—¿Podrías quitarte en esta foto?

Boquiabierta me quedo cuando él, encogiéndose de hombros, se retira y musita:

—Sin problema.

Yo no me muevo, me he quedado paralizada, y la fotógrafa nos hace la foto a Neus, a Eni y a mí.

—Ahora con mi móvil —sugiere Eni dándoselo a la chica.

Repetimos poses y listos.

—Gracias, chicos —dice ella antes de irse.

—Gracias a ti —contesta Marcos con una sonrisa.

Sin mediar palabra, mis amigos cogen sus móviles para pasarse la foto y subirla a las Stories, eso es lo importante.

—Barbi, ¡sube la foto y etiquétame! —me pide Eni.

Yo miro a Marcos y, para hacerle entender que estoy con él y que no me ha parecido bien que se quitara en la foto, indico:

—Parece ser que, si no postureas, es que no has estado en el evento.

Eso lo hace reír, cuando de pronto oímos un grito:

—¡NO PUEDE SERRRRRRR! ¡NO PUEDE SERRRRRRRRRRR!

Los tres miramos a Eni, el grito proviene de él, y, llevándose las manos a la cara en plan *drama queen*, se sienta en el sofá rosa como conmocionado.

Yo me asusto. Neus no, y pregunta:

—¿Qué te pasa? Cuéntame.

Marcos, preocupado como yo, no le quita el ojo de encima, y yo insisto:

—¿Te encuentras bien?

Eni se pone una mano en el pecho mientras con la otra se tapa la boca.

Tiene los ojos vidriosos. Lloriquea. Tiembla como una hoja.

¡Dios, ¿qué le habrá pasado?!

Cuando de pronto dice mientras me enseña la pantalla de su móvil:

—¡Por fin me han verificado la cuenta de Instagram!

Según dice eso, Neus le da un abrazo mientras el otro llora con grandes lagrimones como si no hubiera un mañana.

No entiendo nada.

¿En serio está montando este drama porque Instagram le ha verificado la cuenta?

Miro a Marcos y entonces él dice levantándose del sofá:

—Voy a por una Coca-Cola, ¿quieres algo?

Creo que todo este teatrillo le está superando. No me extraña. Me está superando hasta a mí, y respondo:

—Tráeme una, porfa.

Marcos me guiña el ojo con una sonrisa y se va camino de la barra, mientras prosigue el *show* lacrimógeno de Eni.

Y todo eso por tener un *check* azul al lado de su nombre en la red social.

¡Increíble!

Miro la escena y no sé qué hacer.

Me suena el móvil.

¡Salvada por la campana!

Es mi madre. Vamos, mis padres.

Llevo días sin hablar con ellos. No me ha dado la gana de cogerles el teléfono. Todavía no les he perdonado que dejaran a la yaya colgada el día de Nochevieja.

Pero tengo que contestar. No puedo continuar ignorándolos.

Miro a Marcos, que está apoyado en la barra. Él me mira y yo le enseño el móvil y le indico que voy al baño. Sonríe y asiente.

Sin duda, no se acercará a mis amigos hasta que yo llegue. Y, una vez entro en el baño, me meto en uno de los cubículos y, cogiendo el teléfono, saludo con positividad:

—¡Hola, mamá!

—Hola, Bárbara. ¿Qué tal?

—Bien, ahora estoy en un evento. ¿Y vosotros?

—Trabajando.

Hasta aquí la parte de los saludos. Ahora viene la parte en la que no sabemos qué decirnos porque cada día tenemos menos comunicación, por lo que pregunto:

—¿Mucho trabajo?

—Oh, sí. Ya sabes que de eso siempre hay.

Y durante unos tres minutos mi madre no para de hablar de sus proyectos, de sus ganancias, hasta que se interrumpe y pregunta:

—¿Tú bien?

Vaya..., se ha acordado de que existo, y respondo sin ganas de contarle mi vida:

—Todo perfecto. De exámenes, pero bien.

—¿Qué tal la yaya?

«Muy bien, mamá. Has recordado que tienes una madre», y respondo:

—Pues dolida por vuestra ausencia en Navidad, pero bueno, eso ya lo sabes tú, ¿verdad?

Ella no responde. Oigo su respiración. Sabe como yo que no lo hizo bien, cuando de pronto oigo la voz de mi padre llamarla y ella dice:

—Dile que le mandamos saludos, intentaré llamarla mañana.

Sé que eso no pasará. No la llamará.

—Bueno, hija, te dejo. Tengo mil cosas que atender.

¡Qué raro! Y, sin ganas de seguir hablando con ella, replico:

—De acuerdo, mamá.

—Hasta pronto, Bárbara. Te queremos.

Y, tras soltar esa coletilla que creo que ya la dicen tanto mi padre como mi madre por inercia, el teléfono se queda mudo, y musito:

—Adiós, mamá. Aunque no sé por qué, yo también os quiero a vosotros.

Hablar con ellos cada vez me resulta más complicado.

La brecha que hay entre nosotros es cada vez más grande, más viva, más dolorosa. Me encantaría tener unas madres como las de Sara y Fran. Madres cariñosas, que se preocupan por sus hijos, no como la mía, que pasa bastante de mí.

Me quedo pensando en ello en el interior del cubículo, cuando oigo que la puerta del baño se abre.

—Ven, arréglate el maquillaje, que tenemos que hacernos muchas fotos para celebrar tu verificación.

Ésa es la voz de Neus.

Voy a salir del baño cuando oigo que Eni dice:

—¿Has visto al chico que se ha traído Barbi?

—Sí, un camarero. ¡Qué horror!

Según oigo eso, me paro. Mejor no salgo.

—Pensé que Barbi tenía más clase para elegir.

—Pues te equivocaste, cielo —oigo que dice Neus—. Clase, muy poquita. Y digo yo, con el dinero que ella tiene y lo estilosa que es con sus *outfits*, ¿cómo puede andar liada con un camarerucho como ése?

—La verdad, el camarerucho, como tú dices, está muy bueno.

—Lo sé..., pero no deja de ser un pobretón como lo son esos dos amigos suyos. Que, por cierto, visten de mercadillo. ¿Cómo se llaman?

—Fran y Sara. ¡Otros muertos de hambre!

Se ríen.

Yo alucino.

¿En serio piensan así?

¿En serio están hablando de esa manera de las personas a las que yo quiero?

¿De verdad estos dos idiotas por ser *influencers* y, básicamente, por ser de familia adinerada, se creen con derecho a criticar a mi familia o al resto de la humanidad?

El cuerpo se me revoluciona.

No soporto oír hablar mal de las personas a las que quiero, y tengo claro que ya he oído suficiente.

Por ello, y con seguridad, salgo del cubículo y me los quedo mirando. Ellos ponen cara de haber visto un fantasma. E, incapaz de callar, suelto:

—Tanto Marcos como Sara o Fran tienen mucha más categoría, clase y saber estar que vosotros, aunque no tengan vuestro asqueroso nivel adquisitivo. ¿Y sabéis? Que os quede bien clarito a los dos que vivís en un mundo absurdo de postureo que tarde o temprano se os caerá encima.

Ninguno dice nada. No pueden. Y, sin ganas de seguir respirando el aire que esos dos imbéciles respiran, miro a Eni e indico:

—Felicidades por tu verificación. Espero que eso te reporte mucha felicidad.

Y, a continuación, mordiéndome la lengua para no liarla más, salgo del baño.

Busco a Marcos en la barra y lo veo apoyado mirando el móvil. Me acerco a él y pregunto:

—¿Nos vamos?

Sorprendido, él me mira. Luego mira el sofá rosa y, al verlo vacío, pregunta a su vez:

—¿Y tus amigos?

—Ya no son mis amigos, y están en el baño criticándonos.

Él clava ahora su mirada en mí y yo, asintiendo, indico:

—Lo siento. No debería haberte traído aquí. Esa clase de gente no merece conocer a alguien tan maravilloso como tú.

Marcos no entiende nada. Intuyo que no sabe qué pensar, cuando lo oigo musitar:

—No sé qué ha pasado, pero lo siento, Bárbara.

Sonrío. Lo que ha pasado es que se me han abierto los ojos, y, besándolo en los labios con todo mi cariño, murmuro:

—*Don't worry*. ¿Te apetece que vayamos a mi casa, pidamos unas pizzas y te quedas a dormir?

Él pasa una mano por mi cintura. El plan que le propongo le gusta, y afirma haciéndome sonreír:

—Siempre sí.

Capítulo 32

Sara

Hoy tengo cita en el estudio de tatuajes.

Es pronto.

Son las 10.45 y he quedado con Des, la tatuadora, a las once y media.

He aparcado algo lejos para no pagar el dichoso tíquet de la hora. Por tanto, me toca caminar. Así hago tiempo.

Pienso en Bárbara y en Fran. Hace días que no nos vemos. Cada uno está sumido en sus propias cosas y, la verdad, eso me apena un poco.

Hace frío, por lo que me abrocho el abrigo, me pongo los cascos de música y le doy al *play*. Empieza a sonar *Dreams*, de Fleetwood Mac.

Sé que debería estar en casa estudiando, soy consciente de que ando de exámenes, pero bueno, ya lo miraré más tarde. Ahora me apetece tatuarme.

¡Joderrrr, qué frío hace!

Acelero el paso para llegar cuanto antes al estudio.

Diez minutos después, tras saludar a algunos de mis amigos que trabajan allí, le doy mis datos a la simpática chica de recepción. Es nueva y no me conoce.

Aún queda media hora, así que me siento a esperar y saco mi cuaderno, pero el móvil me vibra en el bolsillo del pantalón y sé que he recibido un mensaje.

Al mirarlo, sonrío. Es Lucía. Me manda una foto junto a su hermano. Esta mañana lo acompañaba a un tema fiscal por el negocio de motos que tienen a medias. Y sonrío como una boba enamorada.

Una vez le envío un emoticono de un beso, bloqueo el móvil y miro la pared que hay más allá llena de cuadros, láminas y tablas de *skate*.

Se me enciende la bombilla y me pongo a dibujar.

Eso me abstrae del mundo, y si estoy escuchando música, más aún.

De repente noto que alguien se apoya en mi hombro derecho. Alzo la vista y veo a Des sonriendo.

—¿Qué hacesssss? —me pregunta cuando me quito los cascos.

—Nada importante.

—A ver —pide cogiendo el cuaderno.

Le echa un vistazo rápido, le gusta lo que ve, y pregunta:

—¿Todo esto lo has dibujado tú?

Asiento avergonzada. Ella sabe que dibujo, como lo saben muchos de los tatuadores del estudio, pero nunca había enseñado mi cuaderno.

—Dibujas superbién, Sara —dice a continuación—. Me flipa este retrato de mujer. En especial, su mirada. ¡Qué intensa se ve!

Me levanto y me fijo en el dibujo al que se refiere.

Es un retrato que hice de Lucía el otro día al salir de un examen que no fue del todo bien.

Necesitaba olvidarlo, y ella fue lo primero que me vino a la cabeza, por lo que la dibujé enfatizando esa mirada suya que tanto me gusta.

Des me devuelve el cuaderno y nos vamos a su cabina de tatuaje.

—A ver, Sara, aquí tengo tu diseño —dice enseñándomelo—. ¿Por qué una farola?

Me tengo que reír. Sin contexto es algo extraño que me tatúe una farola, por lo que indico:

—De pequeña, cuando vi las películas de Narnia me encantaron. Y, hoy en día, siguen siendo unas de mis favoritas. La farola es lo primero que se ve al entrar en Narnia y lo último que se ve al salir, ya que está cerca de pasadizo para volver a casa.

Des se ríe. Sin duda debe de oír de todo en referencia a los tatuajes, y cuchichea:

—O sea, ¿es como un símil de algo que siempre te guía hacia casa?

Asiento.

—Yo no podría haberlo dicho mejor.

Des asiente y, mientras recorta el diseño, pregunta:

—Genial. ¿Dónde la ponemos?

Rápidamente me quito la sudadera gris e indico:

—Yo creo que en el brazo izquierdo, del codo hacia arriba.

—Vale —musita ella—. Ponte recta y, ya sabes, estira y relaja los brazos.

Hago lo que me dice, sé cómo va esto, mientras coloca el diseño.

—Ése es el sitio perfecto —indico mirándome al espejo.

Des sonríe y comienza a preparar la máquina de tatuar, las agujas, la tinta...

Curiosa como siempre, me siento en la camilla y la veo disponerlo todo.

Mamma mia, cuántas cosas.

—¿Preparada? —pregunta.

Des me mira con la máquina en las manos y yo, sonriendo, indico:

—Vamos a sufrir un rato.

—No seas dramas —se ríe—. Si estás más que acostumbrada.

También tiene razón.

Aún recuerdo cuando me hice el primer tatuaje y un amigo me dijo que tras el primero llegarían más. En un principio no lo creí, pero... ¡qué razón tenía!

Me acomodo en la camilla, Des empieza a tatuarme y, la verdad, casi no duele. Mejor.

—¿Qué tal te va todo? —me pregunta—. Hacía meses que no te veía.

Asiento, tiene razón.

—Todo como siempre. Universidad y poco más. ¿Y tú?

—Tatuando sin parar.

—¿Sabes? Han llegado dos gatitas nuevas a casa.

Sé que le encantan los gatos, y, mirándome, pregunta:

—¡¿Qué me cuentas?! ¿Y eso?

—Se las encontraron abandonadas y, bueno, al final acabaron en mi casa. Mis hermanas las han llamado *Cali* y *Nairobi*.

Ella sonríe, sin duda le gusta lo que oye.

Pasan los minutos y mi mente no para. Llevo ya tiempo con esta presión en el pecho.

No soy de ir contándole mis cosas a nadie, pero siento que necesito hablarlo con alguien. Exteriorizarlo. Y, sin saber por qué, suelto.

—Oye, Des, me dijiste que no te molesta que te hablen mientras tatúas, ¿verdad?

—En absoluto. Cuéntame —contesta mientras sigue introduciendo tinta en mi piel.

Asiento. Apoyo la cabeza en el sillón y, mirando el techo, indico:

—¿Alguna vez has estado en un punto de tu vida en el que no sabes qué hacer?

Ella para la máquina de tatuar para limpiar la zona y, mirándome, afirma:

—Sí, alguna que otra vez.

—¿Y qué haces cuando te pasa?

Veo que se encoge de hombros y responde:

—Depende de la situación. Si es algo personal, laboral...

—Ambas —la interrumpo.

Ella mete la aguja en la tinta negra e indica:

—Laboralmente hay momentos en los que he tenido que arriesgarme y tomar decisiones. Si salían bien, genial, y si salían mal, a otra cosa, mariposa. Y en lo personal, pues más de lo mismo. Pero las decisiones las tomé yo. Sólo yo.

Asiento, entiendo lo que quiere decir con eso, y, encendiendo la máquina de nuevo, me pregunta:

—¿Qué tal va la uni?

Sonrío. Intuye que va por ahí la cosa.

—Desde hace un año y algo cada vez se me hace más cuesta arriba. Siento que no me llena lo que hago. Se me hace un mundo ir a clase, y, bueno..., ¡no sé qué hacer!

Des me mira mientras hablo y, riéndome, añado:

—De hecho, ahora debería estar estudiando y, en cambio, mira dónde estoy.

Ella también se ríe.

Últimamente hago cualquier cosa con tal de no estudiar o ir a clase. Incluso prefiero estar en la peluquería contestando el teléfono.

Wowwwwwwwwwwww.

Nunca pensé que eso fuera posible.

—¿Qué estudias?

—Bellas Artes —contesto.

Des asiente y luego vuelve a preguntar:

—¿Y tú qué quieres hacer realmente?

Miro el techo. Estoy confundida, y contesto con sinceridad:

—Ahora mismo, la verdad es que no lo sé. Creo que me he equivocado.

Las dos nos quedamos calladas unos segundos mientras ella tatúa, y, cuando aparta la máquina de mi piel, me mira y dice:

—¿Has pensado en ser tatuadora?

Me quedo mirándola pensando en lo que acaba de decir. Claro que lo he pensado. Lo llevo pensando desde hace mucho.

—Los dibujos que haces son muy buenos —prosigue ella—. Tienes mano para dibujar y, por lo que intuyo, también pulso para tatuar. Si no lo pensara, no te lo diría.

—¿Tú crees? —pregunto con una sonrisa.

—¡Claro!

Oír eso me gusta y, mirándola, musito:

—La verdad, no sabría ni por dónde empezar.

—Tú tranquila, yo te ayudo.

Siento que mi corazón se acelera, como se acelera cuando miro a Lucía, y, deseosa de saber, pregunto:

—¿Qué se necesita para ser tatuadora?

Con precisión, Des prosigue haciendo el tatuaje.

—Lo primero —dice—, el título oficial higiénico sanitario. Luego puedes hacer cursos, módulos, másteres... para aprender técnicas y mejorar. Pero, lo que de verdad te recomiendo es que te pongas en contacto con tatuadores e intentes empezar como aprendiz. Y en cuanto al material... —Alza la vista para mirarme y añade—: Luego te lo apunto todo. Es demasiada información de golpe.

Sí. Su ayuda y sus apuntes me vendrán fenomenal.

—Sobre todo, no te agobies y aclara tus ideas —me aconseja—. Eso es lo importante. Cuando empiezas algo que no conoces, todo te parece un mundo. Pero, a medida que coges el ritmo, todo va rodado.

—Vale. Gracias —sonrío agradecida.

Me quedo callada dándole vueltas a lo que ha dicho.

Yo, tatuadora. Siempre he querido serlo, pero, sin duda, pensarlo en serio hace que ese sueño pueda estar cada día más cerca. Una vez lo medite tendré que hablarlo con mamá, y, conociéndola, sin duda me apoyará. Lo sé. Mi madre es así.

—En cuanto a lo personal —continúa Des—, te refieres a temas de pareja, ¿verdad?

—Básicamente.

—Yo soy de las que hacen más caso al corazón que a la cabeza.

—¿Y qué tal?

—Bien y mal, no siempre se puede ganar.

Exacto.

Y mi miedo es perder.

Perder a mi familia, a mis amigos, a Lucía...

—¿Y si por hacer caso al corazón decepciono o pierdo a gente a la que quiero?

Des para la máquina de tatuar y sonríe.

—Te digo como me dijo a mí mi madre una vez: las cosas buenas sólo ocurren cuando nos arriesgamos a salir heridas.

Mamma mia, ¡qué gran verdad acaba de soltar!

Y *mamma mia*, ¡qué cacao tengo!

Entonces Des continúa:

—Si esas personas importantes para ti te quieren, les dará igual por quién lata tu corazón.

No dice más. No indaga más. Creo que por mis palabras ha entendido por dónde voy, y asiento. Sin duda, ha vuelto a soltar otra gran verdad.

Necesito hablar con mamá.

La conozco. Me conoce. Sé que con ella puedo contar para todo.

¿Qué es lo peor que puede pasar?

Seguimos charlando con tranquilidad. Sin duda, hablar con Des, que es ajena a mi entorno en todos los sentidos, me está viniendo muy bien.

Una vez terminamos con el tatuaje, me lo miro y exclamo:

—¡Me encantaaaaaaaaaa!

Des sonríe. Sin lugar a dudas le gusta que su trabajo me guste, y, mientras me lo tapa con film transparente, dice:

—Ya sabes, dentro de seis horas te lo lavas con jabón neutro, lo secas bien y te echas la crema.

—Sí, sí. Antes de dormir igual. Si ya me lo sé de memoria, Des.

Llevo tantos tatuajes que es imposible no sabérmelo, cuando dice:

—Vete para recepción y, mientras, te apunto lo que hemos hablado antes, ¿vale?

Asiento y sigo sus instrucciones.

Una vez he pagado mi tatuaje, me pongo la sudadera y me abrigo de nuevo. Menudo frío tiene que hacer fuera.

Entonces oigo la puerta del local abrirse y, al volverme, veo que entra un chico rubio.

¡Qué mono!

Sin duda este chico le gustaría a Barbi.

—¡Qué frío! —exclama sacando las manos de los bolsillos de la chaqueta bómber que lleva para apartarse el pelo de la cara.

Yo simplemente sonrío, cuando le oigo decir a la chica de recepción:

—Hola, tengo cita con Destrue ahora, a la una.

Vaya. Ese chico es la siguiente cita de mi tatuadora. Sin duda supo elegir bien.

La recepcionista le entrega un papel al chaval para que lo rellene con sus datos. Yo me abrocho el abrigo y, cuando voy a abrir la puerta de la calle, oigo.

—¡Espera, Sara!

Me vuelvo. Es Des, que viene hacia mí.

El chico se gira y veo que me mira.

—Toma, aquí lo tienes todo apuntado. Cualquier cosa, tienes mi número.

—¡Muchas gracias, Des!

Nos despedimos con un abrazo e indica:

—Espero verte pronto y que me cuentes. Seguro que todo irá bien.

Asiento y me pongo la capucha, ya que con el viento se me vendrá todo el pelo a la cara, como le ha pasado al rubio, que, por cierto, sigue mirándome.

—Nos vemos, Des —digo entonces.

Abro la puerta y salgo.

¡Joderrrrr, qué frío!

Capítulo 33

Bárbara

Hace unos días, Sara nos preguntó si podíamos quedar los tres con Irene para hablar. Después de lo de Nochevieja, está muy preocupada. Bueno, la verdad es que creo que nos preocupa a los tres. El chico de Irene es un pintas, y algo nos dice que no hay que fiarse de él. Sin duda, tenemos que hablar con ella, y por fin ha llegado el día. Es martes y, además de vernos nosotros, por fin hemos podido quedar con ella.

Llego al Starbucks en el que hemos quedado a petición de Irene y, tras mirar a mi alrededor, no veo a mis amigos. Por raro que parezca, ¡soy la primera!

Sonrío extrañada y aprovecho y hago un par de Stories para mi Instagram.

—¿Me estás siguiendo? —oigo detrás de mí.

Reconozco la voz y se me pone una sonrisa instantánea en la cara. ¡Marcos!

Me vuelvo y ahí está él, tan guapo como siempre.

—Ya te gustaría —contesto, y me da un cariñoso beso.

Marcos sonríe y, por su manera de besarme, sé que le gusta este encuentro, que sin duda él ha provocado.

Al fondo veo a unos chicos que nos miran y cuchichean, y estoy segura de que hablan de Marcos y de mí. Él tan blanco y rubio y yo, tan negra. Pero me da igual. Marcos me quiere y me busca tanto como yo lo quiero y lo busco a él, así que lo que piensen los demás nos da igual.

—¿Qué haces por aquí? —pregunto.

Él me besa en el cuello lentamente y, mientras mi piel se eriza, lo oigo que dice:

—Voy a recoger a Alma de natación.

Asiento. Sé que dice la verdad, la piscina no le pilla lejos de allí. Ayer le dije que había quedado y dónde, y entonces él me pregunta mirando a los chicos del fondo:

—¿Aún no han llegado tus amigos?

—No.

A él lo cabrea que nos miren con descaro por mi color de piel. Nunca ha vivido con eso y, antes de que yo pueda decir nada, alza la voz y, mirándolos, pregunta:

—Eh, ¿tenéis algún problema?

Al verse increpados por él, los chicos niegan rápidamente con la cabeza, dejan de mirarnos y, dando media vuelta, se van, momento en el que Marcos murmura:

—¡Gilipollas!

Sus palabras me hacen gracia y, cuando me mira, pregunta sonriendo:

—¿Has llegado la primera?

Asintiendo con ganas.

—¡Sí!

Ambos reímos por ello. Sin duda Marcos sabe, igual que saben mis amigos, que la puntualidad no es lo mío. Pero, mira, ¡hoy lo ha sido!

Compruebo la hora en el móvil.

Las 17.44.

Hemos quedado con Irene a en punto y, empujándolo para que se vaya, digo:

—Estarán a punto de llegar, así que deberías irte.

—¿Segura? —pregunta sonriendo.

Desearía que se quedara, pero hoy no es el día de contarles a Fran y a Sara lo nuestro. En especial porque me cuestionarán, no creerán que esta vez la cosa va en serio con Marcos, y poniendo cara de pena, musito:

—Sí. Vete.

Él asiente y luego pregunta:

—¿Cuándo me los vas a presentar?

—Otro día —zanjo la conversación.

Él se ríe. No insiste. Me da un rápido beso y sale del local.

Con una sonrisa de felicidad, a través de la cristalera observo cómo mi chico se aleja, cuando de la calle a la que se dirige de pronto salen Fran y Sara.

Ni me preocupo, no se conocen.

Se cruzan y entonces veo que Sara se vuelve para mirarlo.

¡Vayaaaaaa! Sin duda le ha gustado.

Me río. Es normal. Marcos es guapísimo.

Minutos después llegan a la cafetería y Fran, mirándome sorprendido, pregunta:

—¿Acaso se acaba el mundo para que tú hayas llegado la primera?

Nos reímos, nos saludamos y luego indico señalando la escalera:

—Decidme qué queréis y lo pido mientras buscáis sitio.

—Yo, un chocolate caliente —dice Fran.

—Para mí un *cappuccino*, porfa.

Tomo nota mentalmente y veo cómo se van escaleras arriba mientras yo me decanto por mi queridísimo y amadísimo *caramel macchiato*.

Una vez tengo las tres bebidas en la bandeja, junto a tres riquísimos trozos de tarta que he pedido, subo la escalera y busco a mis amigos.

¡Genial! Han pillado una mesa al lado de la ventana.

—¿Y todo esto? —pregunta Sara según dejo la bandeja en la mesa.

—Es la hora de la merienda —contesto.

—Madre mía, ¡qué pinta tienen! —afirma Fran.

Como era de esperar, los tres compartimos las distintas tartas mientras hablamos de todo un poco.

Y, de pronto, sorprendiéndonos, Fran va y suelta:

—Mis padres se van a divorciar.

Sara y yo nos miramos y, al unísono, preguntamos:

—¡¿Qué?!

Fran asiente. No le veo mala cara, e indica:

—Mi padre lleva liado con Samantha, una amiga de mi hermana Ana, más de un año, mi madre se enteró y... bueno, decidió que su ciclo con mi padre había acabado.

De nuevo Sara y yo nos miramos, cuando él añade:

—Y lo más gracioso es que mi padre, cuando se divorcie de mi madre, se va a casar con Samantha. ¿Qué os parece?

—¡Flipante! —murmura Sara.

Yo parpadeo, está visto que en todas las familias cuecen habas, y digo:

—¿Cómo está tu madre?

—Bien. La verdad es que siento que se ha quitado un peso de encima. Ya sabéis que la relación entre ellos no era muy buena y, sin duda, una vez tomada la decisión, la encuentro hasta feliz.

Sorprendidos por la noticia, le preguntamos por su hermana, por Álvaro, por él, y nos tranquiliza indicándonos que todos están bien.

Una vez los tres asentimos y tomamos otro trozo de tarta, Fran, para cambiar de tema, me pregunta por Neus y Eni. Yo, tocándome las pulseritas que llevo en mi brazo, me tengo que morder la lengua para no contarles lo que ocurrió con Marcos y lo que aquellos imbéciles pensaban de ellos. Sigo indignada por ello.

Y, consciente de que no pienso volver a quedar con aquellos dos idiotas en mi vida, me invento que estuve en una fiesta y que terminé mal con ellos por el modo en que trataban a la gente. Mis amigos asienten. No les extraña lo que oyen. Sin dudarlo, me cuentan lo que pensaban de ellos y me sorprendo al ver que los habían calado antes que yo. Desde luego, soy una pánfila.

Son las 18.13 e Irene no da señales de vida. Lo comentamos, y Sara asegura:

—Aparecerá, por la cuenta que le trae.

Los siguientes treinta minutos los pasamos hablando de ella, y noto cierta tensión entre nosotros cuando pasan otros veinte más. Ya lleva un retraso de una hora.

—Voy al baño —dice Sara.

Una vez ha desaparecido, Fran y yo nos miramos.

—¿Tú crees que va a venir? —le pregunto—. Ya ha pasado una hora.

Él se encoge de hombros.

—No sé qué decirte.

Es toda una incógnita lo que va a hacer Irene, cuando Fran exclama:

—¡Mira!

Dirijo la mirada hacia donde señala. A través del ventanal vemos cómo Irene, agarrada a su amado novio Ricardo, se acerca tranquilamente hacia el Starbucks, y Fran musita:

—No lleva mucha prisa, ¿eh?

En silencio observamos cómo aquellos dos siguen a su rollo mientras comparten un porrito y caminan con tranquilidad.

—No creo que se le ocurra plantarse aquí con ese imbécil, ¿no?

—Eso espero o a Sara le da algo —contesta Fran.

Una vez llegan a la puerta del local vemos que se besan. Se dan el lote sin importarles que la gente los mire, y finalmente se despiden. Irene le dice adiós con la mano y entonces ella se pone los cascos de música y por fin entra en la cafetería.

—Chicos —nos volvemos al oír a Sara—, estoy pensando que lo mejor es que os vayáis, aquí estáis perdiendo el tiempo. No parece que vaya a venir.

Fran y yo nos miramos.

Creo que estamos pensando lo mismo y, callándome que ya ha entrado en Starbucks, digo:

—Confía en ella, seguro que aparece.

Sara hace una mueca. Se sienta junto a nosotros y, un par de minutos después, aparece Irene tranquilamente con un *frappuccino* en las manos.

—Mira, ¡ahí está! —indica Fran señalándola.

Irene nos ve. Se quita los auriculares y viene directa a saludarnos, cuando Sara, que está muy enfadada, gruñe:

—Sabes que habíamos quedado hace una hora, ¿no?

Ella ni la mira. Se quita el abrigo y, sentándose junto a Fran, responde:

—Ajá.

Bueno..., la cara de Sara es todo un poema. Creo que pocas veces la he visto tan enfadada, cuando insiste:

—¿Te parece normal tenernos una hora aquí esperándote y perdiendo el tiempo?

Esta vez Irene se digna a mirarla. Yo no soy una experta en el tema, pero en su mirada veo lo fumada que va, cuando suelta:

—Bueno, relájate un poco, tía. Acabo de salir de clase y he venido corriendo.

Miro a Fran y él me mira negando con la cabeza, cuando lo oigo que dice:

—¿Ricardo también acaba de salir de clase?

Sara lo mira sin entender su pregunta. Yo sí lo entiendo, e Irene contesta:

—Qué va. ¿Por?

—Como te hemos visto que venías andando con él... —replica Fran.

Irene pone los ojos en blanco y se echa hacia atrás en su asiento murmurando:

—Jodidos cotillas.

—¡Ene! —protesta Sara boquiabierta.

Incrédula, miro a Sara. Creo que le sale humo por las orejas. Fran y yo nos damos cuenta e, ignorando a Irene, le pedimos tranquilidad con la mirada cuando ésta, con la que intuyo que no va a ser fácil hablar, pregunta:

—Bueno, ¿qué hacemos aquí? ¿Qué queréis?

Su chulería, como poco, es desconcertante. Irene siempre ha sido una chica muy echada para adelante, pero una cosa es eso y otra muy distinta es que sea una maleducada. Y, viendo que ninguno sabe qué decir, anuncio:

—Estamos preocupados por ti, Irene.

Ella no se inmuta. No contesta. Simplemente coge su bebida y, con una sonrisa, se lleva la pajita a la boca.

—Desde que volviste de Londres no eres la misma —añade Sara.

Irene deja el vaso en la mesa y, con cierta chulería, contesta:

—Las personas cambian.

—Mientras lo hagan para bien... —replica Fran.

Irene lo mira, sonríe y cuchichea.

—Dijo... don Perfecto.

Bueno..., bueno..., está visto que la niña tiene ganas de movida, y cuando voy a decir algo, Sara pregunta:

—¿Tanto has cambiado como para hacer cosas de las que estabas en contra hace menos de un año?

Ella se encoge de hombros y suelta sin ningún tipo de emoción:

—Pues ya ves, tía.

Miro a Sara. Sé que se está conteniendo. La conozco.

Vuelvo a pedirle tranquilidad con la mirada. Si nos ponemos a la misma altura de Irene, sin duda la vamos a liar.

—¿Tú no notas lo mucho que has cambiado desde que estás con Ricardo? —le pregunto a continuación.

—¿Y a vosotros qué más os da?

Está claro que ésta no sabe lo que es preocuparse por alguien a quien quieres, cuando Sara susurra:

—Sí que nos da. Por eso estamos aquí. Por eso nos preocupamos por ti.

Irene clava la mirada en su prima, en esa prima que lleva haciéndole media vida toda clase de favores, y suelta:

—Tú lo que quieres es que Ricardo y yo lo dejemos, para así poderte liar tú con él.

—¡Joderrrrrrrrrrrr! —gruñe Fran.

—¿Perdona? —dice Sara boquiabierta.

La madre que parió a Irene.

¿Qué tontería acaba de decir? ¿Sara y Ricardo?

Pero si no pegan nada.

¡Qué poco conoce a su prima! O, mejor, ¡qué fumadita está!

Sara se levanta. Intuyo que si no lo hace le explotará la vena del cuello, cuando Fran, tan sorprendido como el resto, dice:

—Irene, creo que estás muy confundida.

Y ella, incorporándose como Sara, levanta la voz y suelta:

—He visto cómo lo mira cada vez que nos ve juntos. ¿Os creéis que soy tonta?

Sara, que ya no puede más, se acerca a ella y, a escasos centímetros de su rostro, sisea:

—¡Pero ¿qué estás diciendo, Irene?!

—¡Lo que oyes!

—Mira, guapa —prosigue ella—. Tu novio sería el último tío sobre la faz de la Tierra en el que me fijaría.

—Ya, claro —contesta Irene echándose de nuevo hacia atrás para sentarse en la silla.

Miro a mis amigos y veo el desconcierto en sus miradas. Creo que esperábamos cualquier tipo de reacción de Irene, excepto la que está teniendo, cuando ésta, enfadada, suelta:

—Entonces ¿esto qué es?, ¿una encerrona?

—No, simplemente queríamos hablar contigo —respondo.

—¿Y de qué exactamente? —pregunta.

Sara hace un gesto con la mano para que la dejemos contestar. Luego vuelve a sentarse e indica:

—De cosas como lo que pasó en Nochevieja o de cómo tienes los ojos de rojos en este instante.

—¡Qué puta pesadilla! —exclama Irene alzando la voz.

Las personas de las demás mesas de la cafetería nos miran. Sin duda estamos dando el espectáculo, y Sara pide:

—Baja la voz. Esto es una conversación entre nosotros cuatro, no de la cafetería entera.

Irene vuelve a coger su vaso. Da un trago y, una vez acaba, indica:

—¿Qué tal si os metéis en vuestros problemas y me dejáis en paz?

—Irene —gruñe Fran—, ¿tú eres consciente de lo que las drogas hacen a tu cerebro y a tu cuerpo?

Ella suelta un taco al oírlo y aprieta la mandíbula. Sin duda se está enfadando.

—Obviamente —replica—. Pero yo controlo, no soy imbécil.

—¿Tú controlas? —pregunta Sara.

—Sí, tía. ¡Yo controlo!

Vaya tela, vaya tela. Siempre he oído que no hay más ciego que el que no quiere ver, y sin duda Irene, por amor, está completamente ciega.

—Ene —insiste Sara—, Ricardo y su mundo no te convienen.

—¡Ya estamos otra vez!

—Por favor, Irene, que Ricardo tome drogas no quiere decir que tú también las tengas que tomar. —Ella no contesta, y Sara insiste—: Ene, por favor, recapacita. Trata de entenderme. No conozco a Ricardo. No me fío de él.

—¡¿Qué?! —protesta ella.

—¿Ricardo es sincero contigo? —prosigue Sara—. ¿Pondrías la mano en el fuego por un tipo como él?

Irene se ríe. Creo que piensa que somos imbéciles profundos, cuando, señalándonos a Fran y a mí, pregunta:

—¿Tú pondrías la mano en el fuego por ellos? ¿Te fías de ellos? ¿En serio nos está comparando con ese individuo?

Fran me mira alucinado, cuando Sara afirma:

—Obviamente que pongo las manos en el fuego por ellos.

Fran protesta. Yo también. Nosotros también lo haríamos por los demás.

Entonces Irene bufa y replica:

—Venga, decid lo que queráis. Por un oído me entra y por el otro me sale.

—¡No seas tan chula, anda! —gruño enfadada.

—Simplemente queremos que seas consciente de lo que estás haciendo con tu vida —insiste Fran.

Irene asiente. Sin duda, como ha dicho, por un oído le entra y por el otro le sale.

—¿Sigues yendo a la uni? —pregunta entonces Sara.

—Más o menos.

—¿Más o menos?

Ella asiente.

—Ahora me estoy sacando el carnet de conducir —dice.

Ese comentario llama la atención de los tres. Nunca quiso sacárselo con anterioridad, decía que le daba pereza. Sara se quita una goma de la muñeca y se recoge el pelo. Se echa hacia delante en su asiento y, apoyando los codos en las rodillas, musita:

—Vamos a ver, Irene...

La aludida la mira muy seria, y Sara prosigue:

—¿Te parece buena idea sacarte el carnet en este momento de tu vida?

—Claro. Tú deberías entenderlo, llevas años diciéndome lo bien que te viene.

—Obviamente. Pero ahora tú no puedes sacártelo. Serías un peligro.

Irene se cruza de brazos y, con sequedad, protesta:

—¿De qué vas, tía?

—No, de qué vas tú, Irene. Tener el carnet y llevar tu estilo de vida no son cosas compatibles. No puedes ponerte al volante habiendo bebido o consumido.

—Te he dicho antes que controlo el tema.

—Si te hiciesen un análisis ahora mismo, ¿estarías limpia? —pregunta Sara muy seria.

—Se te está yendo la cabeza, prima. Eres una exagerada.

—¿Lo comprobamos? Porque te llevo ahora mismo a hacértelo si quieres.

Irene se queda callada, pero sin apartar la vista de su prima, va a decir algo cuando Fran indica:

—Piensa con la cabeza y no con el culo, Irene. En la carretera no sólo te juegas tu vida, te juegas también la de las personas que van en el coche contigo y la de los demás conductores, peatones, ciclistas...

Irene apoya la espalda en la silla y echa la cabeza hacia atrás mirando al techo. Suspira, maldice y, al reincorporarse, gruñe:

—¿Qué pasa? ¿Tan mal me veis? —Ninguno de nosotros responde, y ella añade enfadada—: Pues siento no ser la chica perfecta que creíais que era y que todo el mundo quiere que sea.

En cierto modo sus palabras me apenan. Conozco a su madre. Siempre ha sido una mujer asfixiante con su hija y, sin duda, su manera de rebelarse es ésta.

—Estás muy equivocada —digo a continuación—. No pretendemos que seas alguien que no eres, porque nadie es perfecto. Lo que queremos es que no juegues con tu vida y con tu futuro por culpa de un tío que pasa de todo y que, con seguridad, cuando no le sirvas, pasará de ti y se buscará a otra tonta.

—¡Vete a la mierda, Bárbara! —gruñe ella.

Estoy por decirle que me acompañe donde me ha enviado por

no ir sola, pero respiro. Soy de las que piensan que, si quieres a la persona, hay que intentar conectar con ella, no una, ni dos, ni tres veces, sino todas las que haga falta.

—¿Sabes lo que pasa? —insiste Fran—. Te queremos. Echamos de menos a nuestra Irene y estamos preocupados por ti. Por eso estamos aquí hoy.

—Preocupaos más por vuestras puñeteras vidas y dejadme a mí en paz —replica ella levantándose.

—Ene, no nos merecemos eso... —comienza a decir Sara.

—Me da igual —la interrumpe—. No os metáis en mi vida, joder. Ya soy bastante mayorcita para hacer lo que yo quiera.

Creo que, a estas alturas, la cafetería entera está pendiente de nuestra conversación y ya da igual que nos oigan o no.

Irene coge su abrigo enfadada y, sin mirar atrás, corre hacia la escalera y se va.

Sara hace un amago de ir detrás de ella, pero veo que lo piensa mejor y se detiene. Sin duda, Irene ha perdido el norte. Y creo que va a ser difícil hacerla entra en razón. Así pues, Sara, sentándose junto a nosotros, nos mira y dice:

—Lo siento.

Está tan apenada como Fran y yo. No es fácil ver que alguien va encaminado al desastre y no poder pararlo. Y, tras coger la mano de mi amiga, oigo que dice:

—Prometedme que estaréis conmigo para cuando nos necesite. Porque nos necesitará.

Asiento. Fran también. Sin duda pensamos como ella.

Capítulo 34

Sara

No sé cuántas vueltas he dado ya en mi cama.

Hace dos días que mis amigos y yo hablamos con Irene, pero me preocupa. Y mucho.

No sé qué hacer. No sé cómo proceder, y sé que, si hablo de ello con la tía Dácil, me voy a meter en una movida peor, pues sin duda me echará la culpa de que mi prima conociera a un tipo como Ricardo, aunque yo no estuviera en Londres, aunque más tarde sea capaz de recapacitar y darse cuenta de que no es así.

Miro el reloj.

Son las 4.36 de la madrugada.

Hace más de tres horas que me metí en la cama y mi cabeza no para de ir de un tema a otro.

Mi prima Irene. El amor que siento por Lucía y el no saber qué hacer en lo referente a la universidad.

¡Me voy a volver loca!

Está claro que necesito un cambio en mi vida. No tan drástico como el de Ene, pero así no soy feliz y tengo que buscar mi felicidad. Esa felicidad que mamá me ha pedido desde pequeña que busque.

He de encontrar el momento para hablar con mamá de mis estudios y, en especial, de Lucía. Necesito sus consejos y sus siempre sabias palabras. Me guste o no lo que me diga, sé que ella lo hace de corazón y, sobre todo, desde su experiencia y su madurez.

Pensar en Lucía, como siempre, me hace sonreír. Sin duda estoy coladita por ella. Estoy enamorada de una mujer, como yo, y me siento bien, muy bien.

¿Qué opinará mi madre? ¿La decepcionará saber que me he enamorado de una mujer?

Estoy pensando en confesarle la verdad de mis sentimientos por Lucía cuando soy consciente de que también tendré que hablar con Almu y con Carla y, por supuesto, con Fran y Barbi.

Mamma mia.

El corazón se me acelera sólo de imaginarlo, pero bueno, como diría nuestro Cholo Simeone, las cosas, partido a partido.

Tengo hambre y me muero de sed. Y me niego a seguir dando vueltas en la cama. Por ello, me levanto y, tras salir de mi habitación en silencio, camino a la cocina alumbrándome con la linterna del móvil.

A ver qué pillo.

Una vez allí, decido coger un bol, vierto leche en él y, tras sacar un paquete de cereales del armarito, me echo un buen puñado.

Tras mi incursión en la cocina, con el móvil a modo de linterna y el bol de cereales en la otra, me dirijo al salón, donde veo a *Botas* dormido plácidamente sobre el respaldo del sofá.

Una vez me siento en el sofá a lo indio, me echo la mantita gris de mi hermana Carla por encima y pongo mi manjar sobre las piernas.

—¿Qué haces levantada?

¡Qué susto!

Por los pelos, evito que el bol caiga sobre el sofá. Me giro hacia la puerta y veo que mamá enciende la luz del salón. Como siempre, me sonríe, y respondo:

—No puedo dormir...

Ella asiente, se retira el pelo del rostro y musita:

—Vaya, yo tampoco. ¿Puedo unirme a tu acampada? —pregunta.

Eso me hace gracia, asiento y mamá desaparece en dirección a la cocina.

Segundos después regresa con un paquete de galletas en las manos y yo doy unos toques en el lado del sofá que está libre para que se siente.

En cuanto lo hace, compartimos la mantita de Carla y, mirándome, musita:

—Hacía tiempo que no nos juntábamos de madrugada para hacer acampada.

Tiene razón.

Cuando estamos nerviosas por algo, la madrugada es nuestro momento «acampada».

Recuerdo que lo hicimos la noche antes de la apertura de su peluquería. La noche antes de que yo tuviera los exámenes de Selectividad. También antes de aceptar quedarnos con *Botas*. Y antes de pedirle permiso para hacerme mi primer tatuaje... Pero la primera noche de todas fue la noche en que murió papá.

Mi madre sonríe, saca una galleta de chocolate que a mí me repugna y, tras dar un mordisco, apoyando la cabeza en el sofá, pregunta:

—¿Cuándo fue nuestra última acampada?

Lo pienso. Hace tanto que ya ni lo recuerdo.

—Sara, últimamente te noto más callada de lo normal. ¿Te ocurre algo? —me pregunta a continuación.

Lo sabía.

Se me da fatal ocultar nada, y más a ella.

—Son un cúmulo de cosas, mamá.

Ella asiente y sonríe.

—¿Estás agobiada por los exámenes de este mes?

Ojalá sólo fuese eso.

—También.

Mamá me mira a los ojos.

Siempre he pensado que, cuando me mira así, me puede ver el alma, y comenta:

—Tenemos cosas que contarnos, ¿verdad?

¡Cuánta razón tiene!

Yo tengo muchas cosas que contarle.

Pero, ¡alerta!, ha dicho «tenemos». ¿Ella también tiene que contarme?

Afirmo con la cabeza, pero no abro la boca. No puedo, no me atrevo, cuando, suspirando, dice:

—Venga, empiezo yo, ¿te parece?

Asiento. Me parece bien, cuando mamá musita:

—Hay un proyecto social llamado Peluca Solidaria. ¿Lo conoces?

–Claro.

—El caso es que hoy ha venido a la pelu Óscar, un amigo de Sonsoles que es parte del equipo de Peluca Solidaria, me lo ha explicado y me interesa. En resumen, una vez solucionado todo el tema burocrático, habría que enviar un email para que contaran con nosotras, o sea, con la peluquería. Las personas que quieran participar en el proyecto donando su pelo sólo deberán pagar cinco euros por el Corte Solidario.

Me parece estupendo, e indico:

—Pues, oye, me parece una idea excelente, mamá. Yo, encantada, me sumo a ayudarte con el proyecto.

Ella sonríe. Asiente y, justo cuando vuelvo a meterme una cucharada de cereales en la boca, añade:

—También hay otra cosa...

Uy... Veo que se pone nerviosa. ¿Qué ocurrirá?

Por ello, rápidamente dejo el bol sobre la mesa y digo:

—Cuéntame.

Mi madre saca otra galleta de chocolate del envoltorio y, tras darle un mordisquito y tragarlo, susurra mirándome:

—Verás, Sara, yo quise mucho a tu padre. Lo adoré, y lo adoraré el resto de mi vida, pero la vida continúa y creo que necesito encontrar de nuevo mi felicidad.

Asiento. Sin duda pienso como mi madre, cuando ésta indica:

—El caso es que fue Sonsoles quien me habló de lo de Pelucas Solidarias, y yo me puse en contacto con la organización. Y, bueno, las veces que he llamado por teléfono siempre he hablado con Óscar, que es el que ha venido hoy a la peluquería y... y, en fin..., el caso es que me parece un hombre muy agradable y simpático, y él hoy, antes de irse, me ha dicho que le encantaría invitarme un día a comer o a cenar.

—¡Vayaaaaaaaaaaaa! —murmuro boquiabierta.

—Por supuesto —indica mi madre rápidamente—, siempre y cuando a ti y a tus hermanas os parezca bien.

Espera...

¿En serio me está diciendo eso? Y, al ver el apuro en el rostro de mi madre, con una media sonrisa, pregunto:

—¿Me estás pidiendo permiso para tener una cita?

Esto es surrealista.

¡Mi madre pidiéndome permiso a mí!

Conmovida por el modo en que me mira, entiendo sus miedos y sus inseguridades. Desde que papá murió, mamá sólo se ha centrado en mis hermanas, en mí y en el trabajo. No ha habido nada más para ella, y, consciente de mi respuesta, afirmo:

—Pues claro que tienes que ir a comer con él, mamá. ¡Por supuesto que sí!

Siento cómo ella respira, y, dejando la galleta sobre la manta, dice mirándome:

—No es por justificarme, pero después de lo de tu padre, me cerré en banda. Pensé que mi vida en pareja se había acabado, pero ahora que ya ha pasado tiempo y he conocido a Óscar, reconozco que me apetece tener esa cita.

Me río. Nunca me imaginé teniendo esta conversación con mi madre, cuando ella añade:

—Óscar está divorciado, tiene un hijo de la edad de Carla y es una buena persona. Si lo conocieses, te caería bien.

Se está justificando, mi madre se justifica ante mí, y respondo:

—No tienes que darme explicaciones de nada, mamá. Yo quiero verte feliz, y seguro que papá también lo querría. Y si Óscar te hace feliz, ¡adelante! Ten esa comida, esa cena, ese fin de semana y conoceos. Te aseguro que verte feliz es lo mejor que me puede pasar.

Mamá sonríe y yo añado:

—Busca tu felicidad, como tú me dices a mí que busque la mía. ¿Entendido?

Ella asiente, sabe que por mí todo está bien, y susurra:

—Gracias, cariño.

Me abraza, yo la abrazo, y a continuación pregunto:

—¿Es mono ese tal Óscar?

Ella se ríe. Me encanta que ría, y afirma:

—Moreno, ojos marrones, alto... Sinceramente, cariño, no está nada mal.

Ambas reímos mientras seguimos abrazadas. Todo está bien entre nosotras. Al separarnos, mi madre coge los cereales y las galletas. Me entrega el bol y, cuando me meto una cucharada en la boca, oigo que dice:

—Te toca. Cuéntame.

Madre mía... Madre mía...

¿Por dónde empiezo? Y, mirándola, digo:

—No sé ni por dónde comenzar, mamá.

—Sea lo que sea, estoy aquí, cariño —indica acariciándome la rodilla por encima de la manta.

Dejo el bol de nuevo en la mesa y respiro hondo un par de veces, aunque eso no me relaja.

Me froto las manos y retuerzo los dedos, algo que hago desde pequeña cuando estoy nerviosa, y empiezo:

—Se trata de Irene.

Mi madre asiente. Y, sorprendiéndome, dice:

—Sé por dónde vas. Ayer mismo estuve hablando del tema con tu tía Dácil. Ese novio que se ha echado Irene la está llevando por el mal camino, y tanto sus padres como yo somos muy conscientes de que esto va a ser un problema.

Sorprendida, la miro cuando, mi madre prosigue:

—Tu tía tiene un disgusto de mil demonios. Y no sabe qué hacer para que tu prima deje de verse con ese chico. Con decirte que se está planteando enviarla un año a Canadá a hacer el curso de biotecnología que ella quería... Quizá, si se marcha, la distancia haga lo que la cercanía no consigue.

Asiento, sé que tiene razón, cuando indica:

—Es más. Fíjate si está disgustada tu tía que te puso a ti como ejemplo de excelente hija y aseguró que prefería mil veces tus tatuajes a la desordenada vida que su hija está comenzando a llevar.

—¡¿Qué?! —pregunto sorprendida.

Mi madre asiente.

—Al parecer —continúa con un suspiro—, el martes por la noche la policía la llamó para que fuera a recoger a Irene a la comisaría. Ella y Ricardo estaban robando en un establecimiento. Los pillaron. Llamaron a la policía, y, al cachearlos, además de los productos que habían robado, encontraron que llevaban encima cocaína.

—¿El martes?

Mi madre asiente y yo, resoplando, musito:

—Precisamente el martes, Fran, Bárbara y yo quedamos con ella para hablar. Pero, vamos, por lo que veo, no sirvió de nada.

Está visto que Irene está siendo una caja de sorpresas para todos, cuando mi madre indica:

—Así pues, cariño, entiendo que te preocupes por tu prima, pero quiero que sepas que ya estamos todos pendientes de ella y de ver qué podemos hacer para alejarla de ese chico.

Asiento. Si mi madre y mi tía están por medio, eso me reconforta. Sé que algo harán.

Entonces, el silencio nos rodea. Mi madre espera a que yo diga algo y, dispuesta a seguir sincerándome, digo:

—Mamá..., necesito parar.

La que para de comer galletas es ella, y pregunta:

—¿En qué sentido, Sara?

Bueno, ha llegado el momento. Allá vamos.

Y, tomando aire, digo:

—Sabes que nunca tuve claro si ir a la universidad o no, ¿verdad?

—Sí.

—Mientras estaba en Bachillerato hablé contigo y con mis profes. Dudaba, pero al final decidí ir. Empecé la carrera de Bellas Artes muy motivada. Pero, si te soy sincera, ahora mismo no sé dónde está esa motivación.

Eso sorprende a mi madre, se lo veo en la mirada, y, dejando las galletas a un lado, pregunta:

—¿Y eso?

—No lo sé. Cada vez me gusta menos lo que hago y busco cualquier excusa para hacer cualquier cosa que no esté relacionada con la universidad.

Mamá asiente y, sin apartar su mirada de la mía, comenta:

—Ahora entiendo por qué últimamente pasas tanto tiempo en la peluquería.

Asiento. Ir allí con ella me hacía sentir menos culpable, y durante el último mes he ido muchos días para ayudar, o, más bien, para no estudiar.

—No sé qué hacer, mamá —confieso.

—Lo que tú quieras, Sara. Ahora tienes la edad para hacer, deshacer y probar lo que quieras. Cuanto mayor seas, todo se irá complicando. Por tanto..., tú decides, cariño.

—¿Incluso si eso implica dejar la carrera y no poder graduarme?

Agacho la cabeza.

No soy capaz de mirarla a los ojos. Ella está pagando la facultad. Sin duda, un nuevo esfuerzo que hace por mí.

Mamá pone su mano en mi barbilla y empuja levemente mi cabeza, consiguiendo que la mire. Ambas nos miramos, nos comunicamos, cuando susurra:

—Lo que no quiero es verte callada, apática y seria como los últimos meses.

Mira que he intentado disimular...

¿Tanto se me notaba?

Y, sin dramatizar, como estoy haciendo yo, pregunta con tranquilidad:

—¿Y qué quieres hacer? ¿Tomarte un año sabático, estudiar otra cosa...?

Vale. Aquí va otra bomba. Espero que se lo tome bien, por lo que digo:

—Estaba pensando en prepararme para ser tatuadora. ¿Te parece una locura?

Mi madre sonríe, creo que lo esperaba, e indica:

—No más que estudiar Bellas Artes.

Las dos nos reímos por su respuesta. Cuando elegí la carrera en la que quería entrar, ella me dijo que le parecía una locura, pero que era mi locura y ella me apoyaría. En su juventud, mi madre no pudo estudiar y siempre ha querido que nosotras lo hiciésemos. Lo que nosotras queramos, pero que estudiemos.

—Entonces ¿dejas la universidad para tratar de ser tatuadora? —me pregunta a continuación.

—Sí —afirmo decidida.

Mamá asiente, acepta mi decisión, y añade:

—Muy bien, cariño. Si eso es lo que quieres, ¡a por ello! Ahora toca emplearse a fondo en conseguir ser la mejor tatuadora del mundo.

—Lo seré —le aseguro.

Mi madre sonríe.

—¿Hay que ir a hacer algún tipo de papeleo a la universidad por dejarla? —pregunta a continuación.

Suspiro. Siento alivio al ver que está conforme con mi idea, y respondo:

—Tranqui, mamá, de eso ya me ocupo yo.

Que se lo haya tomado así de bien me tranquiliza un montón. Sin duda, la mía es una madre diez y, ante eso, ¡que el mundo se pare!

Ya me informaré mañana en la facultad del papeleo que hay que hacer. Pero aún queda otra cosa de la que tengo que hablar con ella. Algo inmensamente importante para mí.

¿Cómo lo hago? ¿Cómo se lo digo?

Estoy pensando en ello cuando oigo que mamá dice:

—Hay algo más, ¿verdad?

Ay, madre.

Al final va a ser cierto eso de que las madres tienen un sexto sentido.

La miro a los ojos y busco la forma más adecuada para decírselo.

¡Joder!, no me sale.

El corazón me va a mil.

Noto un nudo en la garganta.

Presión en el pecho.

No quiero decepcionarla. No quiero que se preocupe por mí.

Mi cabeza va a trescientos por hora, aunque mi cuerpo no. No sé cómo comenzar. No sé cómo...

—Cariño, creo que sé lo que quieres contarme.

¡¿Qué?!

¿En serio?

Nos miramos. Mamá asiente y, cogiendo mi mano, susurra:

—Pero si no te ves preparada para hablar de ello no te preocupes. No hay ninguna prisa. Yo estoy y estaré siempre aquí para ti.

¿Cómooooooo?

Ahora mi cabeza va a seiscientos por hora.

¡Ay, Dios! ¡Ay, madreeeee!

¿Me ha visto con Lucía? ¿Lo sabe?

Y lo único que sale de mi boca es:

—¿Cómo que lo sabes? ¿A qué te refieres?

Mamá no aparta la mirada de mí. Sigue acariciándome la mano con dulzura, y bromea:

—Sara, soy tu madre. Te he parido y conozco hasta el modo en que respiras.

Su comentario me hace reír. No es la primera vez que se lo oigo y eso, de pronto, sin saber por qué, alivia un poco mi nerviosismo y soy capaz de decir:

—Mamá, no sé cómo ha ocurrido.

Ella asiente y, sin soltarme, dice:

—Cuéntame qué ha pasado, cielo.

Vale. Sé que ella me entiende, pero también sé que he de ser más valiente en lo referente a lo que quiero decir, y de repente suelto:

—Me gusta Lucía y tengo algo con ella.

¡Lo he dicho!

¡Joder!

¡Lo he dicho!

Mi madre asiente sin cambiar su gesto y yo, nerviosa, añado:

—No quiero que te avergüences, mamá. Quizá no era lo que esperabas de mí, pero... pero la verdad es ésa. Me gusta Lucía. ¡Me encanta Lucía! Y estoy con ella. Sé que la tía Dácil y el tío Jonay no lo aceptarán cuando se enteren. Los conozco y sé que esto mío te colocará en una situación complicada...

Ella pone un dedo sobre mis labios para acallarme, e indica:

—Lo primero de todo, no me avergüenzo porque estoy muy orgullosa de la hija que tengo, ¿entendido? —Asiento, y ella añade—: Vamos a ver, mi niña, desde que erais pequeñas, tanto a ti como a tus hermanas os he enseñado que todos somos diferentes, cada persona es un mundo, y no hay ningún problema en ello.

—Mamá...

—Sara, mi amor, yo lo único que quiero es que tú seas feliz. Que vivas tu vida con intensidad y que busques tu absoluta felicidad. —Sonrío, sonríe y prosigue—: Si te gusta Lucía y sientes algo por ella, ¡adelante! ¿Quién soy yo o quién es nadie para inmiscuirse en tu vida personal? Cariño, lo que piensen los demás te tiene que dar igual. Y en cuanto a tus tíos, si ellos tienen una mentalidad del siglo pasado, el problema es suyo, no tuyo ni mío.

—¿Y Carla y Almudena? ¿Cómo crees que se lo tomarán ellas? —pregunto preocupada.

—Tus hermanas se lo tomarán con normalidad, y ten por seguro que adorarán a Lucía. ¿Acaso no sabes cómo son?

Afirmo con la cabeza, mi madre tiene razón, cuando pregunta:

—¿Fran y Bárbara lo saben?

—No.

Acto seguido, parpadea boquiabierta, y yo, antes de que diga nada, indico:

—Quería hablarlo contigo antes que con nadie.

Mi madre asiente, me entiende, y, mirándome, musita:

—Sara, que te quede bien clara una cosa para el resto de tu vida: la homosexualidad no es una enfermedad; la homofobia, sí.

Asiento. Tiene más razón que un santo, como diría la yaya Tina.

Está claro que, en ese sentido, ella es totalmente diferente de sus hermanos, cosa que me alegra horrores. Me abraza y yo me aprieto contra ella. Mi madre es el ser más especial que hay en mi vida y, sin duda, lo mejor que puedo tener.

Abrazada a ella estoy cuando, tras darme un beso en la frente, me mira y pregunta:

—¿Eres feliz con Lucía?

Oír el nombre de mi chica en boca de la mujer a la que más quiero me gusta, me encanta, y, segura al cien por cien, afirmo:

—Sí, mucho. ¡Muchísimo!

Mi madre sonríe. A continuación, me toca el cabello con mimo y murmura:

—¡Sara, enamorada! Esto es algo que aún no había vivido.

No puedo hacer otra cosa más que reírme por sus palabras, y, sintiendo una vez más que con ella puedo hablar de lo que sea, me atrevo a preguntar:

—¿Desde cuándo lo intuyes?

—Ay, mi niña, desde hace mucho tiempoooo. Pero era algo que tenías que contarme tú, no algo que yo debiera preguntar.

Incrédula, la miro.

¿En serio?

¿Mi madre sabía de mi sexualidad antes que yo misma?

¿Tanto se me nota o es que lo llevo escrito en la frente?

Creo que mamá lee mis silenciosas preguntas, porque rápidamente suelta:

—Siempre supe que eras especial, diferente. Te he visto salir con chicos, pero algo en mí me decía que ellos no eran tu destino. Que tu destino era otro. Y cuando hace poco empezaste a hablar tanto de Lucía, por tu forma de pronunciar su nombre lo supe. Y lo corroboré en Nochevieja. Cuando apareció, se te iluminaron los ojos, al igual que a ella. Y fui consciente de cómo, al verla, mirabas hacia todos lados con miedo a que alguien se percatara de tu realidad.

Mamma mia.

¿Y si alguien más se dio cuenta?

—¿Tan evidente era?

—Para los demás no, mi vida, pero para mí, que soy tu madre, sí.

¡Alucino en colores!

—Y aun así..., nos propusiste que durmiéramos juntas —digo a continuación.

Mi madre sonríe. Yo sonrío y, al ver su gesto de pilluela, musito:

—Mamáááááááááá...

Ella se ríe, toca mi rostro con cariño y amor e indica mirándome a los ojos:

—Repito: si eres feliz, yo lo soy. Por tanto, vive y disfruta de la vida.

Luego vuelve a abrazarme. Sus abrazos siempre han sido los mejores, y siento que todo el peso que llevaba sobre mis hombros ha desaparecido ya. Por fin he hablado con mi madre, me he sincerado, y me siento bien. Tremendamente bien.

En cuanto el abrazo acaba, mi madre, cogiendo el bol de cereales que he dejado sobre la mesa, me lo entrega, coge sus galletas y dice mordiendo una:

—Y ahora, quiero saberlo todo. Cuéntame cómo os conocisteis.

Ver su mirada de curiosidad me hace sonreír, y respondo:

—No te lo vas a creer.

Ella levanta las cejas para que siga hablando, y suelto:

—Nos conocimos en la peluquería.

Mamá abre mucho los ojos.

—¿En serio?

—Totalmente en serio —río.

Sin dar crédito, ella se parte de risa, y cuando deja de hacerlo dice:

—¡Pero, mi niña, ¿qué me estás contando?!

Ambas reímos de nuevo. Está claro que tenemos mucho de que hablar. Yo de Lucía y ella de ese tal Óscar. Por ello, nos acomodamos en el sofá y, a pesar de la hora que es, disfrutamos de nuestra acampada.

Capítulo 35

Fran

Desde que mi padre se marchó de casa, mi vida ha pasado de ser mediocre a ser excelente.

No tener a alguien criticándome todo el rato y valorándome negativamente sin duda ha supuesto una gran liberación para mí.

Mi madre vuelve a sonreír. Siento que se ha quitado veinte años de encima desde que mi padre se marchó, e incluso la relación entre mi hermana y ella se ha vuelto mucho más fluida, y sé que eso le gusta.

Por suerte, Álvaro está bien. De vez en cuando le da algún que otro bajoncillo. Es el más pequeño, el más sensible, pero sin duda está bien. Es un tío fuerte.

Hoy es 14 de febrero.

¡El Día de los Enamorados!

He mirado esta mañana mi Tinder y, aunque tengo varios *match* y corazoncitos, paso. Tengo cosas más importantes que hacer hoy.

Una vez salgo de la ducha y vuelvo a poner la canción *Mujer bruja* por quinta vez, las voces de Lola Índigo y Mala Rodríguez llenan la habitación de nuevo, mientras, aún en albornoz, repaso mentalmente la coreo de esta canción.

Gracias a Gema y a todas las actividades programadas en la escuela de danza, hoy no vamos a parar. Por suerte, hace días que cambié mis clases de inglés y tengo el día entero para mí.

Sigo manteniendo en secreto mi gran secreto. Sé que se lo tengo que decir a mi madre, a mis hermanos y a mis dos amigas, pero no será hoy. Lo dejaré para otro día.

Estoy pensando en la escuela cuando sonrío al recordar que lo primero que tenemos es un concurso de baile en el que nos enfrentamos a otras academias de Madrid. Luego seguirá una exhibición en nuestra escuela para los padres de los más peques. Eso, la verdad, me hace mucha ilusión, ya que Gema me dejó montar varias coreografías con ella. Y, por último, y como colofón a un día entero dedicado al baile, esta noche realizaremos un *flashmob* en un centro comercial organizado por una tienda de bombones.

Wowwwww, hoy no vamos a parar.

Emocionado, cojo la bolsa de deporte y meto las cosas que necesitaré hoy. Guardo el pantalón negro, la camiseta blanca con un corazón en el centro, la chaqueta roja, los zapatos y la careta para el *flashmob*. También guardo el *outfit* morado y negro para la exhibición, y el chándal rojo y la bandana a juego en el pelo me los llevo puestos.

Todo listo.

Estoy nervioso. Espero que no se me olvide nada.

Miro el móvil y veo un selfi de Bárbara con la yaya Tina.

BARBI: ¿Cómo se presenta el díaaaaaaaa?

Un segundo después responde Sara con una foto de Carla jugando con las gatas.

SARA: Ya lo ves, cuidando
de mis hermanas.
¿Y tú?

Vale. Ambas tienen planes familiares, eso me tranquiliza. Cada vez que les miento por no quedar con ellas, siento que me contracturo, y, tras hacerme un selfi poniendo morritos, se lo envío y escribo:

YO: Mi madre, Álvaro y yo iremos
a ver la nueva peli de LEGO.

BARBI: *Oh, my Godddddd*.
SARA: Míralo, qué sexy.

Bien. No cuestionan mi mentira, y respondo:

> YO: Para vosotras siempre, majas.

SARA: Jajajajajajaja.
BARBI: Yo pasaré el día con la yaya.
SARA: ¡Planazo!
BARBI: Síííííííí.

> YO: ¡Salúdala de nuestra parte!

SARA: A ver cuándo quedamos
y vamos a ver a la yaya.
BARBI: Cuando volvamos de Tenerife,
os venís un finde. ¿Vale?

> YO: Síííííí.

SARA: ¡ES VERDAD! Dentro de
poco más de veinticuatro horas
nos vamos a las islasssssss.
BARBI: *Yessss*.

Miro el reloj. Tengo prisa, y escribo:

> YO: Os dejo.
> Por cierto..., ¡FELIZ SAN SOLTERÍN!

SARA: Igualmente, jajaja.

Bárbara manda un gif de una chica con corazones alrededor. Ella y sus gifs, y, antes de bloquear el móvil, me llega otro mensaje.

Es un audio de Gema: «¡Buenos días, Fran! Rocío y yo estamos guardando las cosas en el coche y vamos hacia tu casa para recogerte. Calcula que dentro de diez o quince minutos estamos por allí».

¡Mierda!

Tengo que meter el turbo.

Una vez termino todo, abro el cajón de la mesilla y saco algo que compré ayer. Son dos rosas artificiales preciosas, una roja y una blanca, para mi madre. Quiero que se sienta bien querida, a pesar de la situación.

Por ello, bajo al salón, dejo la bolsa de deporte y, acercándome a ella, le hago una seña a Álvaro, que está compinchando conmigo, para que se acerque a mí, le entrego su rosa y digo:

—Mamá.

Rápidamente, ésta se vuelve, nos mira, y Álvaro dice:

—Mamá, hoy es el Día de los Enamorados y, como estamos locos por ti ¡, aquí tienes dos rosas!

Ella se lleva las manos a la boca. Se emociona, no se esperaba ese detalle, y yo, acercándome, la abrazo y declaro:

—Eres la mejor y la más bonita, mamá.

Álvaro también la abraza, y cuando siento que ella recupera la compostura, se aparta de nosotros y dice mirándonos mientras coge sus rosas:

—Madre mía, estoy emocionada. Es la primera vez que me regalan rosas por San Valentín.

Asiento, lo sé. Mi padre nunca tuvo ese mínimo detalle con ella, y, consciente de que me tengo que ir, le doy un beso y digo:

—Nos encanta que te gusten. ¡Te las mereces!

Mi madre sonríe y yo a continuación indico señalando a mi hermano:

—Álvaro, lleva a mamá al cine y cómprale palomitas.

Ambos sonríen, y yo les guiño el ojo y me voy. Tengo muchas cosas que hacer.

Una vez cierro la puerta de la casa, veo cómo el coche de Gema y Rocío se acerca, y, una vez paran, levanto la mano para saludar.

—¡Hola, chicassss!

Ya en el coche, charlamos. Estamos emocionados. Sin duda, el día se presenta como poco genial, y algo nerviosos, nos dirigimos hacia el recinto donde se celebrará el concurso de baile.

Una vez llegamos vemos que el parking está lleno de coches y, sorprendido, observo que hay más de diez autocares.

¿Tanta gente habrá?

Una vez aparcamos el coche, los tres nos dirigimos hacia el recinto; antes de llegar, Gema me da una palmadita en la espalda y pregunta:

—¿Qué, Fran?, ¿nervioso?

Sí. La verdad es que sí que estoy nervioso.

—Hombre, pues un poco —respondo.

Gema sonríe, Rocío también, y esta última afirma:

—Pues tranquilo, porque lo vais a hacer genial, Fran.

Asiento. ¡Ésa es la idea!

Pasamos al interior del recinto y compruebo que aquí hay mucha gente, tanto en las gradas como en la zona donde están los bailarines. Empezamos a encontrarnos con alumnos y profesores de nuestra escuela y rápidamente nos organizamos por clases para empezar a calentar.

El tiempo pasa y el evento comienza. Estoy de los nervios.

Grupo a grupo, van actuando mientras lo dan todo. Nos hemos preparado para ser los mejores, pero también sabemos que sólo puede ganar uno.

—¿Preparados? —nos pregunta Iván, uno de los profesores.

Asentimos. Mi grupo, que es el de mayores de dieciocho, es el más reducido: cuatro chicas y tres chicos. Lo bueno es que estamos muy compenetrados. Lo malo, que, aunque seamos menos, tenemos que llenar más el espacio.

Gema, que es quien se ha currado nuestra increíble coreografía, se acerca a nosotros y, antes de que el presentador del evento nos llame, dice:

—Disfrutad en el escenario. Ése es el verdadero triunfo. Hacedlo como lo hemos ensayado, dejad que la música os guíe y os saldrá genial. Y ahora, ¡mucha mierda!

Oír eso nos hace sonreír. Positividad no nos falta, y, cuando nos avisan, los siete salimos al escenario y nos colocamos.

Dios, ¡qué nervioso estoy!

Segundos después empieza a sonar la canción *Hung up*, de Madonna, y, dispuestos a darlo todo, ponemos nuestra energía al completo en la coreografía.

Desde el primer momento en que nuestros pies tocan el escenario y comienza la música, los nervios se disipan, la positividad se apodera de nosotros y los siete nos convertimos en uno solo mientras, compenetrados, seguimos la coreografía y la disfrutamos como nunca.

Cuando acabamos, la gente se levanta y nos aplaude. Sin duda, nuestra manera de bailar, de enfrentarnos a la música y al momento les ha gustado, y nosotros, felices, sonreímos y nos abrazamos. Han sido meses de ensayos, de lesiones y de muchas cosas más. Pero aquí estamos, felices y orgullosos de haber dado el cien por cien de nosotros mismos.

Una vez abandonamos el escenario, todos estamos con la adrenalina por las nubes y sudando. Gema nos felicita. Rocío e Iván también, y nos dan agua para saciar nuestra sed mientras nos dirigimos a sentarnos a la zona de los participantes.

A continuación, bailan tres grupos de nuestra categoría que faltaban de otras academias y, una vez termina el último, el jurado se retira a deliberar. La verdad, llegados a este punto, me da igual ganar o perder. Simplemente me vale con haber disfrutado el momento.

Veinte minutos después, el jurado inicia el reparto de premios, tres de los cuales son para grupos de mi escuela. Todos gritamos, saltamos, ¡estamos felices!

El premio a la categoría de más de dieciocho años se acerca. Gema sonríe, se aproxima a nosotros y, mirándonos, dice:

—Da igual que no nos lo llevemos. Ya hemos ganado pudiendo estar aquí para demostrar lo que sabemos hacer.

Como siempre, ella y su positividad.

Si algo me gusta de Gema es eso. Nunca la he visto perder la sonrisa ni la compostura.

Entonces Laila, una de mis compañeras, cuchichea:

—Tengo un buen presentimiento.

Asiento, yo también. He visto el resto de las actuaciones y, aunque ha habido algún grupo bueno, está mal que yo lo diga, pero nosotros hemos sido bastante superiores a ellos.

—Y el grupo ganador de la categoría de más de dieciocho años es el coreografiado por...

«¡Dilo! ¡Dilo! ¡Dilo!»

—¡Gema Núñez!

Síííííííííí.

Síííííííííí.

Síííííííííí.

Todos saltamos enloquecidos, nos abrazamos y abrazamos a Gema, que ríe a carcajadas. El jurado pide nuestra presencia en el escenario. Gema no quiere salir, se niega, dice que los bailarines somos nosotros, pero yo no estoy de acuerdo. Ella tiene que recibir el premio con nosotros, por lo que, asiéndola de las manos, tiro de ella.

—¡Vamos!

Con Gema en el escenario, el grupo recoge su trofeo. Volvemos a saltar, a gritar, a reír, pero más reímos cuando se lo entregamos a ella y Gema, emocionada, rompe a llorar de felicidad.

¡Será llorona!

Una hora después, al salir del recinto nos dirigimos a comer a toda prisa. Vamos justitos de tiempo y nos decantamos por unas hamburguesas. Luego, recogemos los coches y algunos nos vamos directos a la escuela de baile, pues tenemos una exhibición que preparar.

Emocionados, colocamos los trofeos ganados en un lugar bien visible. Queremos que todo el mundo los pueda ver y disfrutarlos.

Nos cambiamos de ropa, el *look* ahora es diferente del de esta mañana; sobre las 17.40 empieza a llegar gente, y veo cómo Gema los saluda a todos, hasta que alza la voz y dice:

—Bailarines, a la sala de la puerta roja del fondo. Familias y amigos, poneos cómodos en la sala grande. Dentro de un ratito comenzamos.

Me voy con los chicos con los que bailo hacia un lado de la sala. La media de mi grupo son unos dieciséis años y, por petición popular, hoy coreografiamos *Mujer bruja*, de Lola índigo y Mala Rodríguez.

—¿Qué tal? ¿Os sabéis la coreo? Si me decís que no ahora, me da algo —bromeo haciendo reír a la chica a la que le estoy pintando la cara.

Para el vestuario nos hemos decidido por el morado y el negro, y en el rostro hemos quedado en pintarnos las líneas que lleva Mimi en su videoclip.

—¿Estáis listos? —se acerca Gema.

—Superlistos —contesta una compañera.

—Así me gusta. Quedaos aquí calentando. Fran, vente conmigo y me ayudas con los niños.

Asiento y la sigo.

Mientras ella habla y presenta las coreos, yo ayudo a colocar a los niños y las niñas en sus sitios. Están nerviosos. Sus familiares están aquí para verlos y la excitación puede con ellos, cuando oigo a Gema decir:

—Os aseguro que el grupo de bailarines que viene a continuación os dejará con la boca abierta. Un aplauso para ellos.

La gente aplaude y los pequeños comienzan a bailar. Entre risas, Gema, Rocío, otros profes y yo los miramos y los jaleamos, queremos que se sientan seguros y, una vez acaban, los aplausos vuelven a retumbar.

Rocío se encarga de los chiquitines y entonces yo voy al encuentro de mi grupo. Decir que están nerviosos es poco y, una vez que confirmo que estamos todos vestidos y caracterizados, entramos en la sala.

Acaparamos todas las miradas, y Gema, que es la presentadora del evento, dice:

—Este grupo ha elegido una canción de lo más bailona y actual que no podréis dejar de tararear durante una semana al menos. Y ahora, ¿qué tal si les damos un aplauso?

La gente se ríe por su comentario y aplaude mientras nosotros nos colocamos en nuestras posiciones.

Miro a Iván, que se encarga de poner la música, y levanto el pulgar. Él da al *play* y, cuando la canción comienza, nosotros empezamos a bailar. En esta coreografía hemos tomado algunos pasos del videoclip y hemos incluido muchos otros. Giramos, saltamos, sudamos y sonreímos. Bailo con aquellos adolescentes y disfruto haciéndolo, del mismo modo que sé que ellos disfrutan bailando conmigo.

Una vez acabamos la actuación, todo el mundo aplaude. Nos abrazamos felices y salimos corriendo de la sala.

Tras la exhibición nos hacemos millones de fotos. Pienso en Bárbara y en Sara. Sin duda, disfrutarían mucho estando aquí, y me propongo decirles la verdad de una vez. Tengo que hacerlo.

Dos horas más tarde, la academia se vacía. Todo el mundo se va. Y, una vez Rocío cierra la puerta, nos mira y afirma:

—¡Qué bien ha salido todo!

Asentimos felices. Está siendo un día especial.

Poco después, comienzan a llegar bailarines. Lo siguiente que tenemos es el *flashmob* en el centro comercial.

—Yo creo que se ha ido todo el mundo muy contento —comenta Iván.

—¿Al final vienes al *flashmob*? —le pregunta Gema.

Él niega con la cabeza e indica:

—Qué va, mi chica está con anginas en casa y, encima, está sola con el niño. Así que pillo la cena de camino para cuidarlos.

Me apena saber eso, pero, consciente de las prioridades de Iván, digo:

—Cuídalos, te echaremos de menos.

Él pasa su brazo por encima de mis hombros y, divertido, cuchichea:

—Más os vale guardarme algún bombón.

Todos reímos.

Sin duda, hoy todos terminaremos de bombones hasta las orejas.

Iván se va y los bailarines del *flashmob* pasamos a los vestuarios a cambiarnos.

Ahora toca zapatos de vestir, algo incómodos para bailar, pantalón negro, camiseta blanca con un corazón rojo y el nombre de la tienda en el centro. Como complemento final, una chaqueta roja de lentejuelas.

Vamos, ¡discretito!

Entre risas, nos ponemos la ropa que nos han proporcionado los de la tienda de bombones, cuando Rocío nos pide:

—Por favor, dejad que os haga una foto.

Gustosos, posamos. Eso me hace recordar a Barbi, y sonrío.

Una vez nos montamos en los coches para ir al centro comercial, pienso de nuevo en mis amigas. Por suerte, ese sitio está lejos de nuestro radio de acción, por lo que voy tranquilo. Aquí nadie me verá.

Una vez llegamos, vamos directos a la tienda de bombones. Al entrar, el olor dulzón nos asalta, cuando Gema, tras saludar a alguien, se acerca a nosotros acompañada de una chica.

—Chicos, os presento a Elvira —dice—. Ella es mi amiga y la encargada de la tienda.

Todos la saludamos encantados y, cuando terminamos, nos quedamos a su alrededor.

—Os cuento, chicos y chicas —empieza ella entonces—. El mensaje que queremos transmitir hoy, día de San Valentín, es que, al igual que bajo el papel de los bombones, lo importante está en el interior de las personas. Por eso vais todos vestidos de la misma manera. Os daremos una cámara de fotos Polaroid a cada uno. Tenéis que entregar un bombón a las parejas que veáis y hacerles una foto para luego ponerlas en el enorme corazón rojo que hay en el escaparate central de la tienda. ¿Entendido?

¡Me mola! Me gusta lo que propone, y entonces añade:

—También os tenéis que pintar las uñas de rojo y para la actuación os pondréis las caretas que habéis traído.

Wow, ¡estupendo!

—Me encanta el mensaje —le comento a Gema.

—Sabía que te gustaría —responde ella con una sonrisa.

—Pero ¿nosotros también tenemos que pintarnos las uñas? —quiere saber Juan.

Elvira, que lo oye, asiente y responde enseñándonos un par de botes de pintauñas rojo:

—Claro, todos tenéis que ir iguales. Éste es el color, a juego con la chaqueta.

Veo que Juan le dice algo al oído a Pedro, otro de mis compañeros. Ambos se miran y se ríen. Sus cuchicheos llaman mi atención y decido acercarme a ellos.

—¿Qué pasa? —pregunto.

Juan, al oírme, me mira y dice:

—Que paso de pintarme las uñas, a saber lo que va a pensar la gente de mí.

Eso me sorprende, por lo que replico:

—¿Me lo estás diciendo en serio?

Pedro asiente y añade:

—Perdona, pero yo me he apuntado a esto para bailar, no para hacer el imbécil.

Asiento, creo que éstos no entienden lo que es un *flashmob* concertado, de pronto, Juan indica:

—Lo siento, pero no quiero que piensen cosas raras de mí.

Alucino por sus comentarios, y más porque son chicos más jóvenes que yo.

¿De verdad que porque un hombre lleve las uñas pintadas la gente ha de pensar cosas raras?

Ese comentario lo puedo esperar de un hombre como mi padre, que es un retrógrado que parece vivir en otro siglo, pero ¿de ellos?

Y, sin querer entrar en movidas que a mí ni me van ni me vienen, alejándome de su lado, suelto:

—Si pintaros las uñas es demasiado para vosotros, es que tenéis la masculinidad demasiado frágil. Por tanto, es mejor que os vayáis, porque u os las pintáis o no participáis en el *flashmob*.

Al oírme, Gema mira hacia atrás y ve cómo los chavales se van, por lo que me pregunta:

—¿Qué pasa?

Y, seguro de mí mismo, contesto:

—Pues que creen que por pintarse las uñas les van a quitar tres puntos en su carnet de macho.

Gema suspira y menea la cabeza.

—No te preocupes —le digo—, somos un montón de gente. Dos menos, no se notará.

Ella asiente, sabe que tengo razón, y musita:

—Dentro de una horita más o menos, saldréis a repartir bombones con las cámaras de fotos y unas tarjetas que dicen «Lo importante está en el interior». Y media hora después, más o menos, empezará a sonar la música y haremos el *flashmob*.

Una hora más tarde, los participantes salimos de la tienda de bombones con las caretas puestas, las uñas pintadas y las cámaras de fotos y nos ponemos a repartir bombones, como nos ha pedido Elvira.

La zona está llena de parejas que supongo que van a cenar algo por aquí y, gustosos, cogen los bombones.

¿Quién le dice que no a un bombón?

En mi reparto me encuentro con todo tipo de parejas que defienden su amor sin importarles lo que nada ni nadie pueda pensar. Me encanta. Y me encanta más aún hacerles fotografías para luego incluirlas en el gran corazón.

De pronto, empieza a sonar *Love Really Hurts without You*, de Billy Ocean, por los altavoces.

¡Es el momento!

Rápidamente dejamos todo lo que llevamos en las manos en el suelo y los más de treinta participantes comenzamos la coreo preparada para el *flashmob*.

La gente, divertida, se para a observarnos. Incluso hay algunos que se lanzan a bailar con nosotros, lo que me hace sonreír. Encantado por el momento y por sentirme camuflado tras mi careta, me meto entre personas que nos observan y sigo dejándome llevar por la música, mientras las dependientas de la tienda de bombones llenan el escaparate con las fotos que hemos hecho mis compañeros y yo.

Dios, ¡cuánto me gusta bailar!

Cuando de pronto...

Espera...

No sé si he visto bien...

Aprovecho el giro sobre mí mismo para fijarme mejor.

¡Joder! ¡Son Sara y Lucía!

¿Qué hacen aquí?

Las veo sonreír mientras observan a la gente bailar.

¿Habrán venido juntas o se han encontrado aquí?

Tengo que concentrarme, que me voy a equivocar y la voy a cagar.

Sigo bailando, cuando de pronto soy consciente de que van cogidas de la mano.

¡¿Qué?!

Dios..., ¡que me pierdo!

Vuelvo a concentrarme, pero ya no puedo dejar de mirarlas, y ellas, ajenas a todo, sonríen, bailotean e incluso ¡se besan!

Dios, ¡se han besado!

¿Sara y Lucía están juntas?

Sin dar crédito, sigo con mi baile, pero ya no me puedo concentrar. No puedo entender ¿cómo es que están juntas y Sara no me lo ha dicho?

Al terminar el baile, la gente aplaude encantada y mis amigas lo hacen también.

Gema se acerca a mí.

—Continuad repartiendo bombones y haciendo fotografías —me indica—. El *flashmob* se repetirá dentro de diez minutos.

Asiento. Hago lo que me pide y, como aún llevamos las caretas puestas, aprovecho y me acerco a ellas. Oculto tras la careta y la ropa que llevo, no me reconocen, por lo que les doy unos bombones y ellas no dudan en posar besándose para que les haga la foto.

¡Estoy que no me lo creo!

¿Están juntas?

¿Desde cuándo?

Pero ¿Sara no tenía que cuidar de sus hermanas?

Una vez me alejo de ellas, con disimulo, las sigo con la mirada y veo que se meten en un restaurante italiano. Supongo que irán a cenar.

El *flashmob* se repite. De nuevo bailamos la misma canción, y de nuevo la gente y las parejas que pasan por aquí se divierten, mientras las chicas de la tienda de bombones siguen llenando el corazón del escaparate con las fotos que hemos ido haciendo.

Una hora después, cuando acabamos el trabajo, nos despedimos de Elvira, que está emocionada. La aceptación del evento ha sido increíble, y nos regala a cada uno una enorme bolsa llena de bombones.

Sin embargo, yo no puedo dejar de mirar al restaurante italiano. Ahí está Sara con Lucía; de repente, Rocío me pregunta:

—¿Qué plan tienes ahora, Fran?

—Ninguno.

—¿No has quedado con alguna churri?

Niego con la cabeza. Podría haberlo hecho, pero no, no he quedado con ninguna, e indico:

—Me iré a casa. Y si no hay nadie, cenaré solo.

Veo que Gema y Rocío se miran, y la primera dice:

—No vas a cenar solo porque vas a cenar con nosotras.

Las miro a ambas y, riéndome, indico:

—A ver, chicas. Os lo agradezco, pero me niego a que paséis la noche de San Valentín cenando conmigo.

Gema se ríe. A continuación, coge mi brazo y afirma:

—Sea San Valentín o no, es un día más del año. Así que ahora nos vamos los tres a cenar, que nos lo merecemos.

Rocío me coge del otro brazo y cuchichea:

—En realidad, hoy es un día de puro consumismo. Si tengo pareja y la quiero, procuro sorprenderla todo el año, no sólo hoy.

Me doy por vencido. Sigo desconcertado por lo de Sara, pero nos vamos los tres a cenar. Una vez en el coche, Gema pregunta:

—¿Adónde vamos?

¡Ni idea!

No sé qué decir, Rocío responde:

—Va a estar todo petado, cielo. Es la típica noche en la que necesitas reservar mesa o nada.

Miro el móvil. Son las 22.44.

—Va a ser difícil encontrar mesa ahora —señalo.

También veo que tengo un mensaje de mi madre, y lo leo:

AAMAMÁ: Hola, Fran. Álvaro y yo
hemos pensado cenar al salir del cine.

Avísame y te digo dónde estamos
por si quieres cenar con nosotros,
¿vale? Besos, te quiero.

Sonrío. Veo que ese mensaje lo recibí hace dos horas, y seguro que ya están en casa o tomando el postre, por lo que escribo:

YO: Acabo de ver el mensaje, espero que la película os haya gustado y la cena esté rica. Yo estoy con unas amigas. Luego nos vemos, mamá. Besosss, os quiero.

Bloqueo el móvil y vuelvo a centrarme en la conversación, aunque, ¡joder!, ¿cómo centrarme tras descubrir algo que no esperaba de Sara?

—¿Y si vamos a casa y haces unas pizzas? —sugiere Rocío.

—Por mí, vale —responde Gema arrancando el coche.

—¿Haces pizzas caseras? —pregunto interesado.

—Las mejores pizzas del mundo —indica Rocío girándose para mirarme.

—¡No conocía esa faceta tuya, maja! —digo haciéndolas reír—. Te ayudo a prepararlas, así aprendo.

Media hora después, tras llegar a su casa, mientras Rocío saca a pasear a su perrita *Happy*, Gema y yo nos ponemos con las pizzas. Hacemos la masa. Preparamos los ingredientes y, media hora después, comenzamos a estirar la masa, echar el tomate, el queso, el resto de los ingredientes deseados y al horno.

¡Vaya!, hacer pizzas caseras es más fácil de lo que pensaba. Tengo que hacerles una a mamá y a Álvaro.

Los minutos pasan y el olor que sale del horno provoca que se me haga la boca agua.

¡Qué hambre!

Mientras Gema atiende a Rocío y su perrita, que ya han regresado, cojo el móvil y escribo en mi grupo.

YO: Hola, chicas. ¿Cómo va la noche?

Espero. La primera en contestar es Bárbara.

BARBI: Viendo una peli
con mi yaya, ¡planazo!

Pobre. La verdad es que, aunque la yaya es encantadora, sin duda hay mejores planes.

SARA: Con Carla y Almu,
haciendo puzles.

¡Será mentirosa!

Y, sin querer liarla, bloqueo el móvil y no digo más.

¿Por qué nos está mintiendo Sara?

Poco después, mientras Gema saca las pizzas del horno, yo pongo la mesa y Rocío busca qué ver en Netflix.

—Me dijo mi hermano que la peli de *Jumanji: Bienvenidos a la jungla* está muy bien. ¿La ponemos? —comenta Rocío.

—Por mí, sí —respondo.

—¡Genial! —afirma Gema.

Una vez tenemos las bebidas y las humeantes pizzas sobre la mesita, nos sentamos y le damos al *play*. Cojo una porción de pizza y le doy un mordisco.

—¡Madre mía, esto está buenísimo! —murmuro.

—Te lo he dicho, ¡son las mejores! —afirma Rocío divertida recibiendo un cariñoso beso en los labios de Gema.

Pasamos el rato cenando, viendo la película y riendo. La peli tiene unos puntos increíbles y, cuando acaba y aparecen los créditos en la pantalla, comento:

—Fíjate que era un poco escéptico con esta película, ya que me gusta mucho la antigua versión con Robin Williams, pero reconozco que me ha encantado.

Asienten, creo que piensan como yo, Gema señala carcajeándose:

—Lo que me he reído cuando todos se han dado cuenta de qué personaje eran.

Reímos, es divertido recordarlo; Rocío añade:

—Mi parte favorita es cuando ha aparecido Nick Jonas. Ese chico es taaaan guapo.

Asiento. Le doy la razón.

A mí me gustan las mujeres, pero sé reconocerlo cuando un tipo es guapo, y sin duda Nick Jonas lo es.

Tras ayudarlas a recoger los platos de la cena, llega el momento de irme. Es San Valentín, y por mucho que Rocío y Gema me quieran, sin duda también querrán tener su ratito romántico para ellas.

Gema se empeña en acercarme a casa en coche, pero yo me niego. No es no y de ahí no me voy a mover, y, dejándome la chaqueta de lentejuelas rojas puesta por pura diversión, recojo mi bolsa de deporte e indico:

—Me voy, y vosotras haced el favor de hacer uso de San Valentín.

Ambas ríen por aquello, y Gema musita:

—Vale, pero avísame cuando llegues a casa.

—Eres peor que mi madre.

Los tres reímos por mi comentario y, entrando en el ascensor, me despido:

—Me voy. ¡Adiós!

—¡Vale!

—Y, tranquilas, aviso cuando llegue a casa. ¡Buenas noches, chicas!

Una vez salgo a la calle, me abrigo. Hace frío y está empezando a chispear, menos mal que no vivo demasiado lejos.

Pero yo sigo flipando con lo que he descubierto hoy.

¿Cuándo pensará decirnos Sara que está con Lucía?

Estoy dándole vueltas al tema cuando el sonido del móvil me saca de mis pensamientos. Lo miro. Es un mensaje de voz de Irene.

¿Irene me escribe a mí?

Y, curioso, lo escucho: «Hola, Fran. A ver, tío, dijiste que estabas preocupado por mí..., ¿verdad? Pues ayúdame. Ricardo se ha enfadado conmigo, ¡es un cabrón!, y me ha dejado tirada en un local llamado Camaleón que está... está... está... en la plaza Santa Ana. Por favor, ven, ven..., ven..., no me encuentro bien...».

Su voz suena distinta y sé por qué es. Las putas drogas. Rápidamente escribo:

> YO: Voy, no te muevas de ahí.

Sin dudarlo, cruzo la calle corriendo. Necesito un taxi con urgencia.

Por suerte, veo que viene uno y levanto la mano. Se para. Le doy la dirección y resoplo mientras soy consciente de cómo me mira el taxista por mi escandalosa chaqueta de lentejuelas rojas.

¿Qué hago yo con Irene a las dos de la madrugada en el estado en el que seguro que está?

A mi casa no puedo llevarla y, a la suya, menos.

Voy a necesitar ayuda.

Por ello, y sin dudarlo, cambio de chat y escribo:

> YO: SOS.

Capítulo 36

Sara

La cena en el restaurante italiano al que Lucía me ha llevado está muy rica. Mira que me gusta la comida italiana, es mi preferida.

He disfrutado de la cena y de la compañía con gusto, aunque, si he de elegir, sin duda me quedo con esta última.

Cuando hemos salido del restaurante, hemos entrado en un pub a tomar algo. Sentadas en un reservado que nos da un poco de intimidad, entre beso y beso, Lucía y yo disfrutamos del bonito momento. Es la primera vez que celebro San Valentín. Nunca antes lo había hecho. Es la primera vez que me han regalado una rosa roja y yo también he regalado una, y, la verdad, lo estoy disfrutando horrores.

Vale, como siempre hemos comentado Fran, Bárbara y yo, San Valentín es una fecha muy consumista, pero ¡me está encantando celebrar este día consumista con Lucía!

Estoy disfrutando del momento cuando comienza a sonar mi teléfono. Al mirarlo, veo que es Irene. Sin embargo, aún estoy enfadada con ella y decido no cogerlo. Conociéndola, seguro que quiere pedirme algo, y no. Ésta es mi noche con mi chica, no una noche para hacerle favores a mi prima.

Lucía me mira. Mira el teléfono y pregunta:

—¿No lo vas a coger?

Bloqueo el móvil para que deje de sonar y respondo:

—No. Conociendo a mi prima, sólo querrá pedirme algo.

Lucía asiente, sonríe y pega un trago a su bebida.

El teléfono suena de nuevo y vuelvo a bloquearlo.

No voy a jorobar mi noche por mi prima. Que se las componga ella solita, ya que es tan lista.

Pero, veinte minutos después, cuando voy al baño, veo que me ha dejado un mensaje escrito, pidiéndome ayuda.

¡Joderrrrrrr!

E, incapaz de no ir a su rescate, el orgullo y la rabia que siento se quedan a un lado; al regresar a la mesa, sentándome junto a Lucía, digo:

—Lo siento, pero tengo que ir a la plaza Santa Ana con urgencia.

—¿Qué pasa?

Llamando al camarero para que nos traiga la cuenta, indico:

—Mi prima. Al parecer, ha discutido con el imbécil con el que está, la ha dejado colgada en un local y algo me dice que no está bien.

Lucía asiente y no dice nada. Le he comentado el tema con mi prima y sabe de lo que hablo.

El camarero llega y, tras pelearnos entre las dos por pagar la cuenta, al final pago yo. Salimos del local a toda prisa y Lucía me coge de la mano.

—Vamos —dice—. Cojamos un taxi con urgencia.

En el taxi, voy nerviosa. Que mi prima me haya llamado es, como poco, inquietante y, mirando a Lucía, musito:

—Mi prima no sabe lo nuestro. Sólo lo sabe mi madre, como te he comentado.

—De acuerdo. No te preocupes.

Me entiende. Entiende por qué se lo digo, e indica:

—Si quieres, te espero fuera.

—Sí. Será lo mejor.

Cuando, treinta y cinco minutos después, llegamos a la plaza Santa Ana, está diluviando y, tras pagar Lucía el taxi, buscamos el local llamado Camaleón.

¿Cuál será?

En cuanto llegamos a él, Lucía y yo nos miramos y ésta murmura sujetando su paraguas:

—Menudo antro.

Asiento. Sin haber entrado, sólo por la pinta que tiene lo sé, e indico:

—Espérame aquí.

Asiente y yo entro sin dudarlo, cuando, justo en la puerta, una cara conocida llama mi atención.

¿Otra vez él?

El chico rubio de pelo largo del estudio de tatuajes está en la entrada del local y me mira también.

¡Qué coincidencia!

Lo observo con curiosidad; de repente, se abre la puerta y aparece Bárbara seguida de mi prima y de Fran.

Los miro boquiabierta y, sin entender nada, pregunto:

—¿Qué hacéis aquí?

Al verme, Irene levanta la cara y, con los ojos rojos como dos tomates, exclama:

—Te he llamado. Te he llamado mil veces y no me lo has cogido.

Uff..., tiene razón. Oír su voz y ver su desastrosa pinta me hace sentir mal; Barbi dice mirándome:

—Creo que aquí hacemos lo mismo que tú.

No entiendo. ¿Por qué han venido? Cuando Fran, que va vestido con una chaqueta de lentejuelas rojas, dice:

—Irene ha pedido ayuda, y aquí estamos.

No jodas. ¿También los ha llamado a ellos?

Me fijo mejor en Fran.

¡Vaya..., ¿dónde he visto yo esas pintas antes?! Pero lo primero es lo primero y, mirando a mi prima y viendo cómo va, pregunto:

—¿Cómo estás, Ene?

—Pues no muy bien...

Observo que Fran y Bárbara se miran e insisto:

—¿Qué ha pasado?

Ella nos mira. Tiene la mirada algo perdida. ¡Menuda lleva encima! Finalmente, a pesar de su voz gangosa, consigue decir:

—Nos tomamos unas pastis y... y... después nos metimos unas rayitas de cocaína. Y... y... cuando iba por el cuarto cubata, he empezado a encontrarme fatal y a marearme. El corazón me iba a millllllllllll y... y se lo he dicho a Richi, pero él no me escuchaba e insistía en que nos metiéramos más coca. Pero... pero... yo me encontraba mal —lloriquea—. Y... y... entonces hemos discutido porque yo no quería, y él se ha ido con otra tía...

Aprieto la mandíbula y miro hacia el techo de la entrada del local.

¡Me cago en el imbécil de Ricardo!

¿Y por ese imbécil ponía ella la mano en el fuego?

Trato de contener todo lo que quiero decir. Sé que no es el mejor momento, por lo que me doy media vuelta y salgo a la calle. Las gotas de agua me caen en la cara. Llueve muchísimo, pero no me importa. Estoy furiosa, enfadada. Aun así, sé que no es momento de reprocharle nada a Irene. Es momento de llevarla a casa, cuidarla y poco más.

Veo que Lucía, a unos metros de nosotros, nos mira bajo su paraguas, y, sin pensar en nada más, me acerco de nuevo a mi prima, cojo su rostro entre las manos y digo conmovida:

—Siento no haberte cogido el teléfono, Irene. Lo siento.

Ella dice que sí con la cabeza, deja de lloriquear y murmura abrazándome:

—Pero has venido...

Asiento. Aquí estoy. Tarde, pero estoy.

Entonces, al separarnos, se apoya de nuevo en la pared y, preocupada, pregunto:

—¿Estás bien como para irnos?

Ella niega con la cabeza.

—Estoy muy mareada. Dame cinco minutos...

Dicho esto, se sienta en el suelo con la espalda aún apoyada en la pared. Se va a empapar, pero ya da igual. Quizá el agua le venga bien.

Todos salen del local. Nos estamos calando y, volviéndome hacia mis amigos, pregunto:

—¿No pensabais avisarme?

El chico del pelo largo se echa a un lado. No dice nada, pero desde luego nos está escuchando. ¡Menudo cotilla!

Bárbara y Fran se miran y este último responde:

—Perdona, Sara, pero en la primera persona que pensé fue en Bárbara.

Incrédula, parpadeo. ¡No me lo puedo creer!

Y, enfadada, le grito:

—O sea, ¿mi prima pide ayuda y a la primera persona que avisas es a Barbi?

Fran se descuelga la bolsa de deporte que lleva al hombro. Tiene pinta de pesar.

Mira a su alrededor. No sabe dónde dejarla. Todo está empapado, y entonces el chico del pelo largo se ofrece a sujetársela, cuando Barbi dice:

—No te enfades, Sara.

Pero sí. ¡Me enfado!

Mi prima lleva un pedo considerable. No está bien, está fatal, y no entiendo por qué Fran ha llamado primero a nuestra amiga.

—Sí, Bárbara, ¡claro que me enfado! Imagínate que es tu yaya y Fran me llama a mí. Lo mínimo que esperarías de él es que fuera a ti a la primera que avisara, ¿no?

Fran resopla. Parece cabreado también, e indica:

—Vamos a ver, Sara. Dadas las circunstancias, y sabiendo que estabas ocupada, no quería molestarte.

—¡Pero ¿qué narices estás diciendo?! —protesto.

—Y lo que menos me podía imaginar —prosigue él mirando al chico rubio— era que Barbi también estuviera ocupada.

—Espera..., ¿cómo que Sara también estaba ocupada? —lo interrumpe Barbi.

Vuelvo a fijarme en la ropa de Fran. Sé que he visto antes esa camiseta blanca con el corazón y esa chaqueta roja de lentejuelas...

¡Claro, el *flashmob* del centro comercial!

¿Fran en un *flashmob*?

Pero ¿no estaba con su madre y su hermano en el cine?

Por lo que, curiosa y enfadada, pregunto:

—¿Por qué vas vestido así?

Él aparta la mirada, y yo insisto:

—¿Tú no estabas en el cine con tu familia?

Barbi me mira, luego lo mira a él y afirma:

—Desde luego, Fran, más horterita no podrías ir.

Mi amigo me observa con gesto serio. Resopla y finalmente responde:

—Vale. No estaba con mi familia. Esta noche he estado trabajando de camarero.

De eso nada, no lo creo, e insisto con cierta malicia:

—¿Y para hacer de camarero tenías que pintarte las uñas y llevar esas pintas?

Él asiente, pero no habla, cuando Bárbara interviene:

—Uy, pues ya me dirás el sitio, porque me parece una fantasía lo de que los camareros lleven las uñas pintadas y tus pintas.

Fran sigue sin contestar, y entonces yo suelto:

—¿Esto es otra mentira como lo de Sevilla?

Según digo eso, él me mira incrédulo. No entiende nada, y yo, incapaz de callar por lo enfadada que estoy, añado:

—Me encontré con tu madre y me dijo que la alegraba mucho que tú, Bárbara y yo lo hubiéramos pasado bien en Sevilla.

Fran no contesta. Bárbara pregunta:

—¿Sevilla? ¿Cómo que nosotros fuimos a Sevilla?

Asiento, miro a mi amiga e indico:

—Pues sí, Bárbara, sí. Eso le contó Fran a su madre. Y a nosotras nos dijo que se iba con ellos. Pero no. Está visto que nos mintió a todos. ¿Cuál es la verdad de tu mentira, Fran?

Él se mueve en el sitio, está incómodo, y suelta:

—Vale, tienes razón. Os mentí a vosotras y a mi familia.

—¿Por qué? —pregunta Bárbara.

Fran continúa moviéndose, el agua le cae por la cara, y responde:

—Porque fui con la escuela de danza de la que soy integrante a Sevilla a hacer una actuación para la que nos habían contratado.

—¿Escuela de danza? —pregunto sin dar crédito.

Fran asiente, maldice y suelta:

—Os lo iba a decir, pero...

—¿Y que vas a una escuela de danza? —insiste Bárbara.

—No voy a ningún gimnasio —responde entonces Fran—. Desde hace años asisto a una escuela de danza y...

—¿Desde hace años? —pregunto yo levantando la voz.

Bárbara parpadea, creo que yo también, cuando Fran confiesa mirándome:

—Sí. Mentí. Os oculté información. Pero ¿acaso soy el único?

No digo nada, Bárbara tampoco, y él, dirigiéndose a mi amiga, pregunta a continuación:

—¿Tú no estabas hoy con tu abuela?

Según dice eso, el chico rubio pregunta mirando a Bárbara:

—¿Eso dijiste?

Bárbara nos mira, intuyo que no sabe dónde meterse, y, mirando a aquél, pregunto:

—¿Y tú quién eres?

El chico rubio me mira.

—Soy Marcos —dice—, y tú eres Sara, ¿verdad?

Incrédula, asiento. No sé cómo es que sabe quién soy yo, y entonces añade:

—Bárbara te pidió que me recomendaras un tatuador, y, por cierto, es muy buena la tal Des.

Mi mente comienza a atar cabos rápidamente. Si lo he visto tantas veces ¡es porque está con Bárbara! De repente, ella suelta:

—¡Marcos es mi novio!

¡¿Su novio?!

—¡¿Qué?! —pregunto sin dar crédito.

Bárbara tiene novio y no me lo había contado.

—Y, sí, estaba pasando con él la noche de San Valentín —afirma cogiéndole la mano.

Sorprendida, no puedo apartar la mirada de mi amiga. Después miro a aquel desconocido con el que me he cruzado varias veces y oigo a Fran murmurar:

—¡La madre del cordero!

Asiento. Vale, Bárbara tiene un nuevo churri, aunque esta vez es mayor que la media y sin duda tiene un estilo diferente de otros con los que ha estado.

—¿Tienes novio? —pregunto a continuación.

—Sí.

—¿Desde cuándo?

—Desde hace meses.

¡Toma ya, Bárbara!

Sorprendida por lo bien que ha guardado el secreto, pregunto furiosa:

—¿Y a qué esperabas para contárnoslo?

Ella se retira el agua que le corre por el rostro y gruñe:

—Si no os lo dije fue porque vosotros no queréis saber nada de...

—¡Pero dices que es tu novio! —la corto—. ¿No crees que algo tan importante para ti no merecemos saberlo?

Bárbara me mira, no sabe qué decir, cuando Fran suelta:

—Quizá esperaba a que tú nos contaras que estás con Lu...

Según oigo eso, miro a Lucía, que se ha acercado a nosotros en silencio y está siendo testigo de todo, cuando Bárbara grita:

—¿Que está con Lu? ¿Cómo que está con Lu?

No respondo. Eso me ha pillado fuera de onda. Y entonces oímos a Irene susurrar desde el suelo:

—Menos mal que poníais la mano en el fuego los unos por los otros...

Sus palabras hacen que los tres nos miremos. ¿Qué clase de amistad tenemos entre nosotros?

Y Bárbara, que es Bárbara, insiste:

—Pero ¿quién narices es Lu?

—Soy yo.

Al oír la voz de Lucía, la miro. Está a mi lado resguardándose de la lluvia bajo su paraguas. Entonces, sin dudarlo, le cojo la mano. Necesito su apoyo.

Fran me mira. Bárbara nos mira también y, parpadeando, finalmente pregunta:

—¿Estás... estás con ella?

—Sí —afirmo con seguridad.

Mis amigos intercambian una mirada. Sin duda los he sorprendido, cuando Bárbara suelta:

—¿Desde cuándo te gustan las mujeres?

Su pregunta, en cierto modo, me parece graciosa, a pesar de que el momento no tiene ninguna gracia, y respondo:

—Desde que la conocí a ella.

Un silencio sepulcral nos rodea entonces, sólo interrumpido por el sonido de la lluvia al caer a nuestro alrededor, cuando oímos una carcajada. Es Irene, que se mofa desde el suelo.

—¡Te van las tías! Madre mía, Sarita, mi madre y el tío Jonay ¡van a flipar!

No respondo, no merece la pena, pero mirando a mis dos amigos, indico:

—Estoy saliendo con Lucía, y si no dije antes nada fue...

—Estás saliendo con Lucía... —insiste Bárbara.

—Sí —repito.

Irene continúa diciendo tonterías desde el suelo mientras Fran no dice nada, sólo me mira, hasta que de pronto Bárbara exclama:

—Mirad, esto me sobrepasa. Tú —dice señalando a Fran— eres un jodido mentiroso. Y tú... —añade señalándome a mí. Pero no sabe qué decir y finalmente suelta—: Me voy. Paso de vosotros. No quiero saber más.

—Bárbara —murmura Fran...

No obstante, mi amiga, enfadada, se retira el agua que le corre por la cara y dice:

—No me esperéis para el viaje que teníamos pendiente. Yo con vosotros dos no voy ni a la vuelta de la esquina.

El chico rubio deja entonces la bolsa de deporte de Fran en el suelo. Y Bárbara, cogiendo la mano de él, que está tan sorprendido como Lucía, musita echando a andar:

—Vámonos. Irene ya está con su prima y no nos necesita para nada.

Y, sin más, se aleja calle abajo de la mano de aquel chico que se vuelve para mirarnos con cara de circunstancias.

Asiento. Muy bien. Bárbara se pira, cuando miro a Fran y pregunto:

—Estarás contento, ¿no?

—¿Por?

Molesta, grito señalando a nuestra amiga, que se aleja:

—¿Tú crees que era momento para decir lo de Lucía?

Él asiente. Coge su bolsa de deporte, que está empapada en el suelo, y gruñe acercándose a mí:

—¿Y tú crees que era momento para contar lo mío de Sevilla y que me has visto esta noche en el *flashmob*? Sí, ¿verdad? Pues, maja, yo también he creído que era el momento apropiado para que ella supiera tu verdad. Y en cuanto al viaje, como ha dicho Bárbara, mejor lo vamos a dejar.

Y, sin más, como segundos antes ha hecho ella, Fran se marcha en otra dirección. Yo no sé qué pensar, mientras la lluvia me empapa por completo y oigo a mi prima lloriquear:

—Quiero vomitar..., voy a vomitar.

Intento centrarme. Pero me siento mal, fatal. Mis amigos están enfadados. Se han marchado. Han anulado nuestro viaje, y yo estoy como si me hubieran cortado medio cuerpo.

Irene me necesita. Vuelve a pedir ayuda y Lucía, que está a mi lado, le echa una mano mientras yo sigo totalmente paralizada. Nunca antes había discutido con mis dos amigos. Nunca. Y ahora... no sé cómo reaccionar.

Capítulo 37

Ha pasado un mes desde la última vez que vi a mis amigos y les echo muchísimo de menos.

La noche fatídica en la que Irene nos pidió ayuda no pudo terminar peor, aunque para ella fue el final de una etapa y el principio de una nueva vida.

Por fortuna, lo ocurrido esa noche le abrió los ojos y se dio cuenta de que Ricardo no era la persona que necesita en su vida. Mi tía Dácil aprovechó el momento para tentarla con el curso de biotecnología que ella quería hacer en Toronto, e Irene aceptó de inmediato. Sin duda necesita alejarse de Madrid, de su madre y de todo.

¡Bien por ella!

Mi relación con Lucía sigue viento en popa. Está claro que ella es quien alegra mis días, y en cuanto a mi familia, ya todos saben que es mi pareja y, para mi sorpresa, nadie ha dicho nada.

¡Increíble, con lo criticones que son!

Imagino que mis tíos hablarán en privado y me pondrán a caer de un burro, pero delante de mí o de mi madre, se abstienen de hacerlo. Algo que les agradezco.

Dejé la universidad y el calvario que eso me suponía, y me he centrado en mis cursos de tatuadora. Tengo que hacer un montón de cosas, pero ahora lo que hago lo disfruto. Como suele decirse, ¡sarna con gusto no pica! Y reconozco que disfruto de lo que hago todos los días.

No obstante, me siento muy rara e incompleta. Echo mucho de

menos a Fran y a Bárbara, y aunque todos los días abro nuestro chat de WhatsApp dispuesta a escribir algo en él, al final lo cierro.

¿Por qué he de ser yo la primera?

¿Por qué ninguno de ellos es capaz de dar el primer paso, sino que tengo que darlo yo?

Lo hablo con mi madre y con Lucía y ambas me dicen lo mismo: si quiero a alguien he de dejar el orgullo a un lado, pero no lo hago. Sé que yo lo hice mal no contándoles lo de Lucía, pero ellos tampoco lo hicieron bien.

Definitivamente, mi cabezonería me hace cerrar el WhatsApp cada día y me convenzo de que Fran está centrado en su danza y Bárbara en su chico y yo ya no tengo cabida en sus vidas.

Fin del tema.

Capítulo 38

Fran

Como suele decirse, en abril aguas mil.

No deja de llover, pero a mí me da igual. Estoy a cubierto.

De risas con Gema y mis compañeros de la escuela de danza, preparamos en la gran sala el festival de fin de curso, que será en junio. Un festival que este año será muy especial para mí por dos motivos. El primero, porque he decidido seguir a mi corazón y estudiar danza a tiempo completo tras abandonar la carrera de Derecho. Y el segundo, porque mi familia ya sabe la verdad de mi secreto, lo aceptan y asistirán a ese festival.

Tras lo ocurrido con mis amigas, decidí contarles la verdad a mi madre y a mis hermanos. Ellos merecían saberlo y, tras escucharme con atención, mi madre y mi hermana lo aceptaron con una sonrisa. En cambio, Álvaro me sorprendió. El enano ya lo sabía, sabía que era yo el que bailaba tras aquella máscara en cierto perfil de Instagram.

¿Que cómo lo supo?

Pues porque, según él me confesó, una tarde, tras subir yo un vídeo con mi iPad, no salí del perfil y él, al coger el iPad para jugar, lo vio. Eso sí, no me dijo nada ni a mí ni a nadie. Eso me sorprendió. Con lo pequeño que es y lo bien que ha sabido guardar un secreto, ¡increíble!

Mi madre está feliz. El divorcio la ha rejuvenecido y le ha hecho ver que hay más mundo además de mis hermanos y yo. Incluso dice que por fin me ve feliz, sobre todo desde que me presenté a la audición para el musical *El rey león* en Madrid y me contrataron.

Pasaré a formar parte del cuerpo de baile dentro de poco más de un mes y estoy ¡muy feliz! Además, disfruto los ensayos como creo que nunca he disfrutado nada en mi vida.

Eso sí..., mejor no recordar lo que me dijo mi padre cuando se enteró. Vamos, en su línea, y sigo convencido de que ahora piensa más aún que soy gay. Es un hombre excesivamente tradicional, y que yo haya decidido dedicarme al baile en vez de a la abogacía sin duda me quita puntos en mi carnet de macho ibérico español. Cosas suyas.

Hay cosas y personas que no cambiarán nunca, y una de ellas es mi padre. Sólo espero que el tiempo pase y se dé cuenta de que en la vida las cosas no han de ser ni blancas ni negras, porque existe una gran variedad de colores entremedias para poder escoger, y yo he escogido bailar. Ésa es mi elección.

De mis dos presuntas amigas no he vuelto a saber nada más. Sí que es cierto que, después de un par de días de la movida que tuvimos, esperé que alguna pusiera algún comentario en el grupo de WhatsApp, pero eso no ocurrió. Está visto que ambas están muy centradas en sus nuevas relaciones personales, no añoran nuestros momentos, y yo no soy nadie para cuestionarlo.

Aun así, las echo de menos. Las añoro más de lo que en ocasiones quiero reconocer. Me encantaría poder hablar de cientos de cosas con ellas y hacerlas partícipes de mi felicidad por dejar la universidad para centrarme en mi sueño, pero intento acostumbrarme a la nueva situación y, por suerte, de nuevo el baile y su magia me ayudan mucho.

Capítulo 39

Bárbara

Me miro en el espejo y compruebo que me gusta mi *outfit*.

¡Estoy ideal!

Estos vaqueros Levi's Strauss 501 que me compré el otro día, junto con la sudadera roja de Calvin Klein y los botines rojos Dr. Martens, tienen un rollazo increíble.

Como cada día antes de ir a la universidad, cojo el móvil y me hago varias fotos que, por supuesto, subo a internet y que comparto con los cientos de personas que me siguen.

Una vez nutro mis redes para que, como diría Fran, obren su magia, le envío una de las fotos a Marcos porque sé que él no las verá. Si hay alguien que pasa de redes sociales y tal es precisamente él.

¿Cómo puedo haberme enamorado de una persona tan diferente de mí?

Pensando en ello estoy cuando recibo un mensaje suyo en el que me dice que estoy preciosa.

¡Qué mono es!

¡Es tannnn ideal!

Irremediablemente, sonrío. Estar con él y sentir su respeto y su cariño hacia mí todos los días y cómo me quiere su familia es una de las mejores cosas que me han pasado en la vida, y espero que yo suponga lo mismo para él.

La yaya Tina y Marcos se llevan fenomenal. ¡Menudo equipo que han hecho! Y, cómo no, ahora cada vez que mi yaya hace salmorejo, un táper va para él. Mi abuela y sus táperes.

En cuanto a mis padres, continúan en su línea. Seguimos sabiendo de ellos a través de las llamadas telefónicas y, aunque han prometido venir un mes este verano a Madrid para estar con mi yaya y conmigo, ninguna de las dos lo creemos. Al final les saldrá un nuevo proyecto que los enloquecerá y se olvidarán de nosotras. En fin..., hemos llegado a la conclusión de que, si vienen, ¡genial!, y si no vienen, ¡también!

En mi vida todo va bien, si no fuera por esa parcela de mí que siento vacía y triste. Añoro a Fran y a Sara y recibir sus locos buenos días por el WhatsApp. Desde que ocurrió lo de Irene, y cómo salió a relucir todo lo que los tres ocultábamos, nuestra relación se ha vuelto nula. Ninguno escribe. Ninguno dice nada y, aunque me duele y cada vez que escucho a Ed Sheeran siento que el corazón se me encoge, debo aceptar la nueva situación. No hay más que decir.

Capítulo 40

Sara

Pipipipipipipi...

Pipipipipipipi...

Pipipipi...

Noooooooooooooooooooooo. ¡Lo odio! ¡Odio el despertador!

Pero finalmente, estirando la mano, lo paro y me levanto. He de hacerlo. Tengo un millón de cosas que hacer, y suspiro.

Hoy es viernes. Carla y Almu ya estarán en clase, mamá en la peluquería, y yo tengo que estudiar un poco, y además quiero dibujar algo que pensé anoche antes de dormir.

En cuanto salgo de la habitación, *Botas* pasa corriendo por delante de mí seguido de las gatitas. Al final han hecho un gran equipo entre los tres, y es divertido verlos jugar correteando por la casa.

Sin dudarlo un segundo, entro en el baño y me ducho. Una vez termino y me estoy secando, miro mis brazos tatuados y sonrío. ¡Me encantan! Sin duda los tatuajes son mi seña de identidad, y estoy deseando poder tatuar los cuerpos de otras personas para que los contemplen con el mismo orgullo con que lo hago yo.

Veinte minutos después, salgo del baño, voy a la cocina y me preparo el desayuno, y al coger el móvil veo que tengo los buenos días de Lucía. Sonrío. ¡Qué bonita es! Y, sin dejar de sonreír, busco un gif con el que pueda llegarle mi amor y se lo envío. Sé que le gustará.

A continuación, cojo la taza de café con leche para darle un trago y lo primero que viene a mi mente son mis amigos. Cada día los echo más de menos. Hemos pasado de hablar mil veces al día por WhatsApp a la incomunicación total.

No lo estoy pasando bien. No es fácil acostumbrarse a mi nueva situación, pero no voy a ser la primera en dar mi brazo a torcer.

Lucía dice que soy demasiado orgullosa. No diré que no. También me dice que el orgullo levanta muros y, sí..., es verdad. El muro que he levantado entre mis amigos y yo sé que no es algo bueno, pero soy incapaz de echarlo abajo.

De pronto, oigo un ruido y me sobresalto.

¿Eso que se oye es la puerta de entrada?

Me levanto rápidamente, me asomo al pasillo y veo que la puerta de casa se abre.

—¡Buenos días, cariño!

Es mi madre. Sorprendida, la miro. A estas horas ya suele estar en la peluquería.

—Hola, mamá. ¿Qué haces aquí?

Ella llega hasta mí, me da un beso en la mejilla y dice:

—Necesito tu ayuda, cariño.

—¿Qué pasa?

Mi madre sonríe y, encogiéndose de hombros, dice:

—Termina de desayunar y cámbiate de ropa. Tienes que acompañarme al aeropuerto.

Se quita la chaqueta y la deja en el respaldo de una silla, mientras yo no entiendo nada.

¿Al aeropuerto? Y, al ver cómo la miro, ella baja la voz y cuchichea:

—Óscar me ha invitado a un viaje sorpresa y me espera en el aeropuerto.

Eso me hace sonreír. Mi madre y Óscar van lanzados, apenas se separan, y, riendo, pregunto:

—¿En serio?

Mamá sonríe, la veo emocionada.

—Claro, mi niña —afirma.

—¿Y Carla y Almu lo saben?

Ella niega con la cabeza.

—No, porque no lo sabía ¡ni yo! Pero cuando salgan del colegio tú se lo explicarás. Regresaré el domingo por la noche, por tanto, espero que cuides de ellas en mi ausencia.

¡Joderrrrrr!

Este fin de semana tenía pensado ir al cine con Lucía, mamá siempre me lía. Y, sin muchas ganas de acompañarla al aeropuerto, le pregunto:

—¿Por qué no te coges un taxi para ir?

—Sara, ¿tienes algo que hacer? —responde mirándome muy seria.

La verdad es que no. Insiste:

—No, no tienes nada que hacer. Y sé que hasta esta tarde no has quedado con Lucía. Por tanto, me llevas al aeropuerto sí o sí.

Vale. Me doy por vencida y, bromeando, afirmo:

—¡A la orden, mi general!

¿Para qué le voy a llevar la contraria? No me cuesta nada acompañarla. Ella lo haría por mí.

Termino de desayunar bajo su atenta mirada y luego regreso a mi habitación, donde me cambio de ropa. Como paso de complicarme, me decanto por un chándal negro, zapatillas del mismo color y una gorra naranja. Total, voy al aeropuerto y luego regresaré a casa.

Por ello, cuando salgo y voy al salón, ella me mira y, tras repasarme de arriba abajo, pregunta:

—¿Lista?

—Sí —respondo alzando los hombros.

—¿Llevas el móvil, la cartera, las llaves...? —insiste.

—Claro.

Dicho esto, salimos de casa, bajamos a la calle y nos montamos en el coche, donde comenzamos a cotorrear y a contarnos nuestras cosas.

Una vez en el aeropuerto, meto el coche en el parking y, al ver a mi madre nerviosa, me hace gracia. Sin duda esta escapada romántica con Óscar la tiene así.

—¿Nerviosa? —pregunto cuando nos apeamos.

Ella me mira, sonríe y, tras abrir el maletero para sacar su bolsa, afirma:

—Un poquito.

Con cariño, le cojo la mano. Mi madre está viviendo una segunda oportunidad en el amor y, deseosa de que tenga un excelente fin de semana, digo:

—Tú pásalo bien. Disfruta y piensa que mereces ser feliz con una segunda, tercera o quinta oportunidad, ¿vale?

Asiente y me da un beso en la mejilla.

Cogidas de la mano, caminamos por el aeropuerto. Como siempre, la T4 está llenita de gente; de pronto, un momento...

¿Esa mujer de la derecha no es la yaya Tina?

La estoy mirando con curiosidad cuando veo a Bárbara a su lado, contemplando uno de los paneles, y pregunto:

—¿Qué es esto, mamá?

Ella no responde. Simplemente sigue caminando, y yo insisto:

—Mamááááááááá.

Mi madre me mira, me aprieta la mano e indica:

—Sigue andando y no te pares.

Nos acercamos hasta donde están ellas y entonces Bárbara se vuelve, me ve y se nos queda mirando con la misma cara de sorpresa que tengo yo.

—¡Hola, guapas! —saluda la yaya Tina.

Boquiabierta, no sé qué decir, cuando oigo a mi madre saludar con una sonrisa a la mujer y, sin poder contenerme, pregunto:

—¿De qué va todo esto?

Entonces Bárbara, que, como yo, observa cómo aquéllas se besuquean, suelta:

—Creo que sé lo mismo que tú, *my friend.*

¡*My friend!* Cuánto he echado de menos que alguien me llamara así.

Acto seguido, Bárbara y yo nos miramos sin hablar, y de pronto ella dice señalando con el dedo:

—Mira.

Me vuelvo y, boquiabierta, veo a Fran que se acerca también acompañado de su madre.

Pero ¿qué narices pasa aquí?

Él nos ve. Observo cómo le pregunta algo a su madre y ella sonríe. Fran nos mira y se pasa la mano por el pelo para colocárselo bien. Cada vez lo tiene más largo. Y, cuando la madre de Fran llega hasta nosotros, la oigo decir:

—¡Ya estamos todos!

Fran, Barbi y yo nos miramos buscando respuestas, unas respuestas que nosotros no tenemos, cuando mi madre me mira y dice entregándome algo:

—Sabemos que teníais un viaje pendiente a Tenerife y lo vais a hacer. Aquí están las llaves de la casa.

—Mamáááááááááááá...

La madre de Fran abre entonces su bolso y saca una carpeta.

—Aquí están los billetes —dice—. Por suerte, tengo una amiga que trabaja en Iberia y consiguió cambiar los que teníais por éstos. Vuestro avión sale dentro de dos horas, muchachos.

Boquiabiertos estamos los tres cuando la yaya Tina añade:

—El mejor consejo que yo puedo daros es que podéis cambiar de ropa, de música, de universidad..., pero a los buenos amigos hay que valorarlos, cuidarlos y quererlos. Y vosotros sois buenos amigos, ¿o no?

Oír eso me emociona, como creo que emociona a mis amigos.

Está visto que nos hemos echado tanto de menos que las personas que más nos quieren en el mundo han tenido que tomar cartas en el asunto; de pronto, la madre de Fran dice:

—Vamos a ver. No sabemos exactamente qué ha pasado entre vosotros, pero lo que sí sabemos es que os queréis y os echáis mucho de menos. Por lo que, si vosotros no sois capaces de solucionarlo, aquí estamos nosotras para hacerlo.

—¡Y tanto! —afirma la yaya Tina.

Me entran ganas de reír. Imaginarme a esas tres planeando todo esto en secreto es como poco gracioso, cuando mi madre musita:

—Os hemos reorganizado el viaje al que deberíais haber ido hace un par de meses para que podáis hablar, podáis reencontraros, pasarlo bien y comer esas papas arrugás que tanto me gustan. —Yo sonrío. Menuda encerrona. Cuando ella, mirándome, añade—: Cariño, pásalo bien. Disfruta. Y piensa que mereces ser feliz con una segunda, tercera o quinta oportunidad, ¿vale?

¡Será tramposa!

Esas mismas palabras se las he dicho yo cuando hemos salido del coche. Está claro que estas tres mujeres nos conocen y saben de nuestras carencias. Y, sí, lo admito, echo mucho en falta a mis amigos, por lo que, dándome en cierto modo por vencida, cojo la bolsa que mi madre llevaba y yo creía que era suya y digo:

—De acuerdo, mamá. Iré.

Mis amigos, al oírme, me miran. Lo piensan. Y Fran, cogiendo su maleta, indica:

—Yo también.

Eso me hace sonreír, cuando Bárbara suspira y, agarrando su carísima maleta de Loewe, musita:

—Vale. Voy.

Las tres mujeres sonríen por haber cumplido su propósito y, tras darles besos, los tres procedemos a pasar el control de seguridad.

Más tarde, cuando nos quedamos los tres solos, buscamos en los paneles nuestro vuelo y nos dirigimos hacia la sala de embarque.

Ninguno habla. Ninguno dice nada. Creo que ninguno sabe muy bien qué decir.

En el avión, compruebo que, obviamente, nuestros asientos están juntos. Y, una vez nos sentamos, Fran se pone de inmediato sus cascos de música, yo los míos y Bárbara los suyos. Eso nos aísla de los demás, aunque, la verdad, creo que es lo que en el fondo deseamos.

Capítulo 41

La llegada a Tenerife es, como siempre, estupenda.

Regresar a la tierra de mi madre, que siento tan mía, siempre me alegra y, tras coger un taxi y dar la dirección de mi casa, miro por la ventanilla.

El viaje con Fran y Bárbara lo hemos hecho en silencio. No hablamos en el avión y en el taxi seguimos sin hablar, y comienzo a cuestionarme si esto ha sido una buena idea.

Una vez llegamos a la casa y abro la puerta, los tres entramos y nos dirigimos al salón, donde veo que hay una bandeja con fruta sobre la mesa. Seguro que mi madre avisó a la vecina de nuestra llegada y ésta la ha dejado para nosotros. Según se cierra la puerta, seguimos en un tenso silencio, cuando Bárbara nos mira y dice:

—Vale, ya estamos aquí. Pero que os quede claro que si he venido ha sido por no disgustar a mi abuela y a vuestras madres. Y, una vez dicho esto, ¿qué habitación puedo ocupar?

Asiento. No cuestiono lo que dice, e indico:

—La de Almudena.

No es la primera vez que venimos a esta casa, ellos la conocen muy bien, y Bárbara, arrastrando su maleta de Loewe, se va hacia ella, abre y, una vez entra, cierra con un portazo.

Fran y yo nos quedamos en el salón. Estamos desconcertados, cuando mirándolo digo:

—Tú ocupa la de Carla.

Él asiente, pero no se mueve, y entonces yo, asiendo mi bolsa, me dirijo hacia la de mi madre, entro y cierro. Sin portazo.

Una hora después, cuando salgo de la habitación, me cruzo con Bárbara en el pasillo. Veo que lleva una manzana y un plátano en la mano, y oigo que dice sin mirarme a los ojos:

—¡Hasta mañana!

Respondo con las mismas palabras y ella vuelve a meterse en su cuarto. ¡Estupendo!

Una vez en el salón, noto que las tripas me rugen. Tengo hambre. Miro la fruta, pero, sinceramente, es lo que menos me apetece, y voy directa a la cocina. Abro el frigorífico, miro en su interior y veo que hay leche, mantequilla, pan de molde, Coca-Colas, queso y jamón de York.

¡Estupendo, me haré un sándwich!

Según saco todo aquello y lo dejo sobre la encimera, veo una nota. Es la letra de Fran, y pone:

> He salido a cenar. He cogido un juego de llaves. Hasta mañana.

Vaya. Está visto que va a ser un fin de semana curioso. Por ello, me preparo mi sándwich, cojo una Coca-Cola y me encierro de nuevo en mi habitación. Yo tampoco los necesito a ellos.

* * *

Cuando al día siguiente suena el despertador a las once de la mañana, me desperezo en la cama con gustito, hasta que de pronto abro los ojos y soy consciente de dónde estoy.

¡Vaya tela!

Suspirando, me levanto, abro la ventana y, cómo no, el día es precioso. Adiós, frío, y ¡hola, sol!

¡Qué maravilla de temperatura que hace aquí!

Una vez me quito el pijama y me pongo unos vaqueros y una camiseta, me dirijo al cuarto de baño para lavarme y asearme, y cuando acabo voy a la cocina a desayunar. Al entrar en ella veo a Bárbara sentada a la mesa desayunando mientras suena, no muy alta, la música de su móvil.

Nos miramos. Hacemos un gesto con la barbilla para saludarnos y comienzo a prepararme mi desayuno. Una vez lo hago, pienso dónde sentarme. Estoy por irme al salón, pero no. Desayunaré en la misma mesa que Bárbara. Si no quiere hablar, no hablaremos.

En silencio continuamos cuando entra Fran, nos mira y saluda:

—¡Buenos días!

Bárbara y yo lo saludamos también y, sin decir nada más, él se prepara el desayuno. Se tuesta pan en la tostadora y, una vez se lo sirve en un plato, se sienta junto a nosotras.

Ninguno abre la boca. Todos comemos en silencio, cuando de pronto comienza a sonar un tema y Fran comenta:

—Bonita canción.

Nos miramos. Suena nuestra canción preferida de Ed Sheeran, y sin poder evitarlo, sonrío y afirmo:

—Preciosa.

Bárbara nos mira. Sigue seria. No dice nada, cuando Fran, mirándome la muñeca, pregunta:

—¿Me dejas una goma para el pelo?

Oír eso me hace sonreír. Llevo años haciendo ese gesto de las gomas para el pelo con Fran y, entregándole una, musito:

—Por supuesto.

De nuevo se hace el silencio. Observo cómo él se recoge su melena con mi goma y, cuando acaba, pregunta con un suspiro:

—¿Vamos a hablar?

—Yo no tengo nada que decir —suelta Bárbara.

—Bárbara, mujerrrrrr... —musita Fran.

Ella lo mira. Se retira su rizado pelo del rostro y gruñe:

—Soy negra, pero no tonta.

Incrédula por lo que ha dicho, replico:

—¿No crees que te estás pasando con tu chulería y tus comentarios?

Bárbara me mira, levanta las cejas y sisea:

—Dijo la más chulita del mundo.

Abro la boca sin dar crédito. Estoy por decirle de todo, cuando Fran suelta:

—Vale. Comenzaré yo. ¡Soy un imbécil! No sé por qué nunca os conté lo de mis clases de danza, pero creo que si no lo hice fue por...

—No me interesa oírlo —lo corta Bárbara.

—Pues me vas a oír de todos modos —afirma él.

Y, tras decir eso, nos cuenta lo de su viaje a Sevilla con la academia y muchas cosas más acerca de ese mundo que tanto lo apasiona y, una vez termina, Bárbara comenta:

—Por mí, todo lo que ahora has contado podrías habértelo ahorrado.

Según la oigo decir eso, suelto:

—Mira que eres borde, Barbarita.

A continuación, ella me mira, menea la cabeza y gruñe:

—Mira, guapa, soy negra, pero cada vez que abres la boca me pongo más negra aún.

Me río, no lo puedo remediar. Mis dos amigos me miran y Fran cuchichea:

—No sé si es momento de reír.

Lo sé, quizá no sea el mejor momento, pero, ignorando el gesto hosco de Bárbara, indico:

—Nunca me gustaron las mujeres, por eso nunca hice la más mínima alusión al tema. Pero siento que, en este momento de mi vida, conocer a Lucía y enamorarme de ella es lo mejor que me ha pasado nunca.

—¡Qué bien! —se mofa Bárbara.

Miro a mi amiga. Puedo entender lo dolida que está por no haber sido sincera con ella, e indico:

—Lo siento. Nunca imaginé que la chica que me dejó flasheada aquel día en la peluquería con los cascos de moto sería la mujer que me volvería loco el corazón. Pero es así. Estoy totalmente enamorada de una mujer. Y esa mujer se llama Lucía.

Según digo eso, observo que llamo la atención de Bárbara, que, tras pensar unos segundos, pregunta:

—¿Lucía es la chica de la peluquería? ¿La guapa? ¿La del hermano guapo?

Asiento. Veo que sabe de qué le hablo, y entonces Fran pregunta:

—¿Ya conocíais a Lucía?

Miro a mi amigo y siento que se merece una explicación.

—El día que la vi contigo en el refugio, no la reconocí —digo.

Y, sin dejarme un solo detalle que contar, les relato a ambos cómo fue nuestro reencuentro y todo lo que posteriormente vino con él. Ninguno habla. Ninguno dice nada. Sólo me escuchan. Y yo, necesitada de soltar todo lo que llevo dentro, lo hago; una vez termino, los miro y digo con el corazón en la mano:

—De verdad lo siento. Siento no haber sido sincera con vosotros desde el principio. Y si ahora lo pienso, no sé por qué os lo oculté. Sois mis amigos, o al menos lo erais. Os conozco muy bien y sé que habríais aceptado mi relación con ella sin ningún problema.

—Pero sin ningún problema.

—Lo sé.

Fran sonríe y, mirándome, añade:

—Y en cuanto al hecho de querer ser tatuadora, me parece estupendo. Si es tu sueño, ¡a por él!

Sonreímos y él, tomándome el relevo, habla de su secreto y nos enteramos de que también ha dejado la universidad para dedicarse a lo que realmente le gusta, la danza. Saber todo eso me gusta. Creo que a Bárbara también, aunque continúa callada.

Está claro que en los dos meses que llevamos sin vernos, en cierto modo nuestras vidas han cambiado. Hemos tomado decisiones que estaban enquistadas y, al menos él y yo, también las riendas de nuestras vidas.

Fran y yo hablamos. Nos comunicamos, intentamos llegar a un entendimiento porque está claro que nos echamos de menos y, sobre todo, nos queremos, cuando él mira a Bárbara y pregunta:

—¿Tú no tienes nada que decir?

Ella lo mira. Luego me mira a mí y continúa callada. Raro en ella, pero es así.

—Bárbara —dice entonces Fran—, los tres hemos metido la pata. Los tres ocultábamos cosas tontas y absurdas sin saber por qué. Vale, quizá Sara y yo más que tú, y lo sentimos. Te pedimos perdón. Pero, maja, llegados a este punto, si nos sinceramos entre nosotros, ¿qué podemos perder?

Ella nos mira alternativamente a ambos.

Creo que las acertadas palabras de Fran le han hecho mella y, suspirando, finalmente dice:

—Soy una estúpida.

—Noooooooooooooo —musito convencida.

Bárbara asiente y suelta:

—Mis padres no son las personas amantísimas que he intentado venderos. Siempre os he mentido en ese tema.

—Bárbara —murmura Fran apenado.

Ella asiente y prosigue:

—Tranquilo, ese tema lo tengo superado. Por suerte, tengo una yaya increíble que me da el cariño de una madre, y unos padres que desde la distancia me proporcionan el dinero que necesito para poder vivir con holgura. Y, mira, aunque suene egoísta, con eso me vale. Ahora no soportaría que vinieran con exigencias ni cosas así. En cuanto a Marcos, os lo habría contado, pero hace tiempo me dijisteis que no queríais saber nada más de los chicos con los que me enrollaba y, aunque al principio él podría haber sido uno más, no lo fue, porque es especial. Es increíble. Y ¿sabes, Sara? Yo también me he enamorado. Creo que por primera vez en mi vida lo que siento por un chico es tan fuerte que en ocasiones noto que camino sobre las nubes y soy completamente feliz. —Todos sonreímos y Bárbara añade—: Aun así, mi felicidad no es completa sin vosotros. Porque, sí, tienes razón Fran. Si nos contamos todas las verdades, ¿qué podemos perder?

Los tres sonreímos de nuevo. Acabamos de reencontrarnos, lo sabemos, cuando confieso:

—Os he echado tanto de menos...

—Tanto como yo a vosotras —afirma Fran.

—¡Yo más! —indica Bárbara.

Soltamos una carcajada, estamos felices, y yo indico:

—Bueno, aprovecho el momento para decir que cuando sea tatuadora, a los primeros que quiero tatuar es a vosotros.

Según digo eso, Bárbara se aparta de mí.

—Ah, no, *my friend*... —replica—. Las agujas y yo no somos amigas.

Fran se ríe. Le hace gracia, e indica mirándome:

—Maja..., ¡te lo vas a tener que currar!

Eso me divierte. Sé que tarde o temprano lo conseguiré, e indico:

—Ya tengo algo pensado. Será la silueta de una paloma, por nuestro grupo de WhatsApp, con una estrella al lado.

—¿Por qué una estrella? —pregunta Fran.

Yo me río. Realmente no sé el porqué, y me lo invento:

—Porque los tres ¡somos estrellas!

Nos reímos, tenemos muchas ganas de reír, cuando Fran, levantándose, dice abriendo las manos:

—Vamos, necesito un abrazo vuestro. Estoy muy necesitado.

Y, sin más, Bárbara y yo nos levantamos y nos fundimos en un abrazo de puro amor con él. Se acabaron las ausencias. Por fin volvemos a estar juntos. Se terminaron nuestros secretos porque somos amigos y porque, como dice Fran, si somos sinceros los unos con los otros, ¿qué podemos perder?

Sara

Verano de 2021

—Ya está, a ver qué te parece —digo tirando a la basura el papel con el que he limpiado el tatuaje que acabo de hacer.

Lucía se levanta de la camilla y se mira el codo.

—¡Me encanta! —dice sin apartar la mirada de su brazo.

Llevaba meses queriendo tatuarse una moto pequeña encima del codo, y hoy ha sido el día.

Como me dijo Des, el tema de los tatuajes al principio era un cacao de información. Pero, gracias a ella y a mis dibujos y mi buen pulso, este año me han cogido en un estudio y me encanta, pues ya le estoy pillando el tranquillo a casi todo.

—Entonces ¿te gusta?

Mi chica se lo vuelve a mirar y asiente. Luego se acerca a mí, me da un beso en los labios y, abrazándome, afirma:

—No podría ser más chulo.

Vuelvo a darle otro rápido beso. Nos encanta besarnos, pero cuando me separo de ella la apremio:

—Venga, te lo tapo y nos vamos.

Lucía extiende el brazo y yo lo rodeo con film transparente.

—¿Qué hora es? —pregunto.

Ella se saca el móvil del bolsillo.

—Las 21.05.

¡Mamma mia!

El tiempo se me pasa de locura cuando estoy tatuando, y ella dice:

—Venga, te invito a cenar al italiano que tanto te gusta por haberme hecho esto.

Yo me río. Acepto su invitación y, una vez recojo, nos vamos.

Fran

Cuando Gema da por terminada su clase de danza, estamos agotados.

Hacía tiempo que no sudaba así.

Miro a mi izquierda y veo que Íngrid, una preciosa morena, me mira e, intentando recobrar el aliento, indica:

—Después de esto, esta semana paso de ir al gimnasio.

Se ríe y yo también. La beso en los labios y, guiñándole el ojo, musito:

—Gimnasio te voy a dar yo a ti.

Hoy por hoy, Íngrid es mi chica. Empezó el septiembre pasado a venir a la escuela de baile, coincidíamos en casi todas las clases y reconozco que me gustaba. Es más, le tenía echado el ojo, y por fin una tarde le pregunté si quería ir a tomar algo y ella dijo que sí.

De eso hace ya más de seis meses y no me arrepiento para nada.

—Fran —llama mi atención Gema.

Me acerco para ver qué quiere, pues gracias a ella y su confianza en mí, ahora doy clases en la academia de baile.

—¿Cómo lo llevas? ¿Mucha presión? —me pregunta.

—Lo llevo bien, Gema, no te preocupes —respondo.

Ella me mira y levanta una ceja, y a continuación añado para tranquilizarla:

—Sin tiempo para todo lo que quiero hacer, pero bastante bien. Sólo con ver lo encantados que se van mis niños y mis niñas de las clases, vale la pena casi no dormir.

Gema confía en mí y, por eso, desde hace dos meses soy profesor en la escuela de danza. Tengo una clase en la que la media es de doce años y estoy encantado, por lo que ahora paso todas las tardes de la semana aquí.

—Ya sabes que, si necesitas bajar el ritmo, sólo tienes que decírmelo, Fran. Sé que no es fácil.

Miro a Íngrid de reojo y veo que está recogiendo sus cosas, pero mirando a Gema, que se ríe, digo guiñándole el ojo:

—De momento, me gusta este ritmo.

Ella asiente, me entiende perfectamente, e indica:

—Venga, anda, a pasarlo bien esta noche.

Me río. Le doy un beso en la mejilla y abandono la sala junto a Íngrid, que me espera.

Ya en los vestuarios, nos separamos y cada uno entra en el suyo para cambiarse. Soy rápido, no tardo nada y cuando salgo veo que ella ya me está esperando.

—¿Cenamos en mi casa? —pregunta.

Miro el móvil y veo que son las 21.05.

Nos da tiempo de sobra. Y, agarrándola por la cintura, la beso con cariño en los labios y afirmo:

—Me parece una idea estupenda.

Bárbara

Estoy de los nervios.

Quiero que esta celebración en mi casa sea un grandísimo fiestorro.

Es una fiesta muy especial, por lo que tiene que salir bien. Nos lo merecemos.

Mientras coloco un poco el salón, oigo que la puerta de la casa se abre y en dos segundos Marcos, que vive conmigo, entra de manera teatral y pregunta:

—¿Ha pedido usted un par de pizzas para cenar?

¡Sonrío!

Vivimos juntos desde hace un año, y reconozco que me resulta fácil, muy fácil. Digamos que la complicada soy yo. Pero bueno, él me quiere tal y como soy.

Miro el reloj. Son las 21.05 y, apremiándolo, digo:

—Vamos..., vamos, ¡me muero de hambre!

Marcos coloca las dos cajas de pizza sobre la mesita pequeña y, mirándome, indica:

—Ataca..., ¡no lo pienses!

Y eso hago. La pizza y yo somos *best friends*, y finalmente los dos nos acomodamos en el sofá para cenar.

Como siempre, hablamos de lo primero que se nos ocurre, que en este caso es el último tatuaje que Sara le hizo. ¡Es precioso! ¡Me encanta!

Una vez terminamos y recogemos, llega el momento de cambiarnos de ropa y ponernos nuestros disfraces.

Sí..., ¡la fiesta es de disfraces!

Por expreso deseo mío, propongo cambiarnos en habitaciones separadas, quiero sorprender a mi chico, cuando oigo desde el salón:

—¿Estás ya?

Me miro al espejo.

Estoy como poco divina de la muerte vestida de Missandei, un personaje de «Juego de tronos». Y, consciente de que mejor no puedo estar, grito:

—Voy.

Salgo de la habitación. Veamos qué dice. Y, cuando llego al salón, Marcos abre exageradamente los ojos y murmura:

—Estás alucinanteeeeeeeeeeeee.

Me río. Me encanta gustarle, y, mirando su disfraz, me mondo de risa.

Una de las primeras películas que vimos juntos fue *Cazafantasmas*, la versión de 2016, donde las protagonistas son cuatro mujeres, y recuerdo que a Marcos le hizo gracia que Chris Hemsworth saliera ahí.

¡Y, Diossssssss..., va vestido de él!

Camiseta blanca corta y básica y mono marrón claro de rayas naranjas anudado a la cintura.

¡Me lo comooooo!

Por ello, y entendiendo que el personaje de Chris en la película lleva gafas, digo mirándolo:

—Ahora entiendo por qué llevas las gafas y no te has puesto lentillas como sueles hacer.

Marcos sonríe. La conexión entre nosotros es fantástica, y, dispuesta a que me mime un poquito, pregunto:

—¿Me ayudas con el pelo?

Le gusta. Le encanta tocar mi pelo rizado, y afirma:

—Eso ni se pregunta:

Pero como ya sabía yo, del pelo pasamos a otra cosa, y finalmente terminamos sobre la cama.

Sobre las 22.30 ya estamos de nuevo con nuestros disfraces puestos y comienza a llegar la gente. He invitado a media humanidad y, obviamente, no desperdicio la oportunidad y voy sacando fotos a todo el mundo.

¡Esto tiene que quedar para el recuerdo!

Y, por supuesto, las guardo para más tarde subirlas a mi Instagram.

Sara

Tal y como me pidió Bárbara, a las 23.10 estamos Lucía y yo en su portal.

—¡Espera, Sara! —oigo que dice una voz masculina a lo lejos.

Nos volvemos y vemos a Fran con una chica acercándose a nosotras. Sonrío. Imagino quién es.

¡Por fin la vamos a conocer!

Una vez él y yo nos besuqueamos, murmuro:

—Ojalá Barbi fuese tan puntual como nosotros.

Fran se ríe y pone los ojos en blanco, cuando, sin soltar la mano de la chica que ha venido con él, indica:

—Sara, Lu, ésta es Íngrid. Íngrid, ellas son Sara y Lu.

Encantada, le doy dos besos a la chica mientras comento:

—*Mamma mia*, la famosa Íngrid!

—Hemos oído hablar mucho de ti —añade Lucía.

Veo que la chica mira a Fran y, con gracia, responde:

—Espero que fuesen cosas buenas.

—Buenas no, buenísimas —afirmo.

Una vez hechas las presentaciones, miro a Fran y digo:

—Será una fiesta de seis, ¿no?

—Sí. Eso me dijo Barbi.

Feliz, asiento. Los tres amigos con sus parejas, me parece una fiesta muy especial, cuando doy un paso hacia atrás para ver bien sus disfraces, y Lucía comenta:

—Vais geniales, pareja.

Yo asiento, pero a continuación pregunto sorprendida dirigiéndome a Fran:

—¿Y a ti desde cuándo te gusta Harry Potter?

Hasta donde yo sé, sólo ha visto una película. Pero, sí, van vestidos de Harry Potter y Hermione Granger.

Íngrid se ríe. Ya sé de quién ha sido la idea, y Fran indica:

—Desde que el finde pasado mi chica me convenció para hacer un maratón.

Asiento. ¡Flipo! Y, mirando a Íngrid, afirmo:

—Si has conseguido eso, es que le gustas de verdad.

Ahora son ellos lo que se fijan en nuestros disfraces, cuando ella pregunta mirándome:

—¿Vas de Sarah Manning?

—¡Correcto!

—¡Pedazo de serie «Orphan Black»! —añade.

Al menos ella entiende mi disfraz. ¡Bien! Porque Lucía no ha visto la serie y, por la cara de Fran, creo que él tampoco. ¡Vaya dos!

Veo que él mira entonces a Lucía, y, retirándose el pelo de la cara, musita:

—Me suena muchísimo tu disfraz.

Ambos miran a mi chica, cuando ésta dice:

—Una pista: voy de un videoclip.

Lo piensan un poco, hasta que Fran exclama:

—¡Lo sé! Britney Spears en *Baby One More Time*.

—¡Bingo! —aplaudo yo.

Divertidos estamos cuando Lucía, abriendo la puerta del portal de Bárbara, dice:

—Venga, ¡entremos!

Una vez subimos en el ascensor y llegamos al descansillo, todo está en silencio y, encantados, llamamos a la misma puerta a la que hemos llamado mil veces. Poco después nos abre una espectacular Bárbara con un vestido azul y, al unísono, los cuatro exclamamos:

—¡Wowwwwwwwwwww!

Nuestra amiga sonríe, le encanta ver que nos gusta su disfraz y, tras besarla, Fran le presenta a Íngrid. Bárbara me mira. Con la mirada sé que me dice que le gusta esa chica, y cuando yo sonrío, mi amiga coge el móvil de la estantería y propone:

—¡Vamos a hacernos una foto!

Cuando acabamos, Lucía le susurra algo a Íngrid y ambas se van hacia el salón. Está claro que nos quieren dejar solos, y Bárbara, aprovechando el momento, dice dirigiéndose a Fran:

—Muy guapaaaaaaaaaaaa...

Él asiente, se lo ve feliz, y afirma:

—Tengo buen gusto, maja.

—¿Y Marcos? —pregunto.

—En la terraza, mirando las estrellas. Ahora lo veis.

Entre risas, posamos varias veces más y nos hinchamos a hacernos fotos. Y, cómo no, no podía faltar nuestra foto enseñando el tatuaje que les hice y que los tres llevamos en la muñeca, que no es otro que una paloma mensajera junto a una estrella.

A continuación, nos dirigimos al salón, cuando, al entrar, se encienden las luces y oímos:

—¡SORPRESA!

¡*Mamma mia*, qué susto me he dado!

¿Y esto?

Mire donde mire, veo gente que conozco disfrazada.

¡Incluso nuestras familias!

Pero ¿no era una fiesta de seis?

Fran se ha llevado el susto del siglo como yo y, una vez se recompone, pregunta:

—¿Y esto?

Bárbara, que junto al resto se ha muerto de risa por nuestra reacción, indica cogiéndonos del brazo:

—Esto es por nosotros. Porque nos lo merecemos.

Mi cabeza va a mil por hora, soy incapaz de centrarme.

—No lo pillo, Barbi —digo.

Ella nos lleva entonces hacia un lateral del salón y, allí, mirándonos a los ojos, susurra:

—Ésta es una fiesta para nosotros tres. Estos últimos años hemos conseguido muchas cosas y hemos dejado los miedos a un lado. Tú decidiste seguir tus sueños y ahora eres tatuadora. Tú —añade ahora mirando a Fran— eres profesor danza y no paras de hacer castings y trabajar en musicales. Y yo —prosigue riendo— ¡voy a colaborar con una marca para sacar una línea de ropa!

Al oír eso, Fran y yo abrimos mucho los ojos. Ése era el sueño de Bárbara, y exclamo:

—¡¿Qué dices?!

—¡Lo que oyesssssss!

—¡Enhorabuena, Bárbaraaaaa! —grita Fran encantado.

—¡Enhorabuenaaaaaaaaa! —digo yo feliz.

Nos abrazamos. Sin duda la vida nos sigue deparando cosas bonitas, y, una vez nuestros besos y abrazos se relajan, digo segura de mí misma:

—Así que, ahora, toca pasarlo ¡de escándalo!

—¡Ya te digo! —afirma Fran.

—¡Y bailar! —exclamo.

Bárbara se ríe, sabemos por qué lo hace: ella es arrítmica total, e indica:

—Se hará lo que se pueda.

Y, dicho eso, veo que mi arrítmica preferida desbloquea su móvil, da al *play* en Spotify y comienza a sonar *Last Friday Night*, de Katy Perry, la primera canción que bailamos juntos el día que nos conocimos y que dio paso a nuestra especial amistad. Nos encanta esa canción, y, sin dudarlo, sin problemas y sin miramientos, nos lanzamos a bailar.

¡Que empiece la fiesta!

Referencias a las canciones

Baby One More Time, Zomba Recording LLC, interpretada por Britney Spears.

Castle on the Hill, Asylum Records UK, a division of Atlantic Records UK, a Warner Music Group company, interpretada por Ed Sheeran.

Cheerleader, Ultra Records, LLC, under exclusive license to Columbia, interpretada por Omi.

Cuando nadie ve, Universal Music Spain, S. L. U., interpretada por Morat.

Dreams, Warner Records Inc., interpretada por Fleetwood Mac.

Faith, Sony Music Entertainment UK Limited, interpretada por George Michael.

Flower, Coast House / Bananabeat Records, interpretada por Cody Simpson.

Gris oscuro, Universal Music Spain, S. L. U., interpretada por Bely Basarte.

Hung up, Warner Records Inc., interpretada por Madonna.

I Put a Spell on You, Geek Music, interpretada por Bette Midler.

In Your Bed, Warner Music Spain, S. L., interpretada por Blas Cantó.

Last Friday Night, Capitol Records, LLC, interpretada por Katy Perry.

Lo malo, Universal Music Spain, S. L. U. / Gestmusic Endemol, S. A. U. / Radio Televisión Española, Sociedad Anónima, S. M. E., interpretada por Aitana y Ana Guerra.

Locked Away, Kemosabe Records, interpretada por R. City y Adam Levine.

Sin tu piel, Nil Moliner, interpretada por Nil Moliner.

Suave y sutil, Universal Music Spain, S. L. U., interpretada por Paulina Rubio.

Switch, Interscope Records, interpretada por Will Smith.

Taki, Snake Music Productions Limited, under exclusive license to Geffen Records, interpretada por DJ Snake, Cardi B., Ozuna y Selena Gómez.

There's Nothing Holdin' Me Back, Island Records, a division of UMG Recordings, Inc., interpretada por Shawn Mendes.

Waiting for the Tide, Entertainment One U. S., LP, interpretada por Cody Simpson.

Ya no quiero ná, Universal Music Spain, S. L. U., interpretada por Lola Índigo.

What Do I Know, Asylum Records UK, a division of Atlantic Records UK, a Warner Music Group company, interpretada por Ed Sheeran.

Una banda de rock,
un viaje por la Ruta 66
y un amor que va creciendo a escondidas.